Sabine Kornbichler
Im Angesicht der Schuld

PIPER

Zu diesem Buch

Helen Gaspary führt ein Leben wie im Bilderbuch: Ihr Mann Gregor ist als Anwalt erfolgreich, gemeinsam genießen sie das Leben mit ihrer kleinen Tochter Jana. Doch dann stürzt Gregor vom Balkon seiner Kanzlei fünf Stockwerke in die Tiefe. Die Polizei geht von Selbstmord aus, aber für Helen ist das unvorstellbar. Von Schmerz und Trauer überwältigt, beginnt sie selbst, die Umstände seines Todes zu untersuchen – und entdeckt ein düsteres Geheimnis. Auch ihre gemeinsamen Freunde verhalten sich plötzlich merkwürdig. Kann Helen ihnen überhaupt vertrauen? Dann bringt die Obduktion Ungereimtheiten zutage, und auch die Polizei glaubt bald nicht mehr an Selbstmord …

Sabine Kornbichler, geboren 1957, wuchs an der Nordsee auf und arbeitete in einer Frankfurter PR-Agentur, bevor sie sich ganz dem Schreiben widmete. Schon ihr erster Roman, »Klaras Haus«, war ein großer Erfolg. Für »Das Verstummen der Krähe«, ihren ersten Kriminalroman um die Nachlassverwalterin Kristina Mahlo, wurde sie für den Friedrich-Glauser-Preis nominiert. Sabine Kornbichler lebt und arbeitet als Autorin in München.

Sabine Kornbichler

IM ANGESICHT DER SCHULD

Kriminalroman

Piper München Berlin Zürich

Mehr über unsere Autoren und Bücher:
www.piper.de

Von Sabine Kornbichler liegen im Piper Verlag vor:
Das Verstummen der Krähe
Die Stimme des Vergessens
Gefährliche Täuschung
Klaras Haus (e-Book)
Im Angesicht der Schuld

Für Sam, der sich auf vier Pfoten
in mein Herz geschlichen hat.
Und für Frieder, der ihn gefunden hat.

Ungekürzte Taschenbuchausgabe
Mai 2015

Erstausgabe: Knaur Verlag, München 2006
Umschlaggestaltung: Hauptmann und Kompanie Werbeagentur, Zürich, unter Verwendung eines Fotos von Joanna Jankowską/Trevillion Images
Satz: Ventura Publisher im Knaur Verlag
Gesetzt aus der Century Old Style
Papier: Munken Print von Arctic Paper Munkedals AB, Schweden
Druck und Bindung: CPI books GmbH, Leck
Printed in Germany ISBN 978-3-492-30712-3

1

Der Anker lag in meiner geöffneten Hand. Winzige, in Gold gefasste Brillanten glitzerten um die Wette und trieben mir Tränen in die Augen. Mein Blick wanderte von dem kleinen Schmuckstück, das an einer Halskette hing, zu meinem Mann.

»Herzlichen Glückwunsch zum Sechsunddreißigsten«, sagte Gregor und küsste mich.

Ich legte die Kette, die ebenso stabil war wie der Karabinerhaken, der sie umschloss, um meinen Hals. Für einen Moment schloss ich die Augen und spürte den Anker auf meiner Haut. Er war ein Symbol für den Halt, den Gregor mir in der schwierigen Phase, die hinter mir lag, gegeben hatte und den er mir immer wieder geben würde.

»Wenn jetzt eine Fee käme und ich einen Wunsch frei hätte, würde ich mir wünschen, steinalt mit dir zu werden«, sagte ich. »Danke für dieses besondere Geschenk. Ich werde gut darauf aufpassen!«

»Ich weiß.«

»Weißt du auch, dass ich dich liebe?«

»Vom ersten Tag an.«

»Unverbesserlicher Träumer!«

»Ich träume nicht, ich rede von unumstößlichen Tatsachen!«

»Tatsache ist«, dozierte ich mit einem überlegenen

Lächeln, »dass kein Mensch einen anderen vom ersten Tag an liebt. Liebe ist nichts Statisches, sie wächst.«

»Vom ersten Tag an, sage ich doch. Und dann jeden Tag ein Stückchen mehr. Gib zu, dass du mich heute weit mehr liebst als an unserem ersten Tag!«

Ich lachte. »Zugegeben …«

Gregor küsste mich mit einer Leidenschaft, die mich atemlos einen Schritt zurücktreten ließ.

»In einer halben Stunde erwarten Annette und Joost uns in der *Brücke*.«

»Sollen sie warten …«

»Außerdem kommt Nelli jeden Moment zum Babysitten.«

»Sie ist zweiundzwanzig und hat zweifellos längst eine Ahnung davon, was es heißt, von purer Lust übermannt zu werden.« Gregors Fingerspitzen strichen seitlich an meinem Körper entlang.

»Wie schön, dass du so denkst. Wenn Jana erst einmal zweiundzwanzig ist …«

»Jana ist meine Tochter, für sie gelten andere Gesetze!« Er umfasste meinen Nacken und zog mich zu sich heran. Zwischen unseren Körpern hatte nicht einmal mehr ein Millimeter Platz. Betörend langsam glitten seine Hände unter meine Bluse.

Das durchdringende Geräusch der Klingel riss uns unsanft aus unseren Fantasien, die uns vorausgeeilt waren. Benommen lösten wir uns voneinander. Meine Enttäuschung spiegelte sich in Gregors Gesicht wider.

»Warum muss Nelli nur immer so schrecklich pünktlich sein?«, fragte er.

»Weil du ihr, bevor wir sie eingestellt haben, unmissverständlich klargemacht hast, dass Pünktlichkeit eine der Voraussetzungen ist, um bei uns eine Dauerstellung zu bekommen.«

»Seit wann hält Nelli sich an das, was ich sage?«

»Gute Frage.« Mit einem Lachen lief ich zur Tür und öffnete unserem Hausfaktotum.

»Hi.« Der Blick, den Kornelia Karstensen, genannt Nelli, mir zuwarf, bedurfte eigentlich keiner Kommentierung, aber sie ging gerne auf Nummer Sicher. »Störe ich?« Ihr anzüglicher Tonfall hätte zweifellos die meisten Arbeitgeber dazu bewogen, eine fristlose Kündigung in Betracht zu ziehen. Gregor und mir dagegen gefiel ihre unverblümte Art.

»Und wenn?«, fragte ich.

»Dann liegt das ausschließlich an Ihrem miserablen Timing, Frau Gaspary. Meines ist wie immer perfekt.«

»Solltest du dich eines Tages wider Erwarten dazu durchringen, einem anspruchsvolleren Job nachzugehen, schlage ich vor, du versuchst es mal als Selbstbewusstseinstrainerin. Ich bin sicher, darin wärst du spitzenmäßig.«

»Ich bin auch als Putzfrau und Babysitterin spitzenmäßig.«

»Spitzenmäßig unterfordert«, erwiderte ich trocken und griff damit unsere Diskussion über Nellis anscheinend nicht existenten Ehrgeiz auf, was ihre Berufsausbildung betraf.

Kurz nach Janas Geburt hatte sie angefangen, dreimal in der Woche unser Haus zu putzen, den Garten zu pflegen und die Wäsche zu bügeln. Darüber hinaus passte sie auf Jana auf, wenn Gregor und ich ausgingen oder ich einen beruflichen Termin hatte. Ihre restliche Zeit verteilte sie auf zwei weitere Haushalte. Eigentlich ging es mich nichts an, was sie aus ihrem Leben machte, aber so sehr ich mich auch bemühte, ich konnte nicht kommentarlos dabei zusehen, wie eine intelligente junge Frau ihr Potenzial nicht ausschöpfte. Es täte mir sehr Leid, eines hoffentlich nicht allzu fernen Tages auf sie verzichten zu müssen, aber ich würde alles daransetzen, dass sie eine Ausbildung machte. Noch verweigerte Nelli sich beharrlich, wenn ich das Thema anschnitt, aber wir wussten beide, dass ich nicht locker lassen würde.

»Warum können Sie sich nicht darauf beschränken, mich hübsch zu finden, wie alle anderen auch?« Den genervten Unterton schien sie speziell für dieses Thema reserviert zu haben.

O ja, sie war nicht nur hübsch, sie war eine Augenweide mit einem Gesicht, das an die junge Romy Schneider erinnerte. Außerdem hatte sie die schönsten Haare, die ich jemals gesehen hatte. Sie waren von einem satten Braun und glänzten, als sei jedes einzelne handpoliert. Ungebändigt reichten sie ihr bis weit über die Schultern. Ich holte tief Luft. »Weil nette Komplimente deinem Geist keine Nahrung geben!«

»Erstens geht es bei meinem Aussehen nicht um *nette Komplimente*, sondern um Tatsachen. Und außerdem: Wer sagt, dass mein Geist Hunger hat?«

»Helen sagt das«, ertönte hinter mir Gregors Stimme. »Und sie hat Recht. Guten Abend, Nelli.«

Sie erwiderte seinen Gruß mit einem knappen Nicken. »Wenn Sie mich loswerden wollen, brauchen Sie das nur zu sagen und sich nicht hinter so fadenscheinigen Argumenten zu verschanzen.«

Gregor schenkte ihr ein wissendes Lächeln. »Fragt

sich nur, wer von uns dreien sich hinter etwas verschanzt.«

»Wissen Sie, was Ihr Problem ist?«, wetterte sie. »Sie haben beide eine ausgeprägte Akademiker-Macke, Jana kann einem jetzt schon Leid tun. Was, wenn sie eines Tages ihr Glück darin sehen sollte, Croupière im Spielcasino zu werden?«

»Dann werden wir dafür sorgen, dass sie die bestmögliche Ausbildung erhält«, sagte ich.

»Ach, darum geht es!« Nelli hatte blitzschnell ihr Pokerface aufgesetzt. »Sie wollen, dass ich Ihnen schwarz auf weiß dokumentiere, dass ich das Putzen an den besten Schulen gelernt habe.«

»Wir wollen, dass du etwas aus dir machst«, sagte Gregor.

»Nur weil Sie beide unerträgliche Snobs sind, soll ich mein Leben ändern?« Sie blies verächtlich Luft durch die Nase.

»Es ist uns schnurzpiepegal, warum du es änderst, Hauptsache, du tust es.«

»Schnurzpiepegal …« Nelli schien jede einzelne Silbe zu genießen. »Ist das nicht übelste Umgangssprache? Ziemt sich so etwas für einen angesehenen Anwalt?«

»Du hast mich noch nicht erlebt, wenn ich die Gegenseite attackiere.«

»Ich dachte, ich wäre die Gegenseite.« Sie drängelte sich zwischen uns hindurch und ließ im Flur geräuschvoll ihre Tasche fallen. »Haben Sie nicht gesagt, Sie seien um acht Uhr zum Essen verabredet? Jetzt ist es acht. Lernt man nicht im Rahmen der *bestmöglichen Ausbildung*, dass es unhöflich ist, zu spät zu kommen?« Sie hatte meinen Tonfall täuschend echt nachgeahmt.

»Geburtstagskinder haben einen Bonus«, entgegnete ich.

»Sie haben heute Geburtstag?«

Ich nickte.

»Frau Gaspary …« Ihrem ungehemmten Quietschen folgte eine Umarmung, an der ich fast erstickte.

»Wann nennst du mich endlich Helen?«, fragte ich, nachdem ich wieder zu Atem gekommen war.

»Wenn ich den Umgang mit Respektspersonen hinreichend studiert habe.«

»Du meinst, wenn du Respekt gelernt hast. Da das aller Voraussicht nach nie geschehen wird, kannst du mich auch gleich Helen nennen. Und er hier«, damit klopfte ich meinem Mann, der immer noch neben mir stand, sanft auf die Schulter, »heißt Gregor.«

»Ich werd's mir überlegen. Und jetzt machen Sie beide sich bitte vom Acker, damit ich endlich in Ruhe fernsehen kann. Ich gehe mal davon aus, dass Jana schläft?«

»Tief und fest«, antworteten wir wie aus einem Munde.

»Lassen Sie sich Zeit beim Essen!«

»Denkst du dabei an unsere Mägen oder an deinen Geldbeutel?«, fragte Gregor mit einem Schmunzeln.

»Ausschließlich an meinen Geldbeutel. Sie beide sind mir *schnurzpiepegal!*«

»Entschuldige, Annette, dass wir dich haben warten lassen«, sagte ich zur Begrüßung, während Gregor unsere Mäntel zur Garderobe brachte.

»Kein Problem. Ich bin auch gerade erst gekommen.«

Gregor und ich setzten uns ihr gegenüber.

»Alles Gute zu deinem Geburtstag, Helen! Du weißt,

was ich dir wünsche …« Annettes prüfender Blick schien sich keine meiner Regungen entgehen lassen zu wollen. Sie nahm meine Hand in ihre und drückte sie fest.

»Nein. Sag es mir!«

Ihr Befremden dauerte nur Sekunden. Anstatt mir zu antworten, entschied sie sich für ein Lächeln, das meinen Einwurf als Scherz abtat, wohl wissend, dass er das nicht war.

Ich spürte meinen alten Groll hochsteigen und schluckte entschlossen gegen ihn an. Annette war eine der wenigen gewesen, die während der schwierigen Lebensphase, die hinter mir lag, zumindest versucht hatten, mich zu verstehen, obwohl es ihr häufig nicht gelungen war und auch sie Salz in meine Wunden gestreut hatte. Aber ich wollte sie nicht verprellen, deshalb gab ich mir Mühe, eine gewisse Leichtigkeit an den Tag zu legen. »Also«, begann ich, »dann verrate ich dir, was ich mir wünsche. Ich wünsche mir, mit Gregor steinalt zu werden.« Dabei zwinkerte ich ihm beruhigend zu. »Ich wünsche mir, dass es uns vergönnt ist, Jana ganz viel Lebensfreude mit auf ihren Weg zu geben und dass wir vier heute einen wunderschönen, entspannten Abend miteinander verbringen. Wo bleibt eigentlich Joost?«

»Er ist im Institut aufgehalten worden, müsste aber jeden Moment kommen«, antwortete sie. »Ich schlage vor, wir trinken schon mal etwas.«

Nachdem wir unsere Bestellung aufgegeben hatten, schob Annette mir ein Geschenkpaket über den Tisch: rosa Papier mit roter Schleife. Vom Format her war es unzweifelhaft ein Buch. Ich befreite es aus seiner Verpackung und las laut den Titel: »Die schönsten Kinderlieder.«

»Du hast neulich gesagt, du könntest dich an so gut wie keines mehr erinnern. Da dachte ich …« Plötzlich verstummte sie, unsicher, ob sie das Richtige für mich ausgesucht hatte. »Jana ist ja jetzt in dem Alter, in dem sie …«

»Danke«, unterbrach ich Annette. Den Anflug von Unmut verscheuchte ich, so schnell wie er gekommen war. Zwar hatte nicht Jana Geburtstag, sondern ich, aber ich begriff wieder einmal, dass ich seit der Geburt meiner Tochter in der Hauptsache als Mutter wahrgenommen wurde. Dass ich trotzdem eine Frau mit ganz eigenen Interessen geblieben war, musste ich zu dieser Stunde nicht zum Thema machen. Annette hatte sich Gedanken gemacht, und das war die Hauptsache. »Jana wird sich freuen, endlich mal etwas anderes als *Lalelu* von mir zu hören.«

Gregor strich zärtlich über meine Hand und vertiefte sich in die Speisekarte.

»Was hat Gregor dir geschenkt?«, fragte sie.

Ich zeigte auf den kleinen Anker, der um meinen Hals hing. »Ein Geschenk mit Symbolcharakter.«

»Ein Symbol dafür, dass er in deinem Hafen vor Anker gegangen ist? Du bist zu beneiden.« Sie klang eher traurig als neidisch.

Ihr Mann Joost war bekannt dafür, dass er kaum etwas anbrennen ließ. Und wer sie kannte, fragte sich unweigerlich, warum sie sich das von ihm bieten ließ. Als neununddreißigjährige Gynäkologin mit eigener Praxis und ohne Kinder, auf die sie Rücksicht nehmen musste, hatte sie alle Voraussetzungen, ihr Leben problemlos auch ohne ihn zu gestalten. Hinzu kam, dass ihre sehr feminine Natürlichkeit das Interesse vieler Männer weckte.

»Manche Pötte brauchen einfach ein bisschen länger, um in ihren Heimathafen zu finden«, sagte Gregor. Es war weniger der Versuch, für seinen Freund in die Bresche zu springen, als die Hoffnung, Annettes Traurigkeit ein wenig zu mildern.

Sie atmete tief ein, als könne sie damit eine Kette sprengen, die ihr die Luft zum Atmen nahm. »Joost kann die Koordinaten seines Heimathafens sehr genau bestimmen. Er nutzt ihn schließlich als Basis, um von dort aus immer wieder auszulaufen.«

»Und wenn du vorübergehend mal die Hafeneinfahrt verbarrikadierst? Manche Menschen wissen erst, was ihnen wichtig ist, wenn sie es verloren glauben.«

Ich sah Gregor von der Seite an und bewunderte ihn wieder einmal für seine Geduld mit Annette. Wir hatten ähnliche Gespräche schon unzählige Male mit ihr geführt.

»Das Risiko einer solchen Barrikade ist mir offen gestanden zu groß«, entgegnete sie. »Schließlich lässt es sich auch in anderen Häfen bequem anlegen.«

Für Sekunden trafen sich unsere Blicke. Ihr war anzusehen, dass sie weit mehr als nur ein Risiko fürchtete. Sie wusste, dass Joost nicht zurückkehren würde, wenn sie ihn einmal gehen ließe. Und dieses Wissen tat ihr weh. Wie sehr es darüber hinaus ihre Selbstachtung verletzte, ließ sich nur erahnen.

»Joost ist wie der Erfolg, der ihn umweht: Die Mühe, ihn zu bekommen, ist nichts im Vergleich zu der Anstrengung, ihn zu behalten.« Für einen Moment wirkte sie unendlich müde. Dann riss sie sich gewaltsam von diesen Gedanken los und versuchte, ihren Worten die Schärfe zu nehmen. »Wenn er nicht ein so faszinierender Mann wäre, würde ich ihm diese Affären nicht durchgehen lassen. Aber heißt es nicht, dass Genies mit anderen Maßstäben zu messen sind?« Ihr Lachen missglückte.

Es lag mir auf der Zunge zu sagen, dass Genialität kein Freibrief für Untreue sei. Außerdem bezweifelte ich, dass Joost tatsächlich genial war. In meinen Augen war er ein Getriebener, ein vielseitig talentierter Querdenker mit einem gut verborgenen, aber dennoch vorhandenen Mangel an Selbstbewusstsein. Um eben jenen Mangel auszugleichen, tanzte er gleich auf mehreren Hochzeiten. Er war Facharzt für Labormedizin und Mikrobiologie, hatte mit großem Erfolg ein Institut für Humangenetik aufgebaut, besaß an der Universität einen Lehrstuhl, schrieb regelmäßig Fachbücher und war zusätzlich vereidigter Sachverständiger für Abstammungsgutachten. Jede dieser Tätigkeiten führte mit ebenso viel Ehrgeiz wie Engagement aus. Die wenige Zeit, die ihm zwischen Arbeit, Annette und Freundeskreis blieb, füllte er mit Frauen, die seinem Selbstwertgefühl schmeichelten, es jedoch nicht zu stärken vermochten.

Auch wenn mir all das bewusst war, mochte ich Joost. Er hatte ein sehr einnehmendes Wesen, konnte äußerst liebevoll sein, übermütig und humorvoll. An manchen Tagen sprühte er nur so vor Ideen. Und er war Gregor ein guter Freund.

»Helen?« Annette legte ihre Hand auf meine. »Ist alles in Ordnung mit dir?«

»Keine Sorge! Ich war nur für einen Moment woanders.«

»Wenigstens gehst du nur in Gedanken auf Wanderschaft«, sagte sie, während sie aufmerksam etwas beobachtete, das sich hinter uns abspielte.

Neugierig drehte ich mich um. Vor dem Restaurant stand Joost und redete mit einer Frau. Beide schienen sehr aufgebracht zu sein. Da ich noch nie eines von seinen Verhältnissen zu Gesicht bekommen hatte, musterte ich sie eingehend. Sie war schätzungsweise Mitte dreißig und hätte vom Aussehen her Joosts jüngere Schwester sein können. Beide waren sie sehr groß, hatten gewellte blonde Haare und zählten eher zum sportlichen Typ.

Wild gestikulierend ließ sie ihren ausgestreckten Zeigefinger mehr als einmal mitten auf seiner Brust landen. Ich musste ihre Worte nicht hören, um zu wissen, dass sie wütend war und ihm heftige Vorwürfe machte. Wahrscheinlich hatte sie es sich in den Kopf gesetzt, nicht länger hinter Annette zurückzustehen. Die Szene war so eindeutig, dass ich wünschte, Annette hätte sie nicht mitbekommen.

»Gregor, könntest du dem da draußen ein Ende setzen?«, fragte sie angespannt. »Bitte.«

Mein Mann stand zögernd auf. Ich konnte mir gut vorstellen, was in ihm vorging. Er war hin- und hergerissen zwischen dem Wunsch, Annette beizustehen, und seiner Überzeugung, dass der Streit dort draußen ausschließlich Joost, Annette und diese Frau betraf und es nicht seine Aufgabe war, sich einzumischen.

Als er hinausgegangen war, geriet ich kurz in Versuchung, ihr zu sagen, sie solle nicht länger hinschauen. Aber dann kam ich zu dem Schluss, dass ihr Wegschauen nicht helfen würde.

»Jetzt hat sie Gregor aufs Korn genommen«, sagte Annette. Ihr Blick war starr auf das Fenster hinter mir gerichtet. »Und Joost versucht, Gregor hinter sich herzuziehen. Warum lässt dein Mann sie nicht einfach stehen?« Ihr Ton war gereizt. »Wieso redet er mit ihr? Er sollte nur Joost mit hereinbringen … mehr nicht. Müssen Männer denn immer zusammenhalten?«

»Werd bitte nicht ungerecht, Annette. Gregor ist auf deinen Wunsch hin da draußen. Ich hatte nicht das Gefühl, dass er sich um diesen Auftrag gerissen hat.«

»Aber muss er dabei …?«

»Gregor ist erwachsen!«

»So erwachsen, dass er sich von ihr einlullen lässt«, erwiderte sie böse. »Jetzt gibt er ihr sogar noch seine Karte.«

Ich drehte mich um und sah die Frau einen Blick auf die Karte werfen, bevor sie sie einsteckte.

»Vielleicht beabsichtigt er ja, in Joosts Fußstapfen …«

Mein Blick brachte sie für einen Moment zum Verstummen. »Kannst du mir sagen, warum du dir das nach all den Jahren immer noch bieten lässt? Wie *faszinierend* muss ein Mensch sein, um solche Verletzungen aufzuwiegen?«

»Das wirst du nie verstehen.«

»Manchmal frage ich mich, ob du es selbst verstehst.«

»Für andere ist nicht immer einleuchtend, was man tut und wie man fühlt. Das müsstest du eigentlich am besten verstehen, Helen.« Sie hatte ganz bewusst unter die Gürtellinie gezielt.

Mein Impuls, aufzustehen und zu gehen, war fast unüberwindlich. Nur unter großer Anstrengung gelang es mir, sitzen zu bleiben. »Das tat weh, Annette.«

»Du tust mir auch weh. Mit deiner Überlegenheit, mit diesem Blick, der besagt, du würdest dir das von deinem

Mann nicht bieten lassen, du wärst schon längst über alle Berge. Mit deinem Mitleid mit mir. Dieses Mitleid ist manchmal noch viel schlimmer als der Betrug selbst. Es macht einen so klein. Und es bringt ein Ungleichgewicht in unsere Freundschaft, das ihr nicht gut tut.« Tränen glitzerten in ihren Augenwinkeln. Mit einer fahrigen Bewegung wischte sie sie fort. »Weißt du, wie es mich ankotzt, mir von dir, die du in einer wahren Bilderbuchehe lebst, Vorhaltungen machen zu lassen? Das ist, als ob eine Reiche eine Arme fragt, warum sie sich in ihr Schicksal fügt und nicht endlich etwas dagegen tut. Aber hast du überhaupt eine Vorstellung davon, wie es in dieser Armen aussieht? Vielleicht ist sie paralysiert, vielleicht fehlt ihr die Kraft und die Zuversicht, die es bräuchte, um in die Hände zu klatschen und eine Veränderung zu wagen.« Sie hatte einen hochroten Kopf, und ihr Atem ging stoßweise.

Ich füllte ihr Glas Wasser nach und reichte es ihr wortlos. Nachdem sie ein paar Schlucke getrunken hatte, stellte sie es behutsam ab.

»Danke.« Es war, als würde sie wieder zu sich kommen. Beschämt sah sie erst mich an, um ihren Blick dann über die angrenzenden Tische schweifen zu lassen.

Links und rechts von uns saßen ausschließlich verliebte Paare. »Unsere Tischnachbarn sind viel zu sehr mit sich selbst beschäftigt, um von uns Notiz zu nehmen«, sagte ich. »Und selbst wenn sie zugehört hätten, dann …«

»Dann hätten sie vielleicht eine Ahnung davon bekommen, dass es ein Leben nach dem Verliebtsein gibt. Und dass es so oder so ausfallen kann.« Ihr trauriger Ton berührte mich. »Hätte ich damals auch nur annähernd gewusst, was auf mich zukommt, dann …« Annette verstummte.

»Helen!« Joost packte mich von hinten an den Schultern und zog mich aus meinem Stuhl hoch. »Herzlichen Glückwunsch zum Geburtstag.« Er umschlang mich mit seinen Armen, küsste mich auf beide Wangen und hielt mich dann ein Stück von sich. »Blendend siehst du aus, dein Mann ist zu beneiden. Obwohl ich natürlich selbst zu den Männern zähle, die von anderen beneidet werden.« Der Blick, den er Annette zuwarf, hätte charmanter nicht sein können. »Schaut euch dieses Prachtexemplar von Ehefrau an: Sie ist nicht nur schön, sondern auch klug.«

Klug genug, ihren Mund zu halten? Klug genug, die Situation richtig einzuschätzen und wegen der Frau vor dem Restaurant keine Szene zu machen? Klug genug, wieder mal ein Auge zuzudrücken? Was hätte ich dafür gegeben, dieser Situation zu entkommen und den Abend mit Gregor allein zu beschließen. Seiner Einsilbigkeit nach zu urteilen, schien es ihm ähnlich zu gehen.

Gekonnt überspielte Joost die spürbar schlechte Stimmung am Tisch. Zeitweise hätte man sogar meinen können, er nehme sie gar nicht wahr. Aber ich kannte ihn gut genug, um zu wissen, dass dem nicht so war. Er hatte sehr feine Antennen.

Es war schon eine Leistung, wie er uns während der Vor- und Hauptspeisen unterhielt, ohne auch nur eine Minute lang nachzulassen. Er schien nicht müde zu werden, kleine Anekdoten aus der Uni und aus seinem Institut zum Besten zu geben. Annette und ich ließen uns dadurch besänftigen. Gregor hingegen verweigerte sich standhaft. Er blieb wortkarg und in sich gekehrt.

Erst als wir zwei Stunden später wieder auf der Straße standen, nachdem wir uns von den beiden verabschiedet hatten, hatte ich Gelegenheit, ihn auf seine offensichtliche Verärgerung anzusprechen.

»Was ist da draußen geschehen? Was hat dich so aufgebracht?«, fragte ich ihn. »Warum hast du der Frau deine Visitenkarte gegeben?«

Er nahm mich fest in die Arme und drückte mich. »Helen, heute ist dein Geburtstag.« Ich spürte seinen Atem an meiner Stirn. »Es tut mir ohnehin schon furchtbar Leid, dass dir dein Abend so versaut wurde. Lass uns Joost und seine Probleme vergessen, wenigstens bis morgen früh.«

»Meinst du mit *seinen Problemen* diese Frau oder Annette?«

»Ich meine, dass meine Frau jetzt mal als Freundin abschalten und als Ehefrau auf Empfang schalten sollte.«

»Heißt das, du möchtest dort wieder anknüpfen, wo wir vor ein paar Stunden unterbrochen wurden?« Ich schob meine Hände unter seinen Mantel.

»Unbedingt!«

»Auf der Stelle?«

»Da ich keine Anzeige riskieren möchte, schlage ich vor, dass wir nach Hause rennen, Nelli hinauskomplimentieren und dann in aller Ruhe noch ein bisschen Geburtstag feiern.«

»Spießer!«

»Aber ein Spießer, der unvergleichlich gut küssen kann«, raunte er mir ins Ohr. »Von dem *Rest* ganz zu schweigen.«

Ich zwickte ihn spielerisch in den Po. »Weißt du, was noch schlimmer ist als ein Spießer? Ein eingebildeter Spießer!«

Nach einem ausgedehnten Kuss liefen wir im Eilschritt nach Hause.

2

Zwei Tage später – ich war gerade dabei, mit Jana zu Mittag zu essen – rief Annette an und begann mich ohne große Umschweife auszufragen.

»Hat Gregor dir etwas über diese Frau erzählt?«

»Nein.« Als ich ihn am nächsten Morgen noch einmal nach ihr gefragt hatte, hatte er geantwortet, dass er diesen Zwischenfall so schnell wie möglich vergessen wolle.

»Aber er muss etwas gesagt haben. So eine Situation ist nicht gerade alltäglich. Oder ist er als Scheidungsanwalt schon dermaßen abgestumpft?«

Jana saß in ihrem Kinderstuhl und verteilte die Reiskörner von ihrem Teller abwechselnd in ihren Mund und auf den Fußboden. Auf die gleiche Weise verfuhr sie mit den Zucchini-Stückchen. Um sie nicht zu erschrecken, mäßigte ich mich in meinem Ton. »Annette, ich schlage vor, du sprichst direkt mit Joost, wenn du mehr über diese *nicht gerade alltägliche Situation* wissen willst.«

»Verstehst du das unter Freundschaft?«

»Ich verstehe das als Kommunikation ohne unnötige Umwege. Und was ich unter Freundschaft verstehe, solltest du eigentlich inzwischen wissen.«

»Ich weiß nur, was du von deinen Freunden erwartest: Verständnis. Etwas, was du im Gegenzug nicht aufbringst.« Ihre Stimme war kurz davor zu entgleisen.

Ich sagte mir, dass sie litt wie ein Tier und deshalb um

sich biss – dass es besser war, ihre Worte nicht persönlich zu nehmen, dass sie sie unter anderen Umständen sicher bereut hätte. Nachdem ich im Geiste bis zehn gezählt hatte, holte ich tief Luft. »Ich habe Verständnis für dich, Annette. Ich habe sogar Verständnis dafür, dass du hier einen Nebenkriegsschauplatz aufmachst, nur um der eigentlichen Auseinandersetzung, nämlich der mit deinem Mann, aus dem Weg zu gehen. Ich kann dir zuhören, wenn du dir etwas von der Seele reden möchtest, ich kann versuchen, gemeinsam mit dir nach Lösungen zu suchen …«

»Aber?«

Jana wurde unruhig in ihrem Stuhl. Ich klemmte den Telefonhörer zwischen Ohr und Schulter, hob meine Tochter hoch und stellte sie auf den Boden. Fröhlich vor sich hin brabbelnd lief sie zu ihrem großen Stoffhund und bohrte ihm ihren Zeigefinger ins Nasenloch. Bei Gelegenheit würde ich ihr noch verständlich machen müssen, dass ausschließlich Stofftiere solche Attacken ohne Gegenwehr über sich ergehen ließen.

»Aber?« Die erneut gestellte Frage war deutlich schärfer geworden.

»Aber«, antwortete ich mit Bedacht, »ich möchte nicht länger mit dir immer wieder dasselbe durchkauen, ohne dass sich jemals etwas ändert. Das Ganze ist so eingefahren wie ein gut geölter Mechanismus: Joost hat ein Verhältnis, du weinst dich bei uns aus, fragst uns um Rat, wir bemühen uns, gemeinsam mit dir eine Lösung für deine Situation zu finden, und dann gehst du – zumindest teilweise – erleichtert nach Hause und änderst … nichts.«

Aus der Küche war das Scheppern von Kochtöpfen zu

hören. Wenn mich nicht alles täuschte, räumte Jana gerade einen der Küchenschränke aus.

»Ach, darum geht es! Du bist beleidigt, weil ich eure Ratschläge nicht beherzige.« Das Geräusch, das folgte, sollte ein Lachen sein, aber es misslang. »Bist du schon einmal auf die Idee gekommen, dass eure Ratschläge indiskutabel sind? Es kommt für mich nicht in Frage, Joost zu verlassen. Und in eine Paartherapie geht er nicht, da könnte ich mich auf den Kopf stellen.«

»Du möchtest, dass wir Joost für dich in seine Schranken weisen, aber das können weder Gregor noch ich. Das ist ganz allein deine Aufgabe.«

»Hat Gregor es denn jemals versucht? Hast du es versucht?« Sie schnaubte verächtlich durch die Nase. »Feine Freunde seid ihr!«

Annette gelang es immer wieder, mich in Diskussionen zu verwickeln, die sich im Kreis drehten. Es brauchte nicht mehr viel, und mir würde der Kragen platzen. Dieses Mal zählte ich bis zwanzig. Die Erfahrung hatte gezeigt, dass das die wirksamste Möglichkeit war, wenn Worte nicht mehr halfen. Mein Schweigen löste bei ihr den Tränenstrom aus.

Schluchzend stammelte sie ins Telefon, dass sie das Gespräch jetzt beenden müsse. Es dauerte keine zwei Sekunden, und die Leitung war tot.

Das unangenehme Gefühl, das dieses Telefonat bei mir hinterließ, war nur schwer abzuschütteln. Am liebsten hätte ich laut geschrieen, um meine Aggressionen loszuwerden, aber ich nahm mich zusammen und ging zu Jana.

Der Küchenboden sah aus wie ein Schlachtfeld. Töpfe und Pfannen schmückten in lockerer Anordnung die

Steinfliesen. Mittendrin saß Jana und redete mit den einzelnen Teilen, als wären sie ihre besten Freunde. Ich hätte etwas darum gegeben, ihre scheinbar unzusammenhängenden Worte zu verstehen.

»Na, meine Süße, amüsierst du dich gut?«

Sie stand auf, kam zu mir und streckte mir ihre Speckärmchen entgegen. »Ma…«

»Das ist ein wunderbarer Anfang«, sagte ich mit einem glücklichen Lächeln, während ich sie hochnahm. Jana war eine kleine Spätentwicklerin, was das Sprechen anging, aber ich ließ mich deswegen nicht aus der Ruhe bringen. Die einfachen Worte, die andere in ihrem Alter bereits artikulieren konnten, verweigerte sie standhaft. Beim Laufen und Klettern war sie dafür flink wie ein Wiesel. Allem Anschein nach war es ihr wichtiger, ihre Welt zu erkunden, als irgendwelchen Sprachentwicklungsnormen zu entsprechen.

Mein Blick wanderte über ihr Gesicht, das meinem so ähnlich sah. Im Gegensatz zu mir hatte Jana jedoch leicht abstehende Ohren – die hatte sie eindeutig von Gregor.

»Ich hoffe, die lässt du dir nie operieren!« Ich liebte diese Ohren, sie verliehen ihr einen so fröhlichen Ausdruck.

Jana begann – genau wie vorher bei ihrem Stoffhund – meine Nasenlöcher zu inspizieren. Lachend riss ich meinen Kopf zurück, weil es kitzelte.

»Außerdem hoffe ich, dass du Antennen entwickelst, die dich später um Männer wie Joost einen riesigen Bogen machen lassen.«

»Wa…wa…«

»Wie du das machen sollst? Lass deinen Vater und

mich nur machen! Uns fällt dazu ganz bestimmt jede Menge ein.«

Mit entschlossenen Bewegungen wand sie sich aus meinen Armen und nahm sich den nächsten Küchenschrank vor. Jetzt waren die Holzbrettchen dran. Sie suchte so lange, bis endlich eines in einen der Töpfe passte.

»Oh.« Mit staunenden Augen begutachtete sie ihr Werk.

Ich klatschte in die Hände und löste damit bei ihr ein freudiges Glucksen aus. Plötzlich spürte ich, dass sich die Aggressionen, die mich vor kurzem noch hatten schreien lassen wollen, in Nichts aufgelöst hatten.

»Nein, ich werde meinen Mund nicht halten, Joost. Das kannst du nicht von mir erwarten«, sagte Gregor.

Ich saß im Arbeitszimmer und schrieb an der Beurteilung eines kleinen Aquarells, als Gregors Stimme vom Wohnzimmer aus zu mir herüberdrang.

»Bring das in Ordnung!« Seinem Tonfall nach zu urteilen, war er ziemlich aufgebracht. »Nein, ich meine genau das, was ich gesagt habe. Und ich habe es gesagt, *weil* ich dein Freund bin. Ich könnte es mir auch sehr viel einfacher machen und meine Augen verschließen.«

Ich stöhnte genervt auf. Für mein Empfinden strapazierten Annette und Joost unsere Freundschaft in den vergangenen Tagen über Gebühr. Warum konnte Joost Gregor nicht wenigstens an diesem Abend verschonen? Er hatte einen harten Tag gehabt und sich ein bisschen Ruhe und Entspannung verdient. Da ich bei der Lautstärke, in der das Gespräch mittlerweile geführt wurde, nicht arbeiten konnte, schloss ich meine Tür. Jetzt hörte ich Gregor zwar immer noch, konnte aber die einzelnen Worte nicht mehr verstehen.

Als zehn Minuten später Stille eingekehrt war, ging ich ins Wohnzimmer, wo Gregor in dem alten ledernen Ohrensessel seines Vaters saß. Ich ließ mich auf der Lehne nieder und strich ihm zärtlich über die Wange.

»Ein ähnlich unangenehmes Gespräch habe ich heute auch geführt«, sagte ich. »Annette meinte, mir Vorhaltungen über mangelnde Freundschaft machen zu müssen.«

Gregor fuhr sich über die Augen, als schmerzten sie ihn.

»War's schlimm?«, fragte ich ihn.

Er schüttelte den Kopf. »Erzähl mir etwas von Jana.«

»Meinst du dieses kleine Mädchen, das im Zimmer gegenüber wohnt? Dieses Mädchen, das über genauso viel Einfallsreichtum wie Stimmgewalt und Durchsetzungsvermögen verfügt? Das der festen Überzeugung ist, alle Menschen seien ausschließlich zu seiner Unterhaltung da? Das mit eineinhalb Jahren einen Charme entwickelt hat, mit dem es selbst hart gesottene Mütter wie mich um den Finger wickelt? Und das einen Vater hat, der es so sehr verwöhnt, dass kein Mann, der später in sein Leben treten wird, an ihn heranreichen kann? Falls du tatsächlich dieses Mädchen meinst, kann ich dich beruhigen: Es schläft!«

Gregors liebevolles Lächeln machte mich froh. »Und wie geht es dieser hart gesottenen Mutter?«, fragte er. »Wie war ihr Tag?«

»Aufschlussreich. Auf dem Spielplatz hat mir eine sehr engagierte Mutter einen Vortrag darüber gehalten, dass es absolut notwendig sei, Janas Hände mit Seife zu waschen, wenn sie einen Hund gestreichelt hat und danach einen Keks essen möchte. Eine andere hat fast einen Herzinfarkt bekommen, weil ich nicht sofort hingelaufen bin, als Jana sich das Klettergerüst als Betätigungsfeld ausgesucht hat. Und eine Dritte hat sehr überzeugt die Meinung vertreten, Kinder von arbeitenden Müttern würden unweigerlich Schäden davontragen.«

»Ich hoffe, du hast Jana daraufhin untersuchen lassen.«

»Gleich von zwei Fachleuten«, sagte ich mit ernster Miene. »Und ich muss dir gestehen, sie haben tatsächlich eine Entwicklungsstörung festgestellt.«

Gregor machte das Spiel mit und legte wie auf Kommando seine Stirn in Falten. »Eine ernst zu nehmende?«

Ich nickte mit sorgenvollem Ausdruck. »Unsere Tochter ist der festen Überzeugung, kleine Mädchen hätten dieselben Rechte wie kleine Jungen.«

»Kannst du mir sagen, was wir angestellt haben, dass sie auf solch hanebüchene Ideen kommt?« Sein Mund verzog sich zu einem breiten Grinsen.

Ich ließ mich von der Lehne des Sessels auf Gregors Schoß gleiten und kuschelte mich an ihn. »Wir haben uns nichts vorzuwerfen, wir hatten die besten Absichten und sind ihr mit gutem Beispiel vorangegangen, mehr können wir nicht tun.« Mit dem Zeigefinger fuhr ich zärtlich über den Knick seiner Nase.

»Glaubst du, sie wird mit einem solchen Handicap später überhaupt einen Mann finden?«

»Ich habe schließlich auch einen gefunden.«

»Aber du hast lange suchen müssen. So ein Prachtexemplar wie mich findet man nicht an jeder Straßenecke, wie du weißt.«

»Deshalb hege und pflege ich dich auch, damit du nur ja steinalt wirst und ich nicht irgendwann ohne dich dastehe. Dann wäre mein Leben nämlich sehr viel ärmer.«

Er beugte sich vor und küsste mich leicht auf die Lippen. »Und weil ich das weiß, esse ich fünf Portionen Obst und Gemüse am Tag, gehe nicht bei Rot über die Ampel, zerreiße Gutscheine für Fallschirmsprünge und lasse mich nicht mit fremden Frauen ein.«

»An welchem Tag hast du zuletzt fünf Portionen Obst und Gemüse gegessen?«

»Lass mich überlegen … das war dieser Tag, als … hm … wenn du mir noch zwei Sekunden Zeit gibst, dann fällt es mir ganz bestimmt wieder ein.« Mit geschlossenen Augen legte er die Hände an die Schläfen und massierte sie. »Jetzt hab ich's: Das war der Tag, als ich … nein, doch nicht. Ich glaube, ich gebe es auf.«

»Solange du dich bei roten Ampeln, Fallschirmsprüngen und fremden Frauen zurückhältst, will ich mal ein Auge zudrücken«, sagte ich lachend.

Gregor seufzte. »Wir werden ein wunderbares altes Ehepaar abgeben. Du mit grau melierten Haaren, ich mit Wollmütze wegen Mangels an Haaren – beide werden wir ganz vernarrt sein in unsere Enkelkinder, wir werden uns die Köpfe heiß reden, damit unsere Gehirne nicht einrosten, und zur Seniorengymnastik gehen, damit wir uns noch so lange wie möglich die Schuhe selbst zubinden können.«

»Es gibt Slipper.«

»Und es gibt Ehrgeiz.« Gregor küsste mich auf die Nasenspitze und schob mich sanft von seinem Schoß.

»Das war das Stichwort?« Enttäuscht krauste ich die Stirn.

»Wenn mich nicht alles täuscht, wartet auf deinem Schreibtisch auch noch Arbeit auf dich.«

»Ich hätte mir aber durchaus Alternativen vorstellen können, zum Beispiel …«

»Deine Fantasien kenne ich, Helen.« Der Glanz in seinen Augen sprach davon, dass sich seine von meinen eigentlich nicht unterschieden. »Aber ich kenne auch deinen Hang, sie in die Tat umzusetzen.«

»Na und?«, fragte ich frech.

»Montag habe ich eine Verhandlung, auf die ich mich noch vorbereiten muss. Also bitte ich dich um Vertagung.«

»Stattgegeben. Unter der Bedingung, dass du mir dafür morgen Abend zur Verfügung stehst.«

»Versprochen!«

»Mit jeder Faser deines Körpers?«

»Helen, hast du eigentlich überhaupt keine Sorge, ich könnte dich eines Tages wegen sexueller Ausbeutung anzeigen?«

»Sollte das der Fall sein, dann kontere ich mit einer Anzeige wegen Vernachlässigung ehelicher Pflichten.«

»Würde mich interessieren, bei welchem dieser Rechtsverdreher du in die Lehre gegangen bist.«

»Dreimal darfst du raten!«

Gregor arbeitete während des gesamten Wochenendes und tauchte nur zu den Mahlzeiten auf. Am Montagmorgen hatte ich Schwierigkeiten, ihn aus dem Bett zu bekommen. Er hatte bis weit nach Mitternacht an der Vorbereitung seiner Verhandlung gesessen und war erst ins Bett gekommen, als ich längst eingeschlafen war. Als alles nichts half, beschloss ich, meine Geheimwaffe einzusetzen, holte Jana und setzte sie neben Gregor ins Bett.

Im Hinausgehen hörte ich sie mehrfach »Pa… Pa…« krähen und sah, wie ihre Händchen sehr fordernd und unsanft den Kopf ihres Vaters bearbeiteten.

Keine fünf Minuten später gesellten sich die beiden zu mir ins Bad.

»Ich hoffe, Janas ganz spezielle Art, Männer aus dem Tiefschlaf zu reißen, verwächst sich noch!« Gregor küsste mich in den Nacken und sah dann schlaftrunken in den Spiegel.

»Nach meinem Kaffee wirst du dich wie neugeboren fühlen.«

Jana zog so lange an seiner Schlafanzughose, bis er nachgab, sie zwischen die beiden Becken auf den Waschtisch hob und ihr eine Zahnpastatube in die Hand drückte. Sie versuchte, den Deckel aufzudrehen. »Soll ich sie mit hinausnehmen, damit du in Ruhe duschen kannst?«, fragte ich ihn, nachdem ich meine Haare trocken geföhnt hatte.

Gregor beugte sich zu ihr. »Willst du bei deinem Papa bleiben?«

Jana nickte.

»Einspruch! Suggestivfrage.«

»Abgelehnt!«

Mit einem Schmunzeln verließ ich das Badezimmer und begann in der Küche, das Frühstück für uns drei vorzubereiten. Als fünfundzwanzig Minuten später Gregor mit Jana im Schlepptau erschien, wirkte er, als habe er bereits seine erste Schlacht an diesem Tag geschlagen.

»Es ist mir ein Rätsel, wie du es schaffst, dabei zu arbeiten.« Mit *dabei* war die Aufmerksamkeit gemeint, die unsere Tochter zu Recht für sich beanspruchte.

»Das schaffe ich nur, wenn sie schläft oder wenn Nelli

da ist.« Vor kurzem hatte ich versucht, für drei halbe Tage in der Woche einen Krippenplatz für Jana zu bekommen, hatte jedoch nur erreicht, dass sie auf zwei Wartelisten gesetzt wurde. »Ich hoffe nach wie vor auf einen Krippenplatz. In den Augen vieler Frauen bin ich deshalb eine Rabenmutter«, sagte ich verdrossen.

»Das nimmst du dir hoffentlich nicht zu Herzen. Erstens bist du alles andere als eine Rabenmutter und zweitens kennst du meine Meinung zu dem Thema. Ich finde es sehr wichtig, dass Kinder mit Ihresgleichen zusammen sind. So lernen sie am schnellsten ein gutes Sozialverhalten.«

»Besonders Einzelkinder …«

Gregor griff über den Tisch und nahm meine Hand in seine. »Ich bin auch ein Einzelkind, und ich habe diesen Zustand sehr genossen, glaube mir. Wenn mir irgendwann so ein Nachkömmling die Position als Mamis Liebling streitig gemacht hätte, dann …«

»… hättest du deine Eltern angefleht, ihn wieder dahin zu bringen, woher er gekommen ist, ich weiß. Aber irgendwann hättest du ihn vielleicht geliebt, so wie ich meine Schwester liebe.«

»Wenn du ehrlich bist, würdest du sie aber manchmal auch gerne auf den Mond schießen.«

Es stimmte, was er sagte, aber ich wusste auch, warum er es sagte. Wieder einmal versuchte er, mich darüber hinwegzutrösten, dass Jana auf absehbare Zeit Einzelkind bleiben würde. Mit einem dankbaren Lächeln gab ich ihm zu verstehen, dass ich ihn durchschaut hatte. »Wir drücken dir die Daumen, dass du bei deiner Verhandlung heute Erfolg hast.«

»Dann kann ja nichts schief gehen.« Er stand auf und

gab erst mir und dann Jana einen Kuss. »Bis später, ihr beiden.« Kurz darauf fiel die Wohnungstür ins Schloss.

Während ich meinen Kaffee trank und Jana die Käsestückchen von ihrem Brot sammelte, sah ich aus dem Fenster. Es war ein von der Sonne beschienener Oktobertag.

Um halb acht an diesem Abend rief Gregor an und sagte mir, dass er in einer Besprechung sitze, die noch gut eine Stunde dauern werde. Ich solle schon mal ohne ihn anfangen zu essen. Er versuchte, seine Anspannung zu überspielen, indem er betont ruhig sprach. Aber ich konnte förmlich *riechen*, dass er jemandem gegenübersaß, der seine Geduld strapazierte.

»Soll ich kommen und dich retten?«, fragte ich.

»Nicht nötig.« Jetzt war es ein Lachen, das er unterdrückte. »Bis später!«

Ich wusste: Wenn er eine Stunde sagte, dann konnten auch leicht zwei daraus werden, deshalb richtete ich mich darauf ein, den Abend allein zu verbringen.

Fast pünktlich nach zwei Stunden klingelte es. Gregor wird mal wieder seinen Schlüssel vergessen haben, dachte ich, als ich mich aus der Decke auf dem Sofa schälte, zur Tür ging und öffnete. Statt meines Mannes stand dort jedoch eine Frau, die ich nicht kannte.

»Frau Gaspary?«, fragte sie. »Helen Gaspary?« Allem Anschein nach fror sie, denn sie hatte die Schultern hochgezogen und trat von einem Fuß auf den anderen.

»Ja. Und Sie sind …?«

»Felicitas Kluge«, stellte sie sich vor. Sie zog einen Ausweis aus der Tasche ihres Mantels und ließ mir Zeit, ihn zu studieren.

Ich las: Kriminaloberkommissarin … LKA 41.

»Frau Gaspary, ich habe eine schlechte Nachricht für Sie. Ist es möglich, dass wir hineingehen?«

Ohne mich von der Stelle zu rühren, sah ich sie an. Eine schlechte Nachricht? »Kriminalpolizei? Ist etwas mit Isabelle?« Meine Schwester war immer wieder für solche *schlechten Nachrichten* gut. Entweder sie brach sich beim Freeclimbing ein Bein, weil sie sich überschätzte, oder einen Arm, weil sie zwischen Straßenbahnschienen unbedingt freihändig Fahrrad fahren musste. Bisher waren uns solche Nachrichten allerdings noch nie von der Polizei überbracht worden.

»Wollen wir nicht erst einmal hineingehen?«

»Was ist meiner Schwester passiert?«

»Ihrer Schwester ist nichts passiert, zumindest ist mir nichts in dieser Hinsicht bekannt. Bitte … lassen Sie uns hineingehen.«

Wortlos gab ich ihr ein Zeichen, mir zu folgen. Im Wohnzimmer wandte ich mich zu ihr um und sah sie stirnrunzelnd an. »Das LKA 41 … worum geht es da?«

»Um Todesermittlungen.«

»Wie lautet Ihre schlechte Nachricht?« Ich hörte meine Stimme, als stünde ich neben mir. Die einzelnen Worte klangen, als entstammten sie einem Sprachcomputer.

»Wollen Sie sich nicht setzen, Frau Gaspary?«

»Nein …« Setzte man sich nicht immer nur dann, wenn es ganz schlimm kam? »Bitte sagen Sie mir, um wen es geht.«

»Ihr Mann Gregor ist bei einem Sturz vom Balkon seiner Kanzlei zu Tode gekommen. Nach einer ersten vorsichtigen Einschätzung der Situation handelt es sich um

Selbsttötung.« Sie hatte sehr langsam gesprochen. Jetzt schwieg sie und sah mich an. War es aus Betroffenheit, aus Mitgefühl? Oder aus der Erfahrung, dass eine solche Nachricht nicht so schnell zu begreifen ist, wie sie ausgesprochen wird? »Haben Sie mich verstanden, Frau Gaspary?«

Meine Kehle war so trocken, dass mir das Schlucken schwer fiel. Ich konzentrierte mich auf diesen einen Punkt in meinem Hals.

»Möchten Sie jemanden anrufen und bitten, bei Ihnen vorbeizukommen?«

Wieder versuchte ich zu schlucken, aber mein Hals schien angeschwollen zu sein. Ich brachte nur ein unverständliches Krächzen heraus.

»Haben Sie Freunde, die kommen könnten, oder jemanden aus Ihrer Familie?« Ihr Blick ließ nichts im Unklaren. Mit Worten hätte sie nicht besser ausdrücken können, wie Leid es ihr tat, mir diese Nachricht zu überbringen. »Ich werde so lange bei Ihnen bleiben, bis jemand hier ist und sich um Sie kümmert. Wollen wir gemeinsam überlegen, wer dafür in Frage kommt?«

Ich schüttelte den Kopf. Noch gelang es mir, klar zu denken, deshalb wollte ich keinen einzigen Gedanken an Unwichtiges verschwenden. »Wo ist mein Mann?«

»Zurzeit ist er noch an der Unglücksstelle. Wenn die Spurensicherung abgeschlossen ist, wird er ins Institut für Rechtsmedizin in der Uniklinik gebracht.«

Ich ging zu einem kleinen Schrank, auf dem das Telefon stand, suchte eine Nummer aus dem Telefonbuch und rief meine Nachbarin an. Nach dem fünften Klingeln hörte ich, wie sie sich meldete. »Frau Nowak, hier ist Helen Gaspary. Könnten Sie bitte einen Moment zu uns herüberkommen?« Das Atmen fiel mir schwer. »Es handelt sich um einen Notfall.« Ich legte auf, ohne ihre Antwort abzuwarten. Zu Felicitas Kluge gewandt sagte ich: »Sie wird gleich hier sein, sie wohnt im Nachbarhaus.« Steifbeinig ging ich zur Tür und öffnete sie.

Ein kalter Windzug schlug mir entgegen. Hätten meine Arme noch einen Rest an Kraft gehabt, dann hätte ich sie schützend um meinen Körper geschlungen.

»Was ist passiert, Frau Gaspary?« Außer Atem kam mir Mariele Nowak im Schlafanzug mit einem Bademantel darüber entgegengelaufen. Die grauen Haare, die sonst immer von einem Knoten zusammengehalten wurden, fielen ihr lose auf die Schultern. »Ist etwas mit Jana?«

Wie ein Roboter schüttelte ich den Kopf. »Sie schläft. Können Sie auf sie aufpassen, solange ich fort bin? Mein Mann …«

»Was ist mit Ihrem Mann?«

»Ich muss ihn sehen.«

»Frau Gaspary …« Hinter mir war die Kripobeamtin aufgetaucht. »Ich weiß nicht, ob …«

»Ich muss ihn sehen!«

Das Blut war aus dem Gesicht meiner Nachbarin gewichen. »Wie schlimm ist es?«, fragte sie Felicitas Kluge, als wüsste sie, dass ich ihr die Antwort schuldig bleiben würde.

»Gregor Gaspary ist heute Abend tödlich verunglückt.«

Der Funke Hoffnung, den ich eben noch in der Miene meines Gegenübers entdeckt zu haben glaubte, erlosch augenblicklich. Zurück blieb nur Entsetzen im Gesicht der rund sechzigjährigen Frau, die seit zwei Jahren unsere Nachbarin war und die ich nur von den alltäglichen kurzen Gesprächen auf der Straße kannte. Ihr schien es ebenso kalt zu sein wie mir. Unablässig rieb sie sich mit den Händen über die Oberarme.

»Jana schläft fest, es ist unwahrscheinlich, dass sie aufwacht.« Mir fiel ein, dass sie bis zu diesem Tag unsere Wohnung noch nie betreten hatte. »Das Kinderzimmer ist am Ende des Flurs links. Die Tür ist nur angelehnt. Sollte sie wider Erwarten aufwachen, dann …«

»Wir beide werden schon klarkommen, Frau Gaspary.«

Ich nickte. Ja, sie würde mit Jana klarkommen. Sie gehörte zu jenen Erwachsenen, die ein eineinhalbjähriges Mädchen ernst nahmen und versuchten, ein Gespräch auf Augenhöhe mit ihm zu führen. Mit Blick über die Schulter sagte ich: »Gehen wir, Frau Kluge …«

»Wollen Sie keinen Mantel anziehen? Draußen ist es kalt.« Felicitas Kluges Blick wanderte von mir zu meiner Nachbarin, von der sie sich offensichtlich Schützenhilfe erhoffte.

»Hier drinnen ist es auch kalt«, entgegnete ich, ließ es jedoch zu, dass eine der beiden Frauen mir in den Mantel half. Im Rückblick hätte ich nicht sagen können, welche von beiden es gewesen war. Meine Wahrnehmung war mir vorausgeeilt. Zu Gregor, der irgendwo da draußen lag – in einer Kälte, die er nicht mehr spürte.

3

Je näher wir Gregors Kanzlei in der Isestraße kamen, desto greller wurden die Lichter. Scheinwerfer beleuchteten das Areal vor dem Haus, grün-weiße Plastikbänder grenzten es ab. Es gab ein Davor und ein Dahinter, so wie es jetzt ein Davor und ein Danach gab. Das Dahinter war wie das Danach: Es änderte alles.

Felicitas Kluge dirigierte mich zu der Stelle, an der mein Mann sein Leben verloren hatte. Auf dem Weg dorthin hielt uns ein Kollege von ihr auf. Wie ich später erfuhr, war er ihr Chef. Er stellte sich mir als Kai-Uwe Andres vor.

Behutsam hielt er mich am Arm zurück. »Gehen Sie nicht weiter, Frau Gaspary. Ihr Mann ist tot, behalten Sie ihn so in Erinnerung, wie er zu Lebzeiten aussah.«

Mit großer Anstrengung gelang es mir, ihn anzusehen. »Ich möchte mich von meinem Mann verabschieden.«

»Aber …« Unschlüssig wanderte sein Blick zwischen mir und seiner Kollegin hin und her.

»Bitte!« Meine Stimme würde mir nicht mehr lange gehorchen. Ich musste die Zeit, die mir blieb, nutzen. Aus dem Augenwinkel beobachtete ich zwei Männer, die einen Sarg trugen. »Bitte, ich möchte zu ihm.«

Mit einem Nicken ließ er uns vorbei. Felicitas Kluge geleitete mich durch das schmiedeeiserne Tor in den Vorgarten. Die Männer mit dem Sarg waren bereits dort. Sie bat sie, einen Moment zu warten, bückte sich und schlug die Plane zu unseren Füßen zurück. Gregors Gesicht wirkte schief, als hätten sich die Proportionen geändert. Auf der einen Seite war es eine blutige Masse, auf der anderen fast unversehrt. Während ich in die Knie ging, konzentrierte ich mich auf diese unversehrte Seite.

Mein Herz begann zu stolpern und nahm mir für einen Augenblick die Luft. Ich atmete dagegen an. Vielleicht hatte ich nur noch diesen einen Moment mit Gregor, da durfte ich nicht schlapp machen. Die feuchte Erde, in die sich meine Knie bohrten, schien mehr Wärme übrig zu haben als mein Körper. Ich schlug die Plane weiter zurück und suchte nach Gregors Hand. Sein Arm war merkwürdig verdreht. Als ich seine Hand in meine nahm, schien sie wie in einem losen Gelenk zu hängen. Sie war kalt und wächsern. Ich legte sie an meine Wange, um sie zu wärmen, aber es wollte mir nicht gelingen.

Der Kragen seines Oberhemdes stand offen. Das Hemd war voller Blut und Schmutz. Ich strich darüber und überlegte einen absurden, unwirklichen Moment lang, ob diese Flecken in der Wäsche je wieder rausgehen würden. Oder waren sie genauso endgültig wie sein Tod?

Ich streckte mich neben ihm auf der Erde aus, hob seinen verletzten Kopf in meine Armbeuge und …

»Frau Gaspary …« Die Stimme von Kai-Uwe Andres klang in einer Weise hilflos, wie ich sie später nie wieder hören sollte.

»Lass sie! Sie weiß, was sie tut.«

Ich war seiner Kollegin dankbar für den Versuch, mich zu verstehen. Aber wusste ich wirklich, was ich tat? Wenn ja, dann war es ein Wissen, das aus Tiefen kam, die mir bisher verborgen gewesen waren, ein Wissen, das einer Intuition folgte, der schon Generationen vor mir gefolgt waren.

Ich legte meine kühlen Lippen auf seine kalten und roch Blut, das an manchen Stellen noch klebrig, an anderen bereits verkrustet war. Ich schlang einen Arm um seinen Körper, schloss die Augen und legte meine Wange an seine unversehrte. Wenn ich mich anstrengte, würden die Unruhe und die Stimmen um uns herum vielleicht so weit in den Hintergrund treten, dass die Vorstellung, mit ihm allein zu sein, eine Chance hatte, sich durchzusetzen.

»Wir wollten zusammen steinalt werden …«, flüsterte ich in sein Ohr. War das wirklich meine Stimme? Wenn ich nur die Kälte seiner Wange hätte mildern können. Sie ließ mich frieren. Durch jede Pore kroch eine eisige Kälte in mich hinein. Und durch jede Pore seines Körpers verflüchtigte sich sein Geruch. Er wurde von Sekunde zu Sekunde schwächer, veränderte sich. Während sein Kopf schwer in meinem Arm lag, hinterließen meine Tränen warme Spuren auf meinem Gesicht. Ich stützte mich auf und sah ihn an. Ein letztes Mal berührte ich seine Lippen. »Ich liebe dich, Gregor … vom ersten Tag an … und jeden Tag ein bisschen mehr.«

Vorsichtig zog ich meinen Arm unter seinem Kopf hervor und stand langsam auf. Von irgendwoher kam eine Hand, die mich stützte. Während ich ein paar Schritte zurücktrat, öffneten die beiden Männer den

Sarg neben Gregor, falteten eine Plastikplane auseinander und legten meinen Mann in den Sarg.

»Kommen Sie, Frau Gaspary.« Kai-Uwe Andres sah mich mitfühlend an.

»Dort liegt der Mann, den ich liebe. Es ist sein Gesicht, das gleich zugedeckt wird. Wie kann ich meines da abwenden?« Ich blieb stehen und sah zu, wie dieses Gesicht, dessen Anblick mich so viele Jahre lang froh gemacht hatte, unter dickem, grauem Kunststoff verschwand. »Was geschieht mit meinem Mann im gerichtsmedizinischen Institut?«

»Der Staatsanwalt wird anhand der Aktenlage entscheiden, ob eine Obduktion anzuordnen ist.« Man merkte dem Kripomann an, dass er nun wieder Boden betrat, auf dem er sich zu Hause fühlte. »So wie es aussieht, handelt es sich jedoch um einen Suizid, der genau wie ein Unfall strafrechtlich nicht relevant ist. Obduziert wird nur dann, wenn ein Fremdverschulden nicht ausgeschlossen werden kann.«

»Wie lange muss Gregor, ich meine, sein Körper dort bleiben?«

»Wenn unsere Ermittlungen Suizid oder Unfall ergeben, dann wird die Leiche Ihres Mannes in circa zwei Tagen frei gegeben.« Er räusperte sich. »Frau Kluge und ich werden Sie gleich nach Hause begleiten, da wir ein paar Fragen an Sie haben und die Unterlagen Ihres Mannes sichten müssen.«

Ich sah zu, wie der Sarg, in dem Gregor lag, in den Leichenwagen geschoben wurde. Als die Klappe des Wagens zuschlug, meinte ich, den Schlag körperlich zu spüren. Ich zuckte zusammen und schlang die Arme um mich.

Felicitas Kluge trat zu mir. »Frau Gaspary, Sie zittern vor Kälte. Lassen Sie uns gehen, damit Sie sich nicht erkälten.«

Erkälten? Das würde nur vorübergehend sein. Aber erkalten – das war für immer. Gregor war erkaltet. Seine Seele hatte seinen Körper verlassen. Was sollte aus meiner werden? Mechanisch setzte ich mich in Bewegung und folgte der Kripobeamtin, die mit behutsamen Blicken und Gesten versuchte, mich Schritt für Schritt hinter sich herzulotsen.

Hinter der Absperrung warteten Menschen. Sie schienen jede unserer Bewegungen zu verfolgen. Manche starrten mich unverhohlen neugierig an, andere wendeten den Blick ab, als hätte ich eine ansteckende Krankheit, die durch bloßen Augenkontakt übertragen wurde. Es war kein Gesicht dabei, das ich kannte.

Mir war, als würde mich etwas zurückhalten. Langsam drehte ich mich um und ließ meinen Blick die Hausfassade bis in den fünften Stock zu dem Balkon von Gregors Kanzlei hinaufwandern. Ich betrachtete die schmiedeeiserne Umrandung.

»Was auch immer dort oben geschehen ist, Gregor ist nicht gesprungen.« Mir wurde schwindelig vom Hochschauen. Ich war aus dem Gleichgewicht geraten und schwankte.

Felicitas Kluge griff nach meinem Arm und stützte mich.

Ich sah sie fest an. »Haben Sie mich verstanden? Er ist nicht gesprungen!«

Vor unserer Wohnungstür blieb ich stehen. Die Erkenntnis, dass Gregor nie wieder durch diese Tür gehen würde, war wie ein Tritt in den Magen. Ich krümmte mich. Für einen Moment war mir, als würde mich dieser Tritt in die Knie zwingen. Gegen den Türrahmen gelehnt, holte ich Luft und drückte auf die Klingel, da ich vergessen hatte, meinen Schlüssel mitzunehmen.

Mariele Nowak öffnete. Ihr besorgter Blick umfing mich voller Wärme. Sie trat einen Schritt zur Seite, um uns hereinzulassen. Ich war ihr dankbar, dass sie nichts sagte und auch nicht versuchte, mich in den Arm zu nehmen. Ich hätte keine Berührung ertragen. Mein Körper fühlte sich an, als habe sich eine schwere Krankheit in ihm breit gemacht. Jedes Gelenk schien innerhalb der letzten Stunde steif geworden zu sein, jeder Muskel schmerzte, als sei er überdehnt. Ich bewegte mich sehr vorsichtig. Auf dem Weg zum Bad drehte ich mich zu den Kripobeamten um. »Wenn Sie mich bitte kurz entschuldigen …«

Beide nickten mir zu und wandten sich an meine Nachbarin. Bevor ich die Tür des Badezimmers schloss, hörte ich Kai-Uwe Andres fragen: »Was können Sie uns über Gregor Gaspary sagen?«

Während ich die schmutzigen Sachen auszog, flogen meine Gedanken zu Jana, die nebenan schlief. Ob Gregor sie in ihrem Traum besuchen und sich von ihr verabschieden würde? Ich sehnte mich danach, sie in meinen Armen zu spüren, aber ich wusste, ich würde zerfließen, wenn ich sie nur ansähe, und ich brauchte meine Kraft. Ich ging hinüber ins Schlafzimmer, zog eine schwarze Hose und einen schwarzen Pulli an und fuhr mir mit den Fingern durch die Haare.

»… eine ganz hinreißende Familie«, hörte ich Mariele Nowak sagen. »Es ist ein großes Unglück.«

Ein Unglück? Ja, Gregors Tod war ein großes Unglück. Der Schmerz war unerträglich. Er fühlte sich an, als würde ein Messer in meinem Inneren wüten, und ich hatte keine Ahnung, ob ich das überleben würde.

Kaum hatte ich den Raum betreten, drehten sich alle drei zu mir um. Meine Nachbarin kam auf mich zu.

»Ich bin nebenan, wenn Sie mich brauchen, Frau Gaspary. Scheuen Sie sich nicht anzurufen.« Eine Träne löste sich aus ihrem Augenwinkel. Ich verfolgte ihren Weg, bis sie auf den Bademantel tropfte.

»Danke«, sagte ich mit dieser Stimme, die nicht mehr mir zu gehören schien. Sie klang blechern, unnatürlich.

Mariele Nowak wollte noch etwas sagen, entschied sich dann jedoch dagegen und verabschiedete sich von den Kripobeamten. Verloren blieb ich mitten im Zimmer stehen. Meine Arme hingen kraftlos an mir herab.

»Frau Gaspary«, begann Kai-Uwe Andres, »dürfen wir uns setzen?«

»Natürlich … bitte.« Ich wies auf die beiden Sofas.

Sie nahmen mir gegenüber Platz. Während der Beamte in einem Notizbuch blätterte, hielt ich mich an seinem Gesicht fest. Als Jugendlicher musste er unter starker Akne gelitten haben, unzählige Narben waren ihm aus dieser Zeit geblieben. Seine kurz geschnittenen Haare waren von einem matten Braun, das an den Schläfen bereits in Grau überging. Er war ungefähr einen Meter achtzig groß, asketisch schlank und wirkte sehnig wie ein Marathonläufer.

»Frau Gaspary, lassen Sie mich Ihnen zunächst unser Beileid aussprechen.« Ihm war anzumerken, dass er sich in dieser Situation unwohl fühlte. »Der Tod Ihres Mannes wird ein schwerer Verlust für Sie sein.«

In meiner Erstarrung hatte ich Mühe, ein Nicken zustande zu bringen.

»Sie haben eine kleine Tochter, ist das richtig?«

»Jana … sie ist eineinhalb.«

»Hatte Ihr Mann eine psychische Erkrankung?«

»Nein. Warum fragen Sie das?«

»Weil ein Sturz aus großer Höhe zu den Todesarten zählt, die häufig von schwer depressiven Menschen gewählt wird.« Nachdenklich legte er die Stirn in Falten. »Ihr Mann hatte, wie wir erfahren haben, eine angesehene Kanzlei. War seine Kanzlei auch finanziell erfolgreich, oder hatte er Geldsorgen?«

»Er hatte keine Geldsorgen.«

»Sind Sie sich sicher?«

»Ich war sechs Jahre mit ihm verheiratet.«

»Es gibt Menschen, Frau Gaspary, die sind zwanzig Jahre verheiratet und wissen nur sehr wenig voneinander.« Er stützte seine Ellenbogen auf den Knien ab und beugte sich vor. Mit gerunzelter Stirn legte er sich seine Worte zurecht. »Wieso sind Sie sich so sicher?«

»Ich kenne meinen Mann.« Irgendetwas nahm mir die Luft. Ich stand auf und öffnete ein Fenster. Dann setzte ich mich wieder. »Ich *kannte* meinen Mann«, verbesserte ich mich stockend. »Wir hatten keine Geheimnisse voreinander, jedenfalls nicht solche, auf die Sie anspielen. Natürlich hat jeder Mensch seine kleinen Geheimnisse, und das ist auch gut so. Was jedoch unsere finanziellen Verhältnisse betrifft, so bin ich darüber informiert. Und ich kann Ihnen versichern, dass sie keinen Anlass zur Sorge geben.«

Felicitas Kluge fragte: »Können Sie sich einen Grund vorstellen, aus dem sich Ihr Mann das Leben genommen haben könnte?«

»Nein.«

»Hatte er private Sorgen?«

»Keine, die ihn zu einem solchen Schritt bewegt hätten. Mein Mann war weder lebensmüde, noch befand er sich in einer ausweglosen Situation.«

»Würden Sie mir Ihren Mann bitte beschreiben?« Ihr war deutlich anzusehen, dass sie ihre Fragen als notwendig erachtete. Gleichzeitig hatte sie Verständnis für mich und die Situation, in der ich mich befand. Sie würde mir nur das Nötigste zumuten.

»Gregor ist … war …« Dieses Wort schnitt mir ins Fleisch. »Er war lebensfroh, hatte sehr viel Humor und eine große innere Stärke. Er konnte ausdrücken, wenn es ihm nicht gut ging, und er konnte manchmal alles um sich herum vergessen. Er war seinen Freunden ein Freund, er war Jana ein präsenter Vater und mir ein einfühlsamer Ehemann.« Ich griff nach dem Anker. Für Sekunden schloss ich die Augen und sammelte meine Kraft, um weiter zu sprechen. »Damit Sie nicht glauben, ich würde hier Schönfärberei betreiben, wie es üblich ist, wenn ein Mensch gestorben ist, werde ich Ihnen auch seine weniger angenehmen Seiten beschreiben. Gregors Gerechtigkeitsliebe konnte manchmal anstrengend sein – für ihn selbst wie für andere. Er hat auf niemanden und nichts Rücksicht genommen, wenn es darum ging, etwas gerade zu rücken oder ein Unrecht wieder gutzumachen. Er konnte aufbrausend sein. Mürrisch und in sich gekehrt, wenn ihn etwas stark beschäftigte. Dann war er nicht ansprechbar, oder besser gesagt: nicht erreichbar. Es fiel ihm sehr schwer aufzugeben. Selbst wenn etwas völlig aussichtslos zu sein schien, hat er weiter gekämpft. Ein solcher Mensch bringt sich nicht um, Frau Kluge.« Schwerfällig stand ich auf, ging zum Fenster und schloss es wieder. Die Kälte in mir war unbeschreiblich. Ich nahm mir eine Decke vom Sofa und wickelte mich darin ein. »Hat jemand gesehen, wie es passiert ist?«, fragte ich.

»Bisher haben wir nur mit Nachbarn und Passanten gesprochen, die einen Schrei gehört haben und kurz darauf den Aufprall. Wir wissen noch nicht, ob jemand den Sturz beobachtet hat.«

Ich verschloss mich gegen die Information, dass Gregor geschrien hatte. Hätte ich sie an mich herangelassen, wäre ich in meine Einzelteile zerfallen. »Wie können Sie sich so sicher sein, dass es sich um einen Suizid handelt?« Ich sah zwischen beiden hin und her.

Kai-Uwe Andres fühlte sich von meinem Blick angesprochen. »Sicher sind wir uns noch nicht, aber etwas ganz Entscheidendes deutet darauf hin, dass es kein Unglücksfall war. Vor der Balkonumrandung stand eine kleine, zweistufige Leiter. Was hätte die an dieser Stelle für einen Sinn, wenn nicht den, über die Umrandung zu klettern und zu springen? Wozu benutzte Ihr Mann diese Leiter üblicherweise?«

Mein Hals war trocken. Ich räusperte mich mehrfach, um einen Ton herauszubekommen.

Die Beamtin sprang auf und fragte, wo die Küche sei. Sie wolle mir ein Glas Wasser holen.

»Gleich gegenüber«, krächzte ich.

In null Komma nichts war sie zurück und drückte mir ein Glas in die Hand. Wie hatte sie sich so schnell in unserer Küche zurechtgefunden? Gehörte das zur Grundausbildung bei der Polizei?

»Danke.« Ich trank vorsichtig, um mich nicht zu verschlucken. »Diese Leiter … mein Mann hat sie benutzt, wenn er ein Buch aus dem oberen Teil seines Regals brauchte. Was auch immer sie auf dem Balkon zu suchen hatte … er hat sie ganz bestimmt nicht dorthin gestellt, um vom Balkon zu springen. Das ist absurd!«

»Angehörigen fällt es oft schwer, einen Suizid als Todesursache zu akzeptieren«, gab Kai-Uwe Andres zu bedenken. »Auch wenn Sie die Möglichkeit eines solchen Suizids verneinen, Frau Gaspary, gab es irgendwelche Anzeichen, die jetzt in der Rückschau in diese Richtung gedeutet haben könnten? Denken Sie in Ruhe darüber nach. Sie müssen mir diese Frage nicht sofort beantworten.«

»Es gab keine derartigen Anzeichen.« Ich stellte das Glas auf den Tisch und rieb meine eiskalten Hände aneinander. »Gibt es irgendetwas, das gegen eine Selbsttötung und für einen Unfall spricht?«

Felicitas Kluge sah ihren Kollegen von der Seite an. Er schien zu überlegen, ob es richtig war, sein Wissen mit mir zu teilen, ob dieses Wissen mich nicht verleiten würde, in die falsche Richtung zu denken. »Der Abstand zwischen dem Absprungpunkt und der Stelle, an der der Körper Ihres Mannes auf den Boden schlug, ist relativ gering«, sagte er zögernd. »Er kann also nicht abgesprungen sein, wie es Suizidenten oft tun.«

»Können Sie mir das bitte erklären?«

»Jemand, der sich das Leben nehmen will, springt in der Regel ab und liegt dann in einiger Entfernung von der Mauer oder dem Absprungpunkt. Handelt es sich hingegen um einen Unfall, versucht also der Betroffene, sich festzuhalten, dann schlägt er ziemlich nah neben der Hauswand oder unterhalb des Absturzpunktes auf.«

»Aber dann ...«, hakte ich ein.

Mit einer knappen Handbewegung gebot er mir Einhalt. »Moment, Frau Gaspary! Ziehen Sie bitte keine falschen Schlüsse. Es gibt auch Menschen, die versuchen, ihre Selbsttötung zu verschleiern. Sie springen nicht ab, sondern lassen sich ganz bewusst fallen.«

»Und lassen dann auf dem Balkon eine Trittleiter stehen? Das passt nicht zusammen. Und das passt nicht zu meinem Mann. Wenn er seinen Tod in dieser Weise geplant hätte, dann wäre ihm ein solcher Fehler nicht unterlaufen.« Ich schluckte trocken. »Warum sollte er überhaupt seine Absicht verschleiert haben? Um uns zu schonen?« Der Tod schonte niemanden.

Felicitas Kluge rutschte tiefer ins Sofa. Einen Augenblick lang betrachtete sie ihre Hände, dann fixierte ihr Blick meinen. »Beim Verschleiern eines Suizids geht es weniger um das Schonen der Angehörigen als um die Versorgung der Familie. Wenn zum Beispiel ein Lebensversicherungsvertrag noch keine drei Jahre läuft, dann zahlen die Versicherer bei einer Selbsttötung nicht. Außer sie hat nachweislich im Zustand einer seelischen Erkrankung stattgefunden.«

»Sie sprechen von einer Depression ...«

Sie nickte. »Zum Beispiel.«

»Gregor war nicht depressiv. Wir haben eine Stunde vor seinem Tod noch miteinander telefoniert. Er war wie immer.«

»Was genau hat er Ihnen gesagt?«, fragte Kai-Uwe Andres.

Ich brauchte nicht lange darüber nachzudenken. Es waren seine letzten Worte an mich gewesen. Wie sollte ich sie je vergessen? »Er sagte, dass er in einer Besprechung sitze, die noch gut eine Stunde dauern würde. Ich solle schon mal ohne ihn anfangen zu essen.«

»Sie sagten, er sei wie immer gewesen?«

»Er war angespannt, so wie er war, wenn seine Geduld strapaziert wurde. Aber das war nichts Ungewöhnliches in seinem Job. Er ist … er war … Anwalt für Familienrecht. Da geht es um die unterschiedlichsten und widersprüchlichsten Gefühle. Bei dieser Thematik können sich nur die wenigsten Menschen auf das Wesentliche beschränken. Es kam oft vor, dass er sich Leidensgeschichten in epischer Breite anhören musste. So etwas kann die Geduld schon mal strapazieren.«

»Hat er Ihnen gesagt, um wen es sich bei seinem Besucher oder seinen Besuchern handelte?«, fragte die Beamtin.

Ich schüttelte den Kopf. »Das hätte er schon allein wegen der Vertraulichkeit nicht gesagt.«

»Frau Gaspary … wo finden wir die persönlichen Unterlagen Ihres Mannes?« Felicitas Kluge saß nun sprungbereit auf der Kante des Sofas.

»In unserem gemeinsamen Arbeitszimmer.«

»Können Sie es uns bitte zeigen? Wir werden einige Gegenstände beschlagnahmen müssen, bis die Sachlage eindeutig geklärt ist.«

Wie vom Donner gerührt sah ich sie an. »Beschlagnahmen?«

»Das ist Vorschrift.« Sie stand auf. »Sie bekommen alles so schnell wie möglich zurück. Den Terminkalender und das Adressbuch Ihres Mannes haben wir bereits aus seiner Kanzlei mitgenommen. Hat Ihr Mann Tagebuch geschrieben?«

Ich presste die Lippen zusammen, um nicht zu schreien, und schüttelte den Kopf. Wortlos ging ich voraus in unser Arbeitszimmer und deutete auf den linken der beiden Schreibtische, die aneinander gerückt waren.

Während der Beamte begann, die Unterlagen auf Gregors Schreibtisch zu sichten, wandte seine Kollegin sich an mich: »Wo könnte Ihr Mann einen Abschiedsbrief hinterlegt haben?«

»Einen Abschiedsbrief?« Jetzt hätte ich doch beinahe geschrien. »Gregor hätte das weder sich selbst noch uns angetan, verstehen Sie?«

»Frau Gaspary«, sagte sie leise, »vielleicht hat er keinen anderen Ausweg gesehen. Manche Menschen sind der Überzeugung, sie würden ihren Angehörigen mit ihrem Weiterleben noch viel Schlimmeres antun.«

»Gregor?« Meine Stimme war nur noch ein Wimmern. »Er sollte uns mit seinem Weiterleben etwas antun? Wenn Sie ihn gekannt hätten, würden Sie so etwas nicht sagen.« Ich lehnte mich kraftlos gegen die Wand.

»Erlauben Sie, dass wir uns umsehen?« Sie hatte ihre Frage behutsam gestellt, dennoch war ihre Entschlossenheit unüberhörbar.

»Ja.«

»Möchten Sie sich vielleicht solange hinlegen?«

»Nein.«

Systematisch besah sich Kai-Uwe Andres Gregors Unterlagen: Er zog Schubladen heraus und öffnete Ordner. Er nickte seiner Kollegin zu. Was auch immer dieses Nicken bedeutete, sie schien darauf zu reagieren.

»Frau Gaspary, zeigen Sie mir bitte Ihr Schlafzimmer?«

»Unser Schlafzimmer?«

»Ja … bitte.«

Ich wusste nicht, was mit meinem Körper geschah, er schien mir immer weniger zu gehorchen. Konzentriert setzte ich ein Bein vor das andere, ich hatte das Gefühl, auf Stelzen zu gehen. Ich begann zu würgen und schaffte es gerade noch bis zur Toilette. Alles in mir schien sich zusammenzukrampfen. Panik erfasste mich, als das Würgen nicht nachließ, obwohl mein Magen längst leer war. Mit aller mir verbliebenen Kraft atmete ich dagegen an und sank schließlich erschöpft und ausgelaugt neben der Toilette zu Boden. Kalter Schweiß lief mir übers Gesicht und ließ den Pulli an meinem Rücken kleben. Irgendwann – ich hatte mein Zeitgefühl verloren – spülte ich mir den Mund aus, wusch mein Gesicht und ging hinaus.

Felicitas Kluge hatte auf mich gewartet. »Geht es wieder?«

Statt einer Antwort schloss ich kurz die Augen und öffnete dann die Tür zum Schlafzimmer. Kaum standen wir beide in dem Raum, überfiel mich eine unsagbare Angst, sie könne Gregors Bettzeug berühren. Doch sie blieb in einigem Abstand zu unserem Bett stehen und gab mir Anweisungen, wo ich nach einem Abschiedsbrief suchen sollte: unter seinem Kopfkissen, unter meinem, auf und in beiden Nachttischen.

»Gibt es sonst noch einen Ort, an dem Ihr Mann Ihnen eine Nachricht hinterlassen haben könnte?«, fragte sie.

Es gab nur einen solchen Ort, die Kommode im Flur. Wenn dort ein Brief lag, hätte ich ihn im Vorbeigehen entdecken müssen. Trotzdem lief ich hinaus, um nachzusehen. Mein Herz raste wie unter einer riesengroßen Anstrengung. Ich lehnte mich gegen die Kommode und berührte jeden einzelnen Gegenstand mit den Fingern. Sollten meine Augen mir etwas vorgaukeln, würde ich zumindest mit meinen Händen die Tatsachen erfassen. Es lag dort alles Mögliche – sogar Gregors Schlüsselbund, der mir erst jetzt auffiel.

»Frau Gaspary, würden Sie bitte auch die Post durchsehen?« Felicitas Kluge war neben mich getreten und blickte auf den kleinen Stapel Briefe, die an diesem Vormittag gekommen waren.

Mit einem Mal wurde ich wütend. »Glauben Sie allen Ernstes, mein Mann würde mir seinen Abschiedsbrief per Post schicken?«

»Das ist alles schon vorgekommen.«

»Ich habe die Post am Morgen bereits durchgesehen. Die Briefe, die hier liegen, sind allesamt *für* Gregor. Unter den Briefen, die an mich waren, gab es keinen Abschiedsbrief. Und wenn es einen gegeben hätte, hätte ich sicherlich nicht abgewartet, bis mein Mann sich vom Balkon seiner Kanzlei stürzt. Wenn Sie auch nur eine Sekunde lang nachgedacht hätten, würden Sie mich nicht solchen Blödsinn fragen!«

»Ich muss alle Möglichkeiten in Betracht ziehen, Frau Gaspary«, erwiderte sie sachlich.

»So, müssen Sie das. Dann tun Sie es auch und ziehen in Betracht, dass Gregor möglicherweise einem Unfall zum Opfer gefallen ist.«

»Oder einem Tötungsdelikt – wenn wir schon dabei sind.«

»Das ist genauso absurd wie ein Suizid. Ich kann mir niemanden vorstellen, der meinen Mann in die Tiefe stoßen würde.«

»Die Vorstellung ist in solchen Zusammenhängen häufig ein Hindernis.« Ihr nachsichtiger Blick wandelte sich in einen professionellen. »Aber zugegebenermaßen ist diese Art von Tötungsdelikt eher selten. Es gibt zu viele Unwägbarkeiten.«

»Unwägbarkeiten?«, fragte ich irritiert.

»Mögliche Zeugen zum Beispiel. Und dann … wenn Sie versuchen, jemanden über ein Balkongitter zu stoßen, müssen Sie mit Gegenwehr rechnen, damit, dass derjenige versucht, sich irgendwo festzuklammern. So etwas hinterlässt Spuren.«

»Außer jemand hätte ihm plötzlich von hinten einen starken Stoß versetzt. Könnte man das bei einer Obduktion nachweisen?« Auch wenn mein Körper streikte – mein Kopf ließ mich nicht im Stich.

»Frau Gaspary, Sie verrennen sich da gerade in etwas. Sie haben selbst gesagt, dass Sie sich nicht vorstellen können, jemand habe Ihren Mann umgebracht.«

»Am allerwenigsten kann ich mir vorstellen, dass er selbst seinem Leben ein Ende gesetzt haben soll. Ich möchte wissen, wie es geschehen ist.«

»Genau das möchten wir auch.«

Während wir sprachen, war Kai-Uwe Andres nach draußen gelaufen und hatte zwei zusammenklappbare Plastikkörbe geholt, die er im Arbeitszimmer mit Unterlagen füllte. Als er den ersten an mir vorbeitrug, wendete ich meinen Blick ab. Nachdem er auch den zweiten im Auto, das vor dem Haus parkte, verstaut hatte, blieb er vor mir stehen.

»Frau Gaspary … Sie haben heute einen schweren Verlust erlitten. Ich denke, es ist besser, wir gönnen Ihnen jetzt etwas Ruhe. Wir werden uns morgen wegen weiterer Fragen mit Ihnen in Verbindung setzen.« Er machte seiner Kollegin ein Zeichen zum Aufbruch, als ihm noch etwas einzufallen schien. »Sollen wir uns darum kümmern, dass ein Notfallseelsorger oder ein Arzt zu Ihnen kommt?«

»Nein … danke.«

»Können wir Sie wirklich allein lassen?«, fragte Felicitas Kluge.

»Ich bin nicht allein«, antwortete ich mechanisch. »Jana ist da.«

Ihr Blick drückte Protest aus, aber sie schwieg.

»Ich habe nicht vor, mich an der Schulter meiner Tochter auszuweinen, falls Ihnen diese Vorstellung Sorge bereitet.« Ich registrierte meinen aggressiven Ton, konnte jedoch nichts gegen ihn ausrichten. »Was stellen Sie sich vor? Dass ich eine Freundin anrufe, sie mich in den Arm nimmt und tröstet? Mein Mann ist tot, Frau Kluge. Er war erst dreiundvierzig Jahre alt. Da gibt es keinen Trost! Diese Tatsache lässt sich nicht erträglich reden. Sie ist verheerend … entsetzlich …« Mir versagte die Stimme.

»Ich weiß.« Mit einem Nicken verabschiedete sie sich und folgte ihrem Kollegen, der froh zu sein schien, dieser Situation zu entkommen.

4

In dieser Nacht hatte ich einen Wettlauf gegen die Zeit begonnen. Ich wusste, mit ihrem Zutun würde ich irgendwann zusammenbrechen, aber es gab noch zu viel zu tun. Ich durfte nicht schlapp machen.

Vor ein paar Jahren, als wir uns während einer Wanderung verirrt hatten und der Rückweg sich endlos hinzuziehen schien und an meinen Kräften zehrte, hatte Gregor zu mir gesagt: *Denk nicht an die Strecke, die vor dir liegt, Helen, sondern schau nur auf das kurze Stück Weg direkt vor deinen Füßen, dann schaffst du es.*

Und genau das tat ich jetzt. Ich schaute nur auf das kurze Stück Weg, das direkt vor mir lag, und ging weiter. Noch in der Nacht rief ich Gregors Stiefmutter Claudia an. Sie war als Einzige von seiner unmittelbaren Familie übrig geblieben. Gregors Vater war vor drei Jahren gestorben, seine Mutter, als er fünf Jahre alt war. Claudia – nur vier Jahre älter als Gregor – war die dritte Frau seines Vaters und seit Jahren meine Freundin. Mein Anruf riss sie aus dem Tiefschlaf.

Claudia Behrwald-Gaspary war eine gestandene Werbemanagerin mit eigener Agentur. Sie beschäftigte knapp siebzig Mitarbeiter und verfügte über ebenso viel Selbstbewusstsein wie Gelassenheit. Ich hatte sie noch nie außer sich erlebt. Selbst als ihr Mann gestorben war, hatte sie ihre Fassung bewahrt. Jetzt erlebte ich sie zum ersten Mal fassungslos.

»Nein …« Wie konnte ein so knappes Wort einen so großen Schmerz enthalten? So viel Entsetzen? Und so viel Gewissheit über die katastrophale Wirkung von Gregors Tod? Ihr Wimmern ging in ein Schluchzen über. Sekundenlang waren nur diese kurzen, abgehackten Töne zu hören. Dann nahm sie all ihre Kraft zusammen: »Gregor hat sich nicht umgebracht!« Sie sprach ganz langsam. »Und er ist bestimmt nicht *aus Versehen* vom Balkon gestürzt. Vielleicht ist ihm plötzlich schwindelig geworden und er hat sein Gleichgewicht verloren, vielleicht hat er einen Sekundenherztod gehabt wie sein Vater.«

»Und vielleicht wird man das nie herausfinden …«

Sie schnäuzte sich geräuschvoll die Nase. »Mag sein, dass man einen plötzlichen Schwindel bei einer Obduktion nicht feststellen kann, da bin ich überfragt, aber ob es sich um einen Sekundenherztod handelt, kann man ganz sicher herausfinden.«

»Der Staatsanwalt wird nur dann eine Obduktion anordnen, wenn er ein Fremdverschulden vermutet«, wiederholte ich das, was der Kripobeamte mir erklärt hatte.

»Wenn das so ist, dann veranlassen wir eben selbst eine Obduktion. Daran kann uns niemand hindern. Dann haben wir wenigstens Gewissheit.«

»Ich habe Gewissheit, Claudia, und du hast sie auch: Gregor hat sich nicht selbst das Leben genommen. Manche Menschen haben eine unzerstörbare Grundzuversicht, weil sie wie Katzen sind, die immer wieder auf die Pfoten fallen. Gregor gehörte zu diesen Menschen. Selbst wenn er einmal für kurze Zeit das Licht am Ende seines Tunnels aus den Augen verloren hatte, dann wusste er tief drinnen stets, dass es hinter der nächsten Biegung wieder auftauchen würde. Solch ein Mensch lässt sich nicht in die Tiefe fallen. Er verzweifelt nicht, ganz einfach weil er die Hoffnung nicht aufgibt. Und ein Suizid ist ein Akt der Verzweiflung.«

»Helen … wie kann ich dir helfen?«

»Ich weiß es nicht.«

Die Zeit drängte. Als Nächsten rief ich Joost an. Er war nach dem zweiten Klingeln am Apparat. Obwohl es drei Uhr in der Nacht war, hatte ich ihn nicht geweckt.

»Du bist wach? Hast du es schon gehört?«, fragte ich.

»Ich sitze an einem Aufsatz, der morgen fertig sein muss. Was soll ich schon gehört haben?« Seine Stimme klang alarmiert. Wenn mitten in der Nacht das Telefon läutete, verhieß das selten Gutes. Joost war Mediziner, er wusste das. »Was ist passiert, Helen? Ist etwas mit Jana?«

»Joost … Gregor ist tot. Er ist gestern Abend vom Balkon seiner Kanzlei gestürzt.«

Zum ersten Mal erlebte ich, dass Joost, Gregors bester Freund, der bisher nie um ein Wort verlegen gewesen war, keine Worte fand. Ich hörte ihn schwer atmen.

»Das kann nicht sein«, brachte er schließlich heraus. »Nicht Gregor.«

»Er kommt nicht zurück, Joost, nie wieder. Er ist gestern Morgen aus dem Haus gegangen und …« Ich sah ihn vor mir, ich hörte, wie er sich von uns verabschiedete. »Ich bin dort gewesen, an der Stelle, wo es passiert ist.«

»O mein Gott, Helen, sag, dass das nicht wahr ist!«

»Er lag im Vorgarten.« Mein Hals war wie zugeschnürt. »Joost, du bist Arzt … glaubst du, dass … ich meine …« Würde ich die Antwort überhaupt ertragen können?

Joost hatte mich verstanden. Schweigen machte sich zwischen uns breit. Dann antwortete er endlich.

»Bei einem Sturz aus dem fünften Stock ist anzunehmen, dass er auf der Stelle tot war.«

Meine Schwester Isabelle ging generell nicht ans Telefon. Wie immer sprang ihr Anrufbeantworter an und bat mich, nur dann eine Nachricht zu hinterlassen, wenn es um Leben oder Tod ginge. Von Nebensächlichem möge man ihn – gemeint war sie – bitte verschonen. Ich kannte diese Ansage und hatte oft lächeln müssen, wenn ich sie hörte.

»Du glaubst nicht, was mir dadurch alles erspart bleibt«, pflegte Isabelle voller Überzeugung zu sagen.

Gregors Tod blieb auch ihr nicht erspart. Ich sprach ihn ihr in abgehackten Worten aufs Band und bat sie, mich zurückzurufen. Dann holte ich aus dem Arbeitszimmer mein Lieblingsfoto von Gregor, stellte es auf den Wohnzimmertisch und entzündete eine Kerze daneben. Im Wechsel von Licht und Schatten schien Bewegung in Gregors Gesichtszüge zu kommen. Ich kniete mich vor den Tisch und strich mit den Fingern über das Foto. Die Tränen, die aus meinen Augen strömten, linderten für einen Moment den Druck in meinem Kopf.

Ich stellte das Foto so, dass er mich ansah. »Wie konnte das geschehen, Gregor? Was ist mit dir geschehen? Sag es mir … bitte!« Mein Blick versuchte, Unmögliches zu erzwingen. »Du bist nicht gesprungen, das weiß ich. Nur …«

Das Klingeln des Telefons schnitt mir das Wort ab. Isabelle war am Apparat.

Ohne ein Wort der Begrüßung ratterte sie los. Hinter der Wut in ihrer Stimme verbarg sich die Angst vor einer schrecklichen Wahrheit. »Helen, sag mir, dass das ein schlechter Scherz ist. Sag mir, dass du dich aus irgendeinem Grund über die Ansage auf meinem AB geärgert hast und mir zur Strafe endlich mal einen gehörigen Schreck versetzen wolltest. Sag mir, dass …«

»Isa … Gregor ist tot. Er ist gestern Abend gestorben, als er vom Balkon seiner Kanzlei stürzte.« Würde ich diese Sätze, wenn ich sie nur oft genug wiederholte, irgendwann verinnerlichen? Würden sie irgendwann in mir bleiben, ohne dass ich versuchte, sie durch Würgen oder Weinen wieder loszuwerden, sie in der Toilette hinunterzuspülen oder auf meinem Pullover vertrocknen zu lassen?

»Wie kann er denn tot sein?«, stammelte sie.

»Er ist fünf Stockwerke tief gefallen.«

Die Vorstellung von der Wucht des Aufpralls stand im Raum und ließ uns beide schweigen. Isabelles Erschütterung vermischte sich mit meiner. Sie liebte Gregor wie einen großen Bruder, dabei hätte er ihr Vater sein können. Meine Schwester war zwölf Jahre jünger als ich. Sie war der Nachkömmling, der die Ehe meiner Eltern hatte retten sollen. Zum Glück für ihr Seelenheil hatte sie sich nie die Schuld daran gegeben, dass dieser Plan gescheitert war.

»Vom Balkon, sagst du?« Vor lauter Schniefen war sie kaum zu verstehen. »Erwachsene Männer fallen nicht vom Balkon – außer sie sind lebensmüde, sturzbetrunken oder jemand will, dass sie fallen.«

»Oder sie haben einen Herzinfarkt. Gregor hatte längst mal wieder zu einem Check-up gehen wollen, aber immer ist ihm etwas dazwischengekommen. Hätte ich nur darauf bestanden …«

»Und wenn ihn jemand gestoßen hat?«

»Das kann ich mir nicht vorstellen, Isa. Wer sollte Gregor in die Tiefe stoßen?« Mein Herz begann wieder, unkontrolliert zu rasen, und nahm mir den Atem. Mit dem Telefon am Ohr stand ich auf, ging zum Fenster und öffnete es weit. Ich atmete die kalte Luft ein.

»Und wenn es jemand war, der sich an ihm rächen wollte? Vielleicht hat er eine Frau bei ihrer Scheidung oder bei einer Sorgerechtsfrage so gut vertreten, dass er damit den Hass ihres Mannes auf sich gezogen hat – oder umgekehrt. Es wäre sicher nicht das erste Mal, dass so etwas passiert.«

Die Kälte betäubte meinen Körper. »Gregor war sich dieser Gefahren bewusst, Isa. Er hätte so einen Menschen nicht empfangen, solange er allein in der Kanzlei war. In solchen Fällen hat er dafür gesorgt, dass eine seiner Mitarbeiterinnen im Nebenzimmer war. Er ist kein Risiko eingegangen.«

»Manchmal weiß man gar nicht, dass man eines eingeht, Helen. Vielleicht war es jemand, den Gregor kannte und dem er das nicht zugetraut hätte, jemand, der durchgedreht ist.«

»Die Polizei sagt, dass diese Art *Tötungsdelikte* eher die Ausnahme ist. Sie glauben an einen Suizid.«

»Nie im Leben!« Sie schnäuzte sich. »Was glaubst du?«

»Ich glaube, dass es ein Unfall war.« Ich ließ das Fenster offen und setzte mich zurück aufs Sofa. »Könntest du morgen früh bei Ma vorbeifahren, ihr von Gregor erzählen und sie bitten, zu Hause in Köln zu bleiben? Ich brauche meine Kraft, um nicht in Einzelteile auseinander zu brechen. Ich habe keine Kraft übrig für sie. Meinst du, du könntest das für mich tun?«

»Helen, du kennst sie länger als ich, sie wird sofort zu dir fahren wollen.« Isabelle machte keinen Hehl daraus, dass ihr jede andere Bitte um Hilfe lieber gewesen wäre. »Wie soll ich das bewerkstelligen?«

»So, wie du alles bewerkstelligst – ohne groß drum herum zu reden.«

»Es tut so entsetzlich weh, Helen …«

»Ja.«

Nach dem Gespräch mit Isabelle hatte ich mir einen Pullover aus Gregors Schrank geholt und ihn mir um Schultern und Hals geschlungen. Ich umhüllte mich mit seinem Geruch und stellte mir vor, es wären seine Arme, die mich hielten. Meine Finger wanderten zu dem Anker um meinen Hals. Ich betete, er würde genug Kraft entfalten, um mich zu stärken.

Was hätte ich dafür gegeben, mit meiner Freundin Fee sprechen zu können. Gleich zu Beginn unseres Studiums hatten wir uns kennen gelernt und eine Seelenverwandtschaft festgestellt, die mit den Jahren noch gewachsen war. Jetzt war sie weit fort und unerreichbar. Fee hatte das gewagt, wovon viele Menschen ihr Leben lang träumen: Sie hatte Job und Wohnung gekündigt, um für ein Jahr die Welt zu bereisen. Ihre erste Station war Tibet, wo sie abgeschlossen von der Außenwelt vier Wochen in einem Kloster verbringen würde. Eine dieser Wochen war bereits vergangen. Es würde also noch dauern, bis sie sich bei mir meldete, wie sie es versprochen hatte. In Gedanken setzte ich mich neben sie und erzählte ihr von Gregor.

Es war still in der Wohnung. Nachdem ich alle Lichter gelöscht hatte, drückte ich Gregors Foto an die Brust und setzte mich in seinen Sessel. Mit untergeschlagenen Beinen saß ich da und starrte blicklos in das Licht der Kerze. Ich fühlte mich verwundet, so als sei ein lebenswichtiger Teil von mir mit Gregor in die Tiefe gefallen. Als sei etwas zerstört, das nie wieder gut werden, nie wieder heilen könne. Ich hatte meinen Mann verloren und Jana ihren Vater. Und ich wusste nicht, wie es möglich sein sollte, mit diesem Verlust weiterzuleben.

Die Dunkelheit und die Stille schufen ein Vakuum, das ich mit Erinnerungen füllte. Sie waren lebendig, aber sie hatten nicht die Kraft, mir die Wirklichkeit als Traum erscheinen zu lassen. Im Gegensatz zu mir würde Jana später keine Erinnerungen mehr an Gregor haben. Für sie würde er der Vater auf den Fotos sein, der Vater aus den Erzählungen. Was war das für ein Schicksal, das einer Eineinhalbjährigen den Vater entriss? Was für ein perfider Sinn sollte darin verborgen liegen?

Von tief drinnen kam ein Schluchzen hoch, das den Raum erfüllte. Es hatte nichts Menschliches, sondern klang wie das Heulen eines schwer verwundeten Tieres. Es war so überwältigend, dass mich im selben Moment eine unbändige Angst erfüllte, ich würde verrückt, wenn es auch nur Sekunden länger währte. Aber ich vermochte nichts dagegen auszurichten, es war stärker als ich. Zusammengekrümmt grub ich mir die Nägel in die Arme. Der Schmerz in meinem Inneren ließ sich jedoch nicht betäuben.

Irgendwann war dieser Anfall vorüber und entließ

mich erschöpft aus seinen Fängen. Ich wusste, wie wichtig es gewesen wäre zu schlafen, um mir meine Kraft zu erhalten, aber ich konnte meine Augen nicht schließen, ohne ihn dort auf der Erde liegen zu sehen – mit diesem zerschundenen Körper, den nichts mehr zum Leben erwecken konnte.

Das Läuten an der Tür machte mich einen verwirrenden Moment lang glauben, Gregor stehe davor und warte, dass ich ihn hereinlasse. Ich wollte diesen Moment festhalten, wollte, dass er ewig währte. Bewegungslos verharrte ich im Sessel, als es ein zweites Mal läutete, dieses Mal länger, fordernder. Ich stand auf und ging mit schleppenden Schritten zur Tür.

Es war nicht Gregor, sondern Joost. Stumm sah ich ihn an. Unter seinen Augen hatten sich dunkle Ringe eingegraben, seine Haut wirkte grau. In seinem Blick spiegelte sich Erschütterung. Mit hängenden Armen ging ich auf ihn zu und legte meine Stirn an seine Schulter. Er griff nach meinen Händen und hielt sie.

»Ich wollte nach dir sehen«, sagte er mit belegter Stimme. »Es ist grauenvoll … ein Unglück …« Selbst das Flüstern schien ihn anzustrengen. »Kann ich irgendetwas für dich tun, Helen?«

Ich schüttelte den Kopf.

»Du weißt, wie wichtig es ist, dass du jetzt …«

Meine Finger verschlossen ihm den Mund, mein Blick bat ihn, zu schweigen. »Fahr nach Hause, Joost, damit du da bist, wenn Annette aufwacht. Sie macht sich sonst Sorgen.«

»Ich mache mir Sorgen um dich, Helen. Soll ich dir vielleicht ein Beruhigungsmittel spritzen?«

»Nein! Wenn ich die Schmerzen betäube, betäube ich

auch alles andere. Er ist fort, Joost, aber ich spüre ihn in meinen Gefühlen … mit jeder Faser meines Körpers. Mit einem Beruhigungsmittel wäre es so, als müsse er ein zweites Mal sterben. Als würde ich ihn …«

»Er kann nicht in dir weiterleben, Helen. Du musst begreifen, dass er tot ist.«

Von einer Sekunde auf die andere erfüllte mich eine ungeheure Wut. »Gregors Tod hat aus Jana eine Halbwaise und aus mir eine Witwe gemacht. Bis gestern Abend waren wir eine kleine glückliche Familie voller Pläne und Hoffnungen. Das Einzige, was mir von Gregor bleibt, sind meine Gefühle und meine Erinnerungen. Jana werden nicht einmal die bleiben. Sie ist zu jung.« Mit dem Rücken der zur Faust geballten Hand wischte ich mir die Tränen aus dem Gesicht. »Wenn mich etwas verrückt macht, dann ist es sein Tod, der mir völlig unerklärlich ist.«

»Hat er in letzter Zeit über Beschwerden geklagt?«

»Gregor hat sich nicht selbst getötet.« Ich schleuderte ihm die Worte ins Gesicht. »Er hat gerne gelebt, er hat einen Sinn in seinem Leben gesehen.« Ich presste meine Faust gegen mein hämmerndes Herz. »Du warst sein Freund, Joost, du weißt das so gut wie ich.«

»Mit Beschwerden meinte ich körperliche. Hat er irgendetwas in dieser Richtung gesagt?«

»Nein.«

»Ist es möglich, dass er dich nicht beunruhigen wollte?«

Das war nicht nur möglich, sondern wahrscheinlich. Aber wenn dem so war, warum hatte er dann nicht wenigstens mit Joost gesprochen? Warum hatte er eine Chance verstreichen lassen, die ihm womöglich das Leben gerettet hätte? Das passte nicht zu Gregor. »Dieser Sekundenherztod, an dem sein Vater gestorben ist, kündigt der sich an?«

»Wie der Name sagt: Es geschieht innerhalb von Sekunden. Du merkst gerade noch, wie dir schlecht wird, und dann ist es schon vorbei. Es ist ein gnädiger Tod.«

»Ein plötzlicher Tod ist nur denen gnädig, die ihn erleiden.« Ich presste meine Lippen zusammen, um das Schluchzen zu unterdrücken.

»Was wirst du jetzt tun, Helen?« Joost schien am Boden zerstört zu sein. Oder sah ich nur das in seinen Augen, was mit mir selbst geschah?

»Ich werde versuchen weiterzugehen. So, wie Gregor es mir geraten hat – Schritt für Schritt, den Blick auf das kleine Stück Weg vor mir gerichtet.«

Mit Janas Brabbeln erwachte die Wohnung zum Leben. Seit ein paar Minuten war unsere Tochter wach und begrüßte mit ihrem leisen Singsang den neuen Tag. Wenn sie nicht bald ihre Milch bekam, würde der Singsang lauter werden und dann in forderndes Gebrüll übergehen. Während ich am Herd stand und wartete, dass die Milch warm wurde, empfand ich überdeutlich die tägliche Routine, die – sofern es Jana betraf – unverändert war. Ich füllte die Flasche und ging damit zu ihr hinüber.

Wie jeden Morgen empfing mich ihr Lächeln, ihr verschlafener Blick, der auf dem Weg vom Traumland zur Wirklichkeit war. Sie griff nach der Flasche, ließ sich zurückfallen und begann, mit halb geschlossenen Lidern zu saugen. Ich setzte mich in den Schaukelstuhl, der neben ihrem Bett stand, und sah ihr beim Trinken zu. Es bestand keine Eile. Gregor würde nicht jeden Moment aus dem Bad kommen, sich im Schlafzimmer anziehen und dann gemeinsam mit uns frühstücken, bevor er sich zwei Straßen weiter an die Arbeit machte. Für uns war ein neuer Lebensabschnitt angebrochen. Ich wusste das. Jana war weit davon entfernt, es zu begreifen.

Als sie fertig getrunken hatte, schmiss sie die Flasche durch die Gitterstäbe und streckte mir ihre Ärmchen entgegen. Ich hob sie heraus und ließ mich gemeinsam mit ihr in den Schaukelstuhl zurücksinken. Am liebsten hätte ich sie fest an mich gedrückt und nicht mehr losgelassen. Stattdessen setzte ich sie auf meine Knie, strich ihr die verschwitzten Haare aus dem Gesicht und schaukelte sanft hin und her.

»Gestern Abend ist dein Papa gestorben, Jana.«

»Pa…?« Das Wort *Papa* hatte ausgereicht, um ihre Augen voller Vorfreude glänzen zu lassen. Sie rutschte von meinen Knien und lief hinaus.

Ich folgte ihr, erst ins Schlafzimmer, dann ins Bad und schließlich in die Küche.

»Pa…?« Sie sah mich mit großen Augen an.

Entschlossen, nicht vor diesen Augen zusammenzubrechen, nahm ich sie an der Hand und ging mit ihr ins Wohnzimmer. Vor Gregors Foto blieben wir stehen. Während sie unverständliche Laute von sich gab, hinterließ ihr Zeigefinger Spuren auf Gregors Gesicht.

Meines fühlte sich geschwollen an. Es brannte vom Salz der Tränen, die während der Nacht darüber hinweggeströmt waren.

Als es klingelte, rannte Jana aufgeregt zur Tür. Wie immer reckte sie sich der Türklinke entgegen, noch weit davon entfernt, sie erreichen zu können. Würde ich jetzt nach der Klinke greifen, wäre das Geschrei groß. Also hob ich sie hoch und ließ sie die Tür öffnen.

Mariele Nowak schenkte Jana ein Lächeln und mir einen mitfühlenden Blick. »Wenn es Ihnen recht ist, Frau Gaspary, dann würde ich Ihnen in den nächsten Tagen gerne ein wenig den Rücken frei halten.« Jana redete in ihrem Kauderwelsch so lange auf unsere Nachbarin ein, bis diese sie auf den Arm nahm. »Es wird vieles auf Sie einströmen.«

»Danke, Frau Nowak …« Mit einer Handbewegung bat ich sie herein. Mitten im Flur blieb ich stehen. Bis gestern hatte ich zu jeder Zeit genau gewusst, was als Nächstes zu tun war. Jeder Tag war einem Plan gefolgt, auch wenn Jana dazu neigte, Pläne über den Haufen zu werfen. Von einem Tag auf den anderen war alles anders. Der Tag würde auch ohne Gregor seinen Lauf nehmen – das war vielleicht die grausamste Erfahrung an diesem Morgen. Ich wollte ihn anhalten und ihm den Stillstand aufzwingen, der in Gregors Leben entstanden war.

»Die Zeit lässt sich nicht anhalten, Frau Gaspary«, sagte sie, als habe sie meine Gedanken gelesen. »Und sie lässt sich nicht zurückdrehen. Aber manchmal bieten die alltäglichen Tätigkeiten, mit der man sie füllt, ein Gerüst, das einen während der schlimmsten Phase stützt.«

Sie ließ mich im Flur zurück und ging mit Jana in ihr Zimmer. Mich zog es wie magisch zu Gregors Foto. Ich konnte mich nicht satt daran sehen.

»Kommen Sie mit in die Küche.« Mariele Nowak hielt Jana an der Hand. Sie hatte ihr eine Jeans und einen roten Rollkragenpulli angezogen.

Wie ferngesteuert folgte ich den beiden, sah zu, wie

meine Nachbarin Jana in ihren Stuhl hob und ihr ein Käsebrot in mundfertige Stücke schnitt. Ich setzte mich an meinen angestammten Platz ihr gegenüber und starrte auf den Stuhl neben Jana, der von nun an leer bleiben würde.

Mariele Nowak stellte ein Marmeladenbrot und einen Becher mit Kamillentee vor mich. Dann holte sie einen Block und einen Stift und setzte sich mit an den Tisch.

»Ich weiß, dass Sie keinen Appetit haben, Frau Gaspary, aber vielleicht können Sie das eine oder andere Stück Brot essen und ein wenig Tee dazu trinken, damit sich Ihr Magen beruhigt.« Sie schob mir den Block zu. »Und wenn Sie mögen, dann helfe ich Ihnen zu überlegen, was als Nächstes zu tun ist.«

Mein ratloser Blick irrte zwischen ihr und dem Block hin und her.

»Die Mitarbeiter Ihres Mannes müssten informiert und instruiert werden, Ihre Familie …«

»Unsere Familie habe ich heute Nacht bereits angerufen. Sie ist nicht so groß.« Ich wärmte meine Hände an dem Teebecher. »Frau Nowak, mein Mann hat sich nicht selbst getötet.«

»Wenn Sie irgendwann mögen, erzählen Sie mir ein wenig von ihm, ja? Wir kannten uns ja nur vom Hallo-Sagen auf der Straße.«

»Er hat Sie immer die *Ballerina* genannt, weil Sie so schlank sind und eine so wunderbare Körperhaltung haben. Und wegen des Knotens.« Ich zeigte auf ihre Haare.

Ihr Lächeln war voller Wärme.

»Haben Sie jemals getanzt?«

»Das ist lange her.«

Jana machte Anstalten, aus ihrem Stuhl zu klettern.

Meine Nachbarin half ihr dabei und setzte sie auf dem Boden ab.

»Frau Nowak, was soll ich nur tun?«

»Fangen Sie im Bad an. Wenn Sie geduscht und umgezogen sind, dann entscheiden Sie, wer die Mitarbeiter Ihres Mannes informieren soll. Vielleicht sind sie aber auch längst von der Polizei in Kenntnis gesetzt worden. Was halten Sie davon, wenn ich derweil mit Jana an die frische Luft gehe?«

Ich nickte. »Das wird ihr gut tun.« Jetzt ging ich doch in die Knie, nahm meine Tochter in den Arm und küsste sie. Dabei liefen mir schon wieder Tränen über die Wangen. »Danke, Frau Nowak.«

Eine Stunde später hatte ich geduscht und mit Ruth Lorberg und Kerstin Grooth-Schulte, Gregors Mitarbeiterinnen, telefoniert. Meine Nachbarin hatte richtig vermutet: Die Polizei hatte bereits mit ihnen gesprochen. Ich bat sie, Gregors Termine abzusagen und ein Schreiben an seine Mandanten zu entwerfen. Am Nachmittag würde ich in der Kanzlei vorbeikommen, um alles Weitere mit ihnen zu bereden.

Kaum hatte ich aufgelegt, klingelte die Kripo. Felicitas Kluge und Kai-Uwe Andres erfassten meinen Zustand mit erfahrenen Blicken und versprachen, sich so kurz wie möglich zu fassen. Es sei jedoch sicher auch in meinem Sinn, wenn die Umstände von Gregors Tod so schnell wie möglich geklärt würden. Ich ging mit ihnen ins Wohnzimmer und setzte mich so, dass ich Gregors Foto im Blick hatte.

»Was haben Sie bisher herausgefunden?«, fragte ich.

»Dazu kommen wir gleich«, antwortete der Beamte.

»Zunächst möchten wir Ihnen noch ein paar Fragen stellen. Was machen Sie beruflich, Frau Gaspary?«

»Mein Mann ist tot, und Sie wollen wissen, was ich beruflich mache?«

»Bitte beantworten Sie meine Frage.«

Es kostete mich Mühe, die Fassung zu bewahren. »Ich bin Kunsthistorikerin und beurteile Kunstgegenstände, schreibe Expertisen und berate Versicherungen. Was für eine Rolle spielt das in diesem Zusammenhang?«

»Ich versuche, mir ein Bild zu machen.«

»Möchten Sie glauben, mein Mann habe sich aus Verzweiflung über meinen Beruf oder meine Berufstätigkeit vom Balkon gestürzt?«

»Etwas *glauben mögen* ist in meinem Beruf genauso unangebracht wie in Ihrem.« Er ließ sich nicht aus der Ruhe bringen. »Wie lange waren Sie verheiratet?«

»Sechs Jahre.«

»Würden Sie sagen, dass es eine gute Ehe war?«

Ich blickte zu Gregor und dann zu Kai-Uwe Andres. Seine Miene drückte Sachlichkeit aus. Hilfe suchend sah ich zu seiner Kollegin.

»Wir müssen diese Fragen stellen, Frau Gaspary«, sagte sie beschwichtigend.

»Ja, wir hatten eine gute Ehe.« Ich boxte mit der Faust aufs Sofa. »Worauf läuft das hier hinaus? Warum suchen Sie so händeringend nach Motiven für einen Suizid, anstatt meinen Mann obduzieren zu lassen und zu untersuchen, woran er wirklich gestorben ist?«

Die beiden sahen sich mit wissenden Blicken an. »Bei einem Sturz aus dem fünften Stock«, sagte sie, »lässt sich mit großer Wahrscheinlichkeit sagen, woran Ihr Mann gestorben ist.«

»Und was ist, wenn er einen so genannten Sekundenherztod hatte? Mein Schwiegervater ist daran gestorben.«

»Bei einem Sekundenherztod hätte Ihr Mann nicht mehr die Zeit gehabt zu schreien.«

»Wieso sind Sie so sicher, dass er es war, der geschrien hat?«

»Weil die Zeugenaussagen von zwei Passanten, die zu diesem Zeitpunkt ihre Hunde ausgeführt haben, darin übereinstimmen«, antwortete Kriminalhauptkommissar Andres. »Beide haben den Schrei gehört und direkt darauf den Körper Ihres Mannes fallen sehen.«

»Aber dann müssten die Männer auch gesehen haben, wie es passiert ist.«

Die Beamtin schüttelte den Kopf. »Beide wurden erst durch den Schrei aufmerksam.«

»Aber warum sollte er, wenn er tatsächlich hat sterben wollen, schreien?«

»Aus einem Reflex heraus … möglicherweise.«

Ich presste die Unterarme gegen meinen schmerzenden Magen. »Dann war es vielleicht ein Schlaganfall … verdammt noch mal, warum lassen Sie ihn nicht untersuchen? Wozu ist er denn in diesem gerichtsmedizinischen Institut? Das muss doch irgendeinen Sinn haben.«

»Frau Gaspary, kann es sein, dass Sie wegen der Versicherung auf einem Unfall beharren?« Kai-Uwe Andres' forschender Blick versuchte, hinter meine Stirn zu schauen. »Aus den Unterlagen Ihres Mannes geht hervor, dass er vor eineinhalb Jahren eine Lebensversicherung mit einer relativ hohen Todesfallsumme abgeschlossen hat. Bei Vorliegen eines Suizids wird die Versicherungsgesellschaft allerdings nicht zahlen.«

Seine Frage war wie ein Schlag in die Magengrube. Meine Wut war so maßlos, dass es mir eine geschlagene Minute die Sprache verschlug und ich ihn anstarrte. Als ich meine Worte wieder fand, überschlugen sie sich. Ich schrie ihn an: »Mein Mann hat sich nicht umgebracht! Geht das nicht in Ihren Kopf? Er hatte eine eineinhalbjährige Tochter, die er über alles geliebt und für die er diese Versicherung aus reinem Sicherheitsdenken und Verantwortungsgefühl abgeschlossen hat. Wir hatten eine wunderbare Beziehung, und Gregor hatte einen Job, der ihn erfüllt hat. Sagen Sie mir einen Grund, warum ein Mann in seiner Situation seinem Leben ein Ende setzen sollte.«

»Vielleicht hatte er Schuldgefühle, mit denen er nicht fertig wurde.« Er ließ mich nicht den Bruchteil einer Sekunde aus den Augen. Allem Anschein nach wollte er sich keine meiner Reaktionen entgehen lassen.

Dabei bestand meine Reaktion nur aus Verwirrung. »Schuldgefühle? Aus welchem Grund sollte Gregor Schuldgefühle gehabt haben?«

»Manche Menschen haben Probleme, mit einem solchen Unfall fertig zu werden, selbst wenn er unverschuldet war.«

»Wovon reden Sie, Herr Andres?«

»Von dem Unfall, in den Ihr Mann vor etwas mehr als einem Jahr verwickelt war.«

»Ich weiß von keinem Unfall.« Felicitas Kluge machte keinen Hehl aus ihrer Verwunderung.

»Er hat Ihnen nicht davon erzählt?«

»Nein«, antwortete ich. Eine lähmende Schwäche machte sich in meinen Gliedern breit. »Erzählen Sie mir davon.«

Mit einem Seitenblick holte sie sich das Okay ihres Chefs. »Im Juli vergangenen Jahres fuhr Ihr Mann über die Krugkoppelbrücke. Kurz hinter dem Fußgängerüberweg gibt es eine Stelle, an der der Bürgersteig sehr hoch ist. Sekunden bevor Ihr Mann diese Stelle mit seinem Wagen passierte, schob dort eine Frau einen Kinderwagen entlang. Sie musste einem Fahrradfahrer ausweichen, der mit hoher Geschwindigkeit auf dem Bürgersteig fuhr. Bei diesem Ausweichmanöver geriet einer der Reifen des Kinderwagens über die Bordsteinkante.« Sie stockte und schien abzuwägen, ob sie mir zumuten konnte, was nun kam.

Mit einer halbherzigen Kopfbewegung forderte ich sie auf, weiter zu sprechen. Ich war mir nicht sicher, ob ich den Fortgang der Geschichte würde ertragen können.

»Die Frau konnte den Wagen nicht halten, er kippte Richtung Straße. Das Baby fiel heraus und geriet Ihrem Mann direkt unters Auto.«

Irgendwie gelangte meine Hand vor meinen Mund, und ich biss mir in die Handfläche, um nicht zu schreien. Mein Kopf begann ein Eigenleben und bewegte sich unaufhörlich von einer Seite zur anderen. »Nein …«, brachte ich schließlich heraus. »Sagen Sie, dass das nicht wahr ist.«

Sie atmete tief durch. »Leider ist es wahr, Frau Gaspary.«

»Was ist mit dem Baby … ich meine, was …?«

»Das Baby ist kurz nach dem Unfall seinen Verletzungen erlegen.«

»Sie müssen sich irren.« Ich weiß nicht, woher ich die Kraft nahm, überhaupt noch ein Wort herauszubringen.

»Es kann sich dabei nicht um Gregor gehandelt haben. Mein Mann hätte …« Mir versagte die Stimme.

»Sie können alles in den Unterlagen Ihres Mannes nachlesen, die wir in seinem Schreibtisch gefunden haben«, sagte sie leise, aber bestimmt. »Wir werden sie Ihnen so schnell wie möglich zurückbringen.«

Kai-Uwe Andres räusperte sich. »Unter den geschilderten Umständen erscheint uns ein Unfall als am wenigsten wahrscheinliche Todesursache Ihres Mannes.«

Mit einem letzten Rest an Kraft bäumte ich mich dagegen auf. »Und wenn die Mutter des Babys … wie soll sie damit fertig geworden sein? Damit kann man gar nicht fertig werden. Vielleicht hat sie Gregor so sehr gehasst, dass sie …«

»Wir ermitteln in alle Richtungen, Frau Gaspary.«

5

Am Telefon hatte sie gesagt, ich habe Glück, jemand habe ein paar Minuten zuvor abgesagt.

»Was führt Sie zu mir?«, fragte sie, als ich ihr zwei Stunden später gegenüber saß.

Völlig verstört betrachtete ich Eliane Stern, die mir in diesem Moment als meine einzige Hoffnung erschien. Graue, kinnlange Haare umrahmten ein Gesicht, dessen Falten beruhigend auf mich wirkten. Sie zeugten von Lebenserfahrung. Ich schätzte sie auf Ende fünfzig. Mein Blick wurde magisch angezogen von dem Ehering, den sie am linken Ringfinger trug. Unverwandt starrte ich darauf. »Ich habe meinen Mann verloren«, sagte ich schließlich mit trockener Kehle.

Sie sah mich ruhig abwartend an.

»Gestern … es ist gestern passiert.« Es war, als würde ich mich im Wust meiner Gedanken verirren.

»Wie ist es passiert?«

»Er ist vom Balkon seiner Kanzlei gestürzt. Die Polizei glaubt, dass es sich um einen Suizid handelt.«

»Was glauben Sie?«

»Ich weiß nicht mehr, was ich glauben soll. Bis heute Morgen war ich mir so sicher, dass es sich nur um einen Unfall handeln kann, dass er gar keinen Grund hatte, sich selbst zu töten, aber jetzt …« Ich schlug die Hände vors Gesicht und schwieg.

Eliane Stern, Psychotherapeutin mit einer Spezialisierung auf Trauerbegleitung, ließ mir Zeit. »Was hat Sie verunsichert?«, fragte sie nach einer Weile.

»Die Kripobeamten haben mir einen Grund genannt, der …« Ich sah auf und suchte ihren Blick. »Im Juli vergangenen Jahres hat mein Mann mit seinem Wagen ein Baby überfahren.« Ich erläuterte ihr die genauen Umstände des Unfalls. »Auch wenn ihn keine Schuld traf, ist es gut möglich … vielleicht auch wahrscheinlich, dass er sich trotzdem selbst die Schuld gegeben hat und damit nicht fertig wurde.« Ich erzählte ihr von Gregors Ernsthaftigkeit, von seinem Sinn für Gerechtigkeit und seiner Sensibilität.

»Sie sagen, die Kripobeamten hätten Ihnen diesen möglichen Grund genannt. Demnach wussten Sie nichts von dem Unfall?«

»Nein«, antwortete ich leise.

»Hat Ihr Mann Ihnen einen Abschiedsbrief geschrieben?«

Ich schüttelte den Kopf. »Es ist, als hätte ich ihn gleich zweimal verloren, einmal durch seinen Tod und dann durch diesen Unfall, von dem er mir nichts erzählt hat. Einerseits wehrt sich alles in mir gegen die Vorstellung, dass er seinem Leben selbst ein Ende gesetzt haben soll, andererseits empfinde ich den Tod dieses Babys als so entsetzlich, dass ich … obwohl … ihn traf keine Schuld.«

»Haben Sie Kinder?«

»Wir haben eine Tochter, Jana, sie ist eineinhalb.« Ich starrte auf meine Hände, die nass von meinen Tränen waren. »Sie sollte eine schöne und unbelastete Kindheit haben. Was bedeutet das alles für sie, Frau Stern? Wie soll so ein kleines Wesen damit fertig werden, dass es von einem Tag auf den anderen keinen Vater mehr hat und seine Mutter nur noch in Tränen aufgelöst herumläuft?« Meine Schultern sackten nach vorne.

»Ob Ihre Tränen sichtbar sind oder nicht – Ihre Tochter wird Ihre Trauer spüren, Frau Gaspary. Aber das ist ihre Realität, ihr Weg, Sie können sie davor nicht bewahren. Es ist sehr traurig, den Mann und den Vater zu verlieren.« Ihr Blick enthielt eine Kraft, die mir fehlte. »Viele Kinder haben einen schweren Stand, aber sie kommen durch.«

Sekundenlang rauschte es in meinem Kopf. Ich konnte keinen klaren Gedanken fassen. »Ich weiß nicht, wie ich diesen Schmerz aushalten soll«, sagte ich nach einer Weile.

»Wir werden hier über diesen Schmerz reden, das wird Ihnen ein wenig helfen. Ansonsten können Sie überlegen, was Sie gerne tun. Vielleicht schwimmen Sie gerne, sehen sich Fotos an oder laufen. Alles, was Ihnen gut tut, sollten Sie tun, Frau Gaspary. Alles andere meiden Sie besser. Das gilt auch für Menschen. Meiden Sie diejenigen, die Sie belasten.«

Hatte Eliane Stern dabei auch an die Kripo gedacht? Wie gerne hätte ich die beiden Beamten gemieden, aber sie ließen mir keine Gelegenheit dazu. Am Nachmittag standen sie bereits wieder vor der Tür.

»Es gibt noch ein paar Fragen«, sagte Kai-Uwe Andres.

Mit einer Handbewegung bedeutete ich ihnen, mir in die Küche zu folgen. Jana, die in ihrem Stuhl saß und mit den Apfelstückchen auf ihrem Teller spielte, sah die beiden mit großen Augen an.

»Das ist Jana«, stellte ich ihnen meine Tochter vor.

Der Beamte beugte sich zu ihr. »Hallo, Jana.«

Sie hielt ihm ein Stück Apfel hin. »Da!«

Er nahm es, steckte es in den Mund und lächelte sie an. »Mhm, schmeckt gut. Danke.« Er und seine Kollegin setzten sich an den Tisch, während ich am Fenster stehen blieb.

»Frau Gaspary, hat Ihr Mann Ihnen gesagt, mit wem er am gestrigen Abend die Besprechung hatte, als er Sie anrief?«

»Nein.«

»Überlegen Sie bitte gut.«

»Er hat nichts gesagt, und ich habe nicht gefragt.« Mit vor der Brust verschränkten Armen lief ich vor dem Tisch auf und ab. »Warum hätte ich ihn fragen sollen? Er war wie immer.«

»Sagten Sie nicht, er sei angespannt gewesen?«, fragte Felicitas Kluge.

»Ja, das habe ich gesagt. Aber ich habe auch gesagt, dass das bei der Thematik, mit der er zu tun hatte, nichts Ungewöhnliches war. Haben Sie seine Mitarbeiterinnen nicht gefragt, mit wem er einen Termin hatte?«

»Das haben wir selbstverständlich. Aber sie wissen es auch nicht.«

»Steht nichts in seinem Terminkalender?«, fragte ich sie.

»Nein.«

»Hat möglicherweise jemand im Haus …?«

»Gegen achtzehn Uhr dreißig wurde eine Frau beim Verlassen der Kanzlei beobachtet. Vermutlich handelt es sich um die Mandantin, mit der Ihr Mann einen Termin hatte. Wir prüfen das noch. Wenn sich unsere Vermutung bestätigt, muss nach dieser Frau noch jemand dort gewesen sein, da Ihr Mann Sie erst eine Stunde später anrief und Ihnen sagte, dass er noch in einer Besprechung sitze. Leider wissen wir bis jetzt nicht, mit wem.« Sie hob die Apfelstücke auf, die Jana auf den Boden geworfen hatte, und legte sie auf den Tisch.

Ich schluckte hart. »Glauben Sie, dass dieser letzte Besucher meinen Mann umgebracht hat?«

»Wir erhoffen uns von dem letzten Besucher oder der letzten Besucherin Aufschlüsse darüber, in welcher Verfassung Ihr Mann zu dem Zeitpunkt war«, antwortete Kai-Uwe Andres mit Bedacht. »Wie sowohl Frau Lorberg als auch Frau Grooth-Schulte sagten, nahm Ihr Mann es sehr genau mit den Eintragungen in seinem Terminkalender. Was hat es Ihrer Meinung nach zu bedeuten, wenn zwar ganz offensichtlich eine Besprechung stattfand, es aber keine entsprechende Eintragung in seinem Kalender gibt?«

Jana wurde es langweilig in ihrem Stuhl, sie fing an zu quengeln. Ich hob sie heraus und setzte sie in ihre Spielecke, wo sie begann, geräuschvoll mit ihrer Kugelbahn zu spielen.

»Frau Gaspary …?«, hakte er nach.

»Entschuldigen Sie.« Ich löste den Blick von Jana und wandte mich dem Beamten zu. »Wenn nichts in seinem Kalender steht, dann war es entweder ein sehr kurzfristig vereinbarter Termin oder ein privater.« Eigentlich hatte ich hinzufügen wollen, dass er mir im Falle eines privaten Termins gesagt hätte, wer bei ihm saß. Seitdem ich von dem Unfall wusste, war ich mir dessen allerdings nicht mehr so sicher.

Ich fühlte mich entsetzlich. Mir war schlecht, mein Körper machte sich nur noch durch Schmerzen bemerkbar, und ich hätte mich am liebsten in eine dunkle Ecke verkrochen. »Hat Ihr Staatsanwalt bereits eine Entscheidung getroffen, wie es weitergeht?« Ich sah zwischen beiden hin und her.

»Die Ermittlungen laufen noch, Frau Gaspary«, sagte Kai-Uwe Andres. »Sobald wir Näheres wissen, werden wir Ihnen Bescheid geben.«

Nachdem ich Jana an diesem ersten Abend ohne Gregor ins Bett gebracht hatte, überfiel mich ein Gefühl unendlicher Einsamkeit. Ruhelos lief ich vom Wohnzimmer in die Küche und dann ins Schlafzimmer, nur um gleich wieder umzukehren. Essen konnte ich nichts, mein Hals war wie zugeschnürt.

Meine Gedanken überschlugen sich. Ich dachte an diesen entsetzlichen Unfall und die Höllenqualen, die Gregor ausgestanden haben musste und die er nicht mit mir geteilt hatte. Gregor war nicht der Mensch gewesen, der unbeschadet aus so etwas hervorgegangen wäre. Ich versuchte mir vorzustellen, was dort oben auf dem Balkon geschehen war. Ich ließ die letzten Tage unseres gemeinsamen Lebens Revue passieren und fand kein einziges Signal, das auch nur im Entferntesten auf einen geplanten Suizid hindeutete. Sprang jemand ohne jede Vorwarnung aus dem fünften Stock? Hätte ich nicht irgendetwas merken müssen? Du hast ja noch nicht einmal etwas von seinen Qualen nach dem Unfall bemerkt, antwortete meine innere Stimme.

Vor seinem Foto blieb ich stehen. »Was ist bloß geschehen, Gregor?«, flüsterte ich.

Sein ruhiger Blick war für die Ewigkeit eingefangen, meiner hingegen irrte umher und suchte nach Antworten. Einem Impuls folgend lief ich ins Arbeitszimmer und durchsuchte, was bereits von der Polizei inspiziert worden war. Die Beamten hatten jedoch nichts von Belang zurückgelassen. Ich setzte mich an Gregors Schreibtisch, legte die Arme auf die Platte und meinen Kopf darauf. »Gregor, hilf mir, bitte.« Als sich das Bild seines Körpers in einem Kühlfach im rechtsmedizinischen Institut vor mein inneres Auge schob, setzte ich mich mit einem Ruck auf.

Mein Herz raste, ich spürte es im ganzen Körper. Von Unruhe getrieben lief ich umher. Um den Anrufbeantworter, auf dem sich mittlerweile sechzehn Nachrichten angesammelt hatten, machte ich einen großen Bogen. Ich wollte keine Anrufe beantworten, ich suchte selbst nach Antworten.

Die Angst, von der Situation, in die Jana und ich geraten waren, überwältigt zu werden, nahm in einer Weise von mir Besitz, die mir nur noch mehr Angst machte. Ich wusste, dass ich nicht in diesen Teufelskreis aus Schlafentzug, Appetitlosigkeit und unaufhörlicher Grübelei geraten durfte, dass er Gift für mich war, aber ich wusste nicht, wie ich mich diesem Kreis entziehen sollte. Hilfe suchend griff ich nach dem Anker, der um meinen Hals hing.

Eliane Stern hatte mir geraten zu überlegen, was ich gerne tat, aber so sehr ich mich auch anstrengte, es fiel mir nichts ein. Gab es überhaupt Menschen, die unter solchen Umständen etwas gerne taten? Die einzige Frage, die ich hätte beantworten können, war die nach meinen Wünschen: Ich wünschte, Gregor würde noch leben, und ich wünschte, die Schmerzen würden aufhören.

Das Telefon läutete, aber ich nahm den Anruf nicht

entgegen. Auf dem Weg in Janas Zimmer hörte ich die Stimme meiner Mutter, die den Anrufbeantworter besprach. »Helen, es ist alles so entsetzlich. Wenn du nur ans Telefon gehen würdest ... Isabelle hat mir verboten, zu dir zu fahren, aber wenn du dich weiterhin nicht meldest, dann .... Ich mache mir so große Sorgen um dich ... Was soll denn nun werden?«

Genau das wusste ich auch nicht. Die Zukunft erschien mir wie ein schwarzes Loch, die Gegenwart war unerträglich. Nur die Vergangenheit war ein Ort, an den ich mich flüchten konnte. Ich setzte mich neben Janas Bett in den Schaukelstuhl. Mit angezogenen Beinen überließ ich mich seinen sanft wiegenden Bewegungen und blickte in Janas vom Schlaf entspanntes Gesicht.

Als ich deinen Vater kennen lernte, war ich dreiundzwanzig und er dreißig. Das ist jetzt dreizehn Jahre her. Ich war mitten im Studium, während er gerade seinen ersten Job angetreten hatte. Damals teilte er sich noch eine Wohnung mit einem Freund – Hannes hieß er. Ich war so unsterblich in Hannes verliebt, dass ich Gregor, wenn überhaupt, dann nur als Störfaktor wahrnahm. Ich wollte mit Hannes allein sein und hatte kein Interesse an Unterhaltungen mit seinem Mitbewohner. Dieses Interesse kam erst, als die Probleme mit Hannes anfingen und ich einen Zuhörer brauchte.

Dein Vater war der geborene gute Freund: geduldig, einfühlsam und klug. Und ich war eine ausgemachte Egoistin. Ich nahm von ihm, was ich bekommen konnte. Hatte Hannes im Streit die Wohnung verlassen und war in die nächste Kneipe verschwunden, klopfte ich an Gregors Tür und ließ ihn meine Wunden verarzten. Waren meine Tränen getrocknet und meine Zuversicht zurückerobert, dann ließ ich ihn stehen – ohne ein Wort des Dankes, ohne ihn jemals zu fragen, wie es ihm ging, ohne mich umzudrehen. Ich nahm Gregors Hilfe als selbstverständlich an.

Das ging ein Jahr lang so, bis Hannes sich von mir trennte, weil er sich auf absehbare Zeit ausschließlich seiner Karriere widmen wollte. Wütend, enttäuscht und verletzt verließ ich die Wohnung, nicht ohne Hannes zum Abschied noch ein paar deftige Worte an den Kopf zu werfen. Von Gregor verabschiedete ich mich nicht.

Das Klingeln an der Tür ließ mich hochschrecken. Es war ein Uhr nachts. Mit zögernden Schritten ging ich zur Tür und sah durch den Spion, bevor ich öffnete.

»Annette ...«, sagte ich abwehrend.

»Mein Gott, Helen, was ist nur los? Wir haben uns Sorgen gemacht.« Annette brachte es selbst um ein Uhr in der Nacht fertig, einen gepflegten Eindruck zu machen. Hinter ihr stand Joost, der so aussah, wie ich mich fühlte. Als ich nicht antwortete, packte Annette mich an den Oberarmen und zwang mich, sie anzusehen.

»Was los ist?«, wiederholte ich ihre Frage. »Gregor ist tot.«

»Und wir haben befürchtet, dass du ihm gleich hinterhergegangen bist.«

»Er ist nicht gegangen, sondern gefallen«, verbesserte ich sie automatisch.

Sie hielt mich immer noch fest. »Helen, du musst ans Telefon gehen, verstehst du? Ich habe dir heute drei Nachrichten auf den Anrufbeantworter gesprochen.« In ihrem Ton lag ein kaum verhohlener Vorwurf. »Hast du das Band überhaupt abgehört?«

Ich entzog ihr meine Arme. »Wozu?«

»Wozu?« Wie ein Fisch auf dem Trockenen schnappte sie nach Luft. Joost legte ihr beschwichtigend die Hand auf die Schulter. »Ich kann dir sagen, wozu: damit deine Freunde nicht mitten in der Nacht hier auftauchen müssen, weil sie sich schreckliche Sorgen um dich machen. Ein Wort von dir hätte genügt. Bei deiner Vorgeschichte ist es ja schließlich nicht ganz abwegig, wenn man sich Gedanken macht.«

Bei meiner Vorgeschichte … Es wäre ein Wunder gewesen, wenn Annette sie nicht erwähnt hätte. »Ihr müsst euch keine Sorgen machen.« Die machte ich mir schon selbst zur Genüge. »Ich komme zurecht.«

»Hast du überhaupt etwas gegessen? Du musst schlafen, das weißt du. Jetzt ist es ein Uhr und …«

Joost drückte ihre Schulter. »Annette, ich glaube, Helen kommt wirklich zurecht. Lass …«

»Aber sieh sie dir nur an!«

Seine Augen deuteten eine Entschuldigung an. »Wir lassen dich jetzt allein, Helen. Versprich mir, dass du dich meldest, falls wir etwas für dich tun können.«

»Versprochen«, sagte ich tonlos und sah den beiden hinterher, während sie zum Auto gingen und abfuhren.

Nach diesem Besuch hatte ich mich unter Gregors Bettdecke verkrochen, meine Augen geschlossen und seinen Geruch eingeatmet. Für den Rest der Nacht hielt ich sein Kopfkissen umschlungen. Wie lange würde sich sein Geruch in unserem Bett halten? Eine Woche? Zwei Wochen? Wie lange würde ich mich an seine Stimme erinnern können? Und wie lange würde mich das letzte Bild von ihm verfolgen?

Gegen Morgen wurde Jana unruhig, und ich holte sie

zu mir ins Bett. Nachdem wir eine Weile gekuschelt hatten, setzte sie sich auf und sah sich suchend um.

»Pa ...?«

»Dein Papa ist gestorben, Jana. Er kommt nicht wieder.«

»Pa ...?

Traurig schüttelte ich den Kopf, nahm sie auf den Arm und ging mit ihr hinüber ins Wohnzimmer. Vor Gregors Foto blieb ich stehen. Ich zeigte darauf.

»Da ist dein Papa, Jana. Er hat dich sehr lieb, und er hat vor Glück geweint, als du auf die Welt gekommen bist.«

»Da ...« Sie berührte mit dem Zeigefinger Gregors Nase.

Ich versuchte ein Lächeln und küsste sie auf die Wange. »Wir werden das schon schaffen, meine Kleine, irgendwie ...«

Keine zwei Minuten, nachdem ich den Rollladen hochgezogen hatte, klingelte Mariele Nowak. Erleichtert öffnete ich ihr.

»Wenn ich Ihnen zu viel werde, sagen Sie es bitte ganz offen, Frau Gaspary«, bat sie mich und kam zögernd herein.

»Ich bin froh, dass Sie da sind.« Zweifelsohne zählte sie zu den Menschen, die mir gut taten. Obwohl ich sie kaum kannte, hatte ich Vertrauen zu ihr. Sie schien in jedem Moment zu wissen, was das Richtige war. »Nelli kommt um acht, sie wird sich um den Haushalt kümmern. Könnten Sie nachher vielleicht ein wenig mit Jana spazieren gehen? Sie soll außer Trauer und Tränen auch noch ein paar fröhliche Gesichter zu sehen bekommen.«

»Jana und ich werden nach dem Frühstück auf den Spielplatz gehen. Was hältst du davon?« Sie ging in die Knie und sah sie fragend an.

Als Antwort erhielt sie einen Schwall unverständlicher Laute.

Mariele Nowak hörte aufmerksam zu, nickte dann und sagte: »Da gebe ich dir völlig Recht.« Während Jana begeistert an ihrem Haarknoten herumhantierte, wandte sie sich an mich. »Ich habe mir in den nächsten Tagen nicht viel vorgenommen, Sie können also gerne über meine Zeit verfügen.«

»Warum tun Sie das für uns, Frau Nowak? Wir kennen uns kaum und …«

»Für mich hat es auch einmal jemand getan und mir damit sehr geholfen.«

Bei ihren Worten wurde mir bewusst, dass ich so gut wie nichts über sie wusste. Nachdem sie vor etwas mehr als zwei Jahren ins Nachbarhaus gezogen war, hatte es lange gedauert, bis ich sie zum ersten Mal zu Gesicht bekam. In der ersten Zeit hatte sie sehr zurückgezogen gelebt und kaum je das Haus verlassen. Dann war ich diejenige gewesen, die sich zurückgezogen hatte. So bestand unser Kontakt eigentlich erst seit einem Jahr. Bisher hatte er sich auf kurze Gespräche im Vorbeigehen beschränkt. Mein Blick fiel auf die beiden Eheringe, die sie am Finger trug und die mir vorher nie aufgefallen waren. »Ihr Mann?«, fragte ich.

»Er ist vor drei Jahren gestorben.«

»Kommt man je darüber hinweg?«

»Die Menschen sind verschieden«, antwortete sie vage. »Manchen reicht die Zeit.«

»Aber Ihnen nicht.« Es war keine Frage, sondern eine Feststellung.

»Ich erwarte nicht zu viel von der Zeit. Ihre Möglichkeiten werden meiner Meinung nach auch häufig überschätzt. Für mich ist sie wie eine Betäubungsspritze, die unterdosiert ist: Sie kann dem Schmerz die Spitze nehmen, aber sie kann ihn nicht vollständig betäuben.«

Ich war ihr dankbar für ihre Offenheit. Sie redete nichts schön. Sie sagte nicht, die Zeit würde alle Wunden heilen. »Gewöhnt man sich an diesen Schmerz?«

Sie atmete hörbar aus. »Ja. Zeitweise vergisst man ihn sogar.«

Wir zuckten beide zusammen, als plötzlich Nellis fröhliches *Guten Morgen* erschallte. Ich drehte mich zu ihr um und starrte sie an, als sei sie ein Geist.

»Ich arbeite hier, Frau Gaspary, schon vergessen?« Geräuschvoll ließ sie ihre Tasche fallen und stürzte auf Jana zu, die vor Begeisterung quietschte. »Wenigstens eine, die sich freut, mich zu sehen«, sagte sie vorwurfsvoll, während sie gleichzeitig Jana durchkitzelte. Das Kichern des Kindes war das einzige Geräusch in der Küche. Als Nelli das bewusst wurde, sah sie mich irritiert an. »Ist jemand gestorben?«

»Ja«, antwortete ich. Jedenfalls hatte ich dieses Wort im Sinn gehabt. Heraus kam ein gebrochener Laut. Ich räusperte mich. »Mein Mann ist tot.«

»Quatsch!« Ihr Blick erstarrte. »Über so etwas macht man keine Scherze, Frau Gaspary. Wenn Sie nur mal sehen wollen, wie mir die Farbe aus dem Gesicht weicht, dann würde es auch reichen, mir eine Spinne vor die Nase zu halten. Wenn ich eine sehe, dann …«

Ich ging zu ihr und nahm sie in den Arm. »Er ist tot, Nelli.«

Ihre Augen waren weit aufgerissen. »Nein … nicht Ihr Mann …«, stammelte sie.

»Er ist tot.« Ich hielt sie fest, bis ich nicht mehr wusste, wer von uns beiden sich an wem festhielt. Ihr Schluchzen ging in meinem unter.

Mariele Nowak nahm Jana an der Hand und verließ mit ihr die Küche.

Unfähig, ein Wort zu sagen, ließ Nelli sich irgendwann auf einen Stuhl sinken und sah mich Hilfe suchend an. »Das ist nicht gerecht«, sagte sie nach Minuten des Schweigens. »Einfach nicht gerecht. Ich kenne jede Menge Menschen, um die es nicht schade wäre, aber Ihr Mann … der war immer so nett. Warum muss denn jemand wie er so früh sterben?«

»Das weiß ich nicht, Nelli.«

Sie strich sich eine tränenfeuchte Haarsträhne aus dem Gesicht. Unglücklich irrte ihr Blick umher. »Und ich habe mich immer geweigert, ihn Gregor zu nennen. Aber das war nur, weil ich einen Heidenrespekt vor ihm hatte.«

»Ich bin sicher, das hat er verstanden.« Ich setzte mich zu ihr und nahm ihre Hand in meine. »Nelli, wenn du magst, dann gehst du jetzt wieder nach Hause …«

Erst schien sie nicht zu verstehen, worauf ich hinauswollte, doch dann durchfuhr sie die Erkenntnis wie ein Blitz. »Auf gar keinen Fall!« Entschlossen wischte sie sich die verschmierte Wimperntusche von der Wange. »Ich lasse mich von Ihnen nicht fortschicken. Ihr Mann hätte gewollt, dass ich mich um Sie kümmere, da bin ich mir ganz sicher.«

Der Anflug eines Lächelns verirrte sich in meine Mundwinkel.

Entschlossen erhob sie sich von dem Stuhl. »Ich werde tun, was ich immer tue: putzen!«

»Mein Mann hat gewollt, dass du eine vernünftige Ausbildung machst.« Am Abend meines Geburtstages hatten wir zuletzt darüber gesprochen. Ich hatte nicht gewusst, dass ich nie wieder einen Geburtstag mit Gregor feiern würde. Hatte er es gewusst? Hatte er mir deshalb diesen Anker geschenkt? Ich nahm ihn in die Hand und wünschte mir, er könne antworten.

Nellis Worte drangen an mein Ohr, aber es dauerte einen Moment, bis sie mich erreichten. »Es ist nicht fair, das gerade in diesem Zusammenhang zu erwähnen, Frau Gaspary. Das klingt gerade so, als würde ich den letzten Wunsch eines Verstorbenen nicht respektieren.«

»Weißt du was, Nelli? Ich würde etwas dafür geben zu wissen, was sein letzter Wunsch war.«

Wie oft würde ich den beiden noch gegenübersitzen? Wie viele Fragen würden sie mir noch stellen, bis sie endlich herausfanden, was mit Gregor geschehen war? Wann würden sie ihn aus dem gerichtsmedizinischen Institut entlassen, damit ich ihn begraben konnte?

»Frau Gaspary, es gibt noch ein paar wichtige Fragen.« Kai-Uwe Andres hatte ein Notizbuch auf den Knien, in dem er konzentriert vor- und zurückblätterte. Seine Kollegin sah ihm von der Seite dabei zu. »Ich möchte noch einmal auf Ihre Ehe zu sprechen kommen. Wie Sie sagten, haben Sie vor sechs Jahren geheiratet.

Hatte Ihr Mann während dieser Zeit außereheliche Beziehungen?«

Gab es außer dem Unfall noch etwas, von dem ich nichts wusste? Es war ihnen gelungen, mich zu verunsichern, aber das merkten sie hoffentlich nicht. »Aus der Tatsache, dass mein Mann mir nichts von diesem Unfall erzählt hat, sollten Sie keine falschen Schlüsse ziehen.« Ich schlang die Arme um meinen Oberkörper.

»Beantworten Sie bitte meine Frage.«

»Nein«, sagte ich mit Nachdruck. »Er hatte keine außerehelichen Beziehungen.«

»Kennen Sie eine Franka Thelen?«

Ich strengte meinen Kopf an, erinnerte mich aber nicht, diesen Namen jemals zuvor gehört zu haben. »Nein. Wer ist diese Frau?«

»Sie ist diejenige, die den Kinderwagen schob, als es zu dem Unfall kam.«

»Die Mutter des Kindes …«, sagte ich betroffen.

»Sie war eine Freundin der Mutter. Und wie uns die Mitarbeiterinnen Ihres Mannes sagten, kam sie hin und wieder in die Kanzlei, um Ihren Mann abzuholen. Das Verhalten der beiden habe auf eine gewisse Vertrautheit schließen lassen.«

»Er soll mit ihr ein Verhältnis gehabt haben?«

Zum Zeichen, dass sie gedachte, meine Frage zu beantworten, legte Felicitas Kluge ihrem Kollegen die Hand auf den Arm. »Keiner von uns unterstellt Ihrem Mann und Frau Thelen ein Verhältnis. Das tun auch Frau Lorberg und Frau Grooth-Schulte nicht. Und Frau Thelen hat uns zu verstehen gegeben, dass das Verhältnis zu Ihrem Mann rein freundschaftlicher Natur war.«

»Dann verstehe ich nicht, worum es Ihnen eigentlich geht.«

»Es geht uns darum herauszufinden, ob Sie wussten, dass Ihr Mann sich mit dieser Frau traf. Von dem Unfall hat er Ihnen nichts erzählt, da liegt die Vermutung nahe, dass er Ihnen auch von Franka Thelen nichts gesagt hat.«

»Ja und?« Jetzt hatte sie mich vollständig irritiert.

»Sie könnten von dieser Beziehung erfahren und sie falsch interpretiert haben.«

Schlagartig wurde mir klar, worauf sie hinauswollte. Für Sekunden verschlug es mir die Sprache. Dann packte mich unbändige Wut. »Sind Sie noch ganz bei Trost? Was unterstellen Sie mir hier? Dass ich meinen Mann vom Balkon gestoßen habe, weil ich glaubte, er hätte ein Verhältnis?«

»Wir ermitteln in *alle* Richtungen, Frau Gaspary«, erwiderte der Beamte. »Und dabei dürfen wir keine Richtung vernachlässigen, mag sie uns auch noch so unwahrscheinlich erscheinen.«

Meine Wut war so schnell verraucht, wie sie gekommen war. Zurück blieb eine lähmende Schwäche. Hätte ich ihnen sagen sollen, dass ich nicht hinter jeder Verabredung mit einer anderen Frau ein Verhältnis vermutete? Dass – hätte Gregor tatsächlich eines gehabt – ich mit ihm darüber geredet hätte? Dass ich um unsere Ehe gekämpft hätte? Und dass Mord nicht Bestandteil meines Konfliktlösungsrepertoires war? Wozu? Sie hätten mir ohnehin nicht geglaubt.

»Wie ist Ihr Mann mit Ihrer Erkrankung zurechtgekommen?«, fragte er.

Davon hatten sie also auch erfahren. Ich schluckte gegen die Wut an, die bereits wieder von mir Besitz zu ergreifen drohte. »Meine *Erkrankung* hat ihn belastet, so wie sie jeden anderen Partner auch belastet hätte. Es war nicht leicht für Gregor, damit umzugehen, aber er hat es geschafft. Wenn Sie jedoch glauben, er hätte sich deshalb von mir ab- und einer anderen zugewendet, dann irren Sie.« Meine Stimme war rau. Ich trank einen Schluck Wasser.

Nachdem er sich Notizen in seinem Buch gemacht hatte, sah er auf. Sein Blick war sachlich, er ließ noch nicht einmal erkennen, ob ich ihn überzeugt hatte. »Wir müssen Sie das fragen, Frau Gaspary«, hob er an. »Wo waren Sie am Montagabend gegen zwanzig Uhr dreißig, als Ihr Mann vom Balkon stürzte?«

»Ich war hier.« Meine Stimme war nur noch ein Krächzen.

»Kann das jemand bezeugen?«

»Nein.« Ich sah zu Gregors Foto und hielt mich an seinem Gesicht fest, neben dem ich nie wieder aufwachen würde.

»Was haben Sie gemacht?«, fragte Felicitas Kluge.

»Ich habe gelesen.« Wie lange würde mein Herz diesen schnellen Puls aushalten? Ich atmete dagegen an.

»Hatte Ihr Mann in letzter Zeit mir irgendjemandem Streit? Gab es heftige Auseinandersetzungen?«

Ich schüttelte den Kopf.

»Denken Sie bitte nach, Frau Gaspary, diese Frage ist wichtig.«

»Jeder Mensch hat mal Streit.« Ich sah sie abweisend an.

»Mit wem hatte er Streit?«, hakte sie nach.

»Es war kein Streit, es war eher eine Auseinandersetzung. Aber wenn es um dieses Thema ging, sind die beiden öfter mal aneinander geraten. Das ist ohne Bedeutung für Ihre Ermittlungen.«

»Wenn Sie diese Entscheidung bitte uns überlassen …«, wies Kai-Uwe Andres mich sanft, aber entschieden zurecht. »Also, mit wem gab es eine Auseinandersetzung?«

»Ich möchte nicht, dass Sie unsere Freunde da mit hineinziehen.«

Er ließ sich nicht erweichen, sondern bestand auf einer Antwort. »Ihre Freunde werden Verständnis dafür haben und ebenfalls an einer raschen Aufklärung des Falles interessiert sein. Wie heißen Ihre Freunde?«

»Annette und Joost Kogler.«

»Worum ging es bei dieser Auseinandersetzung?«

»Um eine von Joosts Affären«, antwortete ich widerwillig. »Mein Mann hat ihn aufgefordert, die Sache in Ordnung zu bringen.«

»Was hat er mit *in Ordnung bringen* gemeint?«

Ich war kurz davor, ihn anzuschreien, er solle gefälligst den Mörder meines Mannes suchen, anstatt unsere Freunde zu brüskieren. Mit zu Fäusten geballten Händen beantwortete ich seine Frage: »Ich nehme an, er wollte, dass Joost seine Affäre beendet.«

Ihren beredten Blicken nach zu urteilen, glaubten sie, auf ein Motiv gestoßen zu sein, nach dem sie lange gesucht hatten.

»Annette wusste von der Affäre ihres Mannes. Und selbst wenn sie es nicht gewusst hätte – mein Mann hätte ihr sicher nicht davon erzählt, und Joost hätte Gregor nicht umgebracht, falls Ihre Fragen darauf hinauslaufen. Die beiden waren Freunde. Würden Sie mir jetzt bitte sagen, warum Sie mir diese Fragen überhaupt stellen? Bisher hatte ich den Eindruck, dass Sie davon überzeugt sind, mein Mann habe sich das Leben genommen.«

Die Kriminalbeamtin sah kurz zu ihrem Kollegen, bevor sie zu sprechen begann. »Nach unseren bisherigen Ermittlungen können wir lediglich einen Unfall als Todesursache ausschließen. Es bleibt abzuklären, ob sich Ihr Mann selbst das Leben genommen hat oder ob wir es mit einem Tötungsdelikt zu tun haben. Die Spurensicherung hat ergeben, dass es an dem Griff der Trittleiter, die auf dem Balkon stand, keinerlei Fingerabdrücke gibt. Jemand muss sie also abgewischt haben. Außerdem wurden bei der Leichenschau Hämatome am Bauch Ihres Mannes festgestellt, die mit hoher Wahrscheinlichkeit von der Balkonbrüstung stammen. Er muss mit Wucht dagegengeprallt sein, bevor er in die Tiefe stürzte.«

Beide beobachteten jede meiner Regungen, als könnten sie daraus entscheidende Schlüsse ziehen.

»Und wenn er gegen die Brüstung gestolpert ist?«

Bedauernd schüttelte Felicitas Kluge den Kopf. »Wir haben jede denkbare Möglichkeit nachgestellt. Ein Stolpervorgang ist ausgeschlossen, dann wäre das Verletzungsbild ein anderes.«

Blieb also die Hand, die ihn gestoßen hatte. Ich versuchte, dieses Bild zu verscheuchen und mich nur auf die beiden Personen mir gegenüber zu konzentrieren. »Dann wurde mein Mann also umgebracht«, stellte ich betroffen fest.

»Das wissen wir noch nicht«, entgegnete Kai-Uwe Andres. »Die Möglichkeit eines Suizids haben wir noch nicht völlig ausgeschlossen. Es ist durchaus möglich, dass Ihr Mann seine Selbsttötung zu verschleiern suchte und eine Fremdeinwirkung vorgetäuscht hat.«

»Indem er Fingerabdrücke abwischt und gegen die Brüstung rennt? Diese Vorstellung ist absurd.«

»Aber durchaus denkbar.«

6

Denkbar ist vieles«, sagte Claudia, Gregors Stiefmutter und meine Freundin, die sich mit meiner Schwester Isabelle verabredet zu haben schien.

Beide waren am Abend fast gleichzeitig bei mir aufgetaucht. Auch Isabelle hatte sich Sorgen gemacht, weil sie mich zwei Tage lang nicht erreichen konnte. Claudia hatte am Vortag bereits einmal geklingelt und von Mariele Nowak erfahren, dass ich nicht zu Hause war. Zu diesem Zeitpunkt hatte ich bei Eliane Stern gesessen.

»Die Frage ist nur«, fuhr Claudia fort, »ob es auch wahrscheinlich ist. Ich glaube nie und nimmer, dass Gregor sich umgebracht hat! Er hatte gar keinen Grund.«

Wir saßen um sein Foto herum, vor dem ich eine Kerze entzündet hatte. Das flackernde Licht brachte Bewegung in Gregors Gesicht. Weder Isabelle noch Claudia kommentierten meine Tränen, sie reichten mir abwechselnd Papiertaschentücher. Dankbar sah ich eine nach der anderen an: Isabelle, zu der ich trotz des Altersunterschieds von zwölf Jahren eine enge Beziehung hatte. Sie sah aus wie die jüngere Ausgabe von mir und die ältere von Jana. An Claudia als Gregors Stiefmutter zu denken, war mir stets unpassend erschienen. Sie war nur vier Jahre älter als er, sah jedoch aus, als hätte sie die Vierzig gerade erst erreicht. Ihr brünetter Lockenkopf und ihr lebendiges Gesicht mit den leicht schiefen Lippen und den Grübchen bildeten einen interessanten Kontrast zu ihrer nahezu perfekten Eleganz. Claudia trug ausschließlich Kostüme und gefährlich hohe Schuhe, auf denen sie die Augenhöhe ein Meter siebzig großer Menschen fast erreichte.

»Bis gestern war ich auch davon überzeugt, dass Gregor keinen Grund hatte, sich das Leben zu nehmen«, sagte ich leise, »jetzt bin ich mir nicht mehr so sicher.« Ich erzählte von dem Unfall und seinem tödlichen Ausgang. Als ich geendet hatte, sah Isabelle mich mit schreckgeweiteten Augen an, während Claudia ihren Blick auf Gregors Foto gerichtet hielt.

»Und du wusstest nichts davon?«, fragte Isabelle mitfühlend.

»Nein.«

»Er hat dich sicher nicht damit belasten wollen.« Sie saß neben mir auf dem Sofa und rückte ein Stück näher. Zart strich sie mir über die Hand.

»Unter anderen Umständen hätte er dir ohne jeden Zweifel davon erzählt, Helen«, sagte Claudia. »Es ging ihm nicht darum, ein Geheimnis daraus zu machen, er wollte nur vermeiden, dass du dich sorgst.«

»Er hat dir davon erzählt?«, fragte ich überflüssigerweise.

»Ja. Und deshalb kann ich dir auch versichern, dass Gregor sich wegen dieses Unfalls nicht das Leben genommen hätte. Er war entsetzlich für ihn und hat ihm schwere Stunden voller Zweifel und Schuldgefühle beschert, aber er hat ihn nicht lebensmüde werden lassen.« Der Blick, den sie mir zuwarf, war beschwörend und unmissverständlich. Es war nicht der Moment, verletzt zu sein. »Wenn wir allerdings die Möglichkeit eines Suizids ausschließen«, fuhr sie unbeirrt fort, »dann bleiben eigentlich nur Mord oder Totschlag. Ermittelt die Kripo auch in diese Richtung?«

Ich gab mir alle Mühe, das eben Gehörte hintanzustellen. »Sie haben mich bereits nach meinem Alibi gefragt«, antwortete ich schließlich.

»Na bravo, da haben sie dir ja allem Anschein nach ihre Elitetruppe auf den Hals gehetzt.«

»Sie nennen das *in alle Richtungen ermitteln*. Selbst Joost haben sie aufs Korn genommen. Gregor hat ihm am vergangenen Freitag wegen einer seiner Affären gehörig den Kopf gewaschen. Es ist mir nicht gelungen, ihnen klarzumachen, dass solche Auseinandersetzungen zwischen den beiden nichts Außergewöhnliches sind … waren.« Ich rieb meine verquollenen Augen. »Zum Glück habe ich Joost vorwarnen können, bevor die Kripo bei ihm aufgetaucht ist.«

»Was machst du dir Sorgen um ihn – geschieht ihm nur recht, wenn er mal ein paar Unannehmlichkeiten wegen seiner Rumhurerei hat. Annette, dieses Schaf, macht ihm ja keine.« Claudia zog eine Zigarette aus der Schachtel und sah mich fragend an. Nach meinem Nicken zündete sie sie an und inhalierte tief. »Hat die Kripo eigentlich schon mit der Mutter des toten Babys gesprochen? Ich will hier niemandem etwas unterstellen, aber es wäre immerhin nachvollziehbar, wenn sie auf Gregor nicht gut zu sprechen wäre.«

»Sie wäre sicher nicht die erste Mutter, die sich auf diese Weise rächt«, pflichtete Isabelle ihr bei.

»Ich habe keine Ahnung, ob die Kripo mit ihr gesprochen hat. Ich weiß nur, dass sie mit ihrer Freundin geredet haben. Sie ist diejenige, die den Kinderwagen geschoben hat, als es passierte. Allem Anschein nach hat sich Gregor nach dem Unfall hin und wieder mit ihr getroffen.«

»Das wusste ich nicht«, meinte Claudia irritiert. »Davon hat mir keiner von beiden etwas erzählt.«

»Du kennst Franka Thelen?«

Sie nickte nachdenklich. »Vor einem Dreivierteljahr hat sie ihren Job verloren. Als sie nichts Neues fand, hat Gregor mich gebeten, sie mir einmal anzusehen. Vor drei Monaten habe ich sie eingestellt.«

Es war die dritte Nacht seit Gregors Tod. Nachdem Claudia gegangen war, hatten Isabelle und ich noch lange zusammengesessen. Meine Schwester hatte von meiner Mutter erzählt und wie viel Überredungskunst es sie gekostet habe, sie von einem Besuch bei mir abzuhalten. Ich war froh, dass es ihr gelungen war. Die Anstrengung, meine Mutter zu trösten, wäre über meine Kräfte gegangen.

Irgendwann weit nach Mitternacht hatte Isabelle sich ins Gästezimmer zurückgezogen und mir das Versprechen abgenommen, mich ins Bett zu legen, anstatt den Rest der Nacht auf Gregors Foto zu starren. In unserem Bett mit Gregors Geruch in der Nase hielt ich es jedoch keine fünf Minuten aus, ohne ins Grübeln zu geraten. Erschöpft und gleichzeitig von einer gewaltigen Unruhe getrieben, verselbstständigten sich meine Gedanken in einer Weise, die mir Angst machte. So stand ich wieder auf und setzte mich wie in der vergangenen Nacht neben Janas Bett in den Schaukelstuhl.

Ich hatte Gregors Stimme im Ohr, als er sagte, es gäbe keinen friedlicheren Anblick als ein schlafendes Kind.

Jana hatte ihre Ärmchen ausgebreitet und lag inmitten ihrer Kuscheltiere. Ich sah sie lange an.

Wie viel Zeit ich damals verschwendet habe, Jana. Mit Männern, die im Rückblick keine Rolle spielten, die nur Stationen auf dem Weg zu deinem Vater waren. Aber das wusste ich nicht. Bei jeder Beziehung glaubte ich, sie sei für die Ewigkeit, dabei hielt keine länger als ein Jahr.

Gregor erzählte mir später, dass er sich gleich bei unserer ersten Begegnung in mich verliebt hatte und mir lange nachtrauerte. Und ich hatte mich nicht einmal von ihm verabschiedet … Was für eine dumme Gans ich war. Kaum hatte ich die Tür hinter Hannes zugeschlagen, hatte ich deinen Vater auch schon vergessen. Was er mir anbot, zählte damals nicht für mich. Ich war nicht interessiert an einem Mann mit Seele und Charakter, mich reizten Männer, die mich unglücklich machten.

Einer von ihnen nahm mich mit auf die standesamtliche Trauung seiner Cousine. Bei dieser Gelegenheit traf ich Gregor wieder. Es waren drei Jahre vergangen seit unserer letzten Begegnung, und wäre er nicht der Bräutigam gewesen, wäre er mir nicht aufgefallen. Als wir uns gegenüberstanden, starrte er mich sekundenlang an. Dann gab er einen Laut von sich, der so klang, als sei ich die personifizierte Unannehmlichkeit, drehte sich um und ließ mich stehen. In meiner Erinnerung war er zuvorkommender gewesen.

Als zehn Minuten später der Standesbeamte die Anwesenden darüber aufklärte, dass Gregor Gaspary seinen Entschluss zu heiraten ganz kurzfristig revidiert habe, schob ich die schlechte Laune des Bräutigams seinem Wankelmut zu. Erst sehr viel später sollte ich erfahren, dass nicht Wankelmut ihn dazu getrieben hatte, sondern die Erkenntnis, dass die Frau seiner Wahl nicht die Frau seines Herzens war.

Diese Erkenntnis sollte deinen Vater teuer zu stehen kommen, Jana. Durch die Absage der Hochzeit verlor er nicht nur seine damalige Zukünftige, sondern auch einen aussichtsreichen Job in der Kanzlei ihres Vaters. Und das alles, weil er erkannt hatte, dass er immer noch in mich verliebt war.

Irgendwann gegen Morgen musste ich eingeschlafen sein. Ich wachte erst auf, als mir alle Glieder schmerzten, weil ich immer noch mit angezogenen Beinen in dem Schaukelstuhl saß. Mir war kalt. Es war eine Kälte, die schmerzte.

Meine Schwester und Mariele Nowak waren sich auf Anhieb sympathisch. Fast ebenso schnell waren sie sich einig: Abwechselnd mit Nelli würden sie sich um Jana kümmern, damit ich Zeit hatte, das Notwendige zu regeln. Ich musste mich um eine Grabstelle kümmern, ein Bestattungsinstitut suchen und eine Todesanzeige formulieren. Das Datum für Gregors Beerdigung konnte ich allerdings erst nach der Freigabe seiner Leiche festsetzen. Wie Felicitas Kluge mir an diesem Vormittag mitteilte, hatte sich der Staatsanwalt nach eingehender Prüfung der Aktenlage für eine Obduktion entschieden. Erst danach würde ich meinen Mann beerdigen können.

So schlimm es für mich war, mir Gregors Körper auf einem Obduktionstisch vorzustellen, so sehr sehnte ich mich nach der Gewissheit, was zu dem tödlichen Sturz vom Balkon geführt hatte. Zur selben Stunde, als der Pathologe seine Arbeit begann, ging ich in Gregors Kanzlei, um endlich mit seinen beiden Mitarbeiterinnen zu sprechen.

Es war das erste Mal seit seinem Tod, dass ich diese Räume betrat, und es gelang mir nur mit großer Überwindung. Als ich mit bangem Herzen die Schwelle überschritten hatte, ging ich nach einer kurzen Begrüßung in Gregors Büro und schloss die Tür hinter mir. Mitten im Raum blieb ich stehen und betrachtete alles, als sähe ich es zum ersten Mal. Den übervollen Schreibtisch mit dem bequemen Stuhl dahinter, die Bücherwand, die Trittleiter, die jemand wieder zurück an ihren Platz gestellt hatte, und die Dreier-Sitzgruppe vor dem Fenster. Fröstelnd starrte ich auf die Balkontür. Sie zu öffnen und hinauszugehen wäre über meine Kräfte gegangen.

Ich schloss die Augen und überließ mich für einen Moment der Stille in diesem Raum und der von einer unsinnigen Sehnsucht getragenen Vorstellung, es sei noch alles unverändert. Als ich sie wieder öffnete, blendete mich ein Sonnenstrahl. Ich wich ihm aus und setzte mich an Gregors Schreibtisch, wo mir mein eigenes Gesicht und das von Jana Wange an Wange entgegenlächelten. Gregor hatte dieses Foto erst vor zwei Monaten gemacht. Meine Tränen tropften auf seine Unterlagen, und ich wischte sie mit einem Papiertaschentuch fort. Als ich auch mein Gesicht getrocknet hatte, ging ich hinaus.

Der zweiundfünfzigjährigen Ruth Lorberg und ihrer fünfundzwanzig Jahre jüngeren Kollegin Kerstin Grooth-Schulte war die Belastung der vergangenen Tage anzusehen. Über die Ringe unter ihren Augen konnte auch ihr Make-up nicht hinwegtäuschen. Einerseits schienen sie erleichtert zu sein, mich zu sehen, andererseits stand ihnen die Frage ins Gesicht geschrieben, wie es um meine Belastbarkeit bestellt war. Die Informationen, die ich mir von den beiden erhoffte, würden sie mir nur geben, wenn sie glaubten, es verantworten zu können. Also gab ich mir alle Mühe, gefasst zu wirken.

Wir hatten uns um den Tisch in Gregors Besprechungszimmer gesetzt. Nachdem ich ihnen in Aussicht gestellt hatte, so schnell wie möglich eine Nachfolgeregelung für die Kanzlei zu erwirken, kam ich auf Gregors Todestag zu sprechen.

»Ich würde gerne wissen, wie mein Mann seinen letzten Tag verbracht hat.«

Ruth Lorberg sah mich skeptisch an, während sie an ihrem obersten Blusenknopf nestelte. Sie trug ihre Blusen stets hochgeschlossen, was ihr in diesem Moment ein Engegefühl am Hals zu verursachen schien. Sie öffnete den Knopf und atmete tief durch. »Warum überlassen Sie das nicht der Polizei …« Ihr sonst so strenger Blick, der durch die hornumrandete Lesebrille auf ihrer Nase und die fest anliegenden, mit einer Schildpattspange zusammengehaltenen Haare noch unterstrichen wurde, flackerte unruhig.

»Bitte, Frau Lorberg.«

Sie wählte ihre Worte mit Bedacht. »Am Vormittag hatte er, wie Sie sicher wissen, eine wichtige Verhandlung. Sie lief entgegen den Befürchtungen ihres Mannes gut, sein Mandant hat sich hinterher überschwänglich bei ihm bedankt. Danach ging Ihr Mann zum Mittagessen. Er …«

»Ging er allein, oder hatte er eine Verabredung?«, hakte ich nach.

Die beiden wechselten Blicke, die einer wortlosen Absprache gleichkamen. »Er ging allein«, antwortete Ruth Lorberg.

Ich sah zu ihrer Kollegin, die die Luft anzuhalten schien.

»Ja ... er ging allein«, bestätigte schließlich auch sie und wich dabei meinem Blick aus.

»Ich weiß Ihre Loyalität meinem Mann gegenüber ebenso zu schätzen wie Ihren Versuch, mich zu schonen. Aber mein Mann ist tot, und ich möchte wissen, warum er sterben musste.« Ich spürte, wie mir Tränen in die Augen stiegen, und kämpfte dagegen an. Wenn ich jetzt weinte, würde ich nichts erfahren. »Tatsachen sind eher zu ertragen als Ungewissheiten. Wenn es also etwas gibt, das ein wenig Licht in das Dunkel um den Tod meines Mannes zu bringen vermag, dann würde ich das gerne wissen.«

Ruth Lorberg versuchte, meinem Blick standzuhalten. Ich wusste, wie sehr Gregor ihre Unerschütterlichkeit geschätzt hatte. *Die Lorberg bringt so schnell nichts aus der Ruhe*, hatte er oft gesagt. Seinem Tod war es ganz offensichtlich gelungen, und das ließ mich auf ihr Verständnis hoffen. Schweigend sah ich dabei zu, wie sie innerlich einen Kampf auszufechten schien.

»Ich habe mir stundenlang den Kopf darüber zerbrochen, ob ich etwas weiß, das zur Aufklärung beitragen könnte. Aber es fällt mir beim besten Willen nichts ein. Die Fälle, die Ihr Mann in letzter Zeit bearbeitet hat, bieten keinen Stoff, um ein Motiv daraus zu stricken. Es waren ganz normale Scheidungs-, Sorgerechts- und Erbschaftssachen. Natürlich hat es von der gegnerischen Seite auch schon mal Drohungen gegeben, aber nicht in der jüngeren Vergangenheit.«

»Mir ist auch nichts Derartiges bekannt«, sagte ihre Kollegin. Kerstin Grooth-Schulte war optisch das Gegenteil von Ruth Lorberg – die Haarfarbe ihres Wuschelkopfs wechselte im Rhythmus der Mode. Und hochgeschlossen, so hatte sie einmal mit Blick auf ihre Kollegin gesagt, würde nicht einmal ihr Totenhemd sein. Trotz oder vielleicht gerade wegen ihrer Gegensätzlichkeit waren die beiden ein eingespieltes Team. »In den vergangenen Monaten war es eher ruhig, was die so genannten überschießenden Emotionen betrifft«, fuhr sie fort. »Natürlich geht es im Familienrecht nicht immer harmonisch zu, aber dass Ihr Mann von einer gegnerischen Partei umgebracht worden sein sollte, kann ich mir nur sehr schwer vorstellen.« Sie schüttelte mit Nachdruck den Kopf.

»Keine Streitereien, keine bösen Worte oder überfallartigen Besuche? Gar nichts in dieser Art?« Ich machte kein Hehl aus meiner Enttäuschung.

Ihr Nein kam wie aus einem Munde und war voller Bedauern.

Es musste jedoch etwas Außergewöhnliches gegeben haben, sonst wäre Gregor nicht tot. »Worum ging es bei seiner letzten Mandantin an diesem Tag?«

»Sie heißt Barbara Overbeck«, antwortete Kerstin Grooth-Schulte. »Worum es bei dem Gespräch ging, weiß ich leider nicht, Ihr Mann hat darüber weder Notizen gemacht noch ein Band besprochen. Sie hatte einen Termin um siebzehn Uhr dreißig, war allerdings nicht seine letzte Mandantin an diesem Abend. Ich musste noch einmal in die Kanzlei, da ich die Einkäufe, die ich in der Mittagspause gemacht hatte, vergessen hatte. Es war Viertel nach sechs, Frau Overbeck war noch bei ihm. Ich habe kurz den Kopf in sein Büro gesteckt, um mich bemerkbar zu machen. Ihr Mann telefonierte. Er sagte: *Ich denke, das ist keine Sache, die man am Telefon besprechen sollte. Ich bin sicher noch eine halbe Stunde in der Kanzlei … In Ordnung, dann also in zehn Minuten hier.* Deshalb nehme ich an, dass er noch jemanden erwartet hat. Wer das gewesen sein könnte, kann ich beim besten Willen nicht sagen.« Sie sah mich mitfühlend an.

»War mein Mann an diesem Tag anders als sonst? Bedrückt oder ungewöhnlich schweigsam?«

»Das hat die Kripo auch schon gefragt«, antwortete Ruth Lorberg. »Er war nicht anders. Und ich halte es für völlig ausgeschlossen, dass er sich umgebracht hat.« Sie faltete die Hände und beugte sich näher zu mir. »Niemand aus meinem näheren Umfeld hat sich bisher das Leben genommen, ich kann also nicht sagen, wie sich jemand benimmt, der kurz davor steht, dazu fehlt mir – zum Glück – die Erfahrung. Aber ich kann aus voller Überzeugung sagen, dass niemand, der sich so benimmt wie Ihr Mann, vorhat, sich aus dem fünften Stock vom Balkon zu stürzen.«

»Wie hat er sich denn benommen?«

»Wie immer. Ungeduldig. Er wartete auf ein Schreiben des Jugendamtes, das seiner Meinung nach längst hätte vorliegen sollen. Ich habe zufällig mitbekommen, wie er einem Mitarbeiter des Jugendamtes unmissverständlich klar gemacht hat, dass er dieses Schreiben am nächsten Tag auf seinem Tisch vorfinden wolle. Andernfalls könne er mit einer Beschwerde rechnen. Ich glaube einfach nicht, dass jemand, der den Vorsatz hat, seinem Leben ein Ende zu setzen, sich noch mit einem derartigen Engagement für solche Dinge einsetzt.«

»Mit wem war er Montagmittag zum Essen verabredet?«, wiederholte ich meine Frage.

Ruth Lorberg sah auf ihre Hände und überlegte sekundenlang. »Mit einer Frau Thelen … Franka Thelen.«

Auch in der vierten Nacht ohne Gregor fand ich nur für wenige Stunden in den Schlaf. Obwohl ich zutiefst erschöpft war, kamen weder mein Kopf noch mein Herz zur Ruhe. Es gab zu viele Bilder, zu viele Fragen. Gab es jemanden, der Gregor genug gehasst hatte, um ihn in die Tiefe zu stoßen? Jemanden, der sich an ihm gerächt hatte? Oder hatte er sich tatsächlich selbst das Leben genommen? Hatte ihn die Erinnerung an diesen Unfall seiner inneren Ruhe nachhaltig beraubt? Hatte er sich ungeachtet der Tatsachen dennoch die Schuld gegeben und war damit nicht fertig geworden? Hatte er, als er Jana von einem Baby zu einem Kleinkind hatte heranwachsen sehen, stets das getötete Baby vor Augen gehabt, dem jede Chance, das Kleinkindalter je zu erreichen, genommen worden war? War es das, was er nicht ertragen hatte?

Hatte Gregor nachts grübelnd neben mir im Bett gelegen und ich hatte nichts davon bemerkt? Im Augenblick erschien mir das als die schlimmste aller Vorstellungen. Hatte ich ihn im Stich gelassen, als er dringend meiner Hilfe und Unterstützung bedurft hätte? Diese Gedanken ließen mich nicht los. Ich wusste, sie waren zermürbend und taten mir nicht gut. Sie manövrierten mich in eine unheilvolle Richtung, aber ich konnte mich ihrer Sogkraft nicht erwehren. Eine klare Antwort erschien mir in diesen Stunden als die einzige Lösung … als die einzige Erlösung.

Aber die Antwort, die ich mir so sehr erhoffte, konnte mir auch die Kripo nicht geben. Als ich Felicitas Kluge am Freitagvormittag in ihrem Zimmer im dritten Stock des Polizeipräsidiums gegenübersaß, informierte sie mich über die wichtigsten Details aus dem Obduktionsbericht.

»Eine organische Ursache, die zu dem Sturz Ihres Mannes geführt haben könnte, haben die Pathologen mit Sicherheit ausschließen können«, sagte sie.

»Also kein Herzinfarkt … kein Sekundenherztod?«

Ohne von dem Bericht aufzusehen, schüttelte sie den Kopf. Das Sonnenlicht, das durchs Fenster fiel, ließ ihre rotblonden Haare glänzen. »Es waren weder Alkohol noch andere Drogen im Spiel, auch keine Barbiturate.« Jetzt sah sie von den zusammengehefteten Blättern in ihrer Hand auf und suchte meinen Blick. »Die Möglichkeit eines Unfalls haben wir, wie Sie wissen, im Vorfeld durch eine Rekonstruktion bereits ausgeschlossen. Bleiben Fremdeinwirkung oder Selbsttötung.« Sie ließ ihren Worten Zeit zu wirken. »Und hier stehen wir vor dem Problem, das sich bei Stürzen aus großer Höhe häufig stellt: Die Pathologen können nicht sagen, welche dieser beiden möglichen Ursachen zum Absturz führte.«

»Warum nicht?«, fragte ich verwundert.

»Frau Gaspary, ich bin mir nicht sicher, ob es sinnvoll ist, Angehörige mit solchen Details zu belasten.«

»Bezieht sich Ihre Unsicherheit nicht viel eher auf meine Vorgeschichte?«

»Ich bewerte Ihre Vorgeschichte nicht über, ich möchte sie allerdings auch nicht unterschätzen.«

»Ich hatte nicht den Eindruck, dass Sie oder Ihr Kollege sich solche oder ähnliche Gedanken gemacht haben, als Sie mich nach meinem Alibi und dem Zustand meiner Ehe fragten. Ich möchte die Details hören.«

Sie sah mich lange an, bevor sie antwortete. »Um jemanden über eine Balkonbrüstung zu stürzen, genügen manchmal der Überraschungseffekt und ein kräftiger Stoß. Nur sind die Spuren eines solchen Stoßes von den Verletzungen des Aufpralls meist nicht zu unterscheiden.«

»Das heißt, Sie sind durch die Obduktion keinen Schritt vorangekommen?«

»So muss man es sehen.«

»Was ist mit den Hämatomen, die bei dem Prall gegen die Balkonbrüstung entstanden sind? Was schreiben die Pathologen dazu?«

Sie brauchte nicht erst in den Unterlagen nach der Antwort zu suchen, sie hatte sie im Kopf. »Auch im Hinblick auf die Hämatome können sie keine der beiden Möglichkeiten ausschließen. Der Versuch, auf diese Weise einen Suizid zu verschleiern, liegt nach Meinung der Experten genauso im Bereich des Möglichen wie ein Tötungsdelikt.«

»Und bei all dem spielt es überhaupt keine Rolle, wie Menschen, die meinen Mann kannten, diese Möglichkeiten einschätzen?«

»Sind Sie immer noch hundertprozentig davon überzeugt, dass ein Suizid auszuschließen ist, Frau Gaspary?«

»Ja!«

Ihr Blick war eindeutig. Sie glaubte mir nicht.

»Nein …« Ich sah auf meine ineinander verschränkten Hände. »Sie können sich nicht vorstellen, wie sehr mir diese Überzeugung helfen würde. Die Ungewissheit ist nur sehr schwer zu ertragen.«

»Doch, Frau Gaspary, das kann ich mir vorstellen. Und ich kann Ihnen versichern, dass wir große Anstrengungen unternehmen, um Licht in dieses Dunkel zu bringen.«

»*In alle Richtungen ermitteln* – sind das Ihre Anstrengungen?«, fragte ich.

Sie ließ sich durch meinen vorwurfsvollen Unterton nicht aus der Ruhe bringen. »Angenommen, es war Mord, dann stellt sich die Frage, ob es sich um ein Beziehungsdelikt handelt oder ob das Motiv in anderen Lebensbereichen Ihres Mannes zu suchen ist. Gab es jemanden, der sich durch seine Existenz so stark bedroht fühlte, dass er keinen anderen Weg sah, als ihr ein Ende zu setzen? Ist Ihr Mann möglicherweise in den Besitz von Informationen gelangt, die einem anderen gefährlich werden könnten? Oder gibt es Hinweise, die auf einen Suizid hinweisen, hat Ihr Mann also möglicherweise irgendjemandem gegenüber entsprechende Gedanken geäußert?«

»Und gibt es schon Antworten auf eine dieser Fragen?«

»Nein.«

»Wie stehen die Chancen, dass Sie überhaupt eine Antwort finden?«

»Das kann ich Ihnen nicht sagen.« Sie legte die Blätter, die sie immer noch in der Hand hielt, vor sich auf den Schreibtisch. Mit gerunzelter Stirn sah sie auf. »Ich kann Ihnen noch nicht einmal versprechen, dass wir diesen Fall tatsächlich aufklären werden. Ich kann Ihnen lediglich versichern, dass wir alles in unserer Macht Stehende dafür tun.«

Ich fühlte mich wie ein Häufchen Elend. Auch der letzte Rest an Kraft schien mich verlassen zu haben. Wenn Felicitas Kluge noch nicht einmal sicher war, dass es diese mir so wichtige Antwort eines Tages geben würde, wie sollte ich mir dann sicher sein? Ich konnte mir ein Leben in dieser Ungewissheit nicht vorstellen. Würde ich mich ihm genauso stellen müssen wie einem Leben ohne Gregor?

»Wann kann ich meinen Mann begraben?«, fragte ich leise.

»Sie können jetzt einen Termin machen, Frau Gaspary. Die Leiche ist freigegeben worden.«

7

Wir hatten steinalt zusammen werden wollen. Stattdessen hatte ich nun einen alten Stein ausgewählt, der auf Gregors Grab liegen und über seinen Namen, seinen Geburtstag und seinen Todestag Auskunft geben würde. Diese Angaben waren über jeden Zweifel erhaben. Aber was sollte ich in seine Todesanzeige schreiben? Dass er in den Tod gestürzt (worden) war? Sicher kursierten längst die wildesten Gerüchte über Gregors Tod. Und ebenso sicher würde eine ungeschickte Formulierung in der Anzeige diesen Gerüchten neue Nahrung liefern.

»Am besten gehst du überhaupt nicht darauf ein«, sagte Joost, als ich ihn am Samstag anrief. »Gregor ist gestorben – unter welchen Umständen, geht niemanden etwas an.«

»Die Beamtin von der Kripo hat mir keine großen Hoffnungen gemacht, dass diese *Umstände* jemals aufgeklärt werden. Das Ergebnis der Obduktion ist nicht eindeutig.«

Joost schnaubte hörbar. »Auch das noch.«

»Hat Gregor mit dir über diesen Unfall gesprochen?«

»Sie haben es dir also gesagt«, meinte er nach einem kurzen Zögern.

»Natürlich haben sie es mir gesagt. Auf diesen Unfall stützen sie schließlich ihre Suizidtheorie.«

»Du darfst es ihm nicht übel nehmen, dass er dir die Sache verschwiegen hat, Helen. Er wollte dich dadurch lediglich schonen. Zu dem Zeitpunkt, als es geschah, ging es dir immer noch nicht wieder gut. Im letzten halben Jahr hat er oft vorgehabt, dir davon zu erzählen, aber irgendwie war wohl nie der richtige Zeitpunkt.«

»Wie sehr hat ihn dieser Unfall gequält, Joost? So sehr, dass er deswegen …?«

Er schnitt mir das Wort ab. »Dieser Unfall war ein wirklich schlimmes Erlebnis für ihn, er ist ihm lange nachgegangen. Manchmal haben wir über nichts anderes gesprochen. In letzter Zeit hatte ich allerdings das Gefühl, dass sich die Wogen in seinem Inneren etwas geglättet hatten. Er hat kaum noch von dem Thema angefangen.« Er schwieg. »Vielleicht habe ich gerade das falsch interpretiert.«

»Was meinst du damit?«, fragte ich verunsichert.

»Vielleicht hat Gregor sich in sich zurückgezogen, vielleicht haben sich die Wogen gar nicht geglättet, vielleicht war genau das Gegenteil der Fall.«

Seine Worte versetzten mir einen Stich. Von all dem sollte ich nichts bemerkt haben? »Du hältst es also für möglich, dass er sich umgebracht hat?«

»Ich denke seit Tagen darüber nach.«

Mir war, als würde ich aus einer Wolke fallen, deren schützender Hülle ich mir bis vor ein paar Sekunden noch völlig sicher gewesen war. Gregors bester Freund hielt also einen geplanten Sprung vom Balkon für möglich. Einen schmerzhafteren Schlag hätte er mir kaum versetzen können. Ich schnappte nach Luft.

»Helen … ich bin Arzt … ich muss eine solche Möglichkeit in Betracht ziehen.«

»Du bist … du warst sein Freund.«

»Ich bin auch dein Freund, und deshalb will ich dir nichts vormachen.«

»Hast du von dieser *Möglichkeit, die du in Betracht ziehst*, auch der Kripo erzählt?«

»Sie haben mich nach meiner Einschätzung gefragt.«

»Also ja«, sagte ich traurig.

»Helen, Gregor ist tot, damit müssen wir uns alle abfinden. Manchmal denke ich, dass wir der Ursache für seinen Tod zu viel Gewicht beimessen und mit der Grübelei die Trauer verdrängen. Das ist nicht gut. Wir sollten der Polizei die Beantwortung der Fragen, die Gregors Tod aufwirft, überlassen.«

»Das kann ich nicht! Du hat selbst erlebt, welche Hirngespinste die sich zusammenreimen.«

»Ach, das«, tat er meine Bedenken ab. »Das solltest du nicht überbewerten. Außerdem gibt es ja tatsächlich eine Menge Menschen, die im Streit von ihnen nahe stehenden Personen umgebracht werden. Deshalb sind auch weder Ehefrauen noch Freunde als Verdächtige auszuschließen.«

»Mich haben sie auch nach meinem Alibi gefragt. Hätten sie eine Vorstellung von unserem Verhältnis gehabt, dann …« Die Worte blieben mir im Hals stecken, wo sich bereits wieder ein dicker Kloß breit gemacht hatte. Joost ließ mir Zeit. Ich schluckte gegen diesen Kloß an und drängte die Tränen zurück. »Sie wissen, dass Gregor mir nichts von dem Unfall gesagt hat. Sie wissen, dass er mir nichts von seinen Treffen mit Franka Thelen erzählt hat. Wahrscheinlich …«

»Wer ist Franka Thelen?«, unterbrach er mich.

»Die Frau, die den Kinderwagen geschoben hat. Sie

ist eine Freundin der Mutter des toten Babys. Die Kripo hält es für möglich, dass ich Gregor aus Eifersucht …«

»Helen«, versuchte er, mich zu beruhigen, »um solche Gedankenspiele kommen die Beamten nicht herum. Würden sie sie scheuen, wären sie schlechte Polizisten.«

»Hat Gregor sich von irgendjemandem bedroht gefühlt, Joost?«

»Diese Frage hat die Kripo mir auch schon gestellt. Wenn es tatsächlich eine Bedrohung gegeben hat, dann ist Gregor sich dessen nicht bewusst gewesen. Andernfalls hätte er ganz bestimmt mit mir darüber gesprochen.«

»Er hat dir ganz offensichtlich auch nichts von seinen Treffen mit dieser Frau Thelen gesagt«, hielt ich ihm mit einem Anflug von Resignation entgegen.

»Dafür gibt es eine ganz einfache Erklärung. Er konnte mir schlecht Vorhaltungen machen und selbst gegen die Regeln verstoßen.«

»Du glaubst, er hatte ein Verhältnis mit ihr?« Von einer Sekunde auf die andere war mir meine Stimme entglitten.

»Was glaubst du, Helen?«

Ich holte tief Luft. »Ich glaube nicht, dass Gregor ein Verhältnis hatte, weder mit dieser noch mit einer anderen Frau. Aber an etwas zu glauben, hilft mir im Moment nicht weiter. Ich muss mich an die Tatsachen halten. Alles andere fühlt sich an wie eine Wanderung über Treibsand.«

Am Wochenende hatte ich Tag und Nacht damit zugebracht, Gregors Beerdigung vorzubereiten. Meine Nachbarin hatte ihr Versprechen gehalten und mich nach Kräften unterstützt. Während sie sich um Jana kümmerte, half Claudia mir beim Adressieren der Umschläge. Als sie in meinem Adressbuch bei Fees Namen ankam, sah sie auf.

»Hast du mit Fee sprechen können?«, fragte sie.

Ich schüttelte den Kopf. »Sie wird sich erst in drei Wochen melden. In dem Kloster kann man sie nicht erreichen. Kurz vor ihrer Reise hat sie noch Scherze gemacht und gemeint, im Notfall könnten wir es mit Telepathie versuchen. Und dann hat sie mich plötzlich ganz ernst angesehen und gesagt: Aber es wird keinen Notfall mehr geben, Helen. Dir wird es gut ergehen, da bin ich mir ganz sicher.«

Claudia sah mich traurig an und fuhr dann fort, die Umschläge zu beschriften. Als sie damit fertig war, beantwortete sie für mich sämtliche der auf dem Anrufbeantworter aufgelaufenen Anrufe. Bis auf einen – den von Franka Thelen, die dem Band ihr Beileid und die Bitte anvertraut hatte, sie zurückzurufen.

»Weißt du, was sie von mir will?«, fragte ich Claudia.

»Nein, aber ich kann es mir denken. Vielleicht möchte sie dir sagen, dass auch sie nicht an einen Suizid glaubt.«

Mein erster Gedanke bei diesen Worten war: Also haben sich die beiden im Büro darüber unterhalten. Den zweiten sprach ich laut aus. »Man muss einen Menschen gut kennen, um einen solchen Glauben rechtfertigen zu können.«

Sie stützte ihren Kopf in die Hände und sah mich lange an, bevor sie antwortete. »In Extremsituationen lernen Menschen einander im Zeitraffer kennen. Da sind ihre Seelen entblößt und die Masken fallen, ob sie es wollen oder nicht. Von einer Sekunde auf die andere sind sich bis dahin völlig fremde Menschen nah. Weil sie ein Erlebnis teilen, das sie zutiefst erschüttert hat. Das verbindet. Vielleicht ist es Franka und Gregor auch so ergangen. Sprich mit ihr … das hilft dir möglicherweise, ein paar Fragezeichen aus dem Weg zu räumen.«

Einmal mehr wurde mir bewusst, was ich an Claudia so schätzte: Sie machte weder sich selbst noch anderen etwas vor. Sie verklärte nichts, hielt mit nichts hinterm Berg und nahm keine falsche Rücksicht. »Ich werde sie zurückrufen, sobald ich mich ein bisschen stabiler fühle. Im Augenblick brauche ich all meine Kraft, um über Gregors Tod nicht verrückt zu werden.«

Nachdem wir uns verabschiedet hatten, verkroch ich mich wie so oft in den vergangenen Tagen in die Ecke des Sofas und starrte Gregors Foto an. Irgendwann verschwamm sein Bild vor meinen Augen, und mir fielen die Lider herunter.

Kurz nach Mitternacht ließ ein Traum mich abrupt wieder aufwachen und machte meine Hoffnung auf einen etwas länger währenden, betäubenden Schlaf zunichte. Die Bilder des Traumes wiederholten sich vor meinem inneren Auge: *Ich stand auf dem Balkon von Gregors Kanzlei. In dem Moment, als ich entdeckte, dass die schützende Umrandung fehlte, stürzte ich auch schon in die Tiefe. Ich betete darum, das Bewusstsein zu verlieren, bevor mein Körper aufschlug. Aber anstatt zu schwinden, wurde es nur immer klarer. Mit jeder Faser meines Körpers spürte ich die Schwerkraft und den Windzug. Gleichzeitig arbeitete mein Gehirn auf der Suche nach einem Ausweg auf Hochtouren. Während ich den Boden immer näher kommen sah, breitete ich meine Arme aus – wie ein Vogel seine Flügel – und bremste meinen Sturz so weit ab, dass ich mir bei der Landung auf dem Boden lediglich ein paar Prellungen zuzog.*

Seltsamerweise hatte ich beim Aufwachen weder Angst noch Entsetzen gespürt. Eher eine Art willkommener Ruhe. Ich ging in Janas Zimmer und setzte mich in den Schaukelstuhl. Wenigstens sie schlief tief und fest. Ich lauschte ihren regelmäßigen Atemzügen und wanderte zurück in die Vergangenheit.

Vier Wochen nach seiner missglückten Trauung rief dein Vater mich an, Jana. Er wollte sich mit mir zum Essen verabreden. Wie er mir später gestand, hatte er vorgehabt, an diesem Abend mit mir über seine Gefühle zu sprechen. Er hatte sich alle Worte zurechtgelegt und alles genauestens geplant.

Er hatte mit allem gerechnet, natürlich auch damit, dass ich mit ein oder zwei abweisenden Sätzen all seine Hoffnungen zunichte machen würde. Aber dann würde er zumindest wissen, woran er war. Das Einzige, womit er nicht gerechnet hatte, war, dass ich zu unserer Verabredung eine Freundin mitbringen würde.

Ich hatte eine ganz simple Überlegung angestellt: Seit der Szene auf dem Standesamt war Gregor höchstwahrscheinlich wieder Single. Zur selben Spezies zählte seit über einem Jahr meine Freundin Fee. Was lag da näher, als den Versuch zu unternehmen, die beiden zusammenzubringen? Während ich Pasta mit roten Linsen aß, pries ich beiden die Vorzüge des anderen. Nicht etwa in den höchsten Tönen, sondern, wie ich glaubte, auf sehr subtile Weise. Doch hatte ich mich in meiner Selbsteinschätzung völlig getäuscht.

Dein Vater wartete ab, bis Fee zur Toilette verschwunden war, und sagte dann mit unbewegter Miene: »Ganz offensichtlich hast du dein ursprüngliches Berufsziel für ein

Vertriebsseminar von höchst zweifelhafter Güte an den Nagel gehängt. Ich hoffe nur, du hast nicht allzu viel Geld dafür hinblättern müssen.« Dann stand er auf, legte einen Geldschein neben seinen Teller und ging.

Er hatte sich noch keine zwei Meter vom Tisch entfernt, als er sich noch einmal umdrehte. »Aber zu deiner Beruhigung – selbst wenn du es geschickter angestellt hättest, dein Plan war von Anfang an zum Scheitern verurteilt. Vielleicht hätte ich dir vor unserer Verabredung sagen sollen, dass ich bereits vergeben bin.«

»Warum hast du die Hochzeit dann abgesagt?«, fragte ich in der Annahme, dass er von seiner Braut gesprochen hatte.

»Weil es mir erst auf dem Standesamt bewusst geworden ist.«

Und das sollte jemand verstehen? Allem Anschein nach gehörte Logik nicht gerade zu Gregors Stärken. »Und deine Angebetete macht dieses Hin und Her mit?«, fragte ich skeptisch.

»Ich bin weit davon entfernt, sie anzubeten. Um aber deine Frage zu beantworten: Sie stiftet selbst ein ziemliches Durcheinander.«

Ich wollte gerade etwas erwidern, als Fee zurück an den Tisch kam und sich mit einem verständnisvollen Lächeln von Gregor verabschiedete.

»Dieser Mann ist mir ein Rätsel«, sagte ich, als er aus meinem Blickfeld verschwunden war. »Tut mir Leid, dass der Abend ein solches Fiasko war.«

»Ich fand ihn sehr viel versprechend.«

»Diesen Abend?«

»Diesen Mann!«

Verdutzt starrte ich sie an. Diesen Mann, der sie gerade

mal eines Blickes gewürdigt hatte, fand sie viel versprechend? »Fee, hast du dich etwa in ihn verliebt?« Was ich zu Beginn des Abends noch gehofft hatte, erschien mir jetzt als eine sichere Quelle für Fees Unglück.

Sie lachte. »Keine Sorge, Helen, ich verliebe mich nicht in Männer, die vergeben sind. Und dein Gregor ist so was von vergeben, dass …«

»Er ist nicht mein Gregor«, protestierte ich.

Irgendetwas an meinen Worten schien sie köstlich zu amüsieren, aber sie ließ sich nicht darüber aus. Stattdessen hob sie ihr Glas und prostete mir mit einem Augenzwinkern zu. »Auf die Zukunft!«

Nachdem ich am Montagmorgen die Todesanzeigen zur Post gebracht und eingekauft hatte, ließ ich mich in der Küche auf einen Stuhl sinken und blickte verloren aus dem Fenster. Ich sah den wolkenlosen Himmel und den Sonnenschein, der die Laubverfärbung noch intensiver erscheinen ließ. Mir fiel sogar der passende Begriff ein: goldener Oktober. Aber ich spürte nichts dabei. Das einzige Gefühl, das ich identifizieren konnte, war das, in einem Stillstand gefangen zu sein, während für alle anderen das Leben weiterging. Nelli saugte das Schlafzimmer, und Mariele Nowak war mit Jana auf dem Spielplatz im Innocentiapark. Annette rief an und überredete mich, am Abend gemeinsam mit ihr zu essen. Sie würde etwas kochen und es mitbringen. Ich gab nur deshalb nach, weil mich eine Absage zu viel Kraft gekostet hätte.

Kaum hatte ich aufgelegt, klingelte das Telefon erneut. Felicitas Kluge wollte wissen, ob mir noch irgendetwas eingefallen war – ein Streit, eine außergewöhnliche

Auseinandersetzung – etwas, das helfen könnte, Gregors Tod aufzuklären. Sie klang unzufrieden und gab zu, auf der Stelle zu treten. Das Motiv für einen möglichen Suizid läge auf der Hand, für Fremdverschulden habe sich bisher keines finden lassen. Sie wolle die Akte jedoch nicht voreilig schließen. Gleichzeitig wolle sie es nicht versäumen, mich auf die rechtlichen Konsequenzen hinzuweisen, sollte ich einen Abschiedsbrief meines Mannes unterschlagen.

Nelli fand mich weinend in der Küche. Sie strich mir über den Rücken und setzte sich dann mir gegenüber.

»So, wie es aussieht, kann die Polizei seinen Tod nicht aufklären«, sagte ich.

»Dann soll es vielleicht so sein … wer weiß, wofür es gut ist, Frau Gaspary.« Sie sah mich voller Mitgefühl an. »Ich kann mir nicht vorstellen, dass man leichter mit einem Tod fertig wird, nur weil man die Umstände kennt, die dazu geführt haben.«

»Vielleicht hätte ich das früher auch geglaubt, Nelli. Jetzt sehe ich es anders. Sollte Gregor sich tatsächlich umgebracht haben, dann bedeutet das, dass ich von seinem Plan nichts, aber auch gar nichts bemerkt habe. Dann stellt sich die Frage, ob es Signale gegeben hat, die ich nicht wahrgenommen habe, ob …«

»Ich glaube, es ist nicht gut, nach hinten zu schauen«, unterbrach sie mich. »Es ändert nichts.«

»Ich muss seinen Tod verstehen, um damit fertig werden zu können. Es gibt einen Grund, warum Gregor tot ist, und ich muss diesen Grund wissen.«

»Aber wenn selbst die Kripo ratlos ist, was wollen Sie dann tun, Frau Gaspary?«

»Sie könnte sich zum Beispiel selbst ein wenig umhören«, sagte Mariele Nowak, die in diesem Moment zu uns an den Tisch trat.

Wir waren beide so in unsere Unterhaltung vertieft gewesen, dass wir sie nicht hatten kommen hören.

»Wo ist Jana?«, fragte ich erschreckt, da ich sie weder hörte noch sah. Die Erfahrung mit Gregors Tod hatte mich in eine neue Art von Alarmbereitschaft versetzt.

»Sie ist auf dem Heimweg in ihrem Buggy eingeschlafen. Ich habe sie ins Kinderzimmer geschoben und die Tür angelehnt.«

Erleichtert atmete ich auf.

»Darf ich?« Sie wartete mein Nicken ab und setzte sich dann zu uns. »Ich meinte das eben übrigens ernst mit dem Umhören.«

Hin- und hergerissen zwischen spontaner Ablehnung ihres Vorschlags und Skepsis schüttelte ich halbherzig den Kopf. »Dazu fehlt mir die Kraft.«

»Für den Augenblick mag das zutreffen, aber wer weiß … vielleicht gewinnen Sie durch Gespräche mit Menschen, die Ihren Mann kannten, neue Kraft. Es könnte den Versuch wert sein. Verstehen Sie mich nicht falsch, Frau Gaspary. Ich weiß aus eigener Erfahrung, wie unerträglich es ist, wenn einem in einer Situation wie der Ihren ständig gute Ratschläge gegeben werden und dazu von einem erwartet wird, diese Ratschläge zu beherzigen. Das liegt mir fern. Aber genauso weiß ich aus Erfahrung, dass es selbst in einer solchen Situation Dinge gibt, die einem gut tun und weiterhelfen. Es kommt darauf an, herauszufinden, welche Dinge das sind. Ich kenne Sie kaum, deshalb kann ich nicht sagen, ob es besser für Sie ist, sich zu Hause einzuigeln oder hinauszugehen und mit den Menschen zu sprechen, mit denen Ihr Mann zu tun hatte. Aber Sie wissen, was gut für Sie ist, Frau Gaspary.«

Die Entscheidung hinauszugehen oder nicht wurde mir zumindest an diesem Nachmittag abgenommen. Auf das Klingeln hin öffnete ich die Tür und stand einer Frau gegenüber, die ich nicht kannte. Sie hatte kinnlange, dunkelblonde Haare, grüne Augen und den Gesichtsschnitt eines Models – ungeschminkt eher unscheinbar. Sie war fast einen Meter achtzig groß, sehr dünn und nach der neuesten Mode gekleidet. Fast wäre ich versucht gewesen, sie für eines dieser Yuppiewesen zu halten, wäre da nicht ihr Blick gewesen. Er zeugte von Verstand und Tiefe – und von Traurigkeit. Sie stand da und sah mich nur an.

»Sie sind Franka Thelen, nicht wahr?«, durchbrach ich das Schweigen.

»Ja.« Sie schien jeden Zentimeter meines Gesichts unter die Lupe zu nehmen und hatte ganz offensichtlich mit dem lastenden Schweigen, das diesem Ja folgte, keine Probleme.

Jana war neben mir aufgetaucht und sah unsere Besucherin mit großen Augen an. Sie umschlang mein rechtes Bein mit den Armen und schmiegte ihre Wange daran, während ich ihr über den Kopf strich. So standen wir da und warteten ab.

»Es ist eigentlich nicht meine Art, jemanden in dieser Weise zu überfallen«, begann sie zögernd, »noch dazu in Ihrer Situation … aber ich möchte mit Ihnen über Gregor sprechen.«

Sein Vorname, von ihr ausgesprochen, klang seltsam in meinen Ohren. Er zeugte von einer Vertrautheit, die mir entgangen war.

»Würden Sie mich hereinlassen, Frau Gaspary? Oder sollen wir hier …?«

»Warum haben Sie nicht angerufen?«

»Ich habe angerufen.«

»Ja … natürlich.« Ich trat zur Seite und machte eine einladende Handbewegung. Nachdem ich die Tür geschlossen hatte, bat ich sie ins Wohnzimmer.

Jana stürmte zum Sofa, griff nach ihrem Stoffhund und zeigte ihn Franka Thelen. »Wauwau«, sagte sie stolz und wartete auf eine Reaktion. Als die ausblieb, wandte sie sich an mich und wiederholte das Wort, das eines der wenigen war, die sie komplett aussprechen konnte.

»Ja … Wauwau.« Ich lächelte sie an und gab ihr einen Kuss auf die Nase. Dann holte ich ihr ein Puzzle und setzte sie damit neben das Sofa auf den Boden.

»Gregor hat viel von seiner Tochter erzählt«, begann sie. »Und von Ihnen. Sein Tod muss ein entsetzlicher Schlag für Sie gewesen sein.«

»Das ist er noch immer.«

»Es tut mir sehr Leid.«

»Sie können nichts dafür«, entgegnete ich fast automatisch.

Ihr Blick war aufmerksam und verhalten zugleich. Falls sie sich für unser Gespräch Worte zurechtgelegt hatte, so waren sie ihr verloren gegangen. »Es ist schwerer, als ich es mir vorgestellt habe«, sagte sie. »Durch Gregors Erzählungen waren Sie mir sehr vertraut, doch jetzt … es ist, als säße ich einer Fremden gegenüber. Entschuldigen Sie, wenn ich das so unverblümt ausdrücke.«

»Sie brauchen sich nicht zu entschuldigen. Was Sie sagen, entspricht der Realität – meiner noch viel mehr als Ihrer.« Ich konnte spüren, dass sie etwas von mir erwartete, ich hätte jedoch nicht sagen können, was. Oder erwartete sie nur, dass ich ihr eine Brücke baute? Ich sah sie abwartend an.

»Weshalb ich gekommen bin … nun …« Sie setzte sich aufrecht hin und atmete tief ein. »Von der Polizei weiß ich, dass die Frage offen ist, ob Gregor sich selbst das Leben genommen hat oder ob er getötet wurde. Es ist mir sehr wichtig, Ihnen zu sagen, dass ich einen Suizid für ausgeschlossen halte.«

»Warum ist Ihnen das wichtig?«

Mit dieser Frage hatte sie offensichtlich nicht gerechnet. Ihrem überraschten Gesichtsausdruck nach zu urteilen, hatte ich sie aus dem Konzept gebracht. Sie zögerte mit ihrer Antwort. »Nach dem Tod Ihres Mannes habe ich viel über Sie nachgedacht. Es ist mir bewusst geworden, dass Sie durch seinen Tod auch von dem Unfall und …« Sie räusperte sich. »Es war mir klar, dass Sie von dem Unfall erfahren würden. Und ich habe mich gefragt, ob Sie aus der Tatsache, dass er ihn Ihnen verschwiegen hat, den falschen Schluss ziehen würden.«

»Sie meinen den Schluss, dass er mir dann sicher auch seine Verzweiflung und Hoffnungslosigkeit verschwiegen hätte. Dieser Schluss wäre gar nicht so falsch, Frau Thelen. Denn ich bin sicher, er hätte es mir verschwiegen, um mich zu schonen. Aber mir geht es wie Ihnen: Auch ich weigere mich, an einen Suizid zu glauben. Für einen solchen Schritt hat Gregor das Leben zu sehr bejaht und geliebt. Er hatte eine innere Stärke, die mir immer unverbrüchlich erschien. Aber wer weiß, vielleicht ist ihm etwas widerfahren, von dem wir beide nichts wissen, etwas, das diese Stärke ins Wanken gebracht hat.«

»Aber dann hätte er wenigstens mir …« Ihr war anzusehen, dass sie etwas dafür gegeben hätte, diese Worte nicht ausgesprochen zu haben. Sie sah betroffen zu Boden.

Später wünschte auch ich mir, meinen Mund gehalten zu haben. In diesem Moment jedoch war es mir nicht möglich. »Sie meinen, weil Sie stärker sind als ich, weil Sie nicht krank waren und Gregor annehmen konnte, dass Belastungen Sie nicht gleich umhauen würden?« Beim sarkastischen Ton meiner Stimme blickte Jana unsicher von ihrem Puzzle auf und steckte den Daumen in den Mund, um gleich darauf auf meinen Schoß zu klettern und sich anzukuscheln.

»Verzeihen Sie mir«, murmelte Franka Thelen, griff nach ihrer Tasche und eilte wie von Furien gehetzt aus dem Zimmer. Kurz darauf hörte ich die Wohnungstür ins Schloss fallen.

»Das war alles andere als fair«, gestand ich Annette, als wir beim Abendessen saßen.

Sie hatte ein Pilzrisotto gemacht und wachte mit Argusaugen darüber, dass ich mir zumindest hin und wieder eine Gabel davon in den Mund schob. Ich fand es rührend, wie viel Mühe sie sich gegeben hatte. Obwohl ihr das Kochen überhaupt keinen Spaß machte, hatte sie mein Lieblingsgericht zubereitet. Um sie nicht zu verletzen, verschwieg ich ihr, dass mit Gregors Tod auch meine Geschmacksnerven gestorben zu sein schienen, von meinem Appetit ganz zu schweigen.

Ich hatte ihr von meinem Gespräch mit Franka Thelen erzählt und von meinem Benehmen, für das ich mich im Nachhinein schämte.

»Wer verlangt denn Fairness von dir?«, hielt sie mir entgegen. »Du hast alles Recht der Welt, auf diese Frau sauer zu sein. Immerhin …«

»Stopp mal, Annette. Gregor hatte kein Verhältnis mit ihr, die beiden haben lediglich eine sehr schlimme Erfahrung geteilt.«

»Woher willst du wissen, was die beiden geteilt haben, Helen? Sei nicht naiv.«

»Ich bin nicht naiv, ich bin aber auch keine Anhängerin der These, dass alle Männer gleich sind und ohnehin über kurz oder lang fremdgehen. Ich bin der festen Überzeugung, dass es Männer gibt, die das nicht tun, genauso wie es Frauen gibt, die nicht fremdgehen.«

Annettes Miene gefror. Sie starrte mich an, als habe ich ihr einen üblen Schlag versetzt. »Merkst du eigentlich gar nicht, wie sehr du dich mit solchen Aussprüchen über mich erhebst? Wie hochmütig das ist?« Sie nutzte meine Sprachlosigkeit, um sich Luft zu machen. »Hast du nur ein einziges Mal einen Gedanken daran verschwendet, wie es in mir aussieht, wenn du so etwas sagst? Ich habe nämlich, wie du sehr gut weißt, einen Mann, der Fremdgehen zum Sport erhoben hat. Ich bin eines dieser *armen, bemitleidenswerten Geschöpfe*, die mit dieser Tatsache zurechtkommen müssen, ob sie wollen oder nicht.« Irgendetwas in meinem Blick schien ihr Einhalt zu gebieten. Vielleicht war es aber auch ihre innere Stimme, die sich Gehör verschaffte. Von einer Sekunde auf die andere sank sie in sich zusammen. Vor Schreck über ihre eigenen Worte schlug sie die Hände vors Gesicht, um sie dann im Zeitlupentempo so weit sinken zu lassen, dass sie mich ansehen konnte. »Entschuldige, Helen, ich weiß nicht, was in mich gefahren ist. Ich bin hergekommen, um dir in deinem Kummer beizustehen, und was mache ich?«

Mich in Grund und Boden stampfen, antwortete ich im Stillen.

Sie sah mich flehentlich an. »Ich könnte verstehen, wenn du mir jetzt unsere Freundschaft kündigst.«

»Im Moment befinden wir uns alle in einer Ausnahmesituation«, sagte ich müde. »Vielleicht ist es normal, dass da Worte fallen, die man später bereut.« Ich hatte an diesem Tag selbst nicht gerade ein Beispiel an Fairness abgegeben. Franka Thelen würde davon ein Lied singen können.

Annette gewann zusehends ihre Fassung wieder. »Eigentlich hatte ich nur über Gregor mit dir reden wollen. Ist die Polizei mit ihren Ermittlungen schon weitergekommen? Gibt es irgendwelche Anhaltspunkte, wie es zu diesem Sturz gekommen ist?«

Ich schüttelte den Kopf. »Nein. Wenn nicht noch von irgendwoher neue Hinweise kommen, dann werden sie sicherlich den Schluss ziehen, dass Gregor sich umgebracht hat.«

»Und wenn es tatsächlich so war?«, fragte sie angespannt.

Ich gab mir Mühe, Ruhe zu bewahren. »Von Gregors Persönlichkeit einmal ganz abgesehen, gibt es in meinen Augen etwas, das ganz klar gegen einen Suizid spricht. Wenn er aus freien Stücken gesprungen ist, warum hätte er dann schreien sollen?«

»Aus einem Reflex heraus.«

»Warum hätte er die kleine Fußleiter an die Brüstung stellen und auch noch die Fingerabdrücke abwischen sollen? Warum hätte er darüber hinaus gegen die Brüstung rennen sollen, damit es aussah, als sei er dagegengeprallt? Die Kripo meint, er habe Fremdeinwirkung vortäuschen wollen, damit die Lebensversicherung, die er vor eineinhalb Jahren abgeschlossen hat, zahlt. Aber das ergibt alles keinen Sinn. Gregor war ein logisch denkender Mensch. Wenn er tatsächlich seinen Suizid hätte kaschieren wollen, dann hätte er sich für *eine* Version entschieden – entweder für die mit der Trittleiter oder für die mit dem Anprall, aber nicht für beide. Hältst du es nicht für denkbar, dass ihm jemand einen kräftigen Stoß versetzt und dieser Jemand dann die Trittleiter auf den Balkon gestellt hat, um einen Suizid vorzutäuschen? Dann wäre es auch logisch, die Fingerabdrücke abzuwischen. Wozu hätte Gregor sie abwischen sollen?«

»Um darüber hinwegzutäuschen, dass ausschließlich seine auf dem Griff der Leiter zu finden waren.«

8

Ich konnte mich nicht erinnern, jemals in einer Lebenssituation gewesen zu sein, in der ich von einem Extrem ins andere schwankte. In der einen Minute zog ich in Betracht, dass mir die notwendigen Informationen fehlten, um Gregors Verfassung vor seinem Tod richtig zu beurteilen. In der anderen war ich überzeugt, dass nur eine fremde Hand seinen Tod herbeigeführt haben konnte. Dieses Wechselbad war schwer zu ertragen und verunsicherte mich zusehends. Ich hatte Angst, mich darin zu verlieren.

»Wie geht es Ihnen?«, fragte mich Eliane Stern, als ich ihr am Dienstagvormittag in ihrer Praxis gegenübersaß.

»Ich wünschte, ich wäre gefühlstot.«

»Was würde das ändern?«

»Vielleicht würde ich das alles dann überstehen. Es gibt Momente, da glaube ich, diesen Schmerz, die Trauer nicht mehr aushalten zu können. Ich habe Angst …«

Sie ließ mir Zeit. Als ich nicht weiter sprach, fragte sie: »Wovor haben Sie Angst, Frau Gaspary?«

»Ich habe Angst, wieder …« Ich holte tief Luft und griff gleichzeitig nach dem Anker um meinen Hals. »Ich habe Angst, wieder eine Depression zu bekommen.«

»Erzählen Sie mir von Ihrer Depression«, forderte sie mich auf. Ihr offener Blick machte mir Mut.

Es war schwer, all das wieder hervorzuholen. Ich hatte geglaubt und gehofft, es weit hinter mir gelassen zu haben. Nun drohte es mich einzuholen. Stockend begann ich zu erzählen: »Es begann fünf Tage nach der Geburt unserer Tochter. Ich konnte nicht mehr schlafen, war unruhig und hatte Schwierigkeiten, mich zu konzentrieren. Jana spürte wohl meine Unruhe, schrie sehr viel und schlief nie lange durch. Mein Mann und ich hatten uns so sehr auf Jana gefreut. Zweifellos hatte ich eine etwas verklärte Vorstellung von dem Leben mit einem Säugling. Aber ich wäre nie auf die Idee gekommen, dass mich diese Situation überfordern könnte. Bis zu Janas Geburt hatte ich mich als kompetent und effektiv gesehen. Und plötzlich schien ich gar nichts mehr zu können. Allein unsere Tochter temperaturgerecht zu kleiden stellte sich für mich als Problem heraus. Mit dem Stillen klappte es nicht, und ich grübelte unentwegt. Natürlich hörte ich auch von anderen Müttern, dass sie den ganzen Tag nicht dazu kamen, sich zu duschen und anzuziehen. Aber dieses Wissen half mir nicht. Ich war unsagbar erschöpft und gleichzeitig umtriebig. Mir wurde von Tag zu Tag bewusster, dass ich Jana keine Sekunde aus den Augen lassen, dass ich nicht mehr ohne sie aus dem Haus gehen konnte. Ich fühlte mich wie im Gefängnis mit einem schreienden, nicht zu beruhigenden Säugling.« Diese Phase erstand vor meinen Augen wieder auf, als wäre es gestern gewesen. »Ich liebte mein Kind, glaubte aber, ihm nicht geben zu können, was es braucht. Ich wusste nicht, wie es weitergehen sollte, grübelte vierundzwanzig Stunden am Tag darüber nach, ob unsere Tochter nicht bei Adoptiv- oder Pflegeeltern besser aufgehoben wäre.« Ich wischte mir die Tränen aus dem

Gesicht und putzte mir die Nase. »Sechs Wochen dauerte es, bis ich in eine Klinik kam. Mein Mann hatte bis dahin alles versucht, um mir zu helfen. Er stand nachts auf und kümmerte sich um Jana. Aber es nützte nichts – ich konnte längst nicht mehr schlafen, nicht mehr essen und fühlte mich leer und ausgebrannt.«

»Das war sicher eine sehr schwere Zeit für Sie, Frau Gaspary. Wie lange waren Sie in dieser Klinik?«

»Vier Monate.«

»Wer hat in dieser Zeit für Ihre Tochter gesorgt?«

»Mein Mann und eine junge Erzieherin aus der Nachbarschaft, die gerade arbeitslos geworden war.«

»Hat sie Sie auch weiter unterstützt, als Sie aus der Klinik kamen?«

»In der ersten Zeit schon. Dann habe ich beschlossen, mich alleine weiter um Jana zu kümmern und dreimal in der Woche eine Haushaltshilfe zu engagieren. Außerdem hat mein Mann in dieser Zeit versucht, weniger zu arbeiten.«

»Ihre Tochter ist jetzt eineinhalb, dann ist es ungefähr ein Jahr her, dass Sie aus der Klinik entlassen wurden.«

»Ja.«

»Und Sie hat nie die Angst verlassen, dass die Depression wiederkommt.«

Ich nickte. »Hätte ich diese Angst nicht, wäre ich vielleicht jetzt schwanger«, sagte ich traurig. »Mein Mann und ich hätten sehr gerne ein zweites Kind gehabt, aber wir wollten zur Sicherheit noch warten. Das Risiko eines Rückfalls erschien uns beiden viel zu groß. Und nun – seit dem Tod meines Mannes – habe ich entsetzliche Angst, dass mich diese Krankheit wieder einholt.«

»Diese Angst teilen Sie mit jedem Menschen, der einmal eine Depression hatte. Und ich würde Sie belügen, wenn ich behauptete, eine weitere Schwangerschaft sei in dieser Hinsicht ohne Risiko. Möglicherweise würden Sie ein zweites Mal Opfer Ihrer Hormone. Aber jetzt sind Sie in einer völlig anderen Situation. Fühlt es sich in Ihrem Inneren tatsächlich genauso an wie nach der Geburt Ihrer Tochter?«

Ich lehnte mich in meinem Stuhl zurück und schloss die Augen. »Ich fühle mich wie gelähmt, ich kann nicht schlafen, habe keinen Appetit … es ist wie damals.«

»Erzählen Sie mir, was Sie in den vergangenen Tagen gemacht haben.«

»Eigentlich habe ich mich nur um die Vorbereitung von Gregors Beerdigung gekümmert.«

»Hätten Sie etwas Vergleichbares geschafft, als Sie depressiv waren?«

Ich dachte über ihre Frage nach. »Nein, wahrscheinlich nicht«, antwortete ich schließlich.

»Wenn Sie an Ihren Mann denken, was fühlen Sie dann?«

»Eine bodenlose Traurigkeit.«

»Und wenn Sie Ihre Tochter ansehen?«

»Auch Traurigkeit. Sie wird ohne ihren Vater aufwachsen.«

»Können Sie sich trotzdem noch an ihr freuen?«

»O ja … obwohl es zurzeit eher eine Mischung aus Freude und Trauer ist.«

Sie ließ meine Worte einen Moment im Raum stehen. »Während einer Depression wären Ihnen Gefühle wie Trauer und Freude nicht zugänglich. Sie aber fühlen sie, Frau Gaspary. Haben Sie Unterstützung zu Hause, jemanden, der Ihnen beisteht?«

»Unsere Haushaltshilfe kommt nach wie vor dreimal in der Woche. Außerdem hat sich eine Nachbarin erboten, mir zu helfen.«

»Und Ihre Familie?«

»Meine Mutter wäre im Augenblick eher eine Belastung, meine Schwester würde jederzeit kommen, wenn ich sie um Hilfe bäte.«

»Was ist mit Freundinnen?«

»Claudia, Gregors Stiefmutter, ist mir eine gute Freundin. Fee, meine älteste Freundin, ist weit fort und im Moment nicht erreichbar.« Ich schlang die Arme um meinen Körper und versuchte, die Tränen zurückzudrängen. »Und Annette …« Ja, was war mit Annette? Wie sollte ich unser Verhältnis erklären? »Nach meiner Depression sind mir nur wenige Freunde geblieben. Sie können sich nicht vorstellen, was ich mir damals anhören musste.« Die Erinnerung an die Sätze, die mir wie Pfeile um die Ohren geflogen waren, drohte mich zu überwältigen. »Ich solle nicht so egoistisch sein«, wiederholte ich, was ich von den Frauen zu hören bekommen hatte, die ich für meine Freundinnen gehalten hatte. »Damals hatte ich Schlaftabletten genommen, weil ich fünf Nächte hintereinander keine einzige Minute geschlafen hatte. Sie sagten mir, ich solle an mein Kind denken und nicht nur an mich selbst. Als ich meinen Haushalt nicht mehr bewältigte, meinten sie, ich sei faul und disziplinlos. Wenn man ein Kind in die Welt setze, müsse man sich im Klaren darüber sein, dass man Selbstdisziplin brauche und sich nicht einfach hängen lassen könne. Meine Wahrnehmung war eine völlig andere. Ich hatte jeden Tag das Gefühl, bis weit über meine Grenzen hinaus zu gehen. Es war ein unvorstellbarer Kraftakt. Oft wusste ich nicht, woher ich überhaupt noch die Energie nahm, einen Schritt vor den anderen zu setzen.«

»Es gibt nur sehr wenige Menschen, die sich vorstellen können, was es bedeutet, eine Depression zu haben. Selbst viele Mediziner haben da so ihre Schwierigkeiten.«

»Ich habe mich danach fast von allen Menschen zurückgezogen.«

»Frau Gaspary, es liegt mir fern, in einer offenen Wunde zu rühren, aber es erscheint mir wichtig, Sie darauf vorzubereiten, dass Sie möglicherweise bald ähnliche Erfahrungen machen werden. Genauso, wie es manchen Menschen schwer fällt, sich in einen Depressiven hineinzuversetzen, mangelt es manchen an Vorstellungsvermögen, was es bedeutet zu trauern. Ich rede hier nicht von den Menschen, die sprachlos und unsicher sind, wie sie mit Ihnen umgehen sollen, und sich deshalb dafür entscheiden, Ihnen aus dem Weg zu gehen. Ich rede von jenen, die Ihnen nach drei Monaten sagen werden, dass es nun reicht mit Ihrer Trauer, dass Sie nun nach vorne schauen und ein neues Leben anfangen sollen. Dass Ihr Mann tot ist und Sie ihn endlich loslassen sollen. Ich möchte, dass Sie wissen, dass es kein solches Maß für Trauer gibt. Es ist ganz allein an Ihnen, wie Sie mit dem Tod Ihres Mannes umgehen und wie viel Zeit Sie brauchen, um damit fertig zu werden.«

»Ich weiß nicht, wie es weitergehen soll.«

»In kleinen Schritten.«

»Das hat mein Mann auch immer gesagt. Aber ich weiß nicht, ob ich das schaffe, Frau Stern.«

»Sie haben es geschafft, eine Depression zu überwinden. Das schafft man nur mit großer Stärke und Zähigkeit.«

»Und wenn ich trotzdem einen Rückfall erleide?«

»Ich kann Ihnen keine Garantie geben, dass das nicht geschieht, aber ich glaube es nicht. Sie befinden sich nicht in einer hormonellen Umstellung. Sie sollten allerdings ganz regelmäßig essen und etwas gegen Ihre Schlaflosigkeit unternehmen, zum Beispiel mit Hilfe eines pflanzlichen Schlafmittels. Gibt es etwas, das tröstlich und beruhigend auf Sie wirkt?«

»Wenn ich nachts nicht schlafen kann, dann setze ich mich manchmal zu Jana ans Bett und erzähle ihr von Gregor, wie wir uns kennen gelernt haben …«

»Dann tun Sie das von nun an bereits am Abend, legen sich gleich danach ins Bett und spüren Sie Ihrer Erzählung nach. Vielleicht hilft es Ihnen auch, sich Fotos anzuschauen. Gehen Sie an die frische Luft, treiben Sie Sport, wenn Sie können. Und wenn alles nichts nützt, können wir darüber nachdenken, medikamentös nachzuhelfen.«

Gregors Beerdigung würde am Donnerstag sein. Am liebsten hätte ich ihn nur im engsten Familien- und Freundeskreis zu Grabe getragen. Die Vorstellung, vielen Menschen begegnen zu müssen, war beängstigend. Aber ich hatte nicht das Recht, anderen die Möglichkeit vorzuenthalten, von Gregor Abschied zu nehmen.

Nach der Beerdigung würde ich meinen Mann aus seinem Leben »abmelden« müssen. Ich hatte bereits damit angefangen, eine Liste zusammenzustellen, aber es fiel mir schwer, mich darauf zu konzentrieren. Als meine Gedanken immer wieder zu der Frage schweiften, was vor einer Woche tatsächlich auf dem Balkon der Kanzlei geschehen war, rief ich Gregors Mitarbeiterin Kerstin Grooth-Schulte an.

»Können Sie mir bitte noch einmal den Namen der Mandantin nennen, die am Todestag meines Mannes um siebzehn Uhr dreißig einen Termin bei ihm hatte?«

»Moment, Frau Gaspary, ich schaue nach.« Ich hörte sie blättern. »Hier habe ich es: Sie heißt Barbara Overbeck.«

»Haben Sie eine Adresse oder eine Telefonnummer von ihr?«

»Ich habe beides.« Sie diktierte mir die Daten.

»War sie schon öfter bei meinem Mann gewesen?« Wenn ja, dann kannte sie ihn vielleicht so gut, dass sie eine extreme Stimmungslage bei ihm wahrgenommen hätte. Obwohl mir ein Suizid, je länger ich darüber nachdachte, immer unwahrscheinlicher erschien, wollte ich aus dem Mund dieser Frau hören, dass mein Mann guter Dinge gewesen war.

»Soweit ich weiß, war sie am Todestag Ihres Mannes erst zum zweiten Mal bei ihm. Am Donnerstag vor seinem Tod hatte sie ihren ersten Termin gehabt.«

»Ach so«, sagte ich enttäuscht.

Kerstin Grooth-Schulte hatte schnell begriffen, worauf ich hinauswollte. »Tut mir Leid, Frau Gaspary, dass ich keine besseren Informationen für Sie habe. Aber wer weiß … vielleicht ist es trotzdem sinnvoll, mit ihr zu sprechen.«

»Das kann ich mir kaum vorstellen.«

»Ihr Mann hat immer gesagt: lieber ein Gespräch zu viel als eines zu wenig.«

Ich machte keinen Hehl aus dem unangenehmen

Gefühl, das dieser Satz bei mir hinterließ. »Vielleicht ist ihm genau das zum Verhängnis geworden.«

Hatte Gregor ein Gespräch zu viel geführt? Und wenn ja, mit wem hatte er dieses Gespräch geführt? Ich rief Felicitas Kluge an und fragte sie nach neuen Erkenntnissen. Sie sagte mir, dass sie dabei seien, Gregors Gerichtsprozesse unter die Lupe zu nehmen. Möglicherweise würden sie dabei auf Mandanten stoßen, die sich ungerecht behandelt gefühlt und Drohungen ausgesprochen hatten.

»Haben Sie eigentlich schon mit Gregors vorletzter Mandantin, einer Barbara Overbeck, gesprochen?«, fragte ich.

»Selbstverständlich, aber sie konnte uns nichts Erhellendes sagen. Von dem Telefonat, das er während der Besprechung führte, hat uns bereits Frau Grooth-Schulte in Kenntnis gesetzt. Frau Overbeck hat es nur noch einmal bestätigt.«

Mein Gehirn ratterte wie eine Rechenmaschine. »Dieser Anruf war um Viertel nach sechs. Gregor soll gesagt haben: *Dann also in zehn Minuten hier.* Wenn sein Besucher pünktlich war, dann müsste ihn diese Mandantin, die erst um halb sieben beim Verlassen der Kanzlei beobachtet wurde, gesehen haben.«

»Diese Frage haben wir geklärt. Solange sie in der Kanzlei war, hat nur die Sekretärin kurz hereingeschaut. Das ist gegen Ende des Gesprächs gewesen. Ansonsten ist niemand gekommen. Und draußen hat sie niemanden bewusst wahrgenommen.«

»Hat sie etwas über das Gespräch mit meinem Mann gesagt?«

»Es ging um eine Vaterschaftsklage, wie sie sagte. Details hat sie keine genannt.«

»Hat sie etwas über die Verfassung meines Mannes gesagt?«

»Sie hat ihn als angespannt empfunden«, sagte sie nach kurzem Zögern.

»Das reicht nicht als Gemütsverfassung, um sich zwei Stunden später vom Balkon zu stürzen! Ich kenne niemanden, der nachvollziehen kann, dass mein Mann sich das Leben genommen haben soll.«

»Frau Gaspary … das ist kein Beweis.«

»Was wäre denn ein Beweis?«

»Der Negativausschluss, das heißt, wenn wir einen Täter fänden.«

Als Jana ihren Mittagsschlaf beendet hatte, zog ich sie an und ging mit ihr in den Innocentiapark. Es kostete mich große Überwindung, dieses normale Leben wieder aufzunehmen, all die anderen Frauen mit ihren Kindern zu sehen, deren Männer und Väter am Abend wieder nach Hause kommen würden. Aber irgendwann würde ich in dieses Leben zurückkehren müssen, allein schon Jana zuliebe.

Als sie merkte, wohin wir gingen, lief sie schneller und plapperte fröhlich vor sich hin. Sie drehte sich zu mir um und fragte: »Fant?«

»Ja, wir gehen zum Elefanten.« Gemeint war eine kleine rot-orangefarbene Rutsche, die wie ein Elefant aussah. Dieses Gerät war zurzeit ihr liebstes.

Als hätte ich das Startzeichen gegeben, rannte sie los. Sie war bereits einmal hinuntergerutscht, als ich sie erreichte. Ein paar Sekunden sah ich ihr zu, dann blickte ich hinüber zu den Bänken, auf denen die anderen Mütter saßen. Ich musste an die Worte von Eliane Stern denken, die mir prophezeit hatte, dass einige Menschen nicht mit dem Tod umgehen konnten und mir aus dem Weg gehen würden. Blicke, die kurz vorher noch auf mir geruht hatten, flohen, als sie meinem begegneten. Aber es gab auch einige, die ihm standhielten.

Zwei Frauen nickten mir voller Mitgefühl zu, zwei andere standen auf, kamen zu mir und sagten mir, wie Leid es ihnen tue. Ich war ihnen dankbar, brachte jedoch kaum ein Wort heraus. Als sie wieder gegangen waren, setzte ich mich auf eine der Schaukeln und sah Jana beim Spielen zu. Einen Moment lang schloss ich die Augen, hielt mein Gesicht in die Oktobersonne und schaukelte sanft hin und her.

»Das bringt die Seele ins Gleichgewicht«, hörte ich neben mir die Stimme meiner Nachbarin. Sie hatte sich auf die zweite Schaukel gesetzt.

»Wieso bin ich nicht überrascht, Sie hier zu sehen, Frau Nowak?« Ich blinzelte zu ihr hinüber.

»Vielleicht, weil Sie eine gute Intuition haben.«

»Bevor mein Mann starb, war ich auch der Überzeugung, eine gute Intuition zu haben. Jetzt bin ich mir dessen nicht mehr so sicher.«

»An Ihrer Intuition hat sich nichts geändert, Frau Gaspary. Sie haben sich nur verunsichern lassen. Und das ist kein Wunder in Ihrer Situation ... die würde jeden verunsichern.«

Ich legte meinen Kopf in den Nacken und sah in den Himmel, den nur vereinzelte Wolken bedeckten. »Als Kind habe ich geglaubt, die Wolken seien die Betten der Engel.«

Mariele Nowak lachte leise. »Und ich war überzeugt, sie seien die Fortbewegungsmittel der alten, gebrechlichen Engel, denen die Flügel lahm geworden sind.«

»Meine Flügel sind auch lahm geworden.«

»Ihre Flügel sind nicht lahm, sondern klug. Sie wissen, dass Sie Ihre Kraft jetzt für anderes benötigen.«

»Was ist Ihrem Mann zugestoßen, Frau Nowak?«

»Ein Herzinfarkt.«

»Haben Sie sich von ihm verabschieden können?«

»Nein, nicht als er noch lebte.«

Wir sahen uns an und schwiegen.

»Haben Sie Kinder?«, fragte ich sie nach einer Weile.

Sie schüttelte den Kopf. »Mein Mann und ich ... wir waren uns immer genug, wir haben beide nie diesen Wunsch verspürt.«

»Haben Sie Ihre Entscheidung je bereut?«

»Nein. Ein Kind hätte mir meinen Mann nicht ersetzen können.«

»Sie sind so hinreißend zu Jana ...«

»Ich mag Kinder, aber ich wollte nie eigene. Es gibt Menschen, die mich deshalb egoistisch nennen. Aber damit kann ich leben. Vielleicht haben sie sogar Recht, vielleicht bin ich egoistisch. Mein Elternhaus war nicht gerade das, was man als liebevoll bezeichnen würde. Ich habe es mit einigen seelischen Blessuren und Defiziten hinter mir gelassen. Es heißt immer, man könne nichts nachholen oder ungeschehen machen, aber mit ganz viel Glück wird manchmal etwas wieder heil. Ich hatte dieses Glück, als ich meinen Mann traf. Von den äußeren Umständen her hatten wir es nicht immer leicht. Es gab berufliche Tiefschläge, die uns zahllose schlaflose Nächte gekostet haben. Einmal sind wir nur haarscharf um einen Konkurs herumgekommen …«

»Haben Sie zusammengearbeitet?«

»Teilweise. Mein Mann hatte eine Galerie, für die ich die Buchhaltung gemacht habe. Ansonsten habe ich im Sekretariat einer Reederei gearbeitet. Als mein Mann starb, habe ich dort gekündigt. Ich brauchte Zeit, um mich an den Gedanken zu gewöhnen, ohne ihn weiterzugehen. Bis ich meine Rente bekomme, lebe ich von dem Geld, das seine Lebensversicherung gezahlt hat.« Ihr Lächeln war wehmütig. »Wann immer wir früher in finanziellen Schwierigkeiten waren und ich unsere Lebensversicherungen kündigen wollte, hat mein Mann darauf bestanden, die Verträge weiterlaufen zu lassen. Und irgendwie haben wir es trotzdem immer wieder geschafft, die Beiträge zu zahlen.«

»Was ist aus der Galerie geworden?«

»Ich habe sie geschlossen.«

»Das muss sehr schwer für Sie gewesen sein.«

Sie nickte. »Ich meide noch heute die Straße.«

In diesem Moment stürzte Jana mit roten Backen und außer Atem auf mich zu. Sie patschte mit ihren Händchen auf meine Knie und sagte voller Inbrunst: »Ma… Fant!« Dann drehte sie sich um und zeigte auf die Rutsche.

»Ich komme mit zum Elefanten, meine Süße.«

Da Mariele Nowak in den vergangenen Tagen ein fester Bestandteil im Leben meiner Tochter geworden war, machte sie ihr mit unmissverständlichen Gesten klar, dass auch sie mitzukommen habe. So erhoben wir uns von den Schaukeln und nahmen Jana in unsere Mitte.

Um meine Nachbarin nicht über Gebühr zu beanspruchen, bat ich Nelli, am Abend auf Jana aufzupassen. Ich hatte mich dazu durchgerungen, mich noch einmal mit Franka Thelen zu treffen. Einerseits wollte ich mich bei ihr entschuldigen, andererseits hatte ich noch einige Fragen an sie, die ich ihr nicht am Telefon stellen wollte. Als ich sie gleich nach dem Spielplatzbesuch in Claudias Agentur angerufen hatte, hatte sie mich zu sich nach Hause eingeladen. Ich konnte es ihr nicht verübeln, dass sie nicht noch einmal unsere Wohnung betreten wollte. Und ein Lokal war nicht der richtige Treffpunkt für unser Gespräch, darüber waren wir uns einig.

Franka Thelen bewohnte eines von drei Zimmern einer renovierungsbedürftigen Altbauwohnung in Eppendorf. Sie teilte sich diese Wohnung mit zwei Studentinnen. Ich war überrascht über diese Konstellation, da ich von Claudia wusste, dass sie ihre Mitarbeiter gut bezahlte.

»Freiwillige Selbstbeschränkung«, klärte sie mich auf. Offenbar hatte sie meinen überraschten Blick richtig gedeutet. »Anfangs war dieses Zimmer als Übergangslösung gedacht, aber inzwischen ist es mein Zuhause.«

»Anfangs? Seit wann wohnen Sie schon hier?«

»Ich bin kurz nach dem Unfall hierher gezogen.«

»Dann hat diese freiwillige Selbstbeschränkung auch etwas von Selbstbestrafung?« Vor Gregors Tod hätte ich mir eher die Zunge abgebissen, als jemandem, den ich kaum kannte, eine so unverblümte Frage zu stellen.

Sie schien sie mir nicht übel zu nehmen. »Auf diese Idee könnte man kommen. Der hauptsächliche Grund war jedoch, dass ich damals um die Ecke von meiner Freundin wohnte. Nachdem ihr Kind in meiner Obhut ums Leben gekommen war, wollte ich es uns beiden ersparen, uns tagtäglich über den Weg zu laufen.« Sie stand auf, entschuldigte sich für einen Moment und verließ das Zimmer.

Ich sah mich in aller Ruhe um. Dieser Raum, den sie ihr Zuhause nannte, hatte in seiner spartanischen Ausstattung etwas von einer Gefängniszelle. Es gab nur sehr wenige Möbel und kaum persönliche Gegenstände. Es gab Bücher, aber keine Fotos, eine kleine Stereoanlage, aber keinen Fernseher.

Sie kam mit einem Tablett zurück, auf dem sich zwei Teller mit Antipasti und ein Brotkorb mit Ciabatta befanden. »Mögen Sie ein Glas Wein dazu?«

»Gerne.«

Es dauerte keine Minute, da kam sie mit einer Flasche Rotwein und Gläsern zurück. Wir setzten uns auf zwei große Bodenkissen an einen flachen Tisch.

»Greifen Sie zu!«, forderte sie mich auf.

Hätte mir an diesem Tag Eliane Stern nicht nahe gelegt, ab sofort wieder regelmäßig zu essen, hätte ich dankend abgelehnt. Aber ich sah ein, dass ich essen musste. Die Portion, die ich mir auf den Teller lud, ähnelte der für einen Spatz – für mich war sie eine Herausforderung, der ich mich mit winzigen Bissen näherte.

»Ich möchte mich bei Ihnen entschuldigen, Frau Thelen«, sagte ich.

»Wofür?«

»Ich war gestern nicht sehr freundlich zu Ihnen.«

»Das war Ihr gutes Recht. Ich hätte Sie nicht einfach so überfallen dürfen. Bis zu Gregors Tod haben Sie nicht einmal von meiner Existenz gewusst, geschweige denn von dem Unfall. Und ich bin auch nicht gerade einfühlsam mit Ihnen umgegangen.« Sie nahm einen Schluck Rotwein und sah mich über das Glas hinweg unverwandt an. »Ihr Mann hat mir sehr geholfen, und ein wenig konnte ich ihm sicher auch helfen. Manchmal kam es mir vor, als wären wir eine Art Selbsthilfegruppe. Wir haben uns gegenseitig gestützt. Ohne Gregor hätte ich diese Zeit nicht durchgestanden. Ihm brauchte ich nicht groß zu erklären, was in mir vorging. Er verstand mich auch ohne viele Worte. Wenn man etwas so Entsetzliches gemeinsam erlebt, dann lernt man sich kennen, Frau Gaspary. Ich meine damit nicht dieses Wissen um die kleinen Vorlieben und Abneigungen des anderen, sondern das Grundsätzliche eines Menschen. Deshalb bin ich auch felsenfest davon überzeugt, dass Gregor sich nicht das Leben genommen hat.«

»Welchen Eindruck machte er an seinem Todestag auf Sie?«

Sie zögerte fast unmerklich. »Das kann ich nicht sagen. Ich habe ihn an diesem Tag nicht gesehen.«

»Eine der Mitarbeiterinnen meines Mannes sagte, dass er mittags mit Ihnen zum Essen verabredet gewesen sei.«

»Dann muss sie sich irren. Ich habe ihn zum letzten Mal eine Woche vor seinem Tod getroffen. Es war auch ein Montag, vielleicht verwechselt sie das.«

Möglich, überlegte ich. Wenn jedoch etwas so Entsetzliches passierte, brannte sich dann nicht der gesamte Tagesablauf in die Erinnerung? Ich würde Ruth Lorberg noch einmal danach fragen. »Haben Sie sich häufig getroffen?«

»Anfangs ja, mit der Zeit wurden unsere Treffen seltener.«

»Wie ist Gregor mit diesem Unfall fertig geworden?« Es fiel mir schwer, ihr diese Frage zu stellen. Ich versuchte, keine Eifersucht ihr gegenüber aufkommen zu lassen, aber es wollte mir nur teilweise gelingen. Wäre ich damals in einer stabileren Verfassung gewesen, hätte ich Gregor stützen können.

»Er hatte mächtig damit zu kämpfen. Da konnte er sich noch so oft sagen, dass es sich um eine Verquickung unglücklicher Umstände handelte, dass ihn keine Schuld traf … aber er war der Verursacher … genauso wie ich. Ohne uns beide wäre Till heute noch am Leben. Damit wird man nie wirklich fertig. Das ist wie eine Wunde, die nicht heilt.«

Ich ließ mir ihre Worte durch den Kopf gehen. »Wunden, die nicht heilen, bedeuten einen beständigen Schmerz.«

»Gregor sagte einmal, dieser Schmerz mache ihn demütig.«

»Was bedeutet er für Sie?«

»Gregor oder der Schmerz?«, fragte sie vorsichtig.

»Beide.«

»Gregor war für mich wie ein Anker inmitten einer Welle voller Schmerz, die mich hinwegzuschwemmen drohte.«

9

Jana schlief bereits seit zwei Stunden. Ich saß im Schaukelstuhl neben ihrem Bett und versuchte, meine Gedanken in erträgliche Bahnen zu lenken. Todmüde und gleichzeitig überdreht, sehnte ich mich nach einem Schlaf, der mich betäubte. Ich griff nach dem Anker, der um meinen Hals hing, und fuhr in meiner Erzählung fort.

Nach diesem missglückten Essen mit Fee sollte es eine Weile dauern, bis ich deinen Vater wieder sah, Jana. Genauer gesagt waren es drei Monate. Patrick, der Mann, den ich in Kürze heiraten wollte, hatte mich zu einer Party mitgenommen, die gemeinsame Bekannte veranstalteten. Gregor war ebenfalls dort. Als Patrick mir deinen Vater vorstellte, ließ ich es unkommentiert geschehen. Auch Gregor tat so, als begegneten wir uns zum ersten Mal. Er nickte mir mit undurchdringlicher Miene zu, um sich gleich darauf in ein Gespräch mit meinem Zukünftigen zu vertiefen.

Während ich Gregor interessiert musterte, fragte ich mich, was ich eigentlich verbrochen hatte, dass er mich so behandelte. Fee mochte vielleicht nicht sein Typ gewesen und er bereits vergeben sein – aber musste er deshalb gleich schmollen?

Als Patrick uns stehen ließ, um sich ein Glas Wein zu organisieren, ging ich zum Angriff über: »Dass du nachtragend bist, weiß ich nun. Es würde mich nur noch interessieren, was du mir nachträgst.«

»Deine Begriffsstutzigkeit vielleicht?«

»Meinst du nicht, du übertreibst? Wenn mir deswegen jemand etwas nachzutragen hätte, dann wohl eher meine Freundin Fee. Immerhin war sie diejenige, in der ich falsche Hoffnungen geweckt habe.«

Er legte seinen Kopf schief. »Auf mich hat sie eher den Eindruck einer mit beiden Beinen im Leben stehenden Frau gemacht.«

»Soll heißen?«, fragte ich spitz.

»Dass sie Situationen und Gefühle sehr realistisch einzuschätzen vermag.«

»Eine Fähigkeit, die in deinem Fall gründlich versagt hat.«

»Soll heißen?« Sein Blick war irritierend.

»Soll heißen, dass sie eher einen Besen fressen wollte als zu glauben, dass du vergeben bist. Willst du wissen, was sie sagte?« Ich wartete sein Nicken nicht ab. »Der hat dich angesehen, als wärst du seine Traumfrau.« Ich verzog meine Lippen zu einem spöttischen Grinsen.

»Würde mich jetzt nur noch interessieren, was du ihr darauf geantwortet hast.«

»In einem Anfall selbstkritischer Wahrheitsliebe habe ich ihr verraten, dass ich in deinen Augen eher zu den Albtraumfrauen zähle.«

»Hast du schon einmal etwas von Wahrnehmungsstörungen gehört?«

»Hat hier jemand Wahrnehmungsstörungen?«, fragte Patrick, der sich mit einem Glas in der einen und einem reichlich beladenen Teller in der anderen Hand wieder zu uns gesellte.

Gregor und ich antworteten gleichzeitig: ich mit einem Nein, er mit einem Ja.

Patrick sah amüsiert zwischen uns hin und her, bis sein Blick bei mir hängen blieb. »Ich hoffe, dass du mir gegenüber mehr Einvernehmen dokumentierst, sonst könnte es vor dem Traualtar peinlich werden. Ach, Gregor, habe ich dir übrigens schon gesagt, dass ich Helen in acht Wochen heiraten werde? Du bist natürlich herzlich eingeladen. Dann kannst du dir mal anschauen, wie man so eine Sache durchzieht.« Offensichtlich hatte Patrick von Gregors geplatzter Hochzeit gehört. Wieder zu mir gewandt sagte er: »Seit Gregors Rückzieher liegen ihm die Frauen zu Füßen.«

»Heißt es nicht, er sei vergeben?«, fragte ich mit Unschuldsmiene.

»So heißt es ganz richtig«, sagte Gregor überaus gelassen. »Aber die Frau meiner Träume«, dabei betonte er jede Silbe, »braucht noch Zeit.«

»Für ihre Entscheidung?«, triezte ich ihn.

»Um zu reifen«, gab er mir zur Antwort.

In dieser Nacht hatte ich immerhin fünf Stunden am Stück geschlafen. Ich war weit davon entfernt, erholt zu sein, aber ich schöpfte einen Funken Hoffnung, dass ich mein Schlafproblem mit etwas Geduld vielleicht ohne Medikamente in den Griff bekommen würde.

Kurz nach acht – Jana und ich hatten gerade erst gefrühstückt – rief bereits Felicitas Kluge an.

»Es geht um den vorletzten Freitag, genauer gesagt um den Nachmittag. Können Sie sich noch erinnern, wo Ihr Mann zwischen sechzehn und achtzehn Uhr war?«, fragte sie.

Ich ließ den bewussten Tag vor meinem inneren Auge Revue passieren. »Ich weiß nicht, wo er zu dieser Zeit war, ich nehme aber an, dass er einen Mandantentermin hatte.«

»Laut seinem Kalender hatte er keinen Termin am Nachmittag.«

»Und was sagen seine Mitarbeiterinnen?«

»Den beiden ist auch nichts von einem Termin bekannt, und im Kalender Ihres Mannes ist nichts eingetragen. Frau Grooth-Schulte und Frau Lorberg sind beide um sechzehn Uhr gegangen. Als sie sich von Ihrem Mann verabschiedeten, meinte er, er werde jetzt auch gleich Schluss machen. Sind Sie ganz sicher, Frau Gaspary, dass Ihr Mann in der besagten Zeit nicht zu Hause war?«

»Ganz sicher. Ich habe versucht, ihn anzurufen, um ihn zu fragen, ob er abends noch etwas essen wollte, habe ihn aber nicht erreicht. Im Büro war er nicht, und sein Handy war abgeschaltet.«

»Um welche Uhrzeit haben Sie ihn angerufen?«

»Das weiß ich nicht mehr genau … vielleicht so gegen fünf. Warum ist das plötzlich wichtig?«

Für Sekunden war es still in der Leitung.

»Frau Kluge …?«

»Es geht nur darum, bestimmte Angaben zu verifizieren. Im Zuge einer Befragung wurde uns ein Alibi genannt, das sich zwischenzeitlich als falsch erwiesen hat.«

»Wieso geht es um ein Alibi für den Freitagnachmittag? Mein Mann ist erst am darauf folgenden Montag umgekommen.«

»Es geht um den Montag. Und das Alibi wurde angeblich wegen eines etwas missglückten Treffens mit Ihrem Mann am Freitag konstruiert.«

»Missglückt in welchem Sinne?«, fragte ich alarmiert.

»In dem Sinne, dass sich mit sehr viel Fantasie möglicherweise ein Mordmotiv daraus stricken ließe. Weder mein Kollege noch ich halten das für wahrscheinlich, aber wir müssen der Sache nachgehen.«

»Mit wem hat mein Mann sich am Freitagnachmittag getroffen?«

Wieder dieses Zögern. »Mit der Mutter von Till, dem verunglückten Baby.«

Ich ließ Jana bei Nelli und fuhr zu Claudias Agentur. Vor einem halben Jahr hatte sie mit ihren Mitarbeitern zwei Etagen eines Hochhauses in der Innenstadt bezogen. Gregor und ich waren zur Einweihung der neuen Räume dort gewesen. Gregor, der nie gerne in Aufzügen gefahren war, war in den achten Stock gelaufen, ich hatte mich der Technik anvertraut. Das tat ich auch jetzt.

Claudia kam mir mit ausgebreiteten Armen entgegen und drückte mich fest an sich. Kaum hatte sie mich losgelassen, forschte sie in meinem Gesicht. »Ich bin froh, dass du weinen kannst«, sagte sie schließlich. »Das ist tausendmal besser, als innerlich zu erstarren.«

»In manchen Stunden wünschte ich mir, erstarrt zu sein, um diesen Schmerz wenigstens für kurze Zeit loszuwerden.«

»Wünsch dir das nicht, Helen, das ist keine Alternative. Irgendwann würde der Schmerz dich einholen, auf die eine oder andere Weise. Und vielleicht wäre er dann noch schlimmer.«

»Schlimmer geht es kaum«, antwortete ich erschöpft.

Für Sekunden legte sie ihre Hand auf meine Wange. »Ich weiß.« Dann zog sie mich hinter sich her und drückte mich in einen bequemen Sessel. »Soll ich dich morgen Vormittag abholen und wir fahren gemeinsam zur Beerdigung?«

»Wenn Isa und meine Mutter auch in dein Auto passen ...«

»Kein Problem. Wer passt auf Jana auf? Nelli?«

»Nein, sie möchte auch gerne kommen. Meine Nachbarin wird solange mit Jana auf den Spielplatz gehen. Wenn sie begreifen würde, was die Beerdigung bedeutet, dann würde ich sie mitnehmen, aber sie ist noch zu klein.«

»Gibt es etwas Neues?«

Ich nickte und erzählte ihr von dem Telefonat mit der Kripobeamtin.

»Und jetzt willst du Franka nach dem Namen der Mutter fragen, habe ich Recht?« Sie sah mich skeptisch an.

Wieder nickte ich.

»Ich weiß nicht, ob du dir damit wirklich einen Gefallen tust, Helen. Diese Frau wird dich nicht mit offenen Armen empfangen.«

»Das erwarte ich gar nicht. Ich bin für sie die Frau des Mannes, der ihr Kind getötet hat, aber ...«

»Und vielleicht ist sie sogar froh darüber, dass Gregor tot ist. Hast du dir das schon einmal überlegt? Möglicherweise zeugt der Tod deines Mannes in ihren Augen von göttlicher Gerechtigkeit. Damit musst du zumindest rechnen.«

»Ja ...«, sagte ich mit rauer Stimme. »Wenn es tatsächlich so ist, dann wird sie mir damit unsagbar wehtun. Aber sollte ich niemals erfahren, wieso Gregor gestorben ist, dann werde ich nicht zur Ruhe kommen, Claudia. Ich weiß nicht, was schlimmer ist.«

»Hältst du es für gut, dich in die Ermittlungen der Polizei einzumischen?«

»Erinnerst du dich: Erst vor ein paar Tagen hast du spöttisch gesagt, dass sie mir *allem Anschein nach ihre Elitetruppe auf den Hals gehetzt* hätten.«

»Das war in einem völlig anderen Zusammenhang, da ging es um dein Alibi.«

»Und jetzt geht es um das Alibi der Mutter von Till!«

»Helen, ich finde, du solltest die Finger davon lassen. Ich habe kein gutes Gefühl dabei, wenn du selbst Detektiv spielst. Wenn Gregor tatsächlich getötet wurde – und offensichtlich spricht ja einiges für diese Theorie – dann könnte sein Mörder wieder zuschlagen, wenn man ihm zu nahe kommt.« Claudia zog besorgt ihre Stirn in Falten. »Jana hat nur noch dich.«

»Auch Jana soll eines Tages begreifen können, was mit Gregor geschehen ist.«

»Versprich mir, dass du vorsichtig bist, Helen.«

»Vorsichtig, misstrauisch, skeptisch ... alles – nur nicht tatenlos. Ich muss etwas tun, Claudia, sonst ...«

»Hast du immer noch diese Angst, wieder krank zu werden?«

»Die wird mich nie verlassen.«

Sie sah mich nachdenklich an und stand dann auf. »Ich hole Franka.«

Zwei Minuten später kam sie mit ihr zurück. Wir begrüßten einander, und ich wartete, bis Claudia hinausgegangen war.

»Danke, dass Sie kurz Zeit für mich haben, Frau Thelen«, begann ich.

Ihr Blick war ein einziges Fragezeichen. Wir hatten

uns erst am Vorabend gesehen, und jetzt tauchte ich schon wieder auf. Noch dazu an ihrem Arbeitsplatz.

»Ich würde gerne den Namen von Tills Mutter wissen«, sagte ich ohne Umschweife.

Der fragende Ausdruck wich einem irritierten »Wozu?«

Sollte ich ihr sagen, was ich von Felicitas Kluge erfahren hatte? Besser nicht, entschied ich mich intuitiv. »Diese Frage kann ich Ihnen gar nicht so genau beantworten. Ich habe nur das Gefühl, dass ich mit ihr sprechen sollte.«

»Was werden Sie tun, wenn sie nicht mit Ihnen sprechen will?«

»Es respektieren.«

»Versprechen Sie mir das, Frau Gaspary?«

Für einen Moment schloss ich die Augen, um darüber nachzudenken, was ich auf diese Frage antworten sollte.

Franka Thelen interpretierte es als Zustimmung. »Tills Mutter heißt Beate Elverts.«

Ich zog einen kleinen Notizblock aus meiner Tasche und notierte mir den Namen.

»Sie wohnt in Winterhude in der Peter-Marquard-Straße.« Nachdem sie mir auch Haus- und Telefonnummer diktiert hatte, sagte sie: »Vor vier Wochen war Tills erster Todestag.« Ihrem Gesicht war anzusehen, wie sehr der Tod des Kindes sie immer noch quälte. »Dreizehn Monate ist es jetzt her, und mir kommt es vor, als wäre es gestern gewesen. Ich brauche keine Fantasie, um mir vorzustellen, wie es Bea geht.«

Dazu brauchte ich auch keine Fantasie.

»Seien Sie nicht enttäuscht, wenn sie Sie abweist, Frau Gaspary. Gregor hat lange um ein Gespräch mit ihr gekämpft, und es ist ihm nicht gelungen. Sie wollte ihn einfach nicht sehen.«

Also wusste sie nichts von dem Treffen am vorletzten Freitag. Ich hätte sie darüber aufklären können, aber ich entschied mich dagegen, so wie ich mich dagegen entschieden hatte, sie in meine wahren Gründe einzuweihen.

Am nächsten Tag trugen wir Gregor zu Grabe. Ich hatte versucht, mich darauf vorzubereiten, mich irgendwie zu wappnen. Ich hatte mir eine Art Ritterrüstung ersehnt, an der alles abprallen und die mich wie ein Korsett stützen würde. Die Realität sah wie so oft anders aus.

In meiner Vorstellung hatte ich mich vor den Tränen der anderen gefürchtet, hatte geglaubt, ich würde mich in diesen Tränen auflösen. In Wirklichkeit taten sie mir gut. Genauso wie die Verbundenheit mit Gregor, die in jedem Wort, in jeder Geste zum Ausdruck kam.

Nach der einfühlsamen Predigt des Pastors hielt erst Joost eine Rede und dann Claudia. Beide sprachen von einem Freund und Weggefährten, wie sie ihn sich aufrichtiger, unbestechlicher und treuer nicht hätten vorstellen können. Beide sprachen von einem Verlust, der sie voller Trauer zurücklasse. Später bat ich beide um die Texte. In ferner Zukunft würde ich sie Jana vorlesen.

Im Nachhinein erschien es mir wie ein Wunder, dass ich auf dem Weg zu Gregors Grab nicht zusammenbrach. Isa, Claudia, Annette und meine Mutter gingen dicht neben und hinter mir, um zur Stelle zu sein, sollten mir die Knie nachgeben. Ich ging *Schritt für Schritt, den Blick auf das kleine Stück Weg vor mir gerichtet*, so wie Gregor es mir einmal geraten hatte. Ich hielt seinen Anker fest in meiner Hand und stellte mir das Gesicht meines Mannes vor. Ich spürte die Kraft seines Blickes … immer noch. Mit diesem Blick in meinem Herzen begleitete ich ihn, so weit es ging. Vor seinem Grab blieb ich stehen und stellte mir vor, wie er – losgelöst von seinem Körper – hinter mich treten und seine Arme um mich legen würde. Aufgehoben in dieser Umarmung, sah ich zu, wie der Sarg in die Tiefe gelassen wurde.

Irgendwann waren es andere Arme, die mich hielten. Sie hatten Kraft und stützten mich, als meine Kraft nachließ. Ein Schluchzen löste sich aus meiner Kehle, und ich wünschte mir, meinen Schmerz laut hinauszuschreien. Gleichzeitig hatte ich Angst, mich in einem solchen Schrei zu verlieren.

Während die Menschen an mir vorüberzogen, versank ich in Sprachlosigkeit. Ganz zum Schluss kamen Felicitas Kluge und Kai-Uwe Andres zu mir. Sie sagten etwas, aber mir war, als wären meine Ohren mit Watte verstopft. Ich schüttelte den Kopf und hoffte, dass sie verstanden.

Irgendwann waren alle gegangen. Zurück blieben Gregors und meine Familie, Annette, Joost und Nelli. Zu siebt standen wir vor dem offenen Grab. Gregors Körper in diesem Sarg zu wissen, drohte mir das Herz zu zerreißen. Bis in den letzten Winkel meines Körpers breitete sich ein stechender Schmerz aus. Als ich glaubte, ihn nicht mehr aushalten zu können und ohnmächtig zu werden, erhob sich neben mir eine Stimme von fast unwirklicher Schönheit. Es dauerte einen Moment, bis ich erkannte, was da erklang: Es war das *Ave Maria*. Wie in Zeitlupe wandte ich meinen Kopf zur Seite.

Nelli sang mit gesenkten Lidern, durch die sich Tränen ihren Weg bahnten. Nachdem sie geendet hatte, öffnete sie langsam ihre Augen und ließ dann eine weiße Rose, die sie die ganze Zeit über in ihrer Hand gehalten hatte, auf den Sarg fallen.

»Gute Reise, Herr Gaspary«, flüsterte sie.

Zum Glück hatte es nur schwacher Überredungskunst bedurft, um meine Mutter dazu zu bewegen, gleich nach der Beerdigung wieder abzureisen. Isabelle hatte ihr versprochen, noch bis zum nächsten Tag zu bleiben und sich um mich zu kümmern.

»Wenn ich ihren Blick richtig gedeutet habe, dann ist sie der festen Überzeugung, dass es nur noch eine Frage von Tagen ist, bis ich wieder in einer Klinik lande«, sagte ich zu meiner Schwester, nachdem das Taxi, das meine Mutter zum Bahnhof bringen sollte, aus meinem Blickfeld verschwunden war.

»Sie macht sich Sorgen um dich«, versuchte Isabelle, mich zu beschwichtigen.

»Dann soll sie es sagen und nicht so schicksalsschwer gucken.« Ich war kurz davor zu platzen und musste mir irgendwie Luft machen. »Ich habe heute meinen Mann beerdigt, nicht meine psychische Gesundheit.«

Isabelle sah mich lange an. »Wenn sie stärker wäre, hättest du vielleicht nie so stark werden müssen.«

Ihr Blick war wie Balsam, der sich über meine wunde Seele legte. »Lass uns hineingehen«, sagte ich leise.

Drinnen war Jana gerade dabei, Claudia, Nelli, Annette und Joost zu demonstrieren, dass man auch schon im Alter von eineinhalb Jahren CDs einlegen und starten konnte. Da ihre Feinmotorik der Lautstärkeregelung jedoch noch nicht gewachsen war, war der Raum plötzlich von ohrenbetäubender Musik erfüllt. Wie erstarrt blieb ich mitten im Raum stehen. Das letzte Mal, als ich *Love's divine* von Seal gehört hatte, war in der Nacht meines Geburtstags gewesen. Gregor und ich hatten dazu getanzt.

Mit drei Sätzen war Annette beim CD-Player und schaltete ihn aus, was Jana mit lautem Gebrüll quittierte. Ich kniete mich neben sie, nahm sie in die Arme und redete beruhigend auf sie ein. Kaum waren ihre Tränen getrocknet, lief sie wieder zum CD-Player und schaute mich fragend an. Mit einem Nicken bedeutete ich ihr, dass sie die Starttaste noch einmal drücken durfte. Gleichzeitig drehte ich die Lautstärke herunter.

»Was du ihr heute durchgehen lässt, wirst du morgen bereuen«, meinte Annette. »Außerdem ist jetzt nicht gerade der richtige Zeitpunkt, um solche Musik zu hören.«

»Es war eines von Gregors Lieblingsliedern.«

Jana bewegte sich zu den Klängen und strahlte vor Freude. Claudia, Isabelle und Nelli ließen sich anstecken und lächelten sie an. Joost stand mit dem Rücken zu uns am Fenster. Ich ging zu ihm.

»Danke für deine Rede«, sagte ich und drückte seine Hand.

»Ich vermisse ihn.«

Ich vermisse ihn auch, schrie es in mir.

»Hat Gregor euch beide ausreichend abgesichert?«, fragte er.

»Das hat er. Jana und ich werden gut leben können.«

»Selbst wenn die Lebensversicherung, die er für sie abgeschlossen hat, nicht zahlen sollte?«

»Du meinst, falls die Kripo zu dem Schluss kommt, dass Gregor sich umgebracht hat?« Abwehrend schüttelte ich den Kopf. »Es fällt mir so unsagbar schwer, das zu glauben. Das passt nicht zu Gregor. Allein diese Widersprüchlichkeiten mit den abgewischten Fingerabdrücken und den Anprallspuren an seinem Bauch. Hätte er seinen Tod tatsächlich inszeniert, hätte er für eindeutige Zeichen, aber ganz bestimmt nicht für Verwirrung gesorgt.«

»Helen, verzeih mir, aber ich weiß nicht, ob du Menschen, die vorhaben, ihrem Leben ein Ende zu setzen, an rationalen Maßstäben messen darfst.«

»Wenn Gregor so etwas tatsächlich vorhatte, dann hätte ich es merken müssen, Joost.«

»Er hat auch seine Schuldgefühle wegen des Unfalls erfolgreich vor dir verborgen. Vergiss das nicht.«

»Wie sollte ich das vergessen«, sagte ich mit zittriger Stimme.

»Entschuldige, so habe ich das nicht gemeint. Ich möchte nur, dass du die Augen nicht vor der Realität verschließt. Dass du zumindest die Möglichkeit eines Suizids in Betracht ziehst.«

»Die Kripo zieht auch die Möglichkeit in Betracht, dass Gregor umgebracht wurde.«

»Das müssen sie, wenn sie ihre Sache gut machen wollen. Aber sagtest du nicht, dass es bisher nicht einmal den kleinsten Anhaltspunkt gibt?«

Zu erschöpft, um Joost von dem falschen Alibi von Tills Mutter zu erzählen, nickte ich. »Sie tappen im Dunkeln.«

»Angeblich soll es eine Faustregel geben: Wenn es bei einem Ermittlungsverfahren nach zwei Wochen immer noch keinen Tathinweis gibt, findet man den Täter nur sehr schwer. Ich will dich damit nicht entmutigen, Helen. Ich möchte nur vermeiden, dass es dir den Boden unter den Füßen wegzieht, sollte es in Gregors Fall so sein. Immerhin sind schon zehn Tage seit seinem Tod vergangen.«

»Ich weiß, wie viel Zeit vergangen ist, Joost. Jede einzelne Minute davon war eine Qual.« Meine Stimme klang wütend, dabei war in mir nichts als Schmerz.

»Joost meint es nur gut«, kam Annette ihrem Mann zu Hilfe.

»Und Helen möchte nur eine Antwort auf die Frage nach dem Warum«, sagte Claudia vom Sofa aus. Ihre ruhige Bestimmtheit war wohltuend.

Annette verschränkte die Arme vor der Brust. »Weil sie glaubt, dass ihr dieses Wissen in ihrer Trauer hilft. Es ändert jedoch nichts an den Tatsachen. Und möglicherweise macht es alles nur noch schwerer für sie. Stell dir vor, Gregors Mörder hatte eine schwere Kindheit oder stand unter Alkohol und bekommt deshalb vor Gericht mildernde Umstände. Mit einer solchen Ungerechtigkeit würde sie noch viel weniger fertig werden.«

»Das mag sein, Annette, aber immerhin wäre dann die Frage nach dem Warum beantwortet.«

»Und wenn es ein ganz profaner Grund gewesen ist? Es wurden schon Menschen für weniger als fünf Euro umgebracht.«

»Es wurde nichts gestohlen«, schaltete ich mich ein.

»Diese Diskussion bringt nichts«, sagte Joost. Mit einer müden Handbewegung fuhr er sich durch die Haare. »Solange es keine neuen Erkenntnisse gibt, drehen wir uns im Kreis.«

»Am Sonntag kommt eine Bekannte von mir aus dem Urlaub zurück«, sagte Nelli. »Sie putzt manchmal aushilfsweise das Treppenhaus in der Isestraße.«

»In dem Haus, in dem Gregors Kanzlei ist?«, fragte ich.

Sie nickte. »Vielleicht hat sie an dem Montag dort geputzt und jemanden beobachtet. Ich könnte sie fragen …«

»Das hat die Kripo bestimmt schon abgeklärt. Soweit ich weiß, haben die Beamten noch am selben Abend alle Leute im Haus befragt.«

»Aber meine Bekannte …«

Annette schnitt ihr mit einem missbilligenden Kopfschütteln das Wort ab. »Hobbydetektive haben durchaus ihr Gutes, wenn sie ihre Aktivitäten auf Kriminalromane beschränken. Im wirklichen Leben ist die Aufklärung ungelöster Todesfälle besser bei Profis aufgehoben.«

»Da muss ich Annette Recht geben«, sagte Claudia. »Auf die Gefahr hin, mich zu wiederholen, Helen, aber ich finde es zu gefährlich, wenn ihr euch da einmischt. Wenn jemand nicht davor zurückgeschreckt ist, Gregor einen Stoß zu versetzen, dann könnte er es bei dir oder Nelli auch versuchen.«

»Und wenn es eine Frau war?«, fragte ich.

»Unwahrscheinlich!«, entgegnete Joost mit Bestimmtheit. In seiner Vorstellungswelt spendeten Frauen Leben, aber sie nahmen es nicht.

Claudia musterte ihn, als gehöre er einer aussterbenden Spezies an. Dann wanderte ihr Blick zu mir. »Wenn es eine Frau war, dann gilt selbstverständlich dasselbe.«

Dieser Tag hatte seine Spuren hinterlassen – eine Erschöpfung, die weder durch Schlaf noch durch Ruhe zu beheben sein würde. Gregor war für immer fort. Nie wieder würde ich seinen Schlüssel im Schloss hören. Jana und ich mussten ohne ihn weitergehen.

Nachdem alle fort waren, wanderte ich ruhelos von Raum zu Raum. Gregors Spuren waren überall. Mit aller Kraft versuchte ich mir einzubilden, er würde noch einmal zur Tür hereinkommen. Aber die Realität war stärker.

Als es klingelte, glaubte ich für einen verrückten Moment, er stehe vor der Tür. Es war jedoch meine Nachbarin, die in meinem Gesicht zu lesen vermochte wie in einem offenen Buch.

»Ich bin es nur«, sagte sie mit einem mitfühlenden Lächeln.

Wortlos bat ich sie herein.

Sie hielt eine Blechdose in der Hand, die sie, kaum hatten wir uns gesetzt, öffnete und auf den Wohnzimmertisch stellte. »Greifen Sie zu, Frau Gaspary. Das sind selbst gebackene Muffins. Mit Kirschen und Mascarpone.«

Entschuldigend hob ich die Schultern und ließ sie gleich darauf wieder sinken. »Ich glaube, ich kann nichts essen.«

»Jana hat mir heute Vormittag beim Backen geholfen. Sie müssen eines probieren. Ich habe es Ihrer Tochter versprochen.« Sie musterte mich eingehend. »Es ist kein Leichenschmaus, sondern Nervennahrung. Und die brauchen Sie.«

»Wenn ich es nur verstehen könnte. Ich zermartere mir mein Hirn auf der Suche nach einer Erklärung.«

Mariele Nowak hielt mir die Blechdose hin. »Nehmen Sie!«

Mein Hals war wie zugeschnürt, trotzdem kam ich ihrer Aufforderung nach und probierte ein Muffin. »Eine Sache geht mir nicht aus dem Kopf«, fuhr ich fort. »Mein Mann soll geschrien haben, als er in die Tiefe stürzte.« Würde ich die Vorstellung von diesem Schrei jemals ertragen können?

»Und Sie glauben, dass man nicht schreit, wenn man springt.«

»Ich kann die Suizid-Version nicht glauben. Gleichzeitig versagt meine Fantasie bei dem Versuch, mir einen Mörder vorzustellen. Es ist etwas anderes, Tag für Tag von so etwas in der Zeitung zu lesen. Aber wer sollte meinen Mann genug gehasst haben, um ihn zu töten?«

»Es muss nicht unbedingt Hass gewesen sein. Was ist mit Furcht?«

»Gregor soll jemanden das Fürchten gelehrt haben? Er war ein liebenswerter Mensch.«

»Und er war ein erfolgreicher Anwalt. So etwas wird man nicht ohne Durchsetzungsvermögen und ohne Biss.«

»Er war keiner von diesen Haien«, verteidigte ich ihn.

»Sie haben ihn mir als sehr gerechtigkeitsliebend beschrieben. Vielleicht ist ihm das zum Verhängnis geworden.« Sie sah mich nachdenklich an. »Es ist nichts bekannt über seinen letzten Mandanten an diesem Abend?«

»Gar nichts. Bis achtzehn Uhr dreißig war eine Mandantin bei ihm. Als sie die Kanzlei verließ, lebte Gregor noch. Wir haben danach noch telefoniert. Während wir zusammen sprachen, war ganz sicher jemand bei ihm.« Etwas ging mir durch den Kopf, was ich nicht gleich greifen konnte. Ein diffuses Bild … ein Gedankenfetzen. Ich runzelte die Stirn.

»Was ist, Frau Gaspary?«

»Etwas passt nicht zusammen …«

Gespannt beugte sie sich vor.

»Der Kragen seines Oberhemdes stand offen, als er dort im Vorgarten lag. Er trug weder eine Krawatte noch ein Sakko. Das hatte ich ganz vergessen.«

»Ist es denn wichtig?«

»So leger mein Mann in seinem Privatleben war, so formell hielt er es, was seinen Beruf betraf. Er hätte sich nie ohne Krawatte und Sakko einem Mandanten gegenübergesetzt.« Von einer Sekunde auf die andere sackte ich in mich zusammen. Die Bedeutung dieser Tatsache haute mich fast um. »Das heißt, er muss allein gewesen sein, als es geschah.«

»Die Polizei wird ihn untersucht haben und ihm im Zuge dessen Krawatte und Sakko ausgezogen haben.«

»Möglich«, erwiderte ich.

»Und was ist, wenn es gar kein Mandant war, der ihn besucht hat?«

»Wie meinen Sie das?«

»Was, wenn es jemand war, den er kannte, der ihn privat und nicht beruflich konsultiert hat?«

10

In dieser Nacht hatte ich nur vier Stunden geschlafen. Ich wusste, als wie fatal sich diese Mischung aus Überdrehtheit und Erschöpfung erweisen konnte, aber ich war machtlos dagegen. Als Nelli um acht Uhr kam, war ich dankbar für die Normalität, die mit ihr in die Wohnung wehte. Ich lud sie ein, mit mir einen Kaffee zu trinken.

»Jana schläft noch?«, fragte sie.

Ich nickte. »Sie ist gestern Abend lange aufgeblieben.«

»Redet sie noch von ihrem Papa?«

»Ich versuche, ihre Erinnerung wach zu halten, indem ich jeden Tag auf sein Foto zeige und ihr sage, dass er sie lieb hat.« Ich schlang die Arme um meinen Körper. »Jetzt weiß sie noch, wie er gerochen, wie seine Stimme geklungen hat. Aber all das wird sie vergessen. Bleiben werden nur die Fotos und die Geschichten, die ich ihr erzähle.« Tränen sammelten sich in meinen Augenwinkeln. »Ich weiß, dass manche Kinder nicht einmal das haben. Aber soll sie dafür dankbar sein?«

Nelli schwieg. Ihr Blick kam einer Umarmung gleich.

In diesem Moment hörten wir Jana rufen.

»Darf ich?«, fragte Nelli.

»Ja. Vorher möchte ich von dir aber noch eine Erklärung für das *Ave Maria* am Grab meines Mannes.«

»Hat es Ihnen nicht gefallen? Es war mein Abschiedsgeschenk für Ihren Mann.« Trotzig straffte sie ihre Schultern.

»Gefallen ist ein etwas schwacher Ausdruck für das, was du da geleistet hast. Nelli, warum, um Himmels willen, gehst du putzen, wenn du eine solche Stimme hast?«

»Das ist meine Sache!«

»Du hast ein enormes Talent.«

»Na und?« Ihr Trotz war in Widerborstigkeit umgeschlagen.

»Du machst nichts daraus. Du verplemperst hier deine Zeit, anstatt zu üben.«

»Wenn Sie glauben, man könne das *Ave Maria* singen, ohne zu üben, dann sind Sie ziemlich schief gewickelt. Dieses Lied ist harte Arbeit.«

»Und wieso weiß ich nichts von dieser Arbeit?«

»Weil Sie diese Ausbildungsmacke haben. In Ihren Augen muss immer alles gleich in einen Beruf münden.«

Janas Laute aus dem Kinderzimmer wurden fordernder. Nelli stand auf und ging zur Tür hinaus.

»Es ist ein Jammer, solch ein Talent zu verschwenden«, rief ich ihr hinterher, war mir jedoch nicht sicher, ob sie mich gehört hatte. Ich wollte gerade aufstehen und ihr nachgehen, als sie mit Jana auf dem Arm zurückkam.

»Ma«, begrüßte meine Tochter mich mit einem Juchzen und zeigte dabei ihre Mäusezähnchen.

Nelli spielte Flugzeug mit ihr und ließ sie in meinen Armen landen.

»Guten Morgen, meine Süße.« Ich drückte sie an mich, während ich gleichzeitig Nelli zurückhielt, die sich davonstehlen wollte. »Nelli …«

»Frau Gaspary, ich muss jetzt wirklich an meine Arbeit.«

»Wir reden noch einmal über dieses Thema«, sagte ich in einem Ton, der, so hoffte ich, keinen Widerspruch duldete.

»Dann kündige ich. Wollen Sie das etwa?«

Ich sah sie ernst an. »Du wirst hier immer Arbeit haben, ganz besonders dann, wenn du dir eine Ausbildung finanzieren willst.«

Mit einem lauten Stöhnen verließ sie die Küche. Jana wand sich aus meinen Armen und sah ihr hinterher.

»Hoffentlich wird aus dir nicht eines Tages auch so ein harter Brocken.« Ich setzte Jana in ihr Stühlchen und machte ihr etwas zu essen. Während ich ihr kleine Stücke Käsebrot in den Mund schob, beschloss ich, noch einmal bei der Kripo anzurufen.

Felicitas Kluge war unterwegs, dafür kam Kai-Uwe Andres an den Apparat.

»Was kann ich für Sie tun, Frau Gaspary?«

»Sie können mir zwei Fragen beantworten.«

»Schießen Sie los!«

»Sehen Sie noch eine Chance, dass Sie herausfinden, wer der Mörder meines Mannes ist?«

»Wir wissen immer noch nicht, ob es überhaupt einen Mörder gibt.«

»Wissen Sie denn inzwischen, wer sein letzter Besucher war?«

»Das untersuchen wir noch.«

»Was heißt das konkret?«

»Wir wissen bisher nur, wer seine letzte Anruferin war.«

»Ich?«, fragte ich mit einer Stimme, die kurz davor war zu versagen.

»Sie waren die letzte Person, die von Ihrem Mann angerufen *wurde*. Ich meinte eben jedoch die letzte Person, die ihn angerufen *hat*. Es geht dabei um das Gespräch, das von Frau Grooth-Schulte und der Mandantin, Frau Overbeck, mitgehört wurde.«

»Ich denke, das ist keine Sache, die man am Telefon besprechen sollte. Ich bin sicher noch eine halbe Stunde in der Kanzlei … in Ordnung, dann also in zehn Minuten hier«, wiederholte ich langsam Gregors Worte, wie ich sie von seiner Mitarbeiterin gehört hatte. Sie hatten sich tief in mein Gedächtnis gegraben. »Meinen Sie dieses Gespräch, Herr Andres?«

»Genau das.«

»Aber dann wissen Sie ja, wer sein letzter Besucher war.« Mein Puls begann zu rasen.

»Nein, das wissen wir leider nicht. Die Person, um die es hier geht, hat sich zwar zunächst mit ihm verabredet, es sich dann jedoch anders überlegt.«

»Ohne ihn nochmals anzurufen und abzusagen?«

»So behauptet sie jedenfalls. Und der Liste nach zu urteilen, ist später kein Anruf mehr bei Ihrem Mann eingegangen.«

»Und wenn sie lügt und es sich gar nicht anders überlegt hat?«

»Das ist eine Möglichkeit, an die wir auch schon gedacht haben, aber sie hat kein Motiv.« Sekundenlang war es still in der Leitung. »Allerdings hat sie auch kein Alibi.«

»Um wen handelt es sich?« Ich hielt den Atem an.

Er zögerte merklich. »Um Ihre Freundin, Frau Doktor Annette Kogler. Ich nehme an, sie hat Ihnen nichts von diesem Anruf gesagt.«

Mein Mund war plötzlich trocken. »Nein«, brachte ich mit einem Krächzen heraus. Annette sollte so kurz vor seinem Tod noch mit Gregor gesprochen haben? »Sind Sie sicher?«

»Ganz sicher. Frau Doktor Kogler hat uns dieses Gespräch sogar bestätigt.«

»Hat sie auch gesagt, worum es dabei ging?«

»Wie sie sagte, war es kein privates Gespräch. Eine ihrer Patientinnen benötigte anwaltliche Hilfe, darüber wollte sie mit Ihrem Mann sprechen.«

»Und warum hat sie es dann nicht getan? Warum hat sie sich erst mit ihm verabredet und ist dann nicht hingegangen? Das ergibt keinen Sinn.«

»Ihrer Aussage zufolge hat sie sich über Ihren Mann geärgert, weil er wenig hilfsbereit und eher genervt am Telefon geklungen habe. Daraufhin habe sie beschlossen, gar nicht erst zu ihm zu gehen. Als sie dann von seinem Tod erfuhr, habe sie sich geschämt und die Sache deshalb verschwiegen. Ich dürfte Ihnen all das gar nicht sagen, denke aber, Sie haben ein Recht darauf.«

Ich war sprachlos.

»Frau Gaspary?«

»Ich weiß nicht, was ich dazu sagen soll …«

»Sie sagten zu Beginn unseres Gesprächs, Sie hätten zwei Fragen.«

Mit aller Kraft löste ich meine Gedanken von Annette und versuchte, mich zu erinnern, was ich ihn noch hatte fragen wollen. »Ach ja … ich würde gerne wissen, ob mein Mann Sakko und Krawatte trug, als er vom Balkon stürzte, oder ob Sie oder einer Ihrer Beamten es ihm ausgezogen haben, als er dort auf der Erde lag.«

»Moment, ich schaue in die Akte.« Nach kurzem Blättern kam er wieder an den Apparat.

»Sakko und Krawatte hingen oben in seinem Büro. Warum fragen Sie danach?«

»Niemand hat es ihm unten erst ausgezogen?«

»Ganz sicher nicht. Das ist fotografisch belegt. Also … warum ist das so wichtig?«

»Es ist mir gestern erst bewusst geworden«, antwortete ich zögernd. »Wenn mein Mann einen Mandanten da gehabt hätte, dann hätte er in jedem Fall seine Krawatte und sein Sakko anbehalten.«

»Es ist nie vorgekommen, dass er sich des einen oder des anderen entledigte? Vielleicht wenn es mal etwas heißer herging?«

»Nein, auf keinen Fall. In dieser Hinsicht war mein Mann etwas eigen.«

»Aha.«

»Ich weiß, was Sie jetzt denken … dass diese Tatsache eindeutig für einen Suizid spricht.«

»Es könnte durchaus ein Indiz dafür sein. Es könnte aber auch in eine ganz andere Richtung deuten. Dass ihm nämlich die Person, die ihn besuchte, vertraut war. In jedem Fall danke ich Ihnen für die Information, Frau Gaspary.«

Nachdem ich aufgelegt hatte, sah ich verwirrt ins Leere, bis Jana mich unsanft an ihre berechtigten Ansprüche erinnerte. Ich ging mit ihr ins Kinderzimmer, um sie anzuziehen. Nelli war gerade dabei, dort die Fenster zu putzen.

»Nelli, diese Bekannte, von der du gestern erzählt hast, die, die manchmal in der Isestraße aushilft … du hattest noch irgendetwas über sie sagen wollen, als Frau Doktor Kogler dir das Wort abgeschnitten hat.«

»Ach, das.« Sie ließ den Lappen in den Wassereimer fallen und setzte sich auf die Leiter. »Sie meinten gestern, dass die Polizei bestimmt alle Leute im Haus befragt hätte. Martha haben sie aber ganz sicher nicht befragt. Sie ist eine Meisterin darin, sich zu verdrücken, wenn sie eine Uniform nur von weitem sieht.«

»Sie ist illegal hier?«

»Von Illegalität kann man nicht mehr wirklich sprechen, seitdem Polen in der EU ist, aber sie hat keine Arbeitserlaubnis.«

»Ist das vielleicht die Umschreibung von: Sie arbeitet schwarz?«

»Soll ich sie nun fragen oder nicht?«

»Frag sie! Bitte.«

Warum hatte Annette mir nur nichts von diesem Anruf gesagt? Mir wäre es tausendmal lieber gewesen, ich hätte aus ihrem Mund davon erfahren. Warum musste sie mir immer wieder das Gefühl geben, ich sei nicht stark genug für die Realitäten? Als wanderte ich ständig am Abgrund einer Depression. Als würde ich das Gleichgewicht verlieren, sobald mich nur der leiseste Windstoß berührte. Ich nahm mir vor, mit ihr darüber zu reden.

Nachdem ich eine Stunde mit Jana auf dem Spielplatz verbracht hatte, lieferte ich sie bei meiner Nachbarin ab und machte mich zur Peter-Marquard-Straße auf. Vor dem Haus von Beate Elverts blieb ich stehen und sah an der weißen Fassade des Altbaus hinauf, als mich plötzlich Skrupel überfielen. Hatte ich das Recht, in das Leben dieser Frau einzubrechen? Hatte sie nicht bereits genug gelitten?

Trotzdem brauchte ich Antworten auf die Fragen, die Gregor betrafen. Erfüllt von schlechtem Gewissen schob ich meine Skrupel beiseite und stieß die Haustür auf. Auf ausgetretenen Treppenstufen ging ich in den dritten Stock. Vor der Wohnungstür von Beate Elverts holte ich tief Luft und drückte die Klingel. Es dauerte nur Sekunden, bis ich von drinnen Schritte hörte. Als sich die Tür öffnete, nahm ich all meinen Mut zusammen und blieb stehen.

»Ja, bitte?« Es konnte nur Tills Mutter sein, die da vor mir stand. Ihr Kummer hatte sich tief in ihr Gesicht gegraben. Er blickte mir aus ihren Augen entgegen, hatte von ihrem Mund Besitz ergriffen und sich in die Farbe ihrer Haut geschlichen. Ihre aschblonden, schulterlangen Haare wirkten glanzlos. Beate Elverts sah aus, wie ich mich fühlte.

»Entschuldigen Sie …«, begann ich stockend. Ich räusperte mich. »Frau Elverts?«

Ihr Nicken war nur eine Andeutung. »Frau Gaspary, nehme ich an.«

»Woher …?«

»Franka hat mir eine E-Mail geschickt.«

»Sie haben noch Kontakt? Ich dachte …«

Sie sah mich unverwandt an, ohne die kleinste Regung zu zeigen. »Im Notfall schon«, sagte sie nach einem Moment des Schweigens. »Was wollen Sie von mir, Frau Gaspary?« Sie sprach meinen Namen aus, als gehöre er ihrer ärgsten Feindin.

»Mit Ihnen sprechen.«

»Wozu soll das gut sein?«

»Vielleicht trägt ein solches Gespräch zur Klärung der einen oder anderen Frage bei. Ich kann mir vorstellen, wie es in Ihnen aussieht, trotzdem …«

»Sie haben Ihren Mann verloren und nicht Ihr Kind. Wie wollen Sie sich da vorstellen, wie es in mir aussieht? Und welche Fragen wollen Sie mit mir klären? Wie es dazu hat kommen können, dass mein Sohn tot ist? Dass er nur vier Monate hat leben dürfen? Diese Fragen sind geklärt worden. Andere Fragen interessieren mich nicht. Deshalb gehen Sie jetzt bitte!«

Wäre es um weniger gegangen als um Gregors Tod, hätte ich in diesem Augenblick aufgegeben. »Sie haben etwas, das ich vielleicht nie haben werde, Frau Elverts, nämlich Gewissheit. Sie wissen, was vor dreizehn Monaten geschehen ist. Ich weiß nicht, was oder wer vor elf Tagen dazu beigetragen hat, dass mein Mann in die Tiefe gestürzt ist. Diese Ungewissheit macht mich krank.«

»Überschätzen Sie die Gewissheit nicht. Auch sie kann einen krank machen. Gehen Sie jetzt bitte. Ich habe zu arbeiten.« Ohne ein weiteres Wort schloss sie die Tür. Ihre sich entfernenden Schritte hatten etwas Endgültiges.

Jana hielt ihren Mittagsschlaf. Irgendwann musste ich wieder anfangen zu arbeiten, warum also nicht jetzt. Halbherzig griff ich zur Lupe und betrachtete die Details des kleinen Aquarells, das auf einer Staffelei neben meinem Schreibtisch stand. Es hatte jedoch nicht die Kraft, meine Konzentration zu bündeln. Meine Gedanken schweiften so nachdrücklich ab, dass ich schließlich aufgab und mich mit einem Seufzer in meinen Schreibtischstuhl sinken ließ. Warum hatte Gregor kein Sakko getragen? War mir in der letzten Zeit etwas entgangen? Hatte er Mandanten gegenüber nicht mehr so akribisch auf seine Kleidung geachtet? Gregor hatte den Unfall vor mir verbergen können, warum nicht auch geänderte Prinzipien?

Ich wählte die Nummer der Kanzlei und bekam Ruth Lorberg an den Apparat.

»Die Frage mag Ihnen merkwürdig vorkommen, Frau Lorberg, aber wie hielt mein Mann es in letzter Zeit mit seiner Kleidung?«

Wenn sie verwundert war, so ließ sie es sich nicht anmerken. »Unverändert korrekt«, antwortete sie spontan.

»Gab es Ausnahmen?«

»Mir ist keine bekannt. Er trug stets einen Anzug oder eine Kombination.«

»Und bei welchen Gelegenheiten zog er Krawatte und Jackett oder Sakko aus?«

»Nur wenn kein Mandant mehr zu erwarten war.«

»Sonst nie?«

»Wenn Professor Kogler Ihren Mann besuchte, dann machte er es sich natürlich auch schon mal etwas bequemer. Aber das war ja ohnehin meist zu einem Zeitpunkt, da keine Termine mehr anstanden. Frau Gaspary, worum geht es bei diesen Fragen eigentlich? Der Beamte von der Kripo hat mir heute fast die gleichen gestellt.«

»Es geht immer noch darum, ob mein Mann sich selbst das Leben genommen hat oder ob es ihm genommen wurde. Aus der Tatsache, dass er weder Sakko noch Krawatte trug, lässt sich schließen, dass kein Mandant bei ihm war.«

»Dann hoffe ich nur, dass Sie das nicht falsch bewerten, was ich über Professor Kogler gesagt habe. Ich habe ihn nur stellvertretend für private Gespräche in der Kanzlei genannt. Es könnte sich dabei ja auch genauso gut um …« Ihr Satz endete in einem Hustenanfall.

»Um wen könnte es sich handeln?«, fragte ich, als sich ihre Bronchien wieder beruhigt zu haben schienen.

»Es könnte sich dabei genauso gut um jeden anderen privaten Kontakt gehandelt haben.« Ihrer Stimme war anzuhören, dass ihr die Unterhaltung unangenehm wurde.

»Sie brauchen meinen Mann nicht mehr zu schützen, Frau Lorberg.«

»Es geht mir dabei weniger um Ihren Mann. Er ist tot, aber Sie leben.«

»Mit der Wahrheit lebt es sich bedeutend besser.«

»Ich kenne die Wahrheit nicht, Frau Gaspary.«

»Manchmal kennt man die Wahrheit und weiß es nur nicht.«

»So ähnlich hat sich Kriminalhauptkommissar Andres auch ausgedrückt. Ich habe ihm meine Beobachtungen geschildert. Mehr kann ich nicht tun.«

»Was ist mit Ihren Eindrücken?«

Sie schwieg.

»Frau Lorberg?«

»Lassen Sie die Dinge ruhen, Frau Gaspary.«

»Das würde ich gerne, aber die Dinge lassen mich nicht ruhen.«

Dieses Mal dauerte ihr Schweigen länger. »Diese Frau Thelen … also, ich hatte den Eindruck, dass sie in ihn verliebt war«, sagte sie schließlich. »Unglücklich.«

»Was meinen Sie mit unglücklich?«

»Sie wirkte unglücklich. Ihr Mann schien nicht in sie verliebt zu sein.«

Ich atmete auf. »Und das ist die Wahrheit?«

»Sie haben nach meinen Eindrücken gefragt.«

»Darf ich Sie noch etwas fragen?«

»Natürlich.«

»Wenn ich mich recht entsinne, dann sagten Sie, mein Mann sei an seinem Todestag mittags mit Frau Thelen zum Essen verabredet gewesen. Frau Thelen behauptet jedoch, sie hätte Gregor zuletzt eine Woche vor seinem Tod gesehen. Kann es sein, dass Sie von dem Montag vor seinem Tod gesprochen haben?«

»Nein. Ich erinnere mich ganz genau: Es war halb eins. Ihr Mann sagte im Hinausgehen, er sei in einer Stunde zurück, er gehe nur schnell etwas essen. Da Frau Grooth-Schulte hier die Stellung gehalten hat, bin ich kurz einkaufen gegangen. Auf dem Rückweg kam ich am TH2 vorbei, das ist ein Lokal … etwa hundert Meter von hier.«

»Ich weiß, ich kenne es.«

»Ja … also, da sah ich Ihren Mann und Frau Thelen beim Essen sitzen. Ich konnte die beiden deshalb so genau sehen, weil sie an dem Tresen direkt am Fenster gesessen haben.«

»Und Sie haben Frau Thelen genau erkannt?«

»Mit hundertprozentiger Sicherheit.«

Meine Gedanken drehten sich im Kreis. Franka Thelen hatte mich belogen, was ihr letztes Treffen mit Gregor betraf. Annette hatte mir ihr letztes Gespräch mit ihm verschwiegen. Vielleicht lag es an meiner Übermüdung und mangelnden Konzentration. Vielleicht aber auch am falschen Ansatz. Ich kam nicht weiter. Erschöpft und entmutigt legte ich meine Hände auf die Schreibtischplatte und schob die Zettel, die darauf lagen, hin und her. Vermutlich hatte ich schon länger auf einen der Zettel gestarrt, bis mein Blick ihn wirklich erfasste. Ich nahm ihn in die Hand und las, was ich geschrieben hatte: Barbara Overbeck – vorletzte Mandantin. Darunter standen ihre Adresse und Telefonnummer. Ich nahm einen Stift und strich das *vor* durch. Das Einzige, was ich bis jetzt mit Sicherheit wusste, war, dass Barbara Overbeck Gregors letzte Mandantin gewesen war. Wer auch immer nach ihr gekommen war, war ein Besucher gewesen, aber kein Mandant. War dieser Besucher auch Gregors Mörder gewesen?

Einem Impuls folgend, wählte ich die Nummer. Nach dem dritten Freizeichen sprang ein Anrufbeantworter an: *Dies ist der Anschluss von Barbara Overbeck. Bitte hinterlassen Sie Ihre Nachricht auf dem Band.*

Als das Signal zum Sprechen kam, verhaspelte ich mich zunächst, fing mich jedoch schnell wieder. »Mein Name ist Helen Gaspary, ich würde mich sehr gerne mit Ihnen unterhalten. Bitte rufen Sie mich zurück unter …«

Kaum hatte ich unsere Telefonnummer auf ihr Band gesprochen und aufgelegt, wurde mir die Sinnlosigkeit meines Handelns bewusst. Was würde sie mir schon zu sagen haben? Dass mein Mann sein Sakko während der Besprechung mit ihr getragen hatte, dass er noch lebte, als sie ihn verließ? Das eine konnte ich mir zusammenreimen, das andere wusste ich. Wozu also das Ganze?

Ich fasste mir ein Herz und wählte erneut. »Nochmals Helen Gaspary. Entschuldigen Sie bitte meinen Anruf, Frau Overbeck, vergessen Sie ihn bitte gleich wieder. Es handelt sich um einen Irrtum.«

Zum Umfallen müde legte ich den Kopf auf die

Schreibtischplatte. Ich fühlte mich so verloren, als hätte ich mich verirrt und würde nicht mehr zurückfinden. Nie mehr. Wie gerne hätte ich sämtliche Nervenstränge meines schmerzenden Körpers durchtrennt. Aber auch das war mir nicht vergönnt. Als meine Glieder immer schwerer wurden und ich kurz davor war einzuschlafen, hörte ich Jana rufen. Sie war aufgewacht und wollte aus ihrem Bettchen befreit werden.

Mit schweren Schritten schleppte ich mich in ihr Zimmer. Als ich ihr Lachen sah, erkannte ich, dass immer noch Kraft in mir war. Ich nahm sie auf den Arm und spürte die Wärme ihres Körpers. Die Wange an meine Schulter geschmiegt, nuckelte sie am Daumen. Ich war kurz davor, im Stehen einzuschlafen, und wusste nicht, wie ich den Nachmittag mit einer munteren und unternehmungslustigen Eineinhalbjährigen überstehen sollte. Aber ich konnte Jana nicht schon wieder abgeben.

Nachdem ich einen starken Kaffee getrunken hatte, zog ich sie warm an und ging mit ihr spazieren. Die Sonne war bereits hinter den Häuserfronten verschwunden. Im Innocentiapark würden wir noch die letzten Strahlen erwischen, aber dort würden an einem sonnigen Freitagnachmittag zu viele Menschen sein. Also liefen wir in einem großen Bogen um den Park und bogen schließlich in die Klosterallee, wobei Jana an jedem Mäuerchen und bei jedem Hund Halt machte.

Nach einer Stunde streckte sie mir ihre Ärmchen entgegen. Ich hob sie hoch und wollte gerade den Heimweg antreten, als mir bewusst wurde, wo wir uns befanden – nur ein paar Häuser von Annette und Joost entfernt. Ich sah auf die Uhr. Möglicherweise war Annette bereits zu

Hause. Sie arbeitete Freitagnachmittags nicht, sondern nutzte die Zeit für Erledigungen.

Auf mein Klingeln hin hörte ich Annettes Stimme durch die Gegensprechanlage. »Ja bitte?«

»Wir sind's«, sagte ich. »Helen und Jana.«

Sie drückte den Summer und ließ uns ein.

»Da«, sagte Jana an Stelle einer Begrüßung und hielt meiner Freundin eine Kastanie hin, die sie auf unserem Spaziergang gefunden hatte.

Annette hatte jedoch keinen Blick für meine Tochter, sondern ausschließlich für mich. Er verhieß nichts Gutes.

Ich setzte Jana auf dem Boden ab. »Ist etwas passiert?«

»Das fragst ausgerechnet du?« Ihre Augen sprühten wütende Funken, und sie ballte ihre Hände zu Fäusten.

»Was ist los?«

Voller Verachtung stieß sie Luft durch die Nase. »Ich möchte, dass dieser Verdacht ein für alle Mal ausgeräumt wird! Glaubst du, ich lasse mir das so einfach gefallen und gehe, ohne mit der Wimper zu zucken, zur Tagesordnung über?«

»Wovon redest du?«, fragte ich irritiert. »Welchen Verdacht willst du ausräumen?«

»Den Verdacht, etwas mit Gregors Tod zu tun zu haben. Was denn sonst!«

Ihre laute Stimme irritierte Jana so sehr, dass sie sich an mich drängte.

»Heute Vormittag sind die beiden Beamten von der Kripo in meiner Praxis erschienen und haben mich nach meinem Alibi gefragt. Das bereits zum wiederholten Male.« Sie betonte jede einzelne Silbe, um gleich darauf in ein verstörtes Lachen auszubrechen. »Völlig absurd! Was für einen Grund sollte ich haben, deinen Mann umzubringen? Hast du dich das mal gefragt, Helen?« Sie drehte mir den Rücken zu und sah aus dem Fenster.

Erschöpft sackte ich auf einen Stuhl und streichelte dabei Janas Rücken. Sie steckte den Daumen in den Mund und sah mich mit großen Augen an. »Alles ist gut«, flüsterte ich ihr ins Ohr und küsste sie auf den Scheitel.

»Kommissar Andres hat angedeutet, du hättest am Morgen einen wichtigen Hinweis gegeben, dem sie jetzt nachgingen.«

Ich fiel aus allen Wolken. Es konnte sich dabei nur um die Sache mit dem Sakko und der Krawatte handeln. »Und du glaubst, ich hätte dich beschuldigt?«

»Was würdest du an meiner Stelle glauben? Na? Was wohl?« Sie kam ein paar Schritte auf mich zu. »Du hast schon während deiner Depression dazu geneigt, um dich zu schlagen. Wahrscheinlich stehst du wieder kurz davor, wäre ja auch kein Wunder. Nur lass mich dabei bitte aus dem Spiel. Ich habe dir nichts getan, wofür du dich rächen müsstest. Oder willst du jetzt jeder deiner nicht gerade zahlreichen Freundinnen wehtun, nur weil sie ihren Mann noch hat? Gregor ist tot, Helen, und vielleicht weißt du viel besser als wir alle, warum das so ist.«

»Wie meinst du das?«, fragte ich mit letzter Kraft.

»Willst du meine ehrliche Meinung?«

Es war eher ein Reflex, aus dem heraus ich nickte. Meine Intuition schrie nein, aber es war zu spät.

»Die ganze Zeit über frage ich mich, warum du dich so sehr gegen die Vorstellung wehrst, Gregor könne sich umgebracht haben. Ist es vielleicht, weil du Angst vor

Schuldgefühlen hast? Vor eigentlich ganz natürlichen Schuldgefühlen? Jeder hat die nach solch einer Sache, jeder fragt sich, ob er einen Suizid nicht hätte verhindern können. Wir tun das auch, Helen, das kannst du mir glauben.«

Mein Puls drohte mich zu ersticken. »Sprichst du gerade von deinem letzten Telefonat mit Gregor?«

Plötzlich wirkte sie wie schaumgebremst.

»Ja«, sagte ich, »Kai-Uwe Andres hat mir davon erzählt. Du bist meine Freundin, Annette. Du sprichst zwei Stunden vor seinem Tod noch mit meinem Mann und verschweigst mir das. Warum?«

»Das Telefonat war ohne Belang.«

»Du und Joost, ihr schließt es beide nicht völlig aus, dass Gregor sich das Leben genommen hat. Und da sagst du so einfach, das Telefonat mit ihm sei ohne Belang?«

»Ich meinte damit ohne Belang für dich. Es unterliegt meiner ärztlichen Schweigepflicht. Außerdem war es nicht Gregors letztes Telefonat. Wenn ich mich nicht täusche, dann hast du als Letzte mit ihm gesprochen.«

Mir wurde schwindelig, und ich wollte nur noch fort. Schwankend stand ich auf und drückte Jana fest an mich. Vor Schreck begann sie zu weinen. »*Gesprochen* hat als Letzter sein Mörder mit ihm!« Auf wackeligen Beinen ging ich hinaus.

An diesem Abend stand ich so stark unter Strom, dass es fast zwei Stunden dauerte, bis Jana endlich schlief. Immer wieder war sie aus dem Schlaf aufgeschreckt und hatte geweint.

Meine Nerven fühlten sich an, als stünden sie kurz vor

einem Zusammenbruch. Annette war es gelungen, die Angst, die mich seit Tagen begleitete, zu schüren. Ich durfte nicht wieder krank werden. Ich musste schlafen und essen … essen und schlafen.

Als hätte sie einen Hilferuf von mir vernommen, stand eine halbe Stunde später Claudia mit zwei Papiertüten vom Asia-Imbiss vor der Tür.

»Was hältst du von Hähnchen süß-sauer?« Sie hielt mir die Tüten entgegen. Das Lächeln, mit dem sie mich ansah, erstarrte. »Was ist geschehen, Helen?«

Es brauchte nicht mehr als diese Worte, damit ich in Tränen ausbrach und mich an sie lehnte.

»Lass uns hineingehen«, sagte sie bestimmt und zog mich hinter sich her. Sie ließ die Tüten im Flur stehen, setzte sich neben mich aufs Sofa und schlang ihre Arme um mich. »Und jetzt erzähle.«

»Hast du das Gefühl, dass ich wieder krank werde?«

»Hast du es?« Die ruhige Art, in der sie diese Frage stellte, gab mir Sicherheit.

»Nicht das Gefühl, nur Angst.«

»Das ist normal, die hätte ich auch. Aber Angst hat immer auch etwas Gutes. Sie lässt einen wachsam sein und kann ein ganz guter Schutz sein.« Beruhigend strich sie über meinen Rücken. »Und jetzt sag mir, was diese Angst geschürt hat.«

Ich holte tief Luft. »Ich war heute Nachmittag bei Annette. Sie meinte, wahrscheinlich stünde ich wieder kurz vor einer Depression.« Vor lauter Aufregung bekam ich einen Schluckauf. Ich hielt die Luft an.

Claudia hielt mich ein Stück von sich weg und sah mich mit gerunzelten Brauen an. »Ich bin kein Arzt, aber ich habe nicht das Gefühl, dass du depressiv bist. Du bist traurig und erschüttert. Nach meinem Empfinden sind das völlig normale Reaktionen auf den Tod eines geliebten Menschen. Wie kommt sie darauf, so etwas zu sagen?«

Ich erzählte ihr von unserer Begegnung, die mir in der Rückschau wie eine Attacke erschien.

»Wegen dieser Frage nach dem Alibi regt sie sich so auf?« Claudia sah mich ungläubig an. »Bei mir waren sie auch, um mich zu fragen. Na und? Nun wissen sie, was ich an Gregors Todestag zwischen achtzehn Uhr dreißig und zwanzig Uhr dreißig gemacht habe. Deswegen fällt mir nun wirklich kein Zacken aus der Krone. Aber Annette war ja schon immer ein wenig eigen. Wetten, dass sie morgen zerknirscht bei dir auftaucht und sich entschuldigt?«

»Glaubst du auch, dass ich mir etwas vormache, Claudia? Dass ich die Möglichkeit eines Suizids verdränge aus Angst, mit den Schuldgefühlen nicht fertig zu werden?« Es kostete mich großen Mut, sie das zu fragen.

Claudia, die über eine Spontaneität verfügte, um die ich sie oft beneidete, ließ sich Zeit mit ihrer Antwort. Sie dachte über meine Frage nach, anstatt mich vorschnell zu beschwichtigen. »Nein, das glaube ich nicht«, antwortete sie. »Du bist realistisch genug, um dich mit der Möglichkeit eines Suizids auseinander zu setzen. Und du bist stark genug, um Schuldgefühle zuzulassen. Obwohl du, sollte Gregor sich tatsächlich zu einem solchen Schritt entschlossen haben – was ich für unwahrscheinlich halte – keine Schuldgefühle haben solltest. Wenn, dann war es ganz allein seine Entscheidung.« Sie wischte mir die Tränen aus dem Gesicht. »So, und jetzt lass uns bitte essen. Ich habe seit heute Morgen nichts mehr in den Magen bekommen.«

11

Claudia hätte ihre Wette gewonnen. Ich hatte am Samstagvormittag gerade das Frühstücksgeschirr weggeräumt, als Annette vorbeikam. Jana nahm bei ihrem Anblick Reißaus, und ich wäre ihr am liebsten gefolgt. Sekundenlang standen wir uns gegenüber. Dann umarmte sie mich und begann zu schluchzen.

»Ich weiß überhaupt nicht, was gestern in mich gefahren ist, Helen. Wenn es überhaupt eine Entschuldigung gibt, dann die, dass ich völlig durcheinander war und überhaupt nicht mehr wusste, was ich sagte.«

Ich versteifte mich in ihren Armen. Meine innere Stimme hielt ihr entgegen, dass vielleicht ihr Unterbewusstsein aus ihr gesprochen und das preisgegeben hatte, was wirklich in ihr vorging. Aber ich schwieg.

»Der Besuch der Polizei hat mich so die Fassung verlieren lassen. Wir sind Freundinnen, Helen, und ich habe mich immer nur gefragt, wieso du sie zu mir geschickt hast.«

»Ich habe sie nicht zu dir geschickt, Annette. Ich habe dem Kommissar lediglich erzählt, dass Gregor sich nie ohne Krawatte und Sakko einem Mandanten gegenübergesetzt hätte. Als er vom Balkon stürzte, trug er nur sein Oberhemd. Krawatte und Sakko hingen in seinem Büro. Daraus lässt sich schließen, dass der Besucher, der nach seiner letzten Mandantin bei ihm war, aus seinem näheren Umfeld stammt. Wahrscheinlich haben sie dich nochmals nach deinem Alibi gefragt, weil ihr beide euch für diesen Abend in der Kanzlei verabredet hattet.«

»Eine Verabredung, die ich nicht eingehalten habe. Ich bin ziellos durch die Straßen gelaufen, um meinen Frust loszuwerden. Ich war enttäuscht, weil Gregor sich so wenig kooperativ gezeigt hat.« Sekundenlang bedeckte sie ihr Gesicht mit den Händen. Als sie sie sinken ließ, sah sie mich beschwörend an. »Du glaubst nicht, wie oft ich mir nach Gregors Tod gewünscht habe, ich hätte meinen blöden Stolz überwunden und wäre trotz seiner wenig hilfsbereiten Haltung an jenem Abend noch bei ihm vorbeigegangen. Vielleicht wäre er dann noch am Leben.« Sie putzte sich die Nase und wischte sich die Wimperntusche unter den Augen fort.

»Ich möchte nur wissen, wer dieser letzte Besucher war.«

»Selbst wenn noch jemand aus seinem privaten Umfeld bei ihm war, heißt das noch lange nicht, dass derjenige auch der Mörder sein muss.«

Ich dachte darüber nach. »Stimmt. Aber wenn derjenige nichts zu verbergen hat, könnte er das der Polizei ja sagen.«

»Außer er fühlt sich schuldig. Was, wenn die beiden eine ganz grundlegende Auseinandersetzung hatten, etwas, das so ans Eingemachte ging, dass Gregor darauf mit einem Kurzschluss reagiert hat?«

»Das kann ich mir nicht vorstellen.«

»Denk nur mal an diese Mutter, Helen, die, deren Kind Gregor überfahren hat. Wenn sie nun bei ihm war und ihm schwere Vorwürfe gemacht hat … Soweit ich weiß, hat sich der Todestag dieses Babys gerade erst gejährt.

Was, wenn ihr die Sicherungen durchgebrannt sind und sie ihm so zugesetzt hat, dass er keinen anderen Ausweg wusste, als …« Sie schluckte hart und sah mich mit weit aufgerissenen Augen an. »Glaubst du, sie würde die Wahrheit sagen, falls es sich so zugetragen hätte?«

»Gregor hat sich am Freitag vor seinem Tod mit ihr getroffen«, murmelte ich.

Annette war nicht lange geblieben. Bevor sie ging, hatte sie an meine Freundschaft appelliert und mich beschworen, ihr zu verzeihen. Wie hätte ich mich dem verweigern sollen?

Sie war gerade erst fort, als das Telefon klingelte. Da ich nicht in der Stimmung war, mit jemandem zu sprechen, ließ ich den Anruf aufs Band laufen.

»Guten Tag, Frau Gaspary.« Ich erkannte die Stimme sofort. Sie gehörte Beate Elverts. »Falls Sie noch Interesse an einem Gespräch haben, dann können wir uns morgen um fünfzehn Uhr im Petit Café treffen.«

Ich hatte mehr als vierundzwanzig Stunden Zeit, um mich zu entscheiden. Wollte ich sie wirklich noch einmal sehen? Sollte tatsächlich sie Gregors letzte Besucherin gewesen sein, wie Annette es indirekt unterstellt hatte? Und wenn ja, aus welchem Grund sollte sie diese Tatsache preisgeben? Ich beschloss, meine Entscheidung davon abhängig zu machen, ob Mariele Nowak Zeit hatte, sich um Jana zu kümmern.

Wie sich herausstellte, hatte sie nicht nur für meine Tochter Zeit. Um halb eins am Sonntag folgten wir ihrer Einladung zum Mittagessen. Als wir uns an ihren Esstisch gesetzt hatten, hob sie voller Vorfreude den Deckel einer Porzellanterrine.

»Voilà … Königsberger Klopse! Ich habe mir gedacht, es ist ein Gericht, das Sie vielleicht noch aus Ihrer Kindheit kennen und an das Jana sich später gern erinnern mag. Ich hoffe, Sie mögen es, Frau Gaspary.«

»Es war mal eines meiner Lieblingsgerichte, ich habe es lange nicht mehr gegessen.«

»Dann greifen Sie zu.«

Ich belud erst Janas und dann meinen Teller. Die Größe unserer Portionen war in etwa gleich. Ich dachte an Eliane Sterns Worte und nahm mir vor, meinen Teller zu leeren, egal, wie lange es dauern würde.

Als Jana aufgegessen hatte und versuchte, aus ihrem Stuhl zu klettern, nahm meine Nachbarin sie auf den Schoß und schaute sich zusammen mit ihr ein Buch an.

»Wenn Sie später Ihre Verabredung haben, gehe ich mit Jana in den Park, ist Ihnen das recht?«

»Natürlich. Danke!« Mit der Gabel schob ich eine Kaper quer über meinen Teller. »Warum lügen Menschen?«

»Weil sie etwas zu verbergen haben … weil ihnen etwas unangenehm ist oder sie sich schämen … weil sie sich selbst besser darstellen wollen, als sie sind. Weil sie jemanden schonen wollen. Es gibt viele Gründe.« Sie blätterte eine Seite von Janas Buch um und zeigte auf etwas, was meinem Blick verborgen war. »Angst vor falschen Verdächtigungen kann auch solch ein Grund sein.«

»Meine Freundin hat mir verschwiegen, dass sie kurz vor seinem Tod noch mit meinem Mann telefoniert hat.«

»Etwas zu verschweigen, ist nicht mit einer Lüge gleichzusetzen.«

»Ist es deshalb weniger schlimm?«

»In Ihren Augen ist es das nicht.«

»Und in Ihren?«

»Es kommt auf den Einzelfall an. Im Fall Ihrer Freundin könnte ich mir vorstellen, dass sie das Telefonat verschwiegen hat, weil die Möglichkeit eines Suizids im Raum steht. Eine Selbsttötung löst bei denen, die zurückbleiben, immer die Frage nach einer Schuld aus. Es ist schwer, mit Schuldgefühlen umzugehen, Frau Gaspary.«

»Ich weiß.« Ich hatte eine ganze Menge davon.

Ihr warmherziges Lächeln war wie eine tröstende Umarmung. »Sie müssen nicht aufessen, wenn Sie nicht mehr können.«

Jana hatte für ihre Verhältnisse schon sehr lange geschwiegen. Jetzt sagte sie voller Inbrunst: »Ente!«

Erstaunt sah ich Mariele Nowak an. »Das Wort ist neu.«

»Das haben wir vergangene Woche geübt.«

»Mit Erfolg.« Endlich brachte auch ich den Anflug eines Lächelns zustande.

»Finde ich auch. Sie hat zwar gerade auf ein Huhn gezeigt, aber die Richtung stimmt schon mal.«

»Danke, Frau Nowak!«

»Ich tue das gerne. Und Jana scheint auch Spaß an unseren gemeinsamen Stunden zu finden. Also können Sie sich jetzt guten Gewissens auf den Weg machen.«

Ich war fünf Minuten zu spät, Beate Elverts saß bereits im Petit Café. Ich hatte vermutet, sie würde wie ich Menschenansammlungen meiden und hätte sich deshalb in den hinteren Raum verzogen, aber sie saß gleich vorne am Fenster. Der Blick, mit dem sie mich begrüßte, war undefinierbar. Er barg weder Interesse noch Abwehr.

Lag Gleichgültigkeit darin? Aber warum war sie dann überhaupt gekommen?

Mit einem Nicken setzte ich mich ihr gegenüber. Mir ging es wie ihr: Mir fehlten die Worte. Keine von uns beiden war gekommen, um Belanglosigkeiten auszutauschen.

»Fragen Sie!« Sie hatte ihre Unterarme auf den Tisch gelegt und die Hände gefaltet.

»Haben Sie etwas mit dem Tod meines Mannes zu tun?«

»In Gedanken habe ich ihn schon unzählige Male getötet.« Ihr Gesicht blieb ausdruckslos, fast leblos.

Am liebsten wäre ich davongerannt und hätte dieser Frau nie wieder in die Augen gesehen. Was ich dort zu erkennen glaubte, tat weh. »Sie bedauern seinen Tod nicht«, fasste ich in Worte, was ich sah.

Sie blieb stumm.

»Für mich war Gregor ein besonderer Mensch. Mag sein, das Wort klingt altmodisch in Ihren Ohren, aber er war von Grund auf anständig. Er hat trotz des beruflichen Erfolges, der ihm beschieden war, nie den Boden unter den Füßen verloren oder ist arrogant geworden. Er ist sich selbst und seinen Wertvorstellungen treu geblieben. Ich weiß nicht, ob ich jemals aufhören werde, ihn zu vermissen.« Ich wischte mir die Tränen aus den Augenwinkeln. »Ich habe von dem entsetzlichen Unfall gehört. Er muss sehr großes Leid über Sie gebracht haben.« Ich hielt ihrem Blick stand. »So wie ich es verstanden habe, ist es durch eine Verkettung unglücklicher Umstände zu dem Unfall gekommen. Weder fuhr mein Mann zu schnell, noch hatte er etwas getrunken. Was werfen Sie ihm vor, Frau Elverts?«

Ihre Stimme kam von ganz tief drinnen. Sie wirkte rau und entblößt. »Ihr Mann ist schuld am Tod meines Sohnes. Till war vier Monate alt, er hatte sein Leben noch vor sich. Ihr Mann hätte lediglich das Lenkrad nach links reißen müssen, dann würde mein Sohn noch leben. Wäre er geistesgegenwärtig und reaktionsschnell gewesen, hätte mein Sohn eine reelle Chance gehabt.«

Ich wünschte, Gregor hätte mit mir über den Unfall gesprochen, dann hätte ich ihren Vorwürfen jetzt etwas entgegensetzen können. Ich konnte mich lediglich an die Fakten halten, von denen man mir erzählt hatte. »Soweit ich weiß, wurde das Verfahren eingestellt. Bedeutet das nicht …«

»Ja, das Verfahren wurde eingestellt. Es lag im Ermessen des Gerichts, wie es diese *Fahrlässigkeitstat* beurteilte.« Ihre Hände begannen ein Eigenleben zu führen. Sie ballte sie mit solcher Kraft, dass die Knöchel weiß hervortraten. »Gregor Gaspary sei keine Schuld nachzuweisen. Der Richter hat von einer *schuldlosen Schuld* gesprochen. Ihr Mann ist mit einer Geldstrafe davongekommen. Wenn Sie mich fragen, hackt keine Krähe einer anderen ein Auge aus.«

Ich wusste nicht mehr, wie ich sitzen sollte, mir tat alles weh. »Was wollen Sie damit andeuten?«

»Ihr Mann war Anwalt, er war im Gericht zu Hause. Er hat meinen Sohn auf dem Gewissen und hat dafür nur ein paar läppische Tagessätze an eine gemeinnützige staatliche Einrichtung zahlen müssen. Ist er danach zu Ihnen nach Hause gekommen und zur Tagesordnung übergegangen?«

Er war danach ganz sicher nach Hause gekommen. Er hatte dieses erschütternde Erlebnis mit sich herumgetragen und nicht gewagt, mit mir darüber zu sprechen. Ich wollte mir seine Qualen nicht vorstellen. Sie würden sich zu meinen addieren. »Ich habe gehört, dass Sie sich am Freitag vor seinem Tod mit meinem Mann getroffen haben.«

»Er hat sich mit mir getroffen, so wird schon eher ein Schuh daraus.«

»Was wollte er von Ihnen?«

»Er wollte meine Absolution. Er wollte, dass ich ihm verzeihe und ihn von seiner Schuld freispreche. Das Leben wird schwer, wenn man seinen inneren Frieden verloren hat.«

Ich hatte das Gefühl, als würde sich ein Sturzbach von Tränen hinter meinen Augen anstauen. »Hat er sich so ausgedrückt?«

»O nein, das wäre ja einem Schuldeingeständnis gleichgekommen. Dazu war er zu schlau. Er hat es schön verpackt, hat mich gefragt, wie es mir geht, ob ich einigermaßen zurechtkomme, hat gesagt, er würde sich viele Gedanken um mich machen. Er wollte wissen, ob er mir irgendwie helfen könne.« So wie sie es sagte, klang es, als habe er sie hinterrücks angegriffen. »Ich habe ihm gesagt, er könne mir meinen Sohn zurückbringen oder sich zum Teufel scheren.«

»Warum haben Sie der Polizei für den Montagabend ein falsches Alibi genannt?«

»Weil ich der Justiz seit Tills Tod nicht mehr traue.«

»Die Kripo ist nicht die Justiz«, sagte ich automatisch.

Sie nahm keine Notiz von meinem Einwurf. »Einer der ihren ist tot. Und ich habe am Ende der Verhandlung nicht gerade ein Blatt vor den Mund genommen.«

»Was haben Sie gesagt?« Jetzt war ich bis hierher gegangen, jetzt konnte ich mir auch noch den Rest anhören.

»Ich habe gesagt, ich wünschte, er wäre tot.« Sie löste ihre Fäuste und streckte die Finger. »Manchmal gehen Wünsche in Erfüllung.«

Während sie vor sich hinstarrte, drangen ihre Worte wie Messer in mich.

Dann sah sie mir in die Augen. »Ein Leben für ein Leben, Frau Gaspary. Ich habe einmal geglaubt, das würde mir etwas von meinem Schmerz nehmen. Aber der Tod Ihres Mannes hat nichts daran geändert.«

»Er lässt Sie kalt.«

»Er lässt mich unberührt.«

»Macht der Schmerz das aus einem?« Plötzlich hatte ich Angst, nicht in ein Gesicht, sondern in einen Spiegel zu sehen.

»Wenn Ihr Kind auf diese Weise ums Leben kommt, dann haben Sie Schuldgefühle, weil Sie es in fremde Hände gegeben haben. Ihre Ehe geht kaputt, weil Ihr Mann Ihnen die Schuld am Tod Ihres Sohnes gibt. Immerhin haben Sie ihn in fremde Hände gegeben und nicht selbst auf ihn aufgepasst. Wenn Sie noch ein weiteres Kind haben, dann müssen Sie für dieses Kind weiterleben, obwohl Sie sich eigentlich nur noch einen Strick nehmen wollen. Und dieses Kind, das übrig bleibt, wird von Ihnen überbehütet, weil da eine unvorstellbare Angst ist. Und diese Angst kann Ihnen niemand nehmen, weil Sie aus Ihrer Erfahrung geboren ist. Um also Ihre Frage zu beantworten, Frau Gaspary: Es gibt weit mehr als den Schmerz, wenn Sie Ihr Kind verlieren. Es gibt den Tod. Von einem Augenblick auf den anderen ist Ihr Leben vorbei. Das, was danach beginnt, ist ein Existieren.«

Mein Magen überschwemmte meine Speiseröhre mit brennender Säure. »Warum haben Sie den Vorschlag für dieses Treffen gemacht, Frau Elverts?«

Sie starrte an mir vorbei aus dem Fenster. »Keine Ahnung.«

»Das kann ich nicht glauben.«

»Ihr Mann hatte mehr als ein Jahr Zeit, über den Unfall und seine maßgebliche Beteiligung daran nachzudenken. Er hat die Zeit nicht genutzt. Ich glaube, es hätte mir genügt, wenn er mir einen Schritt entgegengekommen und den Hauch einer Einsicht gezeigt hätte. Aber er hat immer nur gesagt, wie Leid es ihm tue, wie sehr er sich wünsche, Tills Tod ungeschehen machen zu können, wie oft er die entscheidenden Sekunden immer wieder in seiner Erinnerung durchgespielt habe. Er hat jedoch nie gesagt, dass er einen Fehler gemacht hat, dass er nicht ganz bei der Sache und mit seinen Gedanken woanders war.«

»Warum haben Sie den Vorschlag für dieses Treffen gemacht, Frau Elverts?«, wiederholte ich meine Frage.

Sie hob den Kopf und sah mir ins Gesicht. »Ihr Mann hat großes Unglück über meine Familie gebracht. Ich wollte einen Blick auf das Unglück in seiner Familie werfen.«

Meine Hand umklammerte den Anker um meinen Hals. »Sind Sie für dieses Unglück verantwortlich?«

»Sind Sie so naiv oder tun Sie nur so? Glauben Sie allen Ernstes, ich würde ja sagen, wenn es so wäre?«

»Warum sagen Sie nicht einfach nein?«

»Weil Sie mir nicht glauben würden. Sie glauben viel lieber an meine Schuld als an die Ihres Mannes.« Sie öffnete ihr Portemonnaie, holte einen Fünf-Euro-Schein heraus und legte ihn unter ihre Kaffeetasse. »Der Tod Ihres Mannes wischt seine Schuld nicht hinweg. Sie bleibt bestehen.« Sie nahm ihren Mantel und ging grußlos davon.

In dieser Nacht wälzte ich mich von einer Seite auf die andere. Ich dachte an Fee, stellte sie mir in einem Kloster auf dem Dach der Welt vor, abgeschieden von dieser Welt, die mir so sehr zusetzte. Ich wünschte, dorthin fliehen zu können.

Je mehr ich versuchte zu schlafen, desto aufgewühlter fühlte ich mich. *Das Leben wird schwer, wenn man seinen inneren Frieden verloren hat,* hatte Beate Elverts gesagt. Gregor war weit mehr als mein innerer Friede gewesen. Ich stand auf, ging ins Kinderzimmer und setzte mich neben Janas Bett.

Die acht Wochen bis zu meiner Hochzeit waren wie im Fluge vergangen, Jana. Ich hatte Gregor während dieser Zeit nur ein einziges Mal gesehen. Patrick, mein Zukünftiger, hatte ihn als Anwalt seines Vertrauens auserkoren und ihn gebeten, einen Ehevertrag für uns aufzusetzen. Drei Wochen vor der Trauung stand die Unterzeichnung dieses Vertrages an. Patrick und ich hatten uns in Gregors Kanzlei verabredet. Ich kam eine halbe Stunde zu früh.

Gregor wirkte distanziert. Ich schrieb es der Umgebung und dem Anlass zu. Er schob den Vertrag über den Schreibtisch, forderte mich auf, ihn in aller Ruhe zu lesen, und vertiefte sich in die vor ihm liegende Unterschriftenmappe.

Da ich mit Juristendeutsch nichts anfangen konnte, blätterte ich den Vertrag lediglich durch und schob ihn dann wieder in Gregors Richtung.

Er bedachte mich mit einem erstaunten Blick. »Hast du

zwischenzeitlich einen juristischen Schnellkurs absolviert, von dem ich nichts weiß?«

»Ich vertraue dir.«

»Und wenn Patrick nun versuchte, dich für den Fall einer Trennung … sagen wir, zu übervorteilen?«

»Versucht er das?«

»Nicht mit mir als Anwalt!«

»Worüber reden wir dann hier?«, fragte ich eine Spur gereizt.

»Über deinen verantwortungsbewussten Umgang mit deiner Eheschließung.«

»Und ich habe angenommen, wir reden über einen Ehevertrag.«

»Vertraust du Patrick?«

»Würde ich ihn sonst heiraten?«

»Zuzutrauen wäre es dir.«

Langsam bewegte sich unsere Unterhaltung in eine Richtung, die mir nicht behagte. Anstatt sie jedoch an dieser Stelle abzubrechen, zeigte ich ihm meine Verstimmung. »Du hast ein merkwürdiges Bild von mir.«

»Ein realistisches.« Sein Blick hatte etwas Sezierendes, gleichzeitig aber auch etwas irritierend Liebevolles. »Ich nehme an, du bist verliebt in Patrick und hast wegen der Geschichten, die du über ihn gehört hast, den Ehrgeiz entwickelt, die einzige Frau zu sein, die ihn knackt. Die Aussicht zu schaffen, was anderen Frauen bisher verwehrt geblieben ist, ist sicher reizvoll. Aber reicht das für eine Ehe?«

Meine Überheblichkeit war in diesem Augenblick kaum zu übertreffen. Ich war so dumm! »Dir scheint einiges entgangen zu sein, Gregor: Ich bin nicht nur die einzige Frau, die Patrick geknackt hat, wie du es ausdrückst, ich bin auch die Einzige, die er liebt.«

Gregors Lachen schallte durch den ganzen Raum.

»Ich weiß wirklich nicht, was daran so amüsant ist«, sagte ich pikiert.

Er versuchte, sein Lachen zu unterdrücken. »Also entweder bist du das Opfer einer gelungenen Gehirnwäsche oder deine Menschenkenntnis weist noch größere Lücken auf, als ich dachte.«

Ich schnappte hörbar nach Luft. »Sag mal, Gregor, warum vertrittst du Patrick eigentlich? Gibt es nicht so etwas wie eine Anwaltsehre? Solltest du nicht ein wenig besser über deine Mandanten sprechen? Immerhin finanzieren sie deinen Lebensunterhalt.«

Als Antwort erntete ich nur einen hintergründigen Blick.

»Sollte ich mich so in dir getäuscht haben?« Ich war gerade dabei, mich richtig in Rage zu reden. »Bis jetzt habe ich dich immer für anständig gehalten.«

»Aus deinem Mund klingt das wie langweilig. Aber trotzdem danke. So riesig scheinen die Lücken in deiner Menschenkenntnis ja nicht zu sein. Würdest du dir jetzt bitte den Vertrag durchlesen!«

Ich verbarg meinen Widerwillen nicht, nahm aber trotzdem die Blätter nochmals zur Hand.

»Wenn du etwas nicht verstehst, frag mich.«

Mit gerunzelter Stirn arbeitete ich mich durch die einzelnen Punkte, bis ich schließlich ans Ende kam.

»Und?«, fragte Gregor.

»Ich weiß überhaupt nicht, was du hast«, ereiferte ich mich. »Der Vertrag macht einen ganz fairen Eindruck. Aber davon einmal abgesehen, ist er ohnehin für die Schublade gemacht. Ich bin mir ganz sicher, dass wir ihn niemals daraus hervorholen müssen.«

In diesem Moment klopfte es, und Patrick gesellte sich zu uns. »Na, mein Engel«, begrüßte er mich. »Immer noch wild entschlossen, mich zu heiraten?«

»Entschlossener denn je«, antwortete ich und sah Gregor dabei an. »Unser hoch verehrter Herr Anwalt hier meint übrigens, ich sei das Opfer einer Gehirnwäsche.« Das süffisante Lächeln konnte ich mir nicht verkneifen.

»Weil du mich allen Warnungen zum Trotz heiratest?« Er lachte aus vollem Hals. An Gregor gewandt fragte er: »Was ist eigentlich aus der Frau deiner Träume geworden? Ist sie nun langsam mal ausgereift?«

»Was das betrifft, ist sie eine Spätentwicklerin«, antwortete Gregor.

»Weißt du was, mein Lieber?« Patrick zwinkerte ihm zu. »Ich glaube langsam, dir mangelt es an Mut. Das kann ich sogar verstehen. Aber wenn man sich erst einmal dazu durchgerungen hat, dann fühlt es sich eigentlich ganz gut an.«

Exakt nach diesem Satz hätte ich meine Entscheidung überdenken sollen, stattdessen verdrängte ich den Anflug von Unmut, der mich bei Patricks letzten Worten überfallen hatte.

»Das unterscheidet uns beide«, sagte Gregor mit seidenweicher Stimme. »Ich möchte, dass es sich wie die beste aller Lösungen anfühlt.«

Die Erinnerungen an Gregor hatte ich mit in den Schlaf genommen, der mich irgendwann in dieser Nacht erlöste. Er war traumlos und so tief, dass Jana sich am Morgen nur mit heftigem Gebrüll bemerkbar machen konnte. Ihr liefen bereits die Tränen über die Wangen, als ich sie aus ihrem Bettchen befreite. Ich machte ihre

Milch warm, legte sie zu mir ins Bett und zog sie an mich, während sie an ihrer Flasche saugte. So aneinander gekuschelt lagen wir noch mindestens eine halbe Stunde, bis Nelli kam. Ich bat sie, uns dreien Frühstück zu machen, und ging solange unter die Dusche.

»Hast du deine Bekannte erreicht?«, fragte ich sie, als wir um den Küchentisch saßen.

»Nein. Ich habe es das ganze Wochenende über versucht. Vielleicht ist sie länger im Urlaub geblieben. Ich werde in jedem Fall dranbleiben, Frau Gaspary. Versprochen.«

Mein Dank ging im Klingeln des Telefons unter.

»Soll ich drangehen?«, fragte Nelli in ihrer einfühlsamen Art.

Ich nickte.

Sie meldete sich, hörte einen Moment zu und reichte den Hörer dann an mich weiter. »Felicitas Kluge von der Kripo.«

»Guten Morgen, Frau Kluge«, sagte ich in den Hörer. Mein Körper verspannte sich, obwohl sie noch gar nichts gesagt hatte.

»Ich sage es Ihnen, wie es ist, Frau Gaspary: Wir treten auf der Stelle und kommen nicht weiter. Bisher haben wir keinerlei Hinweise auf den letzten Besucher Ihres Mannes bekommen.«

»Es könnte auch eine Frau gewesen sein.«

»Wissen Sie etwas, das Sie uns bisher nicht gesagt haben?«

»Nein«, beschwichtigte ich sie. »Es ist nur …«

»Was?«

»Ich habe mich gestern mit Beate Elverts getroffen.«

»Sie hat zweifellos ein Motiv und kein Alibi, aber das

reicht nicht, Frau Gaspary. Es gibt nicht den geringsten Beweis, dass sie überhaupt schon einmal die Kanzlei Ihres Mannes betreten hat. Auch für den fraglichen Abend existiert kein solcher Beweis. Sie ist noch nicht einmal in der Nähe der Kanzlei gesehen worden.«

»Wie wollen Sie das wissen?«

»Wir verstehen etwas von unserer Arbeit«, antwortete sie mit Bedacht. »Frau Gaspary, sind Sie ganz sicher, was den Zeitpunkt betrifft, zu dem Ihr Mann Sie an jenem Abend angerufen hat?«

»Es war halb acht.«

»Wiederholen Sie mir bitte ganz genau, was er sagte.«

»Er sagte, dass er in einer Besprechung sitze, die noch gut eine Stunde dauern werde. Ich solle schon mal ohne ihn anfangen zu essen.«

»Und Sie meinten, es habe sich um ein schwieriges Gespräch gehandelt.«

»Seine Geduld schien strapaziert zu sein.« Die Erinnerung an dieses Gespräch verursachte mir Beklemmungen. »Ich fragte ihn im Scherz *Soll ich kommen und dich retten?*, und er antwortete *Nicht nötig.*« Meine Stimme drohte zu versagen. »Wäre ich nur hingegangen. Dann wäre er vielleicht noch am Leben.«

»Solche Gedanken sind nicht hilfreich, Frau Gaspary, aber das wissen Sie selbst. Tun Sie sich und uns bitte den Gefallen und melden Sie sich, falls Ihnen irgendetwas zu Ohren kommt.«

»Das werde ich.«

Auf dem Weg zu Eliane Stern machte ich einen Umweg und besuchte Gregors Grab. Ich starrte auf das Holzkreuz, das bald dem alten Stein weichen würde, und wünschte mir zu versteinern, um diesen Anblick ertragen zu können. Die Schmerzen waren so übermächtig, dass ich blind vor Tränen zum Auto rannte.

»Wir wollten zusammen steinalt werden«, erzählte ich Eliane Stern, als ich ihr eine halbe Stunde später gegenübersaß. »Gregor war der einzige Mensch, bei dem ich diesen Wunsch verspürt habe.« Ich schluckte gegen meine Verzweiflung an. »Er fehlt mir so sehr.« Sekundenlang war ich nicht fähig weiterzureden. »Und dann sitzt mir diese Frau gegenüber und sagt mir ins Gesicht, dass manchmal Wünsche in Erfüllung gehen.«

»Welche Wünsche?«

Ich erzählte ihr von dem Gespräch mit Beate Elverts. »Sie gibt meinem Mann die Schuld an dem Unfall.«

»Wissen Sie etwas über die Strafe, die Ihr Mann erhalten hat?«

»Nur von Frau Elverts. Sie sagte, er habe ein paar Tagessätze an eine gemeinnützige Organisation zahlen müssen. Der Richter habe von einer schuldlosen Schuld gesprochen und das Verfahren eingestellt. Frau Elverts kann sich diesem Urteil nicht anschließen.«

»Wie soll sie das auch, Frau Gaspary? Ich glaube, da erwarten Sie viel zu früh viel zu viel von ihr. Sie wird sich selbst die schwersten Vorwürfe machen, weil sie ihr Kind einer Freundin anvertraut hat. Es kann sehr entlastend für sie sein, wenn sie Ihrem Mann die Schuld am Tod ihres Kindes gibt. Die Wut und Ohnmacht, die sie verspürt, kanalisiert sie in die Schuldzuweisung: Er hätte aufpassen müssen. Es ist zwar nicht gerecht, ihm die Schuld zu geben, aber manchmal hilft es einem, nicht gerecht zu sein.«

»Die beiden haben sich an dem Freitag vor Gregors

Tod getroffen. Er wollte wissen, ob er ihr irgendwie helfen könne. Sie hat es so interpretiert, als wollte er, dass sie ihm verzeiht und ihn von seiner Schuld freispricht.«

»Mit dem Verzeihen ist es in einem solchen Fall sehr schwierig, da es in jedem Fall voraussetzt, dass sich alle Beteiligten darüber einig sind, dass eine Schuld vorliegt. Der Schuldige muss die Verantwortung übernehmen und sagen *Tut mir Leid, ich bin schuld.* Ein solches Schuldeingeständnis würde der Mutter ganz ohne Zweifel helfen. Wenn sich der Unfall so zugetragen hat, wie Sie ihn beschreiben, dann war das jedoch aus der Sicht Ihres Mannes sehr problematisch. Vermutlich wäre es klüger gewesen, die beiden wären sich gar nicht begegnet.«

»Er wollte ihr nur seine Hilfe anbieten.«

»Das ist aber nicht das, was sie bei ihm gesucht hat. Sie wird ganz sicher ein Schuldeingeständnis eingefordert haben, das Ihr Mann ihr aus verständlichen Gründen nicht geben konnte.«

»Ist es denkbar, dass sie ihn deshalb vom Balkon gestürzt hat?«

»Denkbar ist sehr vieles, Frau Gaspary. Aber würden alle Menschen, die voller Hass und Rachegedanken sind, ernsthaft und konsequent einen Mord als Lösung in Betracht ziehen, dann hätten wir unzählige Tote mehr.«

12

Joosts humangenetisches Institut verströmte kühlen Purismus. Seiner Meinung nach sollten es sich die Leute zu Hause gemütlich machen, bei ihm regiere die Wissenschaft. Mit derselben Konsequenz hatte er ein durchsetzungsstarkes Organisationstalent statt eines Blickfangs als Empfangsdame engagiert.

In knappen Worten hatte sie mich zu einem Stuhl dirigiert, auf dem ich warten sollte, bis der Professor sein Gespräch beendet habe. Nach einer Viertelstunde näherte sich dem Empfangstresen eine Frau, die mir irgendwie bekannt vorkam. Sie war groß, blond und wirkte sehr sportlich. Bei näherem Hinsehen entschied ich jedoch, dass ich mich geirrt haben musste.

Ich konnte die Worte nicht verstehen, die zwischen beiden Frauen gewechselt wurden, aber ihren Mienen und Gesten war zu entnehmen, dass es sich nicht um ein freundliches Gespräch handelte. Gerade wollte ich mich abwenden, als die blonde Besucherin mir ihr Profil zuwandte. Und mit einem Mal wusste ich, warum sie mir bekannt vorgekommen war: Sie war die Frau, mit der Joost sich am Abend meines Geburtstags vor dem Restaurant gestritten hatte.

»Ich sage es Ihnen heute zum letzten Mal«, hörte ich die Empfangsdame mit erhobener Stimme sagen. »Der

Professor wird Sie nicht mehr empfangen. Bitte akzeptieren Sie das und gehen Sie!«

Die Blonde schlug mit der flachen Hand auf den Tresen und erwiderte etwas, das ich nicht verstehen konnte.

Völlig unbeeindruckt griff ihr Gegenüber nach dem Telefonhörer. »Die Polizei kann in fünf Minuten hier sein, falls Sie auf einer Eskorte beim Verlassen des Instituts bestehen.«

»Irgendwann werden auch Ihnen die Augen aufgehen«, wetterte die Blonde, während sie zwei Schritte vom Empfang zurückwich. »Sie werden noch an mich denken.« Beim Hinausgehen versetzte sie der Tür einen Stoß.

Ich sah ihr durch die Glastür hinterher. Eigentlich hätte ich mich für Annette freuen sollen, dass Joost sein Verhältnis ganz offensichtlich beendet hatte. Aus Erfahrung wusste ich jedoch, dass es nicht sein letztes bleiben würde.

»Sie können jetzt zu ihm hineingehen«, sagte die Empfangsdame in meine Gedanken hinein.

Ich löste meinen Blick von der Tür und betrat Joosts Büro. Als er mich sah, kam er sofort hinter seinem Schreibtisch hervor.

»Helen ...« Er nahm mich in die Arme und hielt mich sekundenlang fest. »Komm, setz dich.« Er führte mich zu einer Sitzgruppe und setzte sich mir gegenüber. »Was hast du auf dem Herzen?«

»Die Kripo kommt kein Stück weiter. Sie suchen immer noch nach dem letzten Besucher.«

»Und du meinst, ich könne das gewesen sein?«, fragte er mit hochgezogener Braue. »Weil Gregor und ich am

Freitag vor seinem Tod diesen kleinen Disput hatten? Ich kann dich beruhigen, Helen, der war längst beigelegt. Außerdem …«

»Darum ging es mir nicht«, unterbrach ich ihn. »Ich wollte …«

»Mir geht es aber darum, dass eine solche Frage nicht zwischen uns steht. Ich habe für den Abend von Gregors Tod ein Alibi. Ich habe mich …«

»Joost, bitte!«

»Nein, Helen, das ist mir wichtig. Ich war an dem Abend mit einer Bekannten verabredet. Sie hat das bereits der Kripo bestätigt.« Er beugte sich näher zu mir und griff nach meiner Hand. »Ich wünschte, ich wäre an jenem Abend bei ihm gewesen.«

»Da geht es dir wie mir.« Ich kämpfte gegen meine Tränen an. Ich wollte loswerden, weswegen ich gekommen war. »Joost, kannst du bitte noch mal darüber nachdenken, wer dieser letzte Besucher gewesen sein könnte. Vielleicht hat Gregor dir irgendetwas erzählt, was du nicht als wichtig eingestuft hast. Vielleicht gab es mit jemandem Ärger …«

»Ich habe längst darüber nachgedacht, Helen. Aber die einzige ärgerträchtige Sache in Gregors Leben, von der ich weiß, ist die mit dem Unfall. Und davon weiß auch die Polizei.«

»Sie geben zu, dass Beate Elverts ein Motiv hat und kein Alibi, aber das reicht angeblich nicht, um sie zu überführen.«

»Das stimmt«, sagte Joost.

»Spricht da der Gerichtsgutachter aus dir?«, fragte ich mit kaum verhohlener Enttäuschung in der Stimme.

»Nicht nur der, auch der gesunde Menschenverstand.

Ginge es in diesem Fall nicht um Gregor, würdest du mir ohne Zögern zustimmen.«

Ich schloss die Augen und versuchte, Ordnung in meine Gedanken zu bringen, aber für den Moment herrschte ein zu großes Chaos. »Ich bin völlig durcheinander, Joost.«

»Das ist kein Wunder. Erwarte nicht zu viel von dir in dieser Situation. Die würde die meisten Menschen in die Knie zwingen.«

Ich griff nach Gregors Anker. »Diese Angst, wieder in eine Depression zu fallen, begleitet mich jeden Tag. Und dann sage ich mir wieder und wieder: Du darfst nicht schlapp machen. Was soll denn dann aus Jana werden?«

»Du wirst nicht schlapp machen, Helen«, sagte er mit Nachdruck.

»Woher nimmst du deine Zuversicht?«

»Ich weiß es nicht. Ich weiß nur, dass es ohne sie ganz anders um mich bestellt wäre … glaube mir.«

»Hast du auch schon einmal so eine Phase gehabt, in der du überzeugt warst, du würdest es nicht schaffen?«

»Ja«, antwortete er knapp. Von einer Sekunde auf die andere verschloss sich seine Miene.

»Und wie hast du diese Phase überwunden?«

»Durch Arbeit.« Er sah auf seine Uhr und erhob sich. »Sei mir nicht böse, Helen, aber …«

»Schon gut«, beeilte ich mich zu sagen. »Danke, dass du dir Zeit für mich genommen hast.«

Nachdem ich Jana bei Mariele Nowak abgeholt hatte, entschädigte ich sie für meine stundenlange Abwesenheit, indem ich ausgiebig mit ihr spielte. Erst fiel es mir schwer, mich darauf einzulassen, aber irgendwann war ich beinahe so vertieft wie Jana und vergaß die Zeit.

Wir hatten fast zwei Stunden zusammen das Kinderzimmer auf den Kopf gestellt, als Isabelle anrief und mir zum wiederholten Male anbot, die Wochenenden bei mir zu verbringen. Ich war ihr dankbar für ihre Fürsorge, aber ich wusste intuitiv, dass ich lernen musste, mit der neuen Situation umzugehen. Isabelles Besuche würden wie eine Betäubung sein, aus der ich irgendwann aufwachen musste.

Ich erzählte ihr von meinen Gesprächen der vergangenen Tage und fragte sie nach ihrer Meinung.

»Wenn jemand etwas verheimlicht oder lügt, finde ich es immer verdächtig. Aber du hast gleich drei davon. Annette verschweigt den Anruf bei Gregor, die Mutter von dem Baby erfindet ein falsches Alibi, und Franka Thelen gibt nicht zu, dass sie Gregor mittags noch getroffen hat. Daraus soll man dann schlau werden.« Sie seufzte. »Findest du es nicht merkwürdig, dass diese Franka Thelen gelogen hat?«

»Ich finde es in allen drei Fällen merkwürdig.«

»Bei den beiden anderen kann ich es irgendwie nachvollziehen, aber welchen Grund sollte sie gehabt haben?«

Ich dachte darüber nach. »Das weiß ich nicht.«

»Vielleicht lässt sich das herausfinden. Was hältst du davon, wenn ich zu dir komme und wir gemeinsam zu ihr gehen?«

»Sie wird mir nichts tun«, beruhigte ich sie.

»Jemand hat Gregor etwas getan. Und im Vergleich mit deinem Mann bist du eine halbe Portion.«

Ich folgte meiner Intuition und verabredete mich am nächsten Tag alleine mit Franka Thelen. Als Ort für unser Treffen hatte ich das TH2 vorgeschlagen, das Café an der Klosterallee, Ecke Isestraße, in dem Gregor und sie am Tag seines Todes zusammen zu Mittag gegessen hatten.

Damit wir auf jeden Fall einen Platz bekamen, ging ich bereits um zwölf Uhr dorthin und wartete eine halbe Stunde auf sie. Ich versuchte, jeden Gedanken an Gregor zurückzudrängen, damit ich nicht in Tränen ausbrach. Eine Zeitschrift, die neben mir auf der Bank lag, blätterte ich blicklos durch. Es schien in einem anderen Leben gewesen zu sein, dass mich so etwas interessiert hatte.

»Hallo, Frau Gaspary«, begrüßte Franka Thelen mich und setzte sich an den Tisch.

»Danke, dass Sie gekommen sind.«

Sie bestellte einen Kräutertee, ich eine heiße Schokolade.

»Ich habe mich am Sonntag mit Ihrer Freundin getroffen«, begann ich das Gespräch ohne Umschweife.

»Es wundert mich, dass sie einem solchen Treffen zugestimmt hat.«

»Sie hat es sogar selbst vorgeschlagen.«

Franka Thelen schaute überrascht.

»Gregors Tod lässt sie gänzlich unberührt.« Ich spürte, dass meine Lippen anfingen zu zittern.

»Es hätte schlimmer kommen können.«

Wie hatte Claudia gesagt? *Vielleicht ist sie sogar froh darüber, dass Gregor tot ist.* »Ja, das hätte es wohl.« Ich holte tief Luft. »Sie gibt Gregor die Schuld an dem Unfall.«

Ihre Miene verdüsterte sich. »Wenn jemand Schuld

hat, dann bin ich das. Es war diese eine Sekunde, in der ich eine falsche Entscheidung getroffen habe. Ich hätte nicht versuchen sollen, dem Fahrradfahrer, der uns auf dem Bürgersteig entgegenkam, auszuweichen. Aber er war so unglaublich schnell, dass ich befürchtete, er könne nicht mehr rechtzeitig bremsen und würde in den Kinderwagen rasen. Also versuchte ich, ihm auszuweichen.« Sie sah durch mich hindurch. »Es war ein warmer Spätsommertag. Die Sonne schien, und ich hatte die Decke in den Korb unter dem Kinderwagen gelegt. Später habe ich mich oft gefragt, ob diese Decke Till hätte Halt geben können, ob sie seinen Fall abgebremst hätte, so dass er nicht so weit auf die Straße gerollt wäre.« Sie verbarg ihr Gesicht in den Händen.

Es kostete mich ungeheure Kraft, mir diese Geschichte anzuhören. Seit Gregors Tod war mir, als wäre mir mein natürlicher Schutzschild verloren gegangen, so dass sich das Leid der anderen zu meinem addierte. Ich konnte es nicht auf Distanz halten. Die Vorstellung von dem Baby, das von Gregors Wagen überrollt wurde, war unerträglich. Hätte ich in diesem Augenblick meinen Mund geöffnet, hätte ich geschrien.

Ihre Stimme kam von weit her. »Nach diesem Tag hatte ich das Gefühl, nicht mehr atmen zu können. Die Schuld, die ich auf mich geladen hatte, war zu schwer, sie drückte mir den Brustkorb zusammen. Es heißt, man sei gegen Schicksalsschläge nicht gefeit. Ich konnte jedoch aus dieser Tatsache nie eine Entlastung ziehen. Ohne mein Zutun wäre Till noch am Leben.« In vorsichtigen Schlucken trank sie von ihrem Tee. »Für Gregor war es leichter. Ihm wurde von offizieller Stelle attestiert, dass ihn keine Schuld traf.«

»Nur eine schuldlose Schuld …«

»Eine, die die Existenz nicht in Frage stellt, da sie sich nicht vermeiden lässt.«

»Hat Gregor das als entlastend empfunden?«

»Anfangs nicht, da hat ihn jeder Gedanke an den Unfall gemartert. Aber mit der Zeit wurde es etwas besser.« Mit einer fahrigen Bewegung wischte sie ihre Tränen fort.

Es bedurfte keiner analytischen Fähigkeiten, um sich auszumalen, was in ihr vorging. Womöglich war sie überzeugt, für den Unfall büßen zu müssen und nie mehr fröhlich sein zu dürfen, so wie Till nie mehr die Augen aufschlagen durfte. Da ich fror, legte ich mir meinen Mantel um die Schultern. »Wie ist Ihre Verhandlung ausgegangen?«

»Bei mir haben sie das Adjektiv *schuldlos* weggelassen. Nach Auffassung des Gerichts hatte ich Schuld. Der Staatsanwalt hat mir vorgehalten, dass ich dem Fahrradfahrer nur zur anderen Seite hätte ausweichen müssen, dann wäre nichts geschehen. Ich hätte auch stehen bleiben und ihn durch Zurufen zum Anhalten bewegen können. Ich hatte dem nichts entgegenzusetzen. So hat sich der Richter der Überzeugung des Staatsanwalts angeschlossen. Allerdings wurde auch mein psychischer Schaden durch den Unfall berücksichtigt. Ich bin mit einer Geldstrafe davongekommen.« Mit einem gedankenverlorenen Blick schüttelte sie den Kopf. »Ist dieses Wort nicht absurd? Die Erinnerungen haben mich fest im Griff und sind eine einzige Qual. Wie soll ich da *davonkommen?* Seit Tills Tod ist alles anders.« Sie faltete ihre Hände und sah darauf. »Ich habe ein Kind auf dem Gewissen. Und ich habe das Leben meiner Freundin zerstört«, zählte sie mit rauer Stimme auf und verfiel für einen Moment in Schweigen. »Mit dieser Bilanz lässt es sich nicht mehr froh werden.«

Ich hätte ihr gerne etwas Tröstliches gesagt, aber ich fand nicht die richtigen Worte. Wir schauten uns an und schwiegen. Nach einer Weile kam ich auf das zu sprechen, was mich hergeführt hatte: »Frau Thelen, halten Sie es für möglich, dass Ihre Freundin sich an meinem Mann gerächt hat?«

Es dauerte Sekunden, bis sie die Tragweite meiner Frage begriff. Widerstreitende Regungen spiegelten sich in ihrem Gesicht. Einerseits war da Empörung, dass ich Beate Elverts so etwas überhaupt zutraute, andererseits Entschlossenheit, sich mit dieser Frage auseinander zu setzen. »Ausgeschlossen! Nicht Bea.« Sie sah mich fest an. »Um jemandem einen Stoß zu versetzen, damit er über einen Balkon in die Tiefe stürzt, bedarf es einer enormen kriminellen Energie. Und die hat Bea nicht.«

»Aber sie hat sehr großen Kummer. Sie ist verzweifelt über den Tod ihres Sohnes, und sie hat meinen Mann gehasst. Auch aus diesen Gefühlen entwickeln sich Energien, die nicht zu unterschätzen sind.«

»Dann wäre ich wohl die Erste, an der sie sich hätte rächen müssen. Aber ich lebe noch.«

»Haben Sie ihr gegenüber Ihre Schuld eingestanden?«

»Das war das Mindeste.«

»Gregor hat das nicht getan.«

»Ihn traf auch keine Schuld.«

»Das sieht Ihre Freundin anders.«

»Frau Gaspary, ich gebe Ihnen mein Wort darauf, dass Bea Ihren Mann nicht umgebracht hat.«

»Wie viel ist Ihr Wort wert, Frau Thelen?«

Irritiert zuckte sie zurück. »Ich verstehe nicht, was Sie meinen.«

»Als ich bei Ihnen zu Hause war, habe ich Ihnen erzählt, dass eine Mitarbeiterin meines Mannes überzeugt war, er sei am Mittag seines Todestages mit Ihnen zum Essen verabredet gewesen. Sie sagten mir daraufhin, dass sie sich irren müsse. Sie hätten ihn zum letzten Mal eine Woche vor seinem Tod getroffen.«

»Ja … und?«

»Die Mitarbeiterin meines Mannes hat sich nicht geirrt. Sie hat Sie und Gregor mittags hier im TH2 sitzen sehen.«

Franka Thelen wandte sich um und rief nach der Bedienung. Dann nahm sie ihre Jacke von der Stuhllehne, zog sie an und zählte das Geld ab. »Tut mir Leid, Frau Gaspary, aber ich muss zurück in die Agentur. Ich glaube, es ist besser, wenn wir uns nicht wieder sehen.« Sie drückte der Bedienung, die an unseren Tisch gekommen war, das Geld in die Hand und stand eilig auf. »Passen Sie auf sich auf und leben Sie wohl.«

Als ich das Café verließ, setzte leichter Nieselregen ein. Eigentlich hatte ich direkt nach Hause gehen wollen, um Mariele Nowaks Bereitschaft, sich um Jana zu kümmern, nicht über Gebühr zu strapazieren. Es war jedoch erst ein Uhr, sie erwartete mich noch längst nicht zurück. Ich ging die Isestraße entlang, bis ich zu dem Haus kam, in dem sich Gregors Kanzlei befand.

Ich öffnete das schmiedeeiserne Tor zum Vorgarten. Seit Gregors Tod hatte ich mir die Stelle, wo er auf den Boden geprallt war, nicht mehr angesehen. Jetzt zwang ich mich dazu. Ich setzte mich auf einen umgedrehten Tontopf in der Nähe. »Wie konnte das geschehen, Gregor?«, flüsterte ich. »Wer stand dort oben hinter dir? Wer hat dich hinuntergestoßen?«

»Frau Gaspary?«, hörte ich eine zaghafte Stimme vom Hauseingang her.

Ich sah auf. Kerstin Grooth-Schulte stand in der geöffneten Tür.

»Sie werden ja ganz nass«, sagte sie. »Kommen Sie herein, ich mache Ihnen oben einen Tee.«

»Nicht nötig, danke. Ich wollte nur einen Moment ... hier, an dieser Stelle ...«

»Ich weiß. Kommen Sie! Bitte. Es ist gut, dass Sie hier sind. Es gibt da etwas, das ich gerne mit Ihnen besprechen würde.«

Zögernd folgte ich ihrer Bitte und ging mit ihr ins Haus. »Worum geht es?«, fragte ich, während wir auf den Aufzug warteten.

Als sie gerade antworten wollte, kam ein Mann auf den Aufzug zu und stieg mit uns ein. Schweigend fuhren wir nach oben. Kaum war die Tür der Kanzlei hinter uns zugefallen, nahm mir Gregors Mitarbeiterin den Mantel ab und bat mich, in ihrem Büro Platz zu nehmen. Nach ein paar Minuten brachte sie eine Kanne Tee und zwei Tassen mit.

»Es tut mir Leid, dass ich Sie und Frau Lorberg mit der Kanzlei so alleine lasse, aber ...«

»Kein Problem, Frau Gaspary. Wir kommen zurecht. Ihr Einverständnis vorausgesetzt, haben wir auch schon die Fühler nach einem Anwalt ausgestreckt, der die Nachfolge Ihres Mannes antreten könnte. Völlig unverbindlich, versteht sich.« Allem Anschein nach war es ihr unangenehm, mit mir darüber zu reden. »Ich hoffe, Sie missverstehen das nicht …«

»Keine Sorge, Frau Grooth-Schulte, ich bin Ihnen dankbar dafür. Die Nachfolge muss geregelt werden. Mein Kopf ist nur so voll mit anderen Dingen.«

»Trotzdem möchte ich gerne eine Sache mit Ihnen besprechen.«

Ich sah sie abwartend an.

»Kurz vor seinem Tod hat Ihr Mann offensichtlich eine Zeitungsrecherche in Auftrag gegeben. Dabei muss es sich um eine private Sache handeln.«

»Wie kommen Sie darauf?«

»Weil er die Recherche selbst in Auftrag gegeben hat. Normalerweise haben das meine Kollegin oder ich gemacht. Ihr Mann hat uns lediglich die entsprechenden Stichworte gegeben. Heute kam die Rechnung, aus der hervorgeht, dass Ihr Mann selbst mit dem Unternehmen korrespondiert hat.«

»Vielleicht war gerade keine von Ihnen beiden zur Stelle, und die Sache war eilig.«

»Möglich, aber warum sollte er sich die Ergebnisse der Recherche dann mit dem Vermerk *persönlich/vertraulich* zuschicken lassen?«

»Könnte das Unternehmen das nicht von sich aus gemacht haben?«, fragte ich.

»Das habe ich auch in Erwägung gezogen und es deshalb nachgeprüft. Die Sendung wurde auf den ausdrücklichen Wunsch Ihres Mannes mit diesem Vermerk versehen.« Sie schob mir einen Umschlag über den Tisch.

Es war ein dünner Umschlag, viel konnte bei dieser Recherche also nicht herausgekommen sein. »Ich kann mir nicht vorstellen, was er privat hätte recherchieren sollen«, überlegte ich laut. Außer es hatte etwas mit dem Unfall zu tun. Aber gab es in dem Zusammenhang überhaupt noch offene Fragen? Ich riss den Umschlag auf und entnahm ihm drei Blätter.

Kurze Zeitungsnotizen waren darauf kopiert worden. Alle handelten von einer Siebzehnjährigen, die vor drei Jahren mit gebrochenem Genick im Jenisch-Park aufgefunden worden war. Ein Kapitalverbrechen wurde nicht ausgeschlossen. Das Mädchen hieß Tonja W. Ich überflog die Berichte mit gerunzelter Stirn und reichte sie dann Frau Grooth-Schulte. »Das sagt mir überhaupt nichts. Ihnen vielleicht?«

Ihre Stirn legte sich ebenfalls in Falten, als sie die Notizen studierte. »Nein, keine Ahnung. Aber wenn es Ihnen recht ist, mache ich Kopien und frage später Frau Lorberg. Sie ist noch in der Mittagspause. Vielleicht sollten wir auch für die Kripo gleich ein paar Kopien machen, was meinen Sie?«

Ich dachte über ihre Frage nach. »Die werden auch nicht mehr damit anfangen können als wir.«

»Aber sie haben nach ungewöhnlichen Dingen gefragt, und dies hier ist ungewöhnlich.« Sie nahm die Blätter und ging damit hinaus. Kurz darauf kam sie zurück und gab mir zwei Sätze, einen für mich, einen für die Kripo.

»Bevor ich damit zur Polizei gehe, warte ich aber ab, ob Frau Lorberg etwas damit anzufangen weiß«, sagte ich.

»Ich rufe Sie spätestens in einer Stunde an.«

Gregors seltsame Recherche ging mir nicht aus dem Kopf. Was hatte ihn an dem Tod dieses siebzehnjährigen

Mädchens interessiert? Tonja W. … wer sollte das sein? In unserem Freundes- und Bekanntenkreis gab es weder jemanden mit diesem Namen noch einen ungeklärten Todesfall. Den Zeitungsberichten zufolge war das Mädchen in der zweiten Septemberwoche vor drei Jahren tot aufgefunden worden. War Gregor etwas zu Ohren gekommen, das mit dem Tod des Mädchens in Zusammenhang stand? Hatte ihn jemand aufgesucht, der mit seiner Schuld nicht länger leben konnte? Wenn ja, wieso hatte Gregor den Fall nicht weitergegeben? Er war kein Strafverteidiger.

Nachdem Ruth Lorberg mich angerufen und mir versichert hatte, dass ihr der Name Tonja W. nichts sagte, versuchte ich, Joost im Institut zu erreichen. Sein Telefon war jedoch auf seine Empfangsdame umgestellt.

»Der Professor hat eine Besprechung«, sagte sie.

»Würden Sie ihn bitten, mich zurückzurufen?«

»Das richte ich ihm gerne aus, Frau Gaspary. Es kann allerdings ein wenig dauern. Heute Nachmittag jagt ein Termin den nächsten.« Sie zögerte. »Oh, warten Sie! Gerade ist er frei. Ich stelle Sie durch.«

»Helen«, meldete Joost sich gleich darauf.

»Ich werde es mir ganz bestimmt nicht zur Gewohnheit werden lassen, dich im Institut zu stören, aber …«

»Mach dir keine Gedanken deswegen, die paar Minuten habe ich immer. Also, was gibt es?«

»Gregor hat ganz offensichtlich vor seinem Tod eine Zeitungsrecherche in Auftrag gegeben. Dabei geht es um den Tod eines jungen Mädchens vor drei Jahren. Sie hieß Tonja W.«

»Ja … und?«, fragte er, als ich nicht weiter sprach.

»Sagt dir dieser Name irgendetwas?«

Sekundenlang hörte ich ihn nur atmen. »Nein, aber Gregor hat auch so gut wie nie über seine Fälle gesprochen. Du weißt, wie ernst er seine anwaltliche Schweigepflicht genommen hat.«

»Seine Mitarbeiterinnen meinen, die Sache habe mit keinem von Gregors Fällen zu tun, sondern sei privat.«

»Und wie kommen sie darauf?«

»Weil er die Rechercheergebnisse *persönlich/vertraulich* an sich hat adressieren lassen.«

»Das bedeutet nur, dass seine beiden Damen nichts davon erfahren sollten. Und das kann meines Erachtens die unterschiedlichsten Gründe haben. Auf eine Privatsache würde ich zuletzt schließen. Außerdem hätte er mir dann sicher davon erzählt.«

»Könntest du trotzdem heute Abend Annette fragen, ob sie zufällig weiß, worum es sich bei der Sache dreht?«

»Wenn ich es nicht weiß, dann wird …«

»Bitte, Joost. An Gregors Todestag hat Annette wegen einer ihrer Patientinnen mit ihm telefoniert. Vielleicht hat es damit zu tun. Annette rückt mir gegenüber nicht raus mit der Sprache, worum es in dem Telefonat ging. Deshalb frage du sie bitte, ja?«

»In Ordnung. Aber versprich dir nicht zu viel davon«, sagte er in einem besorgten Tonfall.

»Ich verspreche mir nicht zu viel, ich will nur auch nichts versäumen. Rufst du mich an, falls sie den Namen des Mädchens kennt?«

»Versprochen!«

13

Waren die Tage ohne Gregor schon schlimm, so waren es die Nächte ganz besonders. Er war seit etwas mehr als zwei Wochen tot und fehlte mir mit jedem Tag mehr. Wie sollte ich mich an diesen Schmerz gewöhnen? Würde er jemals schwächer werden?

Mariele Nowak sagte, er würde erträglicher. Sie machte mir nichts vor. Ihrer Meinung nach gab es eine einfache Gleichung: Je besser die Beziehung, desto größer der Schmerz. Sie war sich selbst nicht sicher, ob darin wirklich ein Trost lag.

In manchen Nächten hatte ich versucht, mir durch Gregors Geruch, der noch in seinem Bettzeug hing, etwas vorzugaukeln. Aber dieser Geruch wurde immer schwächer. Manchmal verfing sich mein Blick minutenlang im Anblick eines seiner Fotos. Dann versuchte ich, Zwiesprache mit ihm zu halten, bekam jedoch keine Antwort. Ich musste die Antworten selbst finden. Nur wie sollte ich das machen?

Als Nelli am Mittwochmorgen kam, brachte sie Neuigkeiten mit. Sie hatte endlich Martha erreicht, ihre Bekannte, die hin und wieder in der Isestraße das Treppenhaus putzte.

»Sie hat tatsächlich etwas beobachtet. Und zwar eine Frau. Martha sagt, sie habe superchic ausgesehen, sonst wäre sie ihr gar nicht aufgefallen.«

Ich ließ Jana im Kinderzimmer, wo sie selbstversunken spielte, und ging mit Nelli in die Küche. »Das war wahrscheinlich Gregors letzte Mandantin«, sagte ich enttäuscht. »Sie hat um achtzehn Uhr dreißig die Kanzlei verlassen.«

Nelli sah auf ihren Zettel, auf dem sie sich Notizen gemacht hatte. »Dann kann sie es nicht gewesen sein. Die Frau, die Martha beobachtet hat, kann das Büro Ihres Mannes erst kurz nach neunzehn Uhr betreten haben. Martha hat an jenem Abend nämlich erst um neunzehn Uhr angefangen zu arbeiten.«

»Hat Martha die Frau beschreiben können?«

Nelli stand die Enttäuschung ins Gesicht geschrieben. »Auf die Frau selbst hat sie nicht geachtet, nur auf ihr Outfit und da ganz besonders auf ihre Handtasche.«

»Auf ihre Handtasche?«, fragte ich entgeistert.

Nelli sah wieder auf ihren Zettel und nickte. »So eine Mini-Tasche mit einer rosafarbenen Elfe und Blumenmuster. Der Griff der Tasche ist aus dunklem Bambus. Martha sagt, die Designerin heiße Kiki Haupt.«

»Woher weiß sie das?«

»Weil eine solche Tasche ihr Traum ist.«

Ich überlegte angestrengt. »Sie hat die Frau als superchic beschrieben. Ist ihr sonst noch etwas aufgefallen?« Was sollte ich mit der Beschreibung einer Handtasche anfangen?

»Sie habe einen klassischen Burberry-Trench getragen, dazu eine sandfarbene Cambio und dunkelbraune Loafer von Tod's.«

»So laufen hier viele herum. Hat sie nichts über ihr Gesicht gesagt?«

»Das hat Martha nicht beachtet.«

»Soll ich etwa mit diesen Informationen zur Polizei gehen?«, fragte ich resigniert. »Da werde ich höchstens ein müdes Lächeln ernten.«

»Sie dürfen mit diesen Informationen überhaupt nicht zur Polizei gehen! Sonst bekommt Martha Schwierigkeiten. Ich musste ihr hoch und heilig versprechen, dass sie nicht behelligt wird.«

»Aber ich muss gar nicht sagen, von wem ich das weiß.«

»Die werden Sie so lange löchern, bis Sie den Mund aufmachen. Entschuldigen Sie, Frau Gaspary, aber Sie sind im Moment nicht gerade in einer nervenstarken Verfassung.«

»Nelli, wenn diese Frau tatsächlich in Gregors Kanzlei gegangen ist, dann ist sie möglicherweise seine Mörderin. Und dann muss die Polizei das wissen. Wenn die nicht bald Fortschritte machen, werden sie den Fall abschließen und zu dem Ergebnis kommen, dass mein Mann sich aller Wahrscheinlichkeit nach das Leben genommen hat.«

»Trotzdem dürfen Sie Martha nicht verraten.« Sie sah mich mit einem flehenden Blick an. »Bitte … Frau Gaspary. Sie würden damit Marthas Existenz hier gefährden. Ihre Familie in Polen ist auf ihr Geld angewiesen.«

Ich fuhr mir mit den Händen übers Gesicht, als könne ich damit Struktur in meine sich überschlagenden Gedanken bringen. »Und wenn Martha einen anonymen Brief an die Polizei schriebe? Den können sie nicht ignorieren.«

Nelli sah mich skeptisch an.

»Wenn sie Einmalhandschuhe und selbstklebende Briefmarken verwendet, dann hinterlässt sie keine Spuren. Außerdem könnte sie den Brief weit entfernt von ihrer Wohnung einwerfen.«

»Sie werden an ihrer Ausdrucksweise merken, dass sie Ausländerin ist.«

»Dann hilf du ihr. Bitte, Nelli. Es hängt so viel davon ab.«

»Ich werde es versuchen, aber versprechen kann ich nichts.« Sie schnaubte durch die Nase. »So, und jetzt müssen Sie hier das Feld räumen, sonst bekomme ich nichts geschafft.« Mit ihren Händen machte sie eine Bewegung, als wolle sie mich vor sich herscheuchen.

Sie schien froh zu sein, mich für den Augenblick loszuwerden. Kaum war ich vom Tisch aufgestanden, begann sie geschäftig, die Sachen auf dem Tisch zusammenzuschieben. Ich war noch nicht ganz aus der Tür, als ich einen überraschten Laut hörte.

»Ach …« Sie stand über den Tisch gebeugt und las das oberste Blatt von Gregors Zeitungsrecherche.

Mit ein paar Schritten stand ich neben ihr. »Sagt dir das etwas?«, fragte ich gespannt.

»Das ist das Mädchen aus dem Jenisch-Park.«

»Du kanntest sie?«

»Nein, aber am Wochenende gehe ich manchmal im Jenisch-Park joggen. An der Stelle, wo sie damals gefunden wurde, steht ein Holzkreuz. Außerdem hat ihre Familie dort eine kleine Gedenktafel aufgestellt mit Fotos von ihr.«

Felicitas Kluge sah mich abwartend an. Wir saßen uns in ihrem Büro gegenüber, und ich hatte ihr gerade die Kopien der Zeitungsausschnitte vorgelegt und von dem

Holzkreuz und der Gedenktafel im Jenisch-Park erzählt. Marthas Informationen hatte ich schweren Herzens verschwiegen.

»Das Mädchen hieß Tonja Westenhagen«, sagte ich. »Ich bin vorhin in den Jenisch-Park gefahren und habe mir die Fotos von ihr angesehen, die dort an der Gedenktafel hängen. Ich bin mir ganz sicher, dass ich dieses Mädchen vorher noch nie gesehen habe, und ich weiß beim besten Willen nicht, wieso Gregor an ihr interessiert war.«

»Moment mal.« Sie wandte sich ihrem PC zu und gab ein paar Daten ein. Dann wartete sie. Während sie las, bewegte sich ihr Kopf in winzigen Bewegungen hin und her. »Der Tod von Tonja Westenhagen ist bislang ungeklärt. Sie wurde zum letzten Mal beim Trampen beobachtet, am nächsten Tag fand man ihre Leiche. Genickbruch. Fundort nicht identisch mit dem Ort, an dem sie starb.« Sie stützte den Kopf in die Hände und sah aus dem Fenster. »Hat Ihr Mann hin und wieder Strafrechtssachen übernommen?«

Ich schüttelte den Kopf. »Nein, nie.«

»Wissen Sie zufällig noch, wo Ihr Mann in jener zweiten Septemberwoche war?« Sie hatte es sehr behutsam gefragt. Sie wusste, ich würde die Bedeutung dieser Frage verstehen.

Ich brauchte ein paar Sekunden, um mich zu sammeln und nicht in Tränen auszubrechen. »Sie glauben, er könne etwas mit dem Tod des Mädchens zu tun haben. Aber wenn das so wäre, warum sollte er sich dann erst jetzt, drei Jahre später, Informationen dazu zusammensuchen? Das ergibt keinen Sinn.«

»Da gebe ich Ihnen Recht, Frau Gaspary, aber ich

muss die Möglichkeit einer Verwicklung Ihres Mannes trotzdem ausschließen.«

Ich atmete tief durch. »Wir waren zu diesem Zeitpunkt im Urlaub … zwei Wochen Toskana.«

»Und da sind Sie sich ganz sicher? Immerhin ist es einige Zeit her.«

»Ich habe in einem alten Kalender nachgesehen.«

Claudia bewohnte ein großes Loft in einem alten, restaurierten Fabrikgebäude. Nachdem ihr Mann gestorben war, hatte sie eine räumliche Veränderung gesucht und sie hier gefunden.

An diesem Abend hatte sie vorgehabt, für uns zu kochen. Jana war bereits auf der Fahrt im Auto eingeschlafen. Nachdem ich sie in Claudias Bett am anderen Ende des Raumes gelegt hatte, setzte ich mich auf einen der Hocker am Küchentresen und sah Claudia beim *Kochen* zu. Sie dekorierte die beim Japaner erstandenen Sushis auf zwei Teller.

»Entschuldige, Helen, aber ich hatte die Wahl zwischen Kochen und einen Kunden besänftigen.«

»Da hast du gekocht«, sagte ich mit einem Lächeln.

»Gelungen …oder?«

Sie nahm die beiden Teller, bedeutete mir, ein Tablett mit Teekanne und -schalen mitzubringen, und ging zu zwei Sesseln. Sie schob neben jeden Sessel einen Beistelltisch und stellte die Teller darauf. »Magst du Musik?«, fragte sie.

»Meine Nerven sind derzeit nicht die besten, und da sind selbst schöne Geräusche zu viel.«

»Verstehe.« Sie goss grünen Tee in die Schalen und setzte sich.

Ich war so angespannt, dass es Minuten dauerte, bis ich mich im Sessel zurücklehnen und die Füße hochlegen konnte. »Du bist siebenundvierzig, ich sechsunddreißig und beide sind wir Witwen. Das ist so schrecklich früh«, sprach ich aus, was mir durch den Kopf ging.

Claudia sah von ihrer Teeschale auf, die sie zwischen den Händen hielt. »Ich habe einen dreißig Jahre älteren Mann geheiratet, ich musste damit rechnen, dass uns nicht allzu viel gemeinsame Zeit beschieden sein würde.«

»Gregor und ich wollten gemeinsam steinalt werden.« Ich umfasste meinen Anker und versuchte, den Moment zurückzurufen, als er ihn mir geschenkt hatte. »Irgendjemand hat verhindert, dass dieser Wunsch eine Chance hatte, Wirklichkeit zu werden. Und ich möchte wissen, wer das war.«

»Bist du bei der Suche nach der Wahrheit möglicherweise Franka etwas zu nahe getreten?«, fragte sie vorsichtig.

Ich sah sie überrascht an. »Ich habe mich gestern mit ihr getroffen …«

»Ja … ich weiß. Das sagte sie, bevor sie in die Mittagspause ging. Nur ist sie danach nicht wieder in die Agentur gekommen, sondern hat sich krank gemeldet. Und seitdem geht sie nicht ans Telefon. Kannst du dir das erklären?«

Die Sache mit Tonja Westenhagen hatte mich so sehr beschäftigt, dass ich mir das Gespräch mit Franka Thelen erst wieder ins Gedächtnis rufen musste. »Wir haben uns über den Unfall unterhalten und über ihre Freundin Beate Elverts. Sie hält es übrigens für ausgeschlossen, dass die Mutter des Babys etwas mit Gregors Tod zu tun hat.« Ich nahm einen Schluck Tee. »Gegen Ende unseres Gesprächs habe ich sie gefragt, warum sie mich angelogen hat.«

»Sie hat gelogen?«

»An Gregors Todestag war sie mittags mit ihm essen. Das streitet sie ab, obwohl sie von Ruth Lorberg gesehen wurde. Und ich frage mich natürlich, warum sie lügt.«

Claudia starrte durch mich hindurch. »Mhm …«, war ihr einziger Kommentar.

»Findest du das nicht auch seltsam?«

»Ich werde morgen mal bei ihr vorbeifahren.« Claudia stand auf und goss mir Tee nach. »Gibt es eigentlich irgendetwas Neues über seinen letzten Besucher an dem Abend?«

»So, wie es aussieht, ist es eine Besucherin gewesen.« Ich erzählte ihr von Marthas Beobachtungen und meinem Plan mit dem anonymen Brief an die Kripo.

»Burberry-Trench, sandfarbene Cambio und dunkelbraune Loafer wirst du in einigen Kleiderschränken finden«, meinte sie nachdenklich.

»Beinahe hätte ich es vergessen: Eine kleine Handtasche hatte diese Frau auch dabei. Ich glaube, mit Blumen und einer Elfe darauf. Den Namen des Designers habe ich vergessen.«

»Es ist eine Designerin«, sagte Claudia, stand auf und öffnete einen Schrank. Sie kam zurück und ließ etwas in meinen Schoß fallen.

Während ich darauf starrte, begann mein Puls zu rasen.

»Sie heißt Kiki Haupt.«

Es war alles da: die rosafarbene Elfe, das Blumenmuster und der Griff aus dunklem Bambus. Eine einzige Frage ging mir durch den Kopf. »Du …?«

Sie ließ sich mit einem Seufzer in ihren Sessel fallen. »Die Taschen dieser Designerin sind einmalig schön, wenn du mich fragst. Aber sie sind nicht einmalig. Es gibt schon ein paar mehr als nur diese eine. Und wenn du dich von deinem Schreck erholt hast, wird dir vielleicht aufgehen, dass du mich noch nie in einer Hose gesehen hast. Sandfarbene Cambios sind zwar sehr chic, aber nicht mein Stil. Außerdem habe ich mir diese Tasche erst am vergangenen Samstag gekauft.«

»Entschuldige, Claudia«, sagte ich mit hochrotem Kopf. »Ich bin schon völlig durcheinander.«

»Ist okay. Ich in deiner Situation würde wahrscheinlich auch erst einmal jeden verdächtigen. Anstatt jetzt aber vor Scham zu versinken, sag mir lieber, wie sich diese Beate Elverts kleidet.«

Ich rief sie mir vor mein inneres Auge. »Völlig unauffällig. Sie kleidet sich wie eine Frau, der es egal ist, was sie trägt.«

»Also kann sie es nicht gewesen sein.«

Es fiel mir schwer, dem zuzustimmen. »Vermutlich nicht.« Mit einer fahrigen Bewegung strich ich mir eine Haarsträhne aus dem Gesicht. »Es ist alles so verwirrend, Claudia. Hätte Gregor mir nur gesagt, wer bei ihm war, als wir zusammen telefoniert haben.«

»Hätte, wäre, wenn – mit diesen Worten werden Wunschträume umschrieben, aber sie bringen dich nicht weiter, sie lenken dich nur von der Realität ab.« Gedankenverloren strich sie ihren Rock glatt, der keine einzige Falte aufwies. »Die Kripo muss von dieser Frau und ihrem Outfit erfahren. Ganz besonders von der kleinen Tasche. Sie können die Käuferinnen ausfindig machen. Also sieh zu, dass Nelli und Martha möglichst schnell die Sache mit dem anonymen Brief geregelt bekommen.«

Ich nickte und lehnte mich dann erschöpft zurück. »Claudia, hast du schon einmal den Namen Tonja Westenhagen gehört?«

»Nein.«

»Auch nicht vielleicht von Gregor?«

»Ganz sicher nicht. Wer ist diese Frau?«

»Sie war ein siebzehnjähriges Mädchen, das vor drei Jahren ums Leben gekommen ist.«

»Wie?«

»Wie, weiß man nicht. Sie lag mit gebrochenem Genick im Jenisch-Park. Sicher ist nur, dass sie dort, wo sie gefunden wurde, nicht gestorben ist.«

»Und was hatte Gregor mit ihr zu tun?«, fragte sie verwundert.

»Genau das ist die Frage. Allem Anschein nach hat er sich kurz vor seinem Tod für diesen Fall interessiert.«

»Wie passt das in sein Fachgebiet?«

»Eben gar nicht, das ist es ja. Gregors Mitarbeiterinnen schwören Stein und Bein, dass es sich nicht um eine berufliche Sache handelt. Er hat die Recherche selbst in Auftrag gegeben und persönlich an sich adressieren lassen.«

»Das kann mehrere Gründe haben«, überlegte sie laut. »Dass die beiden nichts davon erfahren sollten, muss nicht zwingend bedeuten, dass es dabei um eine Privatsache geht.«

»Genau das meinte Joost auch.«

»Er kann mit dem Namen auch nichts anfangen?«

Enttäuscht schüttelte ich den Kopf.

»Und du?«

Wieder schüttelte ich den Kopf.

»Dann war es auch nichts Privates«, sagte sie voller Überzeugung. »Ansonsten hätte er doch bei einem von uns mal ein Wort darüber verloren.«

»Aber was hat es dann zu bedeuten, dass er sich diese Zeitungsausschnitte hat kommen lassen? Ich zermartere mir die ganze Zeit den Kopf darüber und komme zu keinem Ergebnis.«

»Vielleicht hat ihn jemand um Hilfe gebeten, jemand, der mit dem Tod des jungen Mädchens zu tun hatte und der ihn um äußerste Diskretion gebeten hat. Du weißt, wie ernst Gregor seine anwaltliche Schweigepflicht genommen hat.«

»Du meinst, dann hat es vielleicht gar nichts mit seinem Tod zu tun?«

»Nein, ich meine genau das Gegenteil. Vielleicht hat sich ihm jemand anvertraut und es später bereut.«

Claudias Worte hatten mich nicht zur Ruhe kommen lassen. Noch Stunden nachdem Jana und ich längst wieder zu Hause waren, dachte ich darüber nach. Ich lag im Bett und starrte an die Decke. Als ich gegen Morgen immer noch nicht schlafen konnte, nahm ich Baldrian, der zumindest für zwei Stunden seine Wirkung tat.

Gegen halb acht drang Janas forderndes Rufen an mein Ohr. »Ma…ma! Ma!«

Mit verquollenen Augen und Kopfschmerzen holte ich sie aus dem Bett, setzte sie auf die Küchenplatte und erwärmte ihr eine Milch. »Deiner Mama geht's nicht gut heute Morgen.«

Sie sah mich mit großen Augen an und steckte ihren Daumen in den Mund.

Als die Milch warm war, füllte ich sie ab und reichte Jana die Flasche. »Komm, meine Süße, wir kuscheln uns noch ein bisschen ins Bett.« Ich nahm sie auf den Arm und trug sie hinüber ins Schlafzimmer.

Während sie zufrieden an ihrer Flasche saugte, dämmerte ich vor mich hin. Mein Kopf fühlte sich leer an, und ich konnte keinen einzigen klaren Gedanken fassen. Ich musste wieder eingeschlafen sein, denn als es an der Tür klingelte, schreckte ich hoch. Ich zog einen Bademantel über und ging zur Tür. Durch den Spion sah ich nur eine Brötchentüte und nahm an, meine Nachbarin halte sie hoch.

Aber es war Joost. »Guten Morgen, Helen. Und guten Morgen, Jana.« Mit einem Lächeln beugte er sich zu meiner Tochter hinunter, die hinter mir aufgetaucht war.

»Was machst du hier um diese Zeit?«, fragte ich überrascht. »Müsstest du nicht bereits seit einer Stunde in deinem Institut sein?«

»Ich habe mir heute Vormittag freigenommen.«

»Bist du krank?« Ich forschte in seinem Gesicht nach möglichen Anzeichen, fand jedoch nur die üblichen Ringe unter seinen Augen, die ich permanenter Überarbeitung zuschrieb.

»Muss ich denn gleich krank sein, wenn ich mir mal freinehme?« Er schob sich an mir vorbei und ging mit den Brötchen in die Küche.

Ich folgte ihm. »Du nimmst dir nie frei, also was ist los?«

»Für Gregors Beerdigung habe ich mir auch freigenommen!«, entgegnete er mit einem leisen Vorwurf in der Stimme.

»Du willst damit aber jetzt nicht andeuten, dass jemand gestorben ist, oder?« Ich schlang die Arme um meinen Oberkörper und trat einen Schritt zurück.

»Um Gottes willen, nein! Es ist niemand gestorben. Ich wollte nur einmal ganz in Ruhe nach euch sehen, nicht so zwischen Tür und Angel. Ich dachte, wir frühstücken zusammen und machen dann vielleicht einen kleinen Ausflug.« Er drehte die Handflächen nach oben, als würde er sich ergeben. »Du musst mal auf andere Gedanken kommen.«

»Wie soll ich das, solange Gregors Tod nicht aufgeklärt ist?«

»Vielleicht wird man ihn nie aufklären können, Helen. Dieser Möglichkeit musst du dich endlich stellen.«

Während mir von einer Sekunde auf die andere Tränen über die Wangen liefen, brachte Jana ihren Stoffhund zu Joost und hielt ihn ihm entgegen.

»Wauwau«, sagte sie.

Joost riss sich nur mit Mühe von meinem Anblick los, nahm Jana samt Hund auf den Arm und strich ihr über den Rücken.

»Ich werde nicht zur Ruhe kommen, wenn …«

»Helen, wie viel hast du abgenommen seit Gregors Tod?«

Unwillig schüttelte ich den Kopf. »Das weiß ich nicht, ich wiege mich nicht.«

Er setzte Jana wieder auf den Boden und betrachtete mich sorgenvoll. »Schläfst du wenigstens?«

»Ein paar Stunden …«

»So geht das nicht, so richtest du dich zugrunde.

Wer soll für deine Tochter sorgen, wenn du schlappmachst?«

Ich wischte mir die Tränen aus dem Gesicht. »Ich werde nicht schlappmachen!« Dabei hoffte ich auf eine sich selbst erfüllende Prophezeiung. »Und jetzt mache ich uns dreien Frühstück. Habe ich dir übrigens schon gesagt, dass ich mich über deinen Besuch freue?«

Er schüttelte den Kopf, wobei nicht klar war, ob er es als Antwort auf meine Frage tat oder als Kommentar zu meiner Sturheit.

Während er mit Argusaugen darüber wachte, dass ich das Brötchen, das er mir auf den Teller gelegt hatte, auch aß, fragte ich ihn, ob er Annette nach dem jungen Mädchen gefragt hatte.

»Habe ich, aber sie konnte auch nichts mit dem Namen anfangen.«

»Das Mädchen hieß übrigens Westenhagen mit Nachnamen.«

»Wie hast du das herausgefunden?«

»Nelli hatte zufällig von dem Fall gelesen. Im Jenisch-Park hängt eine Gedenktafel, die die Eltern des Mädchens aufgestellt haben.«

»Und du bist dort vorbeigefahren? Warum?«

»Weil dieses Mädchen möglicherweise eine Spur zu Gregors Mörder ist.«

»Blödsinn!«, schmetterte er meine Spekulation kategorisch ab.

»Es handelt sich nach wie vor um einen ungeklärten Todesfall.« Kaum hatte ich es ausgesprochen, machte sich ein dicker Kloß in meinem Hals breit. »Ich hoffe nicht, dass Gregors Tod in drei Jahren auch noch ungeklärt ist.«

Joost klatschte mit seinen Händen auf den Küchentisch und stand auf. »Schluss damit! Du ziehst dir und Jana jetzt etwas an, und dann fahren wir an die Elbe und gehen spazieren. Dein Kopf gehört mal kräftig ausgelüftet.«

Ich glaubte nicht daran, dass der Wind an der Elbe etwas gegen meine Gedanken würde ausrichten können, aber ich tat Joost den Gefallen und zog uns beide an. Eine Viertelstunde später saßen wir in seinem Auto und fuhren Richtung Blankenese.

Wir schwiegen fast während der gesamten Fahrt. Nur Jana ließ voller Begeisterung ihr *Da* und *Wauwau* hören, wenn sie am Straßenrand einen Hund sah. Zum Glück waren auch einige Vierbeiner am Elbstrand, so dass sie vollauf mit Gucken beschäftigt war.

Joost nahm meine Hand und hielt sein Gesicht in den Wind. »Weißt du, dass ich Gregor immer beneidet habe?«

Ich sah ihn irritiert an.

Er hatte meinen Blick richtig interpretiert. »Keine Sorge, Helen, dies wird keine Liebeserklärung. Aber was ich meine, hat mit Liebe zu tun. Ich habe Gregor darum beneidet, dass er seine große Liebe gefunden hat. Es ist ungefähr dreizehn Jahre her, da rief er mich an und erzählte mir ganz aufgeregt, er habe die Frau seines Lebens kennen gelernt. Er war damals gerade dreißig geworden.«

»Und ich war dreiundzwanzig«, sagte ich leise, so dass der Wind meine Worte fast verschluckte. »Ich war zwar volljährig, aber weit davon entfernt, erwachsen zu sein. Bis ich endlich bei Gregor gelandet bin, habe ich einige Umwege gemacht.«

»Und er hat dich auf diesen Umwegen nie aus den Augen gelassen.«

»Er war sich so sicher … und ich habe so viel Zeit verschwendet. Sieben Jahre! Kannst du dir das vorstellen, Joost? Sieben Jahre? Hätte ich gewusst …«

»Schsch!« Er nahm mich fest in die Arme und sprach beruhigend auf mich ein. »Ihr hattet sechs wundervolle Jahre, Helen, voller Liebe. Viele Menschen suchen ihr ganzes Leben lang nach so einer Liebe und finden sie nicht.« Er trat einen Schritt zurück und sah mich traurig an. »Ich würde etwas dafür geben, wenn ich …«

»Aber Annette und du … ihr …«

»Wir sind ein gutes Team. Und das ist eine ganze Menge, ich weiß.«

Ich ließ meine Tränen im Wind trocknen und sah Jana einen Augenblick zu, wie sie kleine Steine aufsammelte. »Ich will dir nicht zu nahe treten, Joost, aber könnte es nicht auch sein, dass du diese Suche nach der großen Liebe als Alibi für deine Affären benutzt?«

Er wich meinem Blick aus und wandte mir sein Profil zu. Seine Kiefermuskeln bewegten sich unablässig. »Spricht da aus dir die Freundin meiner Frau?«

»Zu einem gewissen Teil sicher.«

»Manchmal denke ich, Annette und ich hätten gar nicht heiraten dürfen. Und dann gibt es Momente, da vermisse ich sie sogar.«

Dieses kleine Wort *sogar* tat mir für Annette in der Seele weh. Sie wollte keine gefühlsmäßigen Almosen von ihm. Und trotzdem gab sie sich allem Anschein nach damit zufrieden.

»In dieser Hinsicht waren Gregor und ich immer unterschiedlicher Meinung«, fuhr er fort. »Er wäre nie einen Kompromiss eingegangen. Wenn er dich nicht bekommen hätte, dann wäre er lieber allein geblieben.«

Für einen kurzen Moment schloss ich die Augen und überließ mich der Erinnerung an meinen Mann. »Ich möchte, dass es sich wie die beste aller Lösungen anfühlt«, wiederholte ich Gregors Worte mit einem Lächeln. »Für mich hat es sich auch so angefühlt, Joost – wie die beste aller Lösungen!«

14

Am Tag darauf lag der Umschlag in meinem Briefkasten. Noch immer kamen viele Trauerbriefe, deshalb wäre er fast dazwischen untergegangen. Er fiel mir nur deshalb auf, weil er mit Schreibmaschine geschrieben war. Ich öffnete ihn und zog ein gefaltetes DIN-A4-Blatt heraus. Kaum hatte ich den Inhalt gelesen, machte ich mich auf die Suche nach Nelli.

»Ihr solltet den Brief nicht mir, sondern der Polizei schicken«, sagte ich vorwurfsvoll.

»Haben Sie mal dieses Polizeipräsidium gesehen? Das hat allein zehn Flügel.«

»Ja, ich war dort. «

»Bis er da an die richtige Stelle kommt, vergehen Tage. Sie brauchen den Kommissar nur anzurufen und ihm zu sagen, dass Sie einen anonymen Brief bekommen haben. Und schwups …« Nelli hatte vor Aufregung rote Wangen.

»Die werden sich als Erstes fragen, warum der Brief an mich geschickt wurde. Das macht alles nur noch komplizierter, Nelli.« Ich hielt ihn ihr hin. »Bitte … schickt ihn noch mal ab und dieses Mal direkt an die Polizei.«

»Ist Ihnen klar, wie viel kostbare Zeit Sie dadurch verlieren? Ich an Ihrer Stelle würde den Brief nehmen und damit zur Polizei fahren. Selbst wenn die sich fragen, warum der Brief an Sie geschickt wurde … was soll's.

Hauptsache, die machen sich auf die Suche nach dieser Frau.«

Sekundenlang dachte ich darüber nach, ob es sinnvoll war, wenn ich den Brief selbst noch einmal abschrieb und abschickte. Aber Nelli hatte Recht: Die Zeit lief mir davon. »Also gut.« Ich schob das Blatt zurück in den Umschlag und sah auf die Uhr. »Kann ich Jana so lange bei dir lassen? Sie schläft bestimmt noch eine Stunde.«

»Klar.«

Ich hatte gerade meinen Mantel angezogen und den Brief in die Tasche gesteckt, als es klingelte. Vor der Tür stand Felicitas Kluge.

»Das trifft sich gut«, sagte ich, »gerade wollte ich zu Ihnen.« Ich bat sie herein, holte den Umschlag aus der Manteltasche und ging mit ihr ins Wohnzimmer. Dort hielt ich ihr den Brief hin. »Der kam heute mit der Post. Sie können sich ihn schon einmal ansehen. Ich bin gleich wieder da.«

Nachdem ich die Wohnzimmertür hinter mir geschlossen hatte, ging ich zu Nelli ins Bad. »Die Kripobeamtin ist eben gekommen, Nelli«, sagte ich im Flüsterton. »Falls sie dich zu dem Brief befragt: Nutze dein gesamtes schauspielerisches Talent und lass dir nichts anmerken!«

»Seit wann habe ich schauspielerisches Talent?«

»Sängerinnen haben das in aller Regel.«

»Ich bin Putzfrau!«

»Nicht mehr lange, wenn es nach mir ginge!«

Der Blick, den sie auf mich abschoss, hätte es mit einer Granate aufnehmen können. »Zum Glück geht es aber nicht nach Ihnen.«

»Wenn du eine Tochter hättest, dann …«

»Zum Glück bin ich auch nicht Ihre Tochter! Und an Ihrer Stelle würde ich jetzt mal lieber zurückgehen, sonst kommt die Frau Kommissarin noch auf dumme Gedanken.«

»Und welche könnten das sein?«, fragte Felicitas Kluge von der Tür aus. Sie blickte uns wachsam an.

Nelli und mir stand der Schreck ins Gesicht geschrieben. Sie berappelte sich als Erste. »Na, zum Beispiel, dass Frau Gaspary ein Gespräch mit ihrer Putzfrau einem mit der ermittelnden Beamtin vorzieht.«

»Und diesen Gedanken finden Sie dumm? Ich finde ihn nahe liegend.«

Nelli sah sie mit einem Hauch von Hochachtung an.

»Trotzdem muss ich Ihnen Frau Gaspary jetzt entführen«, fuhr sie fort. »Ich habe noch ein paar Fragen.« Mit einem unmissverständlichen Blick gab sie mir zu verstehen, dass ich ihr folgen sollte.

Ich ließ sie ein paar Schritte vorausgehen und wandte mich zu Nelli um. »Auch ein Talent, das du verschwendest!«

»War das eben etwa verschwendet?«, kam umgehend die Gegenfrage.

Ohne einen weiteren Kommentar ließ ich sie stehen und folgte Felicitas Kluge ins Wohnzimmer.

»Haben Sie eine Ahnung, wer Ihnen diesen Brief geschickt haben könnte?«, fragte sie mit Blick auf das anonyme Schreiben, das auf dem Tisch zwischen uns lag.

»Nein.«

»Aber Ihnen ist schon bewusst, dass der Absender jemand sein muss, der Sie kennt.«

»Woraus schließen Sie das?«

»Ihr Name und Ihre Anschrift stehen auf dem Umschlag.«

»Mein Name und meine Anschrift stehen auch im Telefonbuch.«

»Wir müssen das Schreiben auf Fingerabdrücke hin untersuchen.« Während sie das sagte, forschte sie in meinem Gesicht.

Ich gab mir alle erdenkliche Mühe, Unwissenheit auszustrahlen. »Meine Fingerabdrücke werden Sie ganz bestimmt darauf finden. Ich habe den Brief schließlich angefasst.«

»Haben Sie ihn auch geschrieben, Frau Gaspary?« Der sanfte Klang ihrer Stimme wurde vom Ausdruck ihrer Augen Lügen gestraft. »Um uns möglicherweise von der Suizid-Theorie abzubringen?«

»Von dieser Theorie müssten ganz andere Fakten Sie abbringen! Mein Mann war nicht allein, als er mit mir telefonierte …«

»Außer Ihnen kann das niemand bezeugen.«

»Und es reicht Ihnen nicht, wenn ich es sage?« Mein Herzschlag beschleunigte sich rasant. »Glauben Sie, ich lüge?«

»Mit Glauben kommen wir nicht weiter. Wir müssen uns an die Fakten halten. Und Fakt ist, dass die Lebensversicherung Ihres Mannes nicht zahlt, sollte sich herausstellen, dass es ein Suizid war. Fakt ist, dass nach Barbara Overbeck, der letzten Mandantin Ihres Mannes an jenem Abend, niemand mehr beim Betreten oder Verlassen der Kanzlei beobachtet wurde.«

Ich musste mich zusammenreißen, um nicht zu schreien. »Wie Sie wissen, ist Kerstin Grooth-Schulte, die Mitarbeiterin meines Mannes um Viertel nach sechs noch einmal in die Kanzlei gegangen, weil sie ihre Einkäufe vergessen hatte. Und sie wurde dabei auch von niemandem beobachtet.«

»Und sie hat ebenso wie Frau Overbeck gehört, wie Ihr Mann sich mit Frau Doktor Kogler verabredet hat. Ich weiß. Aber Ihre Freundin hat es sich anders überlegt und ist nicht hingegangen.«

Wut stieg in mir hoch. Wie konnte ich ihr nur begreiflich machen, dass, als ich mit Gregor telefonierte, ganz sicher jemand bei ihm gewesen war? Ich nahm mich zusammen. »Wir nehmen nur an, dass es sich bei dem Telefonat um das mit Annette gehandelt hat. Was, wenn es noch ein anderes gab?«

Sie schüttelte mit Nachdruck den Kopf. »Es gab kein anderes Telefonat, Frau Gaspary. Das geht eindeutig aus den Telefonlisten hervor, die wir angefordert haben.«

»Aber es gab eine weitere Besucherin!« Vor Wut schlug ich mit der flachen Hand auf den Tisch. »Sie können diesen Brief nicht einfach ignorieren, bloß weil er nicht in Ihr Konzept passt. Bei dieser Tasche, von der da die Rede ist, handelt es sich nicht um einen Massenartikel. Sie kostet rund tausend Euro, habe ich mir sagen lassen. Da wird …«

»Von wem?«

»Wie bitte?«

»Von wem haben Sie sich das sagen lassen?«

»Claudia Behrwald-Gaspary besitzt auch so eine Tasche. Und bevor Sie auf falsche Gedanken kommen: Sie hat sie erst am vergangenen Samstag gekauft.«

»Wo?«

»Bei Unger. Dort könnten Sie mit Ihren Nachforschungen beginnen. Diese Frau ist unsere einzige Chance«, flehte ich sie an. »Wenn Sie herausgefunden haben, wer sie ist, werde ich Sie nie wieder belästigen, das verspreche ich. Aber es wird vielleicht Kreditkartenbelege geben, die zu dieser Frau führen …«

»Sie könnte mit Bargeld bezahlt haben.«

»Ja, aber sie könnte auch Stammkundin sein. Bitte, Frau Kluge. Ich muss wissen, was mit meinem Mann geschehen ist.«

Sie sah mich nachdenklich an und schwieg. »Ich werde der Sache nachgehen«, meinte sie schließlich, »aber machen Sie sich keine allzu großen Hoffnungen.«

Jana kam mit einem kleinen Kopfkissen im Schlepptau ins Wohnzimmer. Sie warf meiner Besucherin nur einen kurzen Blick zu, um dann auf meinen Schoß zu klettern und es sich dort gemütlich zu machen. Mit dem Daumen im Mund waren die Laute, die sie von sich gab, noch unverständlicher als sonst. Ich strich ihr die verschwitzten Haare aus der Stirn.

»Noch kurz zu der Frage, die mich heute zu Ihnen geführt hat, Frau Gaspary. Kannte Ihr Mann jemanden, der einen dunklen Jaguar fährt oder früher einmal fuhr?«

Ich konzentrierte mich auf die Frage und dachte darüber nach. »Nicht dass ich wüsste. In unserem Freundes- und Bekanntenkreis fährt niemand so ein Auto, aber ich habe natürlich überhaupt keine Ahnung, welche Autotypen seine Mandanten fahren. Darunter könnte durchaus jemand mit einem Jaguar sein. Warum fragen Sie?«

»An dem Abend vor ihrem Tod wurde Tonja Westenhagen beobachtet, als sie in einen dunklen Jaguar stieg. Ein Mann und eine Frau hätten im Auto gesessen. Der Zeuge nahm an, das junge Mädchen sei ihre Tochter.«

»Und dieses Paar hat sich nie gemeldet?«

»Nein.«

Gedankenverloren starrte ich vor mich hin. Jana kletterte derweil von meinem Schoß, stützte die Arme auf den Couchtisch, beugte sich vor und berührte mit ihrer Nasenspitze Gregors Foto.

»Ich wünschte, dein Papa wäre ein wenig mitteilsamer gewesen«, murmelte ich unglücklich.

Am Nachmittag setzte ein Orkan ein. Blätter und Regen klatschten gegen die Fensterscheiben und dunkle Wolken verdüsterten den Himmel. Mariele Nowak hatte sich selbst für die wenigen Meter von Tür zu Tür regenfest vermummen müssen. Sie ließ ihre nasse Jacke im Flur und öffnete in der Küche eine Blechdose, aus der sie selbst gebackene Blaubeermuffins hervorzauberte. Ich setzte Wasser für einen Tee auf.

Mir ging es wie Jana – ich hatte unsere Nachbarin in den vergangenen zweieinhalb Wochen ins Herz geschlossen. Meine Tochter hing bereits wieder an ihrem Bein und kämpfte mit allen Mitteln um ihre Aufmerksamkeit.

»Jetzt bist du dran, meine Kleine«, sagte Mariele Nowak, nachdem sie die Muffins auf einem Teller dekoriert hatte. »Wie wäre es mit einem neuen Wort?« Aus ihrer Tasche zog sie einen Stoff-Pinguin und gab ihn Jana. »Pin-gu-in«, sagte sie langsam.

»Oh«, lautete Janas Kommentar. Sie drückte das Tier an sich und trug es in ihre Spielecke.

Meine Nachbarin schaute mich prüfend an. »Wie geht es Ihnen?«

»Nicht gut. An machen Tagen habe ich das Gefühl,

dass dieser Schmerz mich zerreißt. Hinzu kommt die Ungewissheit, die mich nicht zur Ruhe kommen lässt. Immer, wenn jemand von der Kripo anruft oder vor der Tür steht, denke ich: So, das war es jetzt. Gleich werden sie dir sagen, dass er sich vom Balkon gestürzt hat und ich mich damit abfinden muss.« Vorsichtig trank ich einen Schluck von dem heißen Tee. »Glauben Sie mir, Frau Nowak, wenn mein Mann seinem Leben tatsächlich selbst ein Ende gesetzt hätte, dann würde ich mich damit auseinander setzen, so schwer mir das auch fiele. Zwar würde mir allein die Vorstellung das Herz zerreißen, aber ich würde mich dem stellen. Die Kripo glaubt, ich wehre mich gegen die Möglichkeit eines Suizids wegen der Lebensversicherung.«

»Nehmen Sie es denen nicht übel, Frau Gaspary, die haben bestimmt auch so ihre Erfahrungen.«

»Aber diese Erfahrungen machen sie allem Anschein nach blind für neue Hinweise.« Ich erzählte ihr von der Frau, die beim Betreten der Kanzlei von Martha beobachtet worden war.

»Klassischer Burberry-Trench, sandfarbene Cambio und dunkelbraune Loafer von Tod's, sagen Sie? Irgendetwas klingelt da bei mir.«

Ich hielt den Atem an, um sie noch nicht einmal mit dem leisesten Geräusch von ihrem Gedankengang abzulenken. Jana, von derartigen Überlegungen völlig unbelastet, legte ihr ein Stofftier in den Schoß.

»Fant!«, sagte sie mit einem fröhlichen Lachen.

»Ele-fant.« Mariele Nowak erwiderte ihr Lachen und schloss dann für einen Moment die Augen. »Es ist vielleicht vier Wochen her, auf jeden Fall war es vor dem Tod Ihres Mannes, da hat eine Freundin von Ihnen bei mir ein Paket für Sie abgegeben. Erinnern Sie sich? Sie beide hatten sich gerade verpasst, in Ihrem Haus waren alle ausgeflogen, Ihre Freundin wollte das Paket jedoch nicht vor die Tür stellen. Da hat sie bei mir geklingelt.«

»Ich erinnere mich. Es waren ein paar Geschirrteile, die sie mir besorgt hatte.«

»Diese Frau trug einen klassischen Burberry-Trench, eine sandfarbene Cambio und dunkelbraune Loafer von Tod's. Ich erinnere mich deshalb so genau, weil ich die Kombination so elegant fand. Den Namen Ihrer Freundin habe ich nur leider vergessen. Sie hat ihn mir gesagt, aber …« Entschuldigend zuckte sie die Schultern.

»Annette Kogler«, sagte ich mit rauer Stimme.

Die Stunden dieses Wochenendes schienen sich gegen mich verschworen zu haben. Sie vergingen so zäh, dass ich es kaum aushielt. Annette war auf einem Gynäkologenkongress und würde erst am späten Sonntagnachmittag zurückkommen. Ein Telefongespräch kam nicht in Frage, ich wollte ihr Gesicht sehen.

Von Unruhe getrieben, überfiel ich am Samstag Claudia. Der Orkan fegte auch um ihr Loft, rüttelte an den Fenstern und verstärkte meine Unruhe noch. Wie getrieben lief ich hin und her, was Jana für ein Spiel hielt und mir hinterherrannte.

»Das muss überhaupt nichts bedeuten«, versuchte Claudia, mich zu beruhigen. »Nimm mich als Beispiel: Ich habe so eine kleine Elfentasche von Kiki Haupt und bin trotzdem nicht diese Besucherin.«

»Aber im Gegensatz zu dir könnte Annette es durchaus gewesen sein. Sie war schließlich mit Gregor verabredet. Vielleicht behauptet sie nur, dass diese Verabredung nicht zustande gekommen ist. Das Telefonat mit Gregor hat sie mir auch verschwiegen, warum sollte sie dann nicht auch …?«

»Helen! Es passiert sehr schnell, dass man die falschen Schlüsse zieht, wenn Menschen etwas tun, das man nicht nachvollziehen kann.« In ihrem Blick lag etwas, das meine Aufmerksamkeit erregte.

»Worauf willst du hinaus?«, fragte ich.

»Ich war vorgestern bei Franka Thelen.«

»Ja … und?«

»Es geht ihr nicht gut. Sie hatte einen kleinen Nervenzusammenbruch. Euer Gespräch …«

Ich streckte meine Hand aus, um sie zum Schweigen zu bringen. »Nein, bitte, sag jetzt nicht, dass …«

»Euer Gespräch hat sie ziemlich aufgewühlt. Sie war tatsächlich an Gregors Todestag mittags mit ihm essen.«

»Also doch! Warum streitet sie es dann ab?«

»Sie wollte dieses Treffen einfach nur vergessen. Ihr ist etwas passiert, das sie sich nicht verzeihen konnte, nicht nach Tills Tod, an dem sie sich schuldig fühlt. Gregor hat ihr nach dem Unfall sehr geholfen, er hat sich um sie gekümmert und hatte immer ein offenes Ohr für sie. Da haben sich ihre Gefühle verselbstständigt. Sie hat sich in ihn verliebt. Plötzlich war sie in einem fürchterlichen Zwiespalt. Einerseits hat sie sich diese Gefühle verboten, andererseits waren sie so überwältigend, dass … na ja, Helen, du weißt selbst, wie es ist, wenn man verliebt ist.«

»Ich weiß vor allem, wie es ist, wenn man in Gregor verliebt ist«, sagte ich mit tonloser Stimme.

»Und du weißt, wie es ist, wenn diese Verliebtheit und Liebe auf eine entsprechende Resonanz stoßen. Diese Erfahrung ist Franka bei Gregor versagt geblieben. Sie hat ihm bei diesem Treffen gesagt, dass sie sich in ihn verliebt hat. Und er hat ihr auf sanfte, aber sehr unmissverständliche Weise klar gemacht, dass du – und nur du – die Frau bist, die er immer wollte. Und dass sich daran nie etwas ändern wird.«

Ich wischte mir die Tränen aus den Augenwinkeln.

»Wie hätte sie ausgerechnet mit dir darüber reden können, Helen? Sie hat ein schlechtes Gewissen und sie schämt sich. Im Nachhinein kommt sie sich dir gegenüber mies vor. Sie gibt zu, keinen einzigen Moment an dich und Jana gedacht zu haben, sondern nur an sich. Und damit kommt sie nicht zurecht.«

»Und wenn sie nun mit seiner Abfuhr nicht zurechtgekommen ist?«

Claudia schien aus allen Wolken zu fallen und sah mich fassungslos an. »Helen, du musst aufhören mit diesen Verdächtigungen. Sie vergiften deine Gedanken!«

»Die Ungewissheit vergiftet meine Gedanken.«

Stundenlang dachte ich über Annette und Franka Thelen nach. Mal glaubte ich, in meiner Freundin die Mörderin meines Mannes zu erkennen, mal verdächtigte ich Claudias Mitarbeiterin. Wenn nun Gregors Abfuhr sie tatsächlich so sehr erschüttert hatte, dass sie ihn am Abend nochmals in der Kanzlei aufgesucht hatte? Missachtete oder unerwiderte Gefühle waren nicht selten Auslöser für eine Gewalttat. Traute ich Franka Thelen zu, einem Menschen einen Stoß zu versetzen und ihn in den Tod zu stürzen? War sie eine Frau, die einer anderen nicht gönnte, was sie selbst nicht haben konnte? Ich konnte es mir nicht vorstellen, aber was hieß das schon?

Und was war mit Annette? Je länger ich über sie nachdachte, desto weniger wahrscheinlich erschien es mir, dass sie etwas mit Gregors Tod zu tun hatte. Welches Motiv sollte sie gehabt haben? Ein paar Kleidungsstücke reichten nicht aus, um aus ihr eine Mörderin zu machen. Aber außer diesen Kleidungsstücken gab es nicht die geringste Spur. Ich hoffte darauf, dass Felicitas Kluge Marthas Brief ernst nehmen und sich auf die Suche nach dieser Frau machen würde.

Und da ich sowieso nicht zur Ruhe kommen würde, bis diese Frau endlich gefunden war, konnte ich versuchen, die Kripo bei ihrer Arbeit zu unterstützen. Als Jana am Sonntag ihren Mittagsschlaf machte, brachte ich das Babyphon zu meiner Nachbarin und fuhr zur Wohnung von Franka Thelen. Eine ihrer Mitbewohnerinnen öffnete die Tür, als ich gerade klingeln wollte. Im Gehen begriffen, rief sie mir über die Schulter zu, ich sollte einfach bei Franka klopfen.

Das tat ich. Auf ihr leises *Ja* hin ging ich hinein. Ihrem Gesichtsausdruck nach zu urteilen, hatte sie nicht damit gerechnet, mich noch einmal zu sehen. In einem Schlafanzug und mit zerzausten Haaren saß sie im Schneidersitz auf ihrem Bett. Sie hielt einen Becher mit Kaffee in der Hand und hatte ganz offensichtlich gerade Zeitung gelesen. Jetzt schlug sie sie zu und warf sie vom Bett.

»Frau Gaspary …«

»Entschuldigen Sie bitte diesen Überfall, aber ich würde gerne noch einmal mit Ihnen sprechen.«

Sie ließ sich gegen die Wand zurücksinken.

»Claudia hat mir von ihrem Besuch bei Ihnen erzählt«, begann ich.

»Na, dann sind Sie ja bestens informiert. Möchten Sie sich jetzt an meinem Kummer weiden? Als kleine Rache für mein moralisch verwerfliches Verhalten?«

Ich zog mir einen Stuhl heran und setzte mich. »Ich bin nicht hier, um Ihr Verhalten zu bewerten. Und Kummer habe ich selbst genug.«

Mit dem Zeigefinger verfolgte sie die Streifen auf ihrer Schlafanzughose. »Ich hatte viel Zeit zum Nachdenken in den vergangenen Tagen. Manchmal habe ich nur auf meinen Wecker gestarrt und dem Sekundenzeiger zugesehen. Ist Ihnen bewusst, wie schnell eine Sekunde vergeht?« Allem Anschein nach erwartete sie eine Antwort von mir.

Ich schwieg, da ich nicht wusste, worauf sie hinauswollte.

»Ein Schnippen mit dem Finger reicht und sie ist vorbei … Vergangenheit. Und so ein Fingerschnippen reicht auch, um von einer Sekunde auf die andere …« Sie starrte durch mich hindurch. »Eine Sekunde … ein flüchtiger Augenblick hat über Tills Leben entschieden, und er hat das Leben von allen Beteiligten von Grund auf verändert. Beas, das ihres Exmannes wie auch das ihres zweiten Sohnes, Gregors und meines. Es ist, als wären wir alle untrennbar miteinander verbunden. In Gregors Fall habe ich diese Verbundenheit mit Liebe verwechselt. Das an sich ist nicht schlimm. Schlimm ist nur, dass ich für kurze Zeit meine Werte über Bord geworfen habe.«

»Wollten Sie ihn dafür bestrafen?«

Wenn ihre Verwirrung gespielt war, dann war sie eine Meisterin der Schauspielkunst. »Ihn bestrafen?« Dann begriff sie. »O nein, Frau Gaspary, nein, nein! Wenn es mir darum gegangen wäre, jemanden zu bestrafen, dann wäre meine Wahl auf mich gefallen, nicht auf Gregor. Ich habe bereits einen Menschen auf meinem Gewissen. Glauben Sie allen Ernstes, ich würde dem freiwillig noch jemanden hinzufügen?« Sie forschte in meinem Gesicht. »Sie halten das tatsächlich für möglich.« Ihr anfängliches Staunen wandelte sich in Abwehr. »Ich habe Gregor nicht vom Balkon gestoßen, ich war lediglich mit ihm essen.«

Jetzt war ich so weit gegangen, jetzt konnte ich auch noch den letzten Schritt tun. »Besitzen Sie einen klassischen Burberry-Trench, eine sandfarbene Cambio, dunkelbraune Loafer von Tod's und eine Elfentasche von Kiki Haupt?«

Sie sah mich an, als wäre mein Verstand im Begriff, sich von der Realität zu verabschieden. »Sehe ich so aus?«, fragte sie. »Man kann sicher einiges über meinen Kleidungsstil sagen, aber klassisch war er noch nie. Ganz abgesehen davon, dass ich mir Tod's nicht leisten kann. Wer hat diese Sachen getragen?«

»Gregors letzte Besucherin. Frau Thelen, hat Gregor Ihnen gegenüber einmal den Namen Tonja Westenhagen erwähnt?«

»Tonja Westenhagen?«, wiederholte sie den Namen gedehnt. »Nein. Daran würde ich mich ganz bestimmt erinnern. Könnte sie diese letzte Besucherin gewesen sein?«

Ich schüttelte den Kopf. »Sie ist seit drei Jahren tot.«

Wieso hatte sich Gregor für diesen Fall interessiert? Wieso hatte er ein Geheimnis daraus gemacht? In unserem Arbeitszimmer öffnete ich jeden Ordner, jeden Umschlag und durchsuchte noch einmal jede Schublade und jeden Schrank. Nichts! Ich fand keinerlei Hinweise auf dieses Mädchen.

Als ich am späten Nachmittag Annette und Joost besuchte, war ich noch völlig besessen vom Suchen. Zum ersten Mal hatte ich meine Unruhe auch auf Jana übertragen, die mit Protestgebrüll reagierte, als ich ihr ihren Anorak ausziehen wollte. Sie schmiss sich vor mir auf den Boden und wollte sich nicht beruhigen lassen. Erst als Joost sie auf den Arm nahm und mit ruhiger Stimme auf sie einredete, verstummte sie. Nachdem er ihre Tränen getrocknet hatte, begann er, Flugzeug mit ihr zu spielen und damit ihre Welt für den Moment wieder in Ordnung zu bringen.

Annette und ich folgten den beiden ins Wohnzimmer. Meine Freundin ließ einen besorgten Blick über mich gleiten. »Du bist zu dünn geworden, Helen. Das geht so nicht weiter, du treibst Raubbau mit deinem Körper.«

Ich machte eine unwillige Handbewegung.

»Isst du überhaupt etwas?«, fragte sie.

»Ich gebe mir Mühe.«

Sie setzte sich neben mich und legte einen Arm um mich. »Wenn du dir nur helfen lassen würdest …«

»Das Einzige, was mir im Augenblick helfen würde, ist die Aufklärung von Gregors Tod.«

»Dabei kann ich dir leider nicht helfen.« Sie seufzte, ließ sich gegen die Lehne des Sofas sinken und strich mir leicht über den Rücken.

»Annette, hat Joost mit dir über dieses Mädchen gesprochen?«

»Über welches Mädchen?«

»Über Tonja Westenhagen.«

»Er hat mich gefragt, ob ich mich im Zusammenhang mit Gregor an eine Tanja erinnere.«

»Tonja! Sie hieß Tonja und wurde vor drei Jahren mit gebrochenem Genick im Jenisch-Park aufgefunden. Gregor hat sich allem Anschein nach kurz vor seinem Tod für diesen Fall interessiert.«

»Warum? Was hatte er damit zu tun?«

»Das genau ist die Frage. Wie es aussieht, hat er niemandem davon erzählt.«

»Er wird seine Gründe gehabt haben, aber die müssen ja nicht zwingend etwas mit seinem Tod zu tun haben.«

Nein, das mussten sie nicht. Nicht zwingend, aber möglicherweise. »An dem Abend, als Gregor starb, wurde um neunzehn Uhr eine Frau beobachtet, die in die Kanzlei ging. Laut einem anonymen Schreiben trug sie einen klassischen Burberry-Trench, eine sandfarbene Cambio, dunkelbraune Loafer von Tod's und eine Elfentasche von Kiki Haupt.« Ich drehte mich zu Annette um und sah sie unverwandt an.

»Warum siehst du mich so an?«, fragte sie barsch. »Glaubst du, ich setze mich hin und verfasse anonyme Schreiben?«

»Als du vor ein paar Wochen das Geschirrpaket bei meiner Nachbarin abgegeben hast, warst du ungefähr so angezogen wie diese Frau.« Meine Worte füllten den Raum mit anhaltender Stille.

Annette starrte mich an, als hätte ich einen schweren Verrat begangen.

Ich musste die Frage loswerden. »Besitzt du eine Elfentasche von Kiki Haupt?«

Sie stand auf und ging zur Tür. »Du gehst jetzt besser!«

»Besitzt du eine solche Tasche?«

»Warum fragst du nicht, ob ich Gregor vom Balkon gestoßen habe?«

»Also gut, dann frage ich dich das jetzt!«

»Ich habe deinen Mann nicht getötet.« Ihre Stimme war leise, aber schneidend. »Und jetzt geh!«

15

In Gregors Lieblingspullover gehüllt saß ich neben dem Bett meiner Tochter und sah ihr beim Schlafen zu. Wie würde ihr Leben ohne ihren Vater verlaufen? Wie sehr würde Gregors Abwesenheit sie prägen? Ich konnte ihr den Vater nicht ersetzen. Würde sie später in anderen Familien nach ihm suchen? Würde da eine Lücke bleiben – etwas Unerfülltes, eine Sehnsucht, die sie ihr Leben lang versuchen würde zu stillen?

Mein erstes Gespräch mit Eliane Stern fiel mir wieder ein. *Viele Kinder haben einen schweren Stand, aber sie kommen durch*, hatte sie zu mir gesagt. Ich würde alles in meiner Macht Stehende tun, damit Jana gut durchkam.

Meine Gedanken wanderten zu Gregor. *Als sechs wundervolle Jahre voller Liebe hat Joost die Ehe deiner Eltern beschrieben, Jana. Es waren nur sechs Jahre, sie sind rasend schnell vergangen. Und ich habe mir so viel Zeit gelassen, so viel unnötige Zeit. Ich war siebenundzwanzig Jahre alt, als ich Patrick heiratete. Also durchaus in einem Alter, in dem ich eine klügere Entscheidung hätte treffen können, denn mit Klugheit hatte diese Heirat nichts zu tun. Eher mit Verblendung, Starrköpfigkeit, Naivität und Eitelkeit. Patrick war der begehrteste Junggeselle in meinem Umfeld. Und ich hatte ihn bekommen. Ich … Helen Rhinck. Die Hochgefühle, die sich bei diesem eher zweifelhaften Erfolg einstellten, verwechselte ich mit tief gehenden Emotionen.*

Es dauerte keine zwei Monate, bis die Realität mich eingeholt hatte. Patrick sah Monogamie und Treue nicht als tragende Säulen einer Ehe an, und er machte kein Geheimnis daraus. Eine Zeit lang versuchte ich, mir eine tolerante Attitüde anzueignen und machte gute Miene zum sehr einseitigen Spiel. Patricks Vorschlag, ich solle mich ebenfalls amüsieren, reizte mich jedoch nicht. Erst als ich zunehmend unglücklicher wurde, bemerkte ich, dass auch die Achtung vor dem anderen in Patricks Augen keine notwendige Säule für unsere Ehe war.

Meine Freundin Fee, der ich mich anvertraute, beschwor mich vergebens, meinen Mann noch am selben Tag zu verlassen. Mit diesem Blender, wie sie ihn nannte, würde sie keine Minute länger unter einem Dach leben wollen. Nur: Ich war noch nicht soweit, meine Sachen zu packen und zu gehen.

Aber ich erinnerte mich an Gregor. Immerhin hatte er mich schon einmal über unglückliche Zeiten hinweggetröstet. Warum nicht auch dieses Mal? Da ich weder zu ihm nach Hause noch in seine Kanzlei gehen wollte, hörte ich mich um, wo er in der Regel anzutreffen war. Drei Tage lang setzte ich mich in meiner Mittagspause in sein Lieblingscafé, bis er endlich auftauchte. Wohlweislich hatte ich jedes Mal einen Platz freigehalten, so auch an diesem Tag. Er musste den Stuhl unweigerlich ansteuern, da kein anderer mehr frei war.

»Hallo«, sagte er, stellte seinen Kaffeebecher auf den Tisch und setzte sich zu mir. »Schön, dass du mir den Platz freigehalten hast.«

»Wie kommst du darauf, dass …?«

»Dass du auf mich gewartet hast?«, fragte er mit ungerührter Miene. »Das ist mir zugetragen worden.«

»Wieso habe ich dann so lange auf dich warten müssen? Hast du so viele Scheidungen zu bearbeiten?«

Er lachte. »Das Familienrecht besteht zum Glück nicht nur aus Scheidungen. Aber wenn du möchtest, dass ich deine in Angriff nehme, steht dem nichts im Wege.«

»Auch nicht deine Solidarität mit Patrick?«

»Um mich mit Patrick solidarisch zu erklären, müsste ich meine Überzeugungen verleugnen. Und das habe ich nicht vor.«

Mein Blick wanderte von seinem Gesicht, das völlig entspannt wirkte, zu seinen Händen. Erstaunt registrierte ich, dass er immer noch keinen Ring trug. Seine Entscheidungsfreude schien im letzten halben Jahr nicht gewachsen zu sein. »Wo waren deine Überzeugungen, als du seinen Ehevertrag entworfen hast?«, fragte ich.

»Sie waren sehr präsent, wie immer. Sonst wäre ein anderer Vertrag dabei herausgekommen.«

»Erwartest du jetzt meinen Dank?«

Sein Kopfschütteln war kaum wahrnehmbar. »Ich würde gerne wissen, warum du hier bist.«

Wie sollte ich ihm sagen, dass ich ihm mein Herz hatte ausschütten wollen? Aus einem mir unerfindlichen Grund schien es mir in diesem Augenblick nicht angebracht zu sein. »Um der alten Zeiten willen«, wand ich mich eher ungeschickt heraus.

»Hatten wir die je?«

Ich überging seine Frage. »Warum hast du mich warten lassen?«

»Vielleicht, um dir vor Augen zu führen, wie das ist … dieses Warten.«

Unwillkürlich runzelte ich die Brauen. »Gregor, manchmal bist du mir wirklich ein Rätsel.«

Er beugte sich vor und sah mich mit einem Blick an, der mich verwirrte. »Dann erlöse mich«, sagte er leise.

Irgendwie war meine Hand in seiner gelandet. Wie gebannt starrte ich auf zehn ineinander verschlungene Finger und geriet völlig aus dem Konzept. »War das jetzt ein Freud'scher Versprecher?«, fragte ich, nachdem meine Hand wieder sicher in meinem Schoß lag.

»Nein!«

Drei Wochen waren seit Gregors Tod vergangen und noch immer gab es keine Klarheit über die Geschehnisse an jenem Abend. Meine Schwester rief am Montagvormittag an und erkundigte sich erwartungsvoll nach den Ermittlungsfortschritten der Kripo. Ihre Enttäuschung war unüberhörbar, als ich ihr von dem wenigen berichtete, das sich in der Zwischenzeit ergeben hatte. Die Recherche zu Tonja Westenhagen hielt sie intuitiv für eher unbedeutend, während sie bei der Frau mit der Elfentasche aufhorchte.

»Das herauszufinden, dürfte nicht allzu schwierig sein«, sagte sie aufgeregt. »So eine teure Tasche geht ganz bestimmt nicht jeden Tag über den Ladentisch. Vielleicht ist Ende der Woche der Spuk vorbei, Helen, und dann …« Isabelle verstummte.

Ja, was würde dann sein? Ich mochte mir die Zukunft nicht vorstellen. Ich wollte nicht weiter denken als bis zum nächsten Tag. »Und dann? Dann gehe ich weiter, Isa. *Schritt für Schritt, den Blick auf das kleine Stück Weg vor mir gerichtet*«, wiederholte ich Gregors Worte und spürte seinen Anker in meiner Hand.

»Meine tapfere große Schwester«, flüsterte sie ins Telefon.

»Ich weiß nicht, ob ich genauso tapfer wäre, wenn es Jana nicht gäbe.«

»Was macht meine Lieblingsnichte?«

»Isa, du hast nur diese eine.«

»Na und? Kann sie deshalb nicht meine Lieblingsnichte sein?«

Ich musste lächeln, es fühlte sich gut an. »Sie hat entdeckt, dass man nein sagen und sich mit lautem Gebrüll auf dem Boden wälzen kann. Und da es mit meinen Nerven nicht zum Besten steht, gebe ich ziemlich schnell nach. Zu gegebener Zeit werde ich da, glaube ich, korrigierend eingreifen müssen. Kinder brauchen …«

»… Grenzen«, vollendete sie lachend meinen Satz. Es war der Standardsatz unserer Großmutter gewesen, wann immer sie unserer Mutter Vorträge über Erziehung gehalten hatte. »Dass aus uns überhaupt etwas geworden ist, grenzt an ein Wunder. Ma weiß bis heute nicht, wie man Kindern Grenzen setzt.«

»Danke, dass du sie mir im Moment ein bisschen vom Leib hältst. Dazu hätte ich nicht auch noch die Kraft.«

»Könnte ich im Gegenzug nächstes Wochenende bei dir übernachten?«

»Na klar. Was hast du vor?«

»Ich will mit Nelli in ein Konzert gehen.«

»Ihr beide habt euch angefreundet? Wie schön! Könntest du dann nicht …?«

»Nein, große Schwester«, unterbrach sie mich, »ich könnte sie nicht davon überzeugen, eine gescheite Ausbildung zu machen!«

»Warum nicht?«

»Weil das ganz allein ihre Sache ist.«

»So eine Begabung verschwendet man nicht!«

»Sie ist nicht verschwendet. Denk nur an Gregors Beerdigung.«

»Ich denke an die unzähligen Stunden, in denen Nelli putzt, anstatt ...«

»Sie hat Recht, du hast tatsächlich eine Ausbildungsmacke. Wieso ist mir das vorher nie aufgefallen?«

»Weil du brav zur Uni gehst.«

Ihr Lachen kam einem Glucksen gleich. »Zur Uni gehe ich, das stimmt, aber ob ich dabei brav bin, sei noch mal dahingestellt ...«

Bis in den frühen Nachmittag hinein beschäftigte ich mich intensiv mit Jana, um ein wenig von den unzähligen Stunden wieder gutzumachen, in denen ich sie in letzter Zeit vernachlässigt hatte. Sie brabbelte ohne Unterlass. Insgeheim bewunderte ich all jene Mütter, die genau wussten, wovon ihre Kinder sprachen. Ich verstand nur hin und wieder mal ein Wort: Ente, Fant, Wauwau oder nein. Und natürlich *Mama* und *Papa*, Worte, die ihr mittlerweile ziemlich flüssig über die Lippen gingen.

Wir waren gerade dabei, ein Fotoalbum anzuschauen, als Joost vorbeikam. Er sah ziemlich bleich aus und wirkte angespannt.

»Sie haben Annette ins Präsidium zitiert«, sagte er, als wäre er gerannt. »Zu einer Vernehmung.« Ohne seinen Mantel auszuziehen, ging er direkt ins Wohnzimmer und ließ sich dort mit einem lauten Stöhnen in einen Sessel sinken.

Jana lief freudig auf ihn zu und redete in ihrem Kauderwelsch auf ihn ein. In diesem Fall wusste ich, was sie wollte. Das Flugzeugspiel vom Vortag war ihr noch in guter Erinnerung.

»Nein, meine Süße«, sagte ich, »Joost kann jetzt nicht mit dir spielen.«

Sie verzog die Unterlippe zu einem Flunsch, ließ sich jedoch mit einem Kinderbuch ablenken.

Das Wort *Vernehmung* hatte ausgereicht, um bei mir eine Kette von Gedanken in Bewegung zu setzen. Es musste etwas Neues geben, etwas, von dem ich noch nichts wusste. Hatte es mit Marthas Brief zu tun? Wenn es so war und sie Annette deswegen einbestellt hatten, dann … »Weißt du, was sie von ihr wollen?«

Er schüttelte den Kopf. »Die Helferinnen mussten allen Patientinnen für heute Nachmittag absagen. Seit drei Stunden ist Annette jetzt schon im Polizeipräsidium. Ich weiß überhaupt nicht, was die von ihr wollen. Ständig versuche ich es auf ihrem Handy, aber es springt nur die Mailbox an. Helen, wenn du irgendetwas weißt, dann sag es mir bitte!« Es war ein Bild des Jammers, wie dieser sonst so starke Mann in sich zusammensank.

Ich hatte ihn noch nie so erlebt. Unser Gespräch am Elbstrand ging mir durch den Kopf. War dies einer jener Momente, in denen er seine Frau *sogar* vermisste? Ich hätte es nicht sagen können. Sicher war ich mir nur, dass die Situation ihn zutiefst beunruhigte. Mir ging es ähnlich.

Ich setzte mich auf die Sessellehne und nahm seine Hand in meine. »Ich nehme an, es geht um Gregors letzte Besucherin. Sie trug eine bestimmte Kleidungskombination, wie auch Annette sie besitzt.«

»Ich weiß, ich habe gestern Abend gehört, wie ihr

beide aneinander geraten seid. Außerdem haben wir uns, als du fort warst, noch über euren Streit unterhalten. Sie war sehr verletzt wegen deiner Unterstellungen. Und das kann ich gut verstehen. Mensch, Helen, ihr beide seid Freundinnen. Du kennst Annette. Sie hatte kein Motiv, Gregor zu töten.«

Dieser Satz erstaunte mich. »Glaubst du, es reicht ein Motiv, und sie würde so etwas tun?«

»Natürlich nicht! Aber machen wir uns nichts vor, Helen, wenn du den alles entscheidenden Nerv triffst, dann ist jeder Mensch dazu fähig, einen anderen zu töten. Auch du wärst es.«

»Welches ist Annettes alles entscheidender Nerv?« Ich ließ ihn nicht aus den Augen.

Sein Kopfschütteln signalisierte, dass er nicht vorhatte, auf diese Frage einzugehen. »Ich möchte nur wissen, warum sie sie so lange dort festhalten. Das mit dem Trenchcoat ist geradezu lächerlich. Soweit ich weiß, kauft Annette Konfektionsware und keine Unikate oder maßgeschneiderten Teile. Und es wird ja wohl auch andere Frauen geben, die einen Burberry-Trench und all diesen anderen Kram besitzen.«

»Es gibt aber längst nicht so viele Frauen, die eine Elfentasche von Kiki Haupt haben. Ich habe Annette gefragt, ob sie solch eine Tasche besitzt. Sie hat meine Frage nicht beantwortet, sie ist mir ausgewichen.«

Er sah mich an, als sähe er mich zum ersten Mal. »Bist du schon einmal auf die Idee gekommen, dass du sie mit einer solchen Frage verletzt?«

»Ja, Joost, das bin ich. Es ist mir nicht leicht gefallen, sie das zu fragen, aber sie hat mir verschwiegen, dass sie an Gregors Todestag noch mit ihm telefoniert hat. Warum sollte sie mir nicht auch andere Dinge verschweigen?«

»Sie hat dir erklärt, warum sie nichts von diesem Anruf gesagt hat, er war rein beruflich.« Verärgert runzelte er die Stirn.

»Hat sie dir davon erzählt?«

»Nein«, antwortete er leise, um gleich darauf aufzubrausen. »Aber das bedeutet gar nichts!«

Ich ließ sein Nein einen Moment auf mich wirken. »In meinen Augen bedeutet es, dass Annette sich aus irgendeinem Grund nicht normal verhalten hat. Überleg mal! Sie erfährt von seinem Tod, hinter dem die Kripo zunächst nur einen Suizid vermutet. Und da soll sie nicht spontan gesagt haben: *Aber ich habe noch mit ihm telefoniert.* Ob es in dem Fall beruflich oder privat war, ist völlig egal, wenn du mich fragst.«

Er sprang aus dem Sessel und lief zum Fenster. Nachdem er eine Weile hinausgeschaut hatte, drehte er sich zu mir um. »Als ich Annette von Gregors Tod erzählt habe, hat sie völlig ihre Fassung verloren. Hätte sie etwas mit seinem Tod zu tun, hätte sie ganz sicher anders reagiert. Meine Frau hat eine Menge Fähigkeiten, aber schauspielerisches Talent besitzt sie keines. Die Nachricht hat sie genau wie mich völlig überrascht und erschüttert.«

Ich war ebenso ratlos wie er. Sekundenlang schwiegen wir, bis ich zu meiner Überzeugung zurückfand. »Es wird einen Grund geben, warum sie im Polizeipräsidium ist, Joost.«

Er hatte mir versprochen, mich anzurufen, sobald Annette nach Hause kam oder er etwas von ihr hörte. Das

Warten zerrte an meinen Nerven. Meine Fantasie war außer Rand und Band, ich stellte mir Annette vor, wie sie ihre Hand ausstreckte und Gregor einen Stoß versetzte. Ich sah ihn über die Brüstung stürzen und konnte den Schmerz kaum ertragen. Fast im selben Augenblick wusste ich, dass das Wissen um die Hintergründe seines Todes an diesem Schmerz nichts würde ändern können. Der Verlust würde bleiben, gleichgültig, wer dafür verantwortlich war.

Mit diesem Gedanken fiel ich in einen traumlosen Schlaf. Zum ersten Mal seit drei Wochen schlief ich sieben Stunden ununterbrochen. Als ich aufwachte, war es noch still in Janas Zimmer. Ich zog mir einen Bademantel über, schlich in die Küche, schmierte mir ein Honigbrot und machte einen Tee dazu. Auf einem Tablett trug ich beides ins Wohnzimmer und setzte mich so, dass ich Gregors Foto im Blick hatte.

»Guten Morgen«, sagte ich.

Nachdem ich eine Kerze vor dem Foto entzündet hatte, beobachtete ich das Schattenspiel auf Gregors Gesicht. Mein Blick ließ sich Zeit bei der Wanderung über das Glas. In meiner Erinnerung spürte ich die Wärme seiner Haut an meinen Lippen. In der Gegenwart schmeckte ich das Salz meiner Tränen.

Nach einer Weile trocknete ich mein Gesicht und biss zaghaft in das Honigbrot. Draußen setzte allmählich die Dämmerung ein, und ich sah dabei zu, wie die Konturen nach und nach hervortraten. Es war noch nicht ganz hell, als ich Jana in ihrem Zimmer brabbeln hörte. Ich blieb noch einen Augenblick sitzen und ging dann zu ihr.

Als ich die Tür öffnete, streckte sie mir sofort erwartungsvoll ihre Ärmchen entgegen. Ich nahm sie hoch und drückte ihr einen Kuss auf die Nase.

»Guten Morgen!« Ich erwiderte ihr Lächeln. »Es interessiert dich vielleicht, dass deine Mama heute Nacht sieben Stunden geschlafen und heute Morgen ein ganzes Brot gegessen hat. Das ist ein Anfang, Jana.«

Sie griff nach dem Anker um meinen Hals und zog daran.

Behutsam löste ich ihre kleinen Finger. »Den brauche ich noch, meine Süße.«

Obwohl an diesem ersten Tag im November unwirtliches Schmuddelwetter herrschte, entschloss ich mich zu einem Ausflug mit Jana. Ich fuhr mit ihr in den Jenisch-Park, genauer gesagt zu der Gedenktafel für Tonja Westenhagen. Sich die Erinnerungen an ein totes Mädchen anzusehen, war zwar eine eher zweifelhafte Ablenkung, aber ich konnte einfach nicht zu Hause sitzen und auf Joosts oder Annettes Anruf warten. In den vergangenen zwölf Stunden hatte ich drei Nachrichten auf ihrem Anrufbeantworter hinterlassen, aber nichts von ihnen gehört. Was auch immer das zu bedeuten hatte.

Die Tafel stand vor einem gewaltigen Rhododendron. Hinter Glas wurde auf die ungeklärten Umstände von Tonjas Tod hingewiesen und nach Zeugen gesucht. Ich trat näher an die Tafel heran und betrachtete die Fotos. Sie zeigten ein junges Mädchen, das der Welt die Stirn zu bieten schien. Ich glaubte, in ihrem Blick eine Mischung aus Neugierde und Übermut zu entdecken. Aber vielleicht interpretierte ich das auch nur hinein. Sicher war ich nur, dass ich sie außer auf dieser Tafel nie zuvor gesehen hatte.

Auf dem Rückweg fuhr ich mit Jana zum Friedhof. Ich hatte in der Friedhofsgärtnerei frische Blumen gekauft und Jana sie tragen lassen. Als ich sie bat, die Blumen vor das Holzkreuz zu legen, veranstaltete sie einen mittelschweren Aufstand. Allem Anschein nach war sie nicht bereit, die Blumen wieder herzugeben. Der Flunsch, der in den vergangenen Tagen zu ihrer Geheimwaffe geworden war, zeitigte auch jetzt Wirkung. Ich ließ ihr die Blumen und besorgte neue für Gregors Grab.

Als ich später mit Mariele Nowak zu Mittag aß, erzählte ich ihr von meiner Sorge, Jana zu viel durchgehen zu lassen. »Ich will nicht, dass sie so ein verwöhntes Kind wird, andererseits hat sie ihren Vater verloren. Ich finde den Mittelweg nicht.«

Der Blick meiner Nachbarin strahlte wie immer Wärme aus. »Ihr Mann ist gerade mal drei Wochen tot, Frau Gaspary, erwarten Sie nicht zu viel von sich! Sie beide befinden sich in einer Ausnahmesituation. Zwar habe ich keine Kinder, trotzdem sagt mir mein gesunder Menschenverstand, dass eine vorübergehende Inkonsequenz und ein wenig Verwöhnprogramm Jana nicht gleich von ihrem guten Weg abbringen werden. Ich glaube auch nicht, dass dadurch Weichen gestellt werden, deren Richtung man später nicht wieder ändern könnte.« Zärtlich strich sie Jana mit dem Zeigefinger über den Handrücken und erntete dafür ein unwiderstehliches Mausezahnlächeln. »Haben Sie Ihre Freundin eigentlich mal gefragt wegen dieser besonderen Kleidungskombination?«

»Habe ich«, antwortete ich mit einem Seufzer.

»Das klingt nach Ärger.«

»Sie ist ziemlich wütend geworden, als ich die Sache angesprochen habe.«

Mariele Nowak hob staunend eine Augenbraue. »Hat sie ein schlechtes Gewissen?«

»Es hat fast den Anschein. Ich weiß nicht, ob es wegen dieser Kleidungsstücke ist, aber die Kripo hat sie gestern ziemlich lange vernommen. Wenn ich bis heute Abend nichts höre, gehe ich bei Annette vorbei. Ich will endlich wissen, was los ist. Grundlos werden die sie dort bestimmt nicht festgehalten haben.«

»Halten Sie es für möglich, dass Ihre Freundin etwas mit dem Tod Ihres Mannes zu tun hat?« Ihr Blick fragte in diesem Fall mehr als ihre Worte.

»Wenn ich die Fakten betrachte – den verschwiegenen Anruf und ihr Outfit –, kann ich die Möglichkeit nicht ganz von der Hand weisen. Andererseits ist sie meine Freundin, ihr Mann war Gregors bester Freund. Und ich sehe beim besten Willen kein Motiv.«

»Ist Ihre Freundin glücklich in ihrer Ehe?«

»Die beiden hatten nichts miteinander, Frau Nowak. Es gibt Dinge, von denen Gregor mir nichts erzählt hat. Trotzdem bin ich mir sicher, dass er mich nicht betrogen hat.«

»Das muss er gar nicht. Was, wenn sie sich in ihn verliebt, er sie jedoch abgewiesen hat?«

Ich dachte darüber nach und schüttelte dann den Kopf. »Nein. Annette hat ausschließlich Augen für Joost, ihren Mann. Und Franka Thelen, deren Annäherung Gregor tatsächlich zurückgewiesen hat, würde, wie sie sagte, ihrem Gewissen nicht noch einen Toten aufbürden. Seltsamerweise glaube ich ihr das, obwohl sie mich auch belogen hat, was ihr letztes Treffen mit Gregor betrifft.«

»Glauben Sie Ihrer Freundin?«

Ich schlug die Augen nieder und schwieg.

Zweimal hatte ich vergeblich versucht, Joost in seinem Institut zu erreichen. Als es um kurz vor fünf klingelte, stürmte ich in der Hoffnung zur Tür, er könne davor stehen. Aber es waren die beiden Kripobeamten.

»Können wir uns kurz unterhalten, Frau Gaspary?« Was wie eine Frage anmutete, kam aus dem Mund von Kai-Uwe Andres eher einer Aufforderung gleich.

»Kommen Sie herein.« Wir gingen ins Wohnzimmer und setzten uns.

Während Jana Felicitas Kluge ihre Stofftiere präsentierte, zückte ihr Kollege sein Notizbuch. »Wissen Sie, warum wir hier sind?«

»Professor Kogler hat mir gesagt, dass seine Frau gestern zu einer Vernehmung bei Ihnen war. Geht es darum?« Ich konnte meine Anspannung nur schwer verbergen und rieb meine Handflächen gegeneinander.

Mit einem knappen Nicken bestätigte er meine Vermutung. Vielleicht würde ich jetzt endlich mehr erfahren. Er warf einen Blick auf seine Notizen. »In einem unserer ersten Gespräche erzählten Sie von einer Auseinandersetzung zwischen Professor Kogler und Ihrem Mann. Sie sagten, es sei *um eine von Joosts Affären* gegangen. Ihr Mann habe seinen Freund *aufgefordert, die Sache in Ordnung zu bringen.*«

»Ja … und?«

»Hat Ihr Mann Ihnen Näheres zu dieser Affäre gesagt?«

»Nein.«

»Hat er Ihnen möglicherweise etwas über diese Frau erzählt?«

»Nein. Ich hatte nur das Gefühl, dass er sich wegen dieser Sache Sorgen machte. Vielleicht hat er angenommen, dass Annette ihrem Mann irgendwann den Rücken kehren könnte. Ich weiß es nicht. Wir haben nicht darüber gesprochen.«

»Ist das nicht ungewöhnlich, Frau Gaspary?«, hakte Felicitas Kluge ein. »Es ging um das Ehepaar Kogler, Ihre besten Freunde, deren Ehe möglicherweise durch eine außereheliche Affäre gefährdet wurde.«

»Ich kann verstehen, wenn Ihnen das ungewöhnlich erscheint. Aber es war nicht Joosts erste Affäre. Mein Mann und ich haben uns in den vergangenen Jahren oft die Köpfe darüber heiß geredet und nach Lösungen gesucht. Bis wir schließlich einsehen mussten, dass nur die beiden ihr Problem lösen können. Von dem Moment an haben wir beschlossen, dieses Thema ruhen zu lassen.«

Kai-Uwe Andres klopfte nervös mit seinem Stift auf das aufgeschlagene Notizbuch. »Hätte Ihr Mann Ihnen gegenüber dieses Thema auch ruhen lassen, wenn etwas Ungewöhnliches geschehen wäre? Ich meine, wenn sich etwas ergeben hätte, das über das Übliche hinausgegangen wäre?«

Irritiert legte ich den Kopf schief. »Was sollte das gewesen sein?«

»Hätte er oder hätte er nicht?«

»Ganz ehrlich: Ich weiß es nicht. Oder anders ausgedrückt: Es wäre darauf angekommen, ob dieses Ungewöhnliche in seinen Augen eine Belastung für mich dargestellt hätte.«

»Angenommen, eines dieser Verhältnisse von Joost Kogler hätte Ihren Mann in seiner Kanzlei aufgesucht. Hätte Sie das beunruhigt?«

»Nein, ganz sicher nicht.«

»Und aus der Sicht Ihres Mannes?«

»Wohl auch nicht«, antwortete ich zögernd.

»Also glauben Sie, dass Ihr Mann Ihnen von solch einem Besuch erzählt hätte?«

»Im Prinzip schon. Außer dieser Besuch hätte ihn so sehr genervt, dass er ihn erst einmal aus seinen Gedanken verbannen wollte.« Ich wurde zunehmend unruhiger. Was hatten diese Fragen mit Annettes Vernehmung zu tun? »Können Sie mich jetzt bitte mal aufklären, warum Sie mir all diese Fragen stellen?«

Die Blicke der beiden führten einen knappen Dialog. Es schien, als hätten sie geknobelt, wer der Überbringer der schlechten Nachrichten sein sollte. Die Kripobeamtin hatte verloren. »Wie Ihnen ganz richtig zugetragen wurde«, begann sie, »haben wir Ihre Freundin, Frau Doktor Kogler, gestern vernommen.«

»Hatte es etwas mit dem anonymen Brief zu tun?«, fragte ich.

Sie nickte. »Wir sind der Sache mit der Elfentasche nachgegangen und …«

»Sie besitzt tatsächlich eine?« Ich beugte mich gespannt vor.

»Wir haben uns eine Liste der Kreditkartenbelege geben lassen und sind dabei sehr schnell auf Frau Doktor Kogler gestoßen. Sie hat ihre Tasche vor zwei Monaten erworben.«

»Und Kleidungsstücke, wie sie in dem anonymen Brief beschrieben wurden …« Meine Stimme war kurz davor zu versagen. Nicht Annette … lass es nicht Annette gewesen sein, betete ich im Stillen.

»… besitzt sie ebenfalls, wie wir im Zuge der Vernehmung erfahren haben.« Felicitas Kluge legte ihre Fingerspitzen aneinander und schien sich einen Moment nur darauf zu konzentrieren. »Die Beobachtung des anonymen Briefeschreibers hat sich als richtig erwiesen. Frau Doktor Kogler hat zugegeben, Ihren Mann am Abend seines Todes in seiner Kanzlei aufgesucht zu haben.«

Ich schnappte nach Luft. »Warum?« Meine Stimme war nur noch ein Krächzen.

»Laut ihrer Aussage, um mit ihm zu reden. Wie Sie wissen, hat sie zunächst mit ihm telefoniert. Dabei ging es wohl im Widerspruch zu ihrer anfänglichen Aussage nicht um Berufliches, sondern um die jüngste Affäre ihres Mannes. Sie wollte Ihren Mann um Unterstützung bitten. Das ist das Telefonat, das Frau Grooth-Schulte und Frau Overbeck mit angehört haben und in dem er Frau Doktor Kogler anbot, zu ihm in die Kanzlei zu kommen. Und genau das tat sie.«

Ich schüttelte den Kopf, als könne ich damit alles ungeschehen machen. Sie hatte wieder und wieder gelogen. Für einen Moment empfand ich den überwältigenden Impuls fortzurennen. »Sie ist also nicht ziellos durch die Straßen gelaufen, um ihren Frust über das Telefonat loszuwerden.«

Kai-Uwe Andres blätterte ein paar Seiten in seinem Notizbuch zurück. »Um halb sieben fand Frau Doktor Kogler einen Parkplatz vor dem Haus der Kanzlei. Sie wollte gerade aussteigen, als eine Frau das Haus verließ, in der sie die Geliebte ihres Mannes zu erkennen glaubte. Sie ist aus dem Auto gestiegen und hat die Frau nach Hause verfolgt. Sie wollte wissen, wo sie wohnt. Danach ist sie, wie sie sagt, zurück zur Kanzlei gegangen, um Ihren Mann zur Rede zu stellen. Das muss dann ungefähr um neunzehn Uhr gewesen sein. Insofern deckt sich ihre Aussage mit dem Inhalt des anonymen Schreibens.«

Meine Stirn begann zu schmerzen. Ich rieb kräftig darüber. »Dieses Haus hat fünf Stockwerke mit zahlreichen Büros. Woher wollte sie wissen, dass diese Frau von Gregor kam?«

Zum ersten Mal entdeckte ich um den Mund des Beamten den Anflug eines Lächelns. »Diese Frage haben wir ihr auch gestellt. Allem Anschein nach ist ihr erst da bewusst geworden, dass diese Frau durchaus aus einem der anderen Büros hätte kommen können. Trotzdem war sie sich ganz sicher, keinem Irrtum erlegen zu sein.«

»Wie hat mein Mann reagiert?«

»*Unerträglich sachlich*, wie Ihre Freundin meinte.« Er hatte geantwortet, ohne einen Blick in sein Notizbuch zu werfen. »Er habe sich weder angegriffen gefühlt noch sich provozieren lassen. Er habe sich ihren Wutausbruch und ihre Vorwürfe in aller Ruhe angehört und ihr nur immer wieder versichert, dass er nicht mit den Verhältnissen ihres Mannes kollaboriere.«

»Wissen Sie denn, aus welchem Büro diese Frau, die Annette beobachtet hat, tatsächlich kam?«

»Wie es aussieht, hat Ihre Freundin sich in dieser Hinsicht nicht geirrt. Sie kam aus der Kanzlei. Wir haben das überprüft. Nur streitet die Frau vehement ab, ein Verhältnis mit Joost Kogler zu haben. Mit ihm konnten wir heute leider noch nicht sprechen, das werden wir morgen nachholen.«

Ich dachte über das Gehörte nach. »Wie lange war Annette bei meinem Mann?«

»Ungefähr eine Stunde. Sie behauptet, dass sie um kurz nach zwanzig Uhr wieder gegangen ist.«

Eine halbe Stunde später war er tot gewesen. »Glauben Sie ihr das?«

»Bisher gibt es keinerlei Indizien, die dagegen sprechen«, antwortete Felicitas Kluge.

»Aber es gibt jetzt ein Motiv.«

Sie nickte. »Wenn auch ein eher schwaches. Meine Erfahrung sagt mir, dass es zu schwach ist. Andererseits gibt es immer Ausnahmen.«

»Haben Sie sie wieder gehen lassen?«, fragte ich.

»Ja.«

Einen Moment lang verbarg ich das Gesicht in den Händen. In dem Durcheinander meiner Gedanken versuchte ich, die Frage wieder zu finden, die schon die ganze Zeit im Hintergrund lauerte. Und dann hatte ich sie. »Wie heißt diese Frau, die Annette für Joosts Geliebte gehalten hat?«

Kai-Uwe Andres faltete die Hände und schlang sie um sein übergeschlagenes Knie. »Sie heißt Barbara Overbeck.«

16

Von einer Sekunde auf die andere hatte sich in meinem Kopf alles gedreht. Einzelteile fanden zusammen, die nicht zueinander zu passen schienen. Welche Rolle spielte Barbara Overbeck? Hatte Annette tatsächlich Gespenster gesehen und sich geirrt? Dann hatte diese Frau die Wahrheit gesagt. Und wenn nicht?

Kai-Uwe Andres und Felicitas Kluge waren schon im Gehen begriffen, als ich sie zurückhielt. »Bitte … ich habe noch eine letzte Frage.«

Zwei Augenpaare ruhten abwartend auf mir.

»Gibt es eine Verbindung zwischen Barbara Overbeck und Joost Kogler?«

»Wenn es stimmt, was Frau Overbeck sagt, dann haben die beiden kein Verhältnis«, antwortete die Beamtin. »Am besten fragen Sie Ihren Freund. Wir werden das auch tun.«

Als sie nicht weiter sprach, sah ich sie erstaunt an. »Kein: Aber machen Sie sich keine allzu großen Hoffnungen? Wollen Sie mich nicht noch darauf hinweisen, dass es womöglich eine Spur ist, die ins Leere läuft? Dass all das nichts zu bedeuten hat …?«

Ihr Nicken kam mit Bedacht. »Vielleicht stellt sich am Ende heraus, dass all das nichts zu bedeuten hat. Trotzdem werden wir der Sache nachgehen.«

»Danke!« Erschöpft lehnte ich mich gegen den Türrahmen.

Sie waren längst gegangen, als ich mich nach und nach berappelte und versuchte, die bleierne Schwere abzustreifen, die sich meiner Glieder bemächtigt hatte. Ich ging zum Telefon und wählte die Nummer der Koglers. Es war Viertel nach sieben. Mit etwas Glück würde ich bereits einen von beiden zu Hause antreffen. Nach dem vierten Klingeln sprang jedoch das Band an. Also versuchte ich es auf ihren Handys, erreichte aber nur die Mailboxen.

Es gab so viele Fragen, die mir auf der Seele brannten. Gleichzeitig spürte ich Annette gegenüber eine unbändige Wut, die ich ihr am liebsten sofort ins Gesicht geschrien hätte. Es kostete mich große Anstrengung, mich für den Moment zusammenzureißen. Wie wenig mir das gelang, bekam ich von meiner Tochter zu spüren, die beim Abendessen aus dem Ruder zu laufen schien. Anstatt ihr Käsebrot zu essen, warf sie die einzelnen Stücke auf den Boden. Versuchte ich, sie zu füttern, sagte sie nein, verschloss ihren Mund und drehte den Kopf zur Seite. Als selbst gutes Zureden nichts half, erklärte ich das Abendessen für beendet und hob sie aus ihrem Stuhl.

Nachdem sie eine halbe Stunde später über dem Nuckeln an ihrer Milchflasche eingeschlafen war, brachte ich das Babyphon zu meiner Nachbarin und lief zu dem Haus der Koglers. Als ich Licht in ihrer Wohnung sah, wappnete ich mich innerlich gegen die heftigen Worte, die zweifellos nicht lange auf sich warten lassen würden.

Joost öffnete mir die Tür und ließ mich wortlos ein. Er sah übermüdet aus.

»Du hattest versprochen, mich anzurufen, sobald Annette nach Hause kommt oder du etwas von ihr hörst«, sagte ich mit einem unverhohlenem Vorwurf. »Ich habe mehrfach vergeblich versucht, einen von euch beiden zu erreichen. Inzwischen hat die Kripo mich aufgeklärt.« Meine Hände waren zu Fäusten geballt. »Was ist dran an dieser Geschichte?«

»Jetzt setz dich erst einmal!« Er lotste mich zu einem Sofa, auf dem er bis eben gesessen zu haben schien. Ein Glas Rotwein stand auf dem Beistelltisch. Er griff danach und nahm einen Schluck. »Magst du auch ein Glas?«

Ungeduldig schüttelte ich den Kopf. »Ist Annette da?«

»Sie ist im Fitnessstudio.«

»Das ist nicht dein Ernst, oder?«

»Versteh das bitte nicht falsch, Helen, aber der Tag gestern hat ihr sehr zugesetzt. Es war das erste Mal in ihrem Leben, dass sie in dieser Weise von der Polizei vernommen wurde. Das steckt sie nicht so einfach weg.«

Mir verschlug es die Sprache. Ich starrte ihn ungläubig an.

»Sie hat deine Nachrichten gehört«, sagte er entschuldigend, »aber sie wollte für ein Gespräch mit dir erst in besserer Verfassung sein.«

»Hier geht es nicht um einen Boxkampf, für den sie sich fit machen muss. Hier geht es um eine längst überfällige Unterhaltung mit einer Freundin, der sie ein paar nicht gerade unwesentliche Erklärungen schuldet.«

»Das ist ihr bewusst.«

»Weißt du, wie das für mich aussieht? Als würde sie vor mir weglaufen.«

»Sie hat ein schlechtes Gewissen, weil sie dir ihren Besuch bei Gregor verschwiegen hat.«

»Sie hat gelogen, Joost, sie hat nicht nur *verschwiegen*.«

Er nahm meine Hand und strich behutsam über meine Finger. »Versuche, sie zu verstehen, Helen.«

Mit einem Ruck entzog ich ihm meine Hand. »Mein Mann ist tot! Wenn ich überhaupt etwas verstehen möchte, dann warum er sterben musste.«

»Mit seinem Tod hat sie nichts zu tun.«

»Sagt sie das?«

»Helen, ich bitte dich! Jetzt gehst du zu weit. Ihr Besuch bei Gregor an dem Abend ist eine Sache. Aber sie lockt ihn bestimmt nicht auf den Balkon, um ihn von dort in den Tod zu stürzen. Das ist eine absolut absurde Vorstellung. Hast du dir mal überlegt, was dazu gehört, jemandem einen solchen Stoß zu versetzen?«

»Ja, Joost, das habe ich. Dazu gehören entweder völlige Gefühlskälte, Grausamkeit und Gewaltbereitschaft oder aber heftige Gefühle, die außer Kontrolle geraten. Ersteres trifft ganz sicher nicht auf Annette zu. Aber was ist mit den überbordenden Gefühlen? Sie hat diese Barbara Overbeck für deine Geliebte gehalten. Vielleicht hat sie angenommen, dass Gregor dieses Verhältnis in irgendeiner Weise unterstützt. Gregor, der eigentlich auf ihrer Seite sein sollte, der sie in ihrem Kampf gegen deine Geliebte unterstützen sollte.«

Mit einer fahrigen Geste fuhr Joost sich durch die Haare und schloss für einen Moment die Augen. »Barbara Overbeck ist nicht meine Geliebte«, sagte er mit Nachdruck. So wie er ihren Namen aussprach, schien er sie zu kennen.

»Aber sie ist dir nicht fremd.«

»Sie ist mir nicht fremd, aber auch nicht vertraut.

Herrgott noch mal!« Er sprang vom Sofa auf und lief einmal quer durch den Raum. Dann kam er zurück und stützte sich auf der Lehne eines Sessels ab. »Ich hatte beruflich mit ihr zu tun. Sie hat eine Vaterschaftsklage angestrengt, und ich wurde in diesem Verfahren als Gerichtsgutachter berufen. Das ist alles.«

»Und Gregor hat sie vertreten?«

»Ja.«

»Wie ist Annette auf die Idee gekommen, sie habe ein Verhältnis mit dir?«

»Wenn man krankhaft eifersüchtig ist, dann sieht man leicht mal Gespenster, wo keine sind.« Er setzte sich wieder und griff nach seinem Glas. »Annette ist …«

Ich fiel ihm ins Wort. »Du machst es dir sehr einfach, wenn du sie als krankhaft eifersüchtig abstempelst. Damit verlagerst du das Problem auf sie.«

»Und du meinst, ich sei das Problem?« Sein Mund verzog sich zu einem spöttisch-traurigen Lächeln.

»Zumindest bist du ein Schürzenjäger und machst deiner Frau das Leben dadurch manchmal sehr schwer.«

Er schwenkte das Glas in seinen Händen und versenkte den Blick im Rotwein. Schweigen machte sich zwischen uns breit.

»Die Kripo hat heute versucht, dich zu erreichen«, sagte ich nach einer Weile.

Erschöpft lehnte er sich zurück. »Ich weiß.«

»Und du bist sicher, du hattest mit Barbara Overbeck keine Affäre?«

»Helen, was soll diese Frage? Natürlich bin ich sicher!«

»Vielleicht hast du Angst vor Annettes Reaktion und leugnest deshalb …«

»Annettes Reaktionen sind mir nach all den Jahren vertraut, davor habe ich keine Angst. Warum fällt es dir so schwer, mir das zu glauben?«

Ich atmete tief durch. »Wenn ich dir glaube, muss ich die Hoffnung fahren lassen, dass die Kripo diese Spur weiter verfolgt. Und das wird dann sicher das Ende der Ermittlungen bedeuten. Gregors Tod wird nicht aufgeklärt werden.«

Er sah mich an, als wäre ich von allen guten Geistern verlassen. »Helen, wenn es überhaupt eine Spur gibt, dann ganz sicher keine, die zu uns führt!«

»Zu Annette hat eine Spur geführt.«

»Aber sie ist ins Leere gelaufen.«

Nach immerhin fünf Stunden Schlaf hatte ich den Rest der Nacht wach gelegen. Im Geist war ich noch einmal jedes Detail der Gespräche mit der Kripo und Joost durchgegangen. Gegen Morgen war mir eine Unstimmigkeit aufgefallen. Joost hatte gesagt, dass er im Zuge von Barbara Overbecks Vaterschaftsklage als Gerichtsgutachter berufen worden war. Wenn Gregor sie in dieser Sache tatsächlich vertreten hatte, dann hätte sie schon viel länger seine Mandantin gewesen sein müssen. An Gregors Todestag hatte sie laut Aussage seiner Mitarbeiterinnen jedoch erst ihren zweiten Termin bei ihm gehabt. Ich nahm mir vor, Joost nach meiner Stunde bei Eliane Stern im Institut aufzusuchen.

Nelli kam früher als üblich an diesem Morgen. Sie hatte Croissants und Brötchen mitgebracht.

»Ich dachte, wir frühstücken mal zusammen«, sagte sie in einem schnoddrigen Tonfall und füllte den Inhalt der Tüte in einen Korb.

Ich stellte Butter und Honig dazu. »Seit wann frühstückst du morgens?«

»Heute mache ich eine Ausnahme.«

Als wir alle drei am Tisch saßen, sah ich sie forschend an. »Steckt Isa dahinter?«

»Sie macht sich Sorgen um Sie. Und wenn Sie mich fragen, sind die nicht ganz unbegründet. Sie sind dünn, blass und irgendwie nur noch ein Schatten Ihrer selbst.« Aus dem Inneren eines Brötchens formte sie kleine Bälle und legte sie auf Janas Teller. »Es wird Zeit, dass Sie wieder etwas auf die Rippen bekommen. Deshalb nehmen Sie sich am besten ein Croissant und schmieren dick Butter und Honig darauf.« Ohne auf meine Reaktion zu warten, hielt sie mir den Brotkorb unter die Nase. »Riechen Sie mal! Köstlich, oder? Da können selbst Sie nicht widerstehen.«

Unweigerlich musste ich lächeln. Ich tat, wie mir geheißen, und nahm ein Croissant. Meine Kehle war zwar wie zugeschnürt, aber ich würde mir Zeit lassen. Isa und Nelli hatten Recht: Ich musste unbedingt mehr essen.

Nachdem ich eine Stunde später den Tisch abgeräumt hatte, spielte ich eine Weile mit Jana. Ich versuchte, mich auf dieses Spiel zu konzentrieren, schweifte aber immer wieder mit meinen Gedanken ab. Annette hatte sich am vergangenen Abend nicht mehr bei mir gemeldet, und wahrscheinlich würde sie es auch an diesem Tag nicht tun. Sie ging mir aus dem Weg. Würde unsere ohnehin schwierige Freundschaft diese Zeit überstehen können?

Eliane Stern, bei der ich am späten Vormittag einen Termin hatte, beantwortete mir die Frage ohne Zögern. »Es kommt darauf an, wie offen und gesprächsbereit Sie und Ihre Freundin damit umgehen«, sagte sie. »Und letztendlich kommt es natürlich auf Sie an … ob Sie Ihrer Freundin verzeihen können.«

»Sie hat gelogen.«

»Was könnte sie dazu bewogen haben?«

Ich zuckte die Schultern.

»Versetzen Sie sich einmal in ihre Situation: Ganz kurz vor seinem Tod hat sie noch ein Gespräch mit Ihrem Mann, ein Gespräch, das höchstwahrscheinlich in einer heftigen Auseinandersetzung mündete. Später hört sie, dass Ihr Mann sich vermutlich das Leben genommen hat. Was, glauben Sie, geht in diesem Moment in ihr vor?«

»Sie wird sich schuldig gefühlt haben«, antwortete ich widerstrebend. »Aber niemand stürzt sich wegen einer etwas heftigeren Auseinandersetzung in die Tiefe, Gregor schon gar nicht. Das ist blanker Unsinn, und das müsste Annette auch wissen.«

»Jetzt, mit ein wenig Abstand, wird sie das sicher wissen. Aber sie wird auch Schuldgefühle haben, weil sie Sie belogen hat. Manchen Menschen fällt es schwer, das zuzugeben. Ganz besonders Menschen mit einem hohen Anspruch an sich selbst. Vielleicht sorgt sie sich genau wie Sie, dass Ihre Freundschaft das nicht übersteht.«

»Aber warum geht sie mir dann aus dem Weg, anstatt mit mir darüber zu reden? Das macht alles nur noch schlimmer.«

»Jeder Mensch hat seine eigene Logik, Frau Gaspary. Und das Recht, den Weg zu wählen, den er selbst für richtig hält. Gehen Sie nicht so sehr von sich aus, wenn Sie das Verhalten Ihrer Freundin interpretieren.«

Ich ließ ihre Worte auf mich wirken. »Eigentlich müsste ich wissen, was es heißt, Schuldgefühle zu haben«, sagte ich traurig. »Mein Mann hat diesen schlimmen Unfall gehabt, und ich habe nichts davon bemerkt. Ich habe nicht wahrgenommen, wie sehr er sich gequält hat. Mir ist nur irgendwann aufgefallen, dass er überreagierte, wenn er ein Kind am Straßenrand sah. Aber das habe ich der neuen Situation zugeschrieben, in der wir uns mit Jana befanden. Ich nahm an, mit einem eigenen Kind reagiere er sensibler im Straßenverkehr. Nachts, wenn ich nicht schlafen kann, rufe ich mir diese Zeit ins Gedächtnis zurück. Aber in meiner Erinnerung finde ich keinen gequälten Gregor. Wie kann das sein, Frau Stern?«

»Das ist nicht weiter verwunderlich«, antwortete sie. »Sie hatten gerade erst eine schwere Depression hinter sich. Sie haben einen großen Kampf ausgefochten, und es hat sich sehr viel in Ihnen selbst getan. Ihr Blick war noch gänzlich nach innen gerichtet.«

»Wie allein er sich gefühlt haben muss.« Diese Vorstellung reichte aus, um mir wieder Tränen in die Augen treten zu lassen. »Er hat mir so sehr geholfen, als ich krank war, und ich …«

»Sie waren noch nicht wieder soweit, einem anderen Menschen helfen zu können. Und ich bin sicher, Ihr Mann hat das gewusst und ganz richtig eingeschätzt. Andernfalls hätte er Ihnen von dem Unfall erzählt. Aber er wollte Sie schonen, als Sie noch einer Schonung bedurften. Es ist wichtig, dass Sie sich das bewusst machen. Sie haben Ihren Mann nicht im Stich gelassen!«

Nachdem ich Nelli angerufen hatte, dass es später werden würde und sie noch ein wenig auf Jana aufpassen müsse, ging ich ins Petit Café, um einen Moment Ruhe zu haben. Ich verzog mich an einen Tisch im hinteren Raum und bestellte einen Cappuccino. Während ich einen Löffel von dem Milchschaum probierte, wurde mir bewusst, dass Gregor und ich nie wieder zusammen in einem Café sitzen und Cappuccino trinken würden. Es gab nur noch meine Erinnerungen.

Als sie übermächtig zu werden drohten, holte ich einen Kugelschreiber aus meiner Tasche und konzentrierte mich auf die weiße Papierserviette vor mir. Die Spur, die zu Annette geführt hatte, schien tatsächlich ins Leere zu laufen. Mir blieb nur noch, Joost nach dieser Unstimmigkeit zu fragen, die mir in der Nacht aufgefallen war. Ich schrieb: *Seit wann hatte Gregor Barbara Overbeck bei ihrer Vaterschaftsklage vertreten?* Und noch etwas schrieb ich: *Was hatte Gregor mit Tonja Westenhagen zu tun?* Auch diese Frage hatte bisher nicht geklärt werden können. Ich faltete die Serviette und steckte sie zusammen mit dem Stift in meine Handtasche.

Dann machte ich mich auf den Weg zu Joosts Institut. Vergebens, wie mir der bedauernde Blick der Empfangsdame sagte. Er habe einen Auswärtstermin, schickte sie hinterher, und sie wisse nicht, wie lange der daure. Enttäuscht ließ ich die Schultern sinken. Die Beantwortung meiner Frage musste warten.

Als ich nach Hause kam, lief Jana mit geröteten Wangen und Mausezahnlachen in meine Arme. Ich schwang sie hoch und drehte mich mit ihr ein paar Mal um die eigene Achse, was ihr ein lautes Juchzen entlockte. Mir wurde so schwindelig dabei, dass ich mich gegen die Wand lehnen musste.

»Es ist nicht mehr viel los mit deiner Mutter«, sagte ich und setzte sie vorsichtig ab.

Aber Jana störte das nur wenig. Sie hatte ihren Spaß gehabt und lief laut brabbelnd in die Küche. Ein paar Sekunden später folgte ich ihr.

»Wie gut, dass Sie kommen«, sagte Nelli vom Kühlschrank aus, dessen Inhalt sich auf der Arbeitsplatte daneben stapelte. »Frau Behrwald-Gaspary wird gleich hier sein. Sie hat angerufen, sie will mit Ihnen zu Mittag essen.«

»Ist das eine Verschwörung gegen mich? Wird jetzt bei jeder Mahlzeit eine von euch aufpassen, dass ich etwas esse?«

»Wenn überhaupt, dann ist es eine Verschwörung *für* Sie! Aber seien Sie beruhigt, sie bringt nur Salate mit. Das klingt nicht gerade nach den Kalorien, die Sie dringend brauchen. Freitag bringe ich wieder Croissants mit. Sie sollten sich schon mal seelisch darauf einstellen.« Sie begann, den Kühlschrank wieder zu füllen. »Ach, bevor ich es vergesse: Freitag werde ich mir Wohn- und Arbeitszimmer mal vornehmen. Da ist lange nicht gründlich sauber gemacht worden.«

Abwehrend verschränkte ich die Arme vor der Brust und legte die Stirn in Falten.

»Keine Sorge, Frau Gaspary! Ich werde alles wieder an seinen Platz stellen, ganz besonders die Sachen Ihres Mannes. Sie können sich auf mich verlassen.« Ihr mitfühlender Blick war wie Balsam.

In diesem Moment ertönte die Klingel.

»Danke, Nelli«, rief ich über die Schulter und lief zur Tür.

Claudia – elegant wie stets – hielt mir eine Tüte mit dem Aufdruck eines Feinkostladens entgegen. »Ich habe genau eine Stunde, dann muss ich wieder zurück.«

Ich wog die Tüte in meiner Hand. Sie enthielt eindeutig mehr als nur zwei Salate. »Und diese Mengen willst du in nur einer Stunde verdrücken?«

Sie zog ihren Mantel aus und ging geschäftig in die Küche, wo sie Nelli begrüßte. »Drei Frauen und ein Kind schaffen das schon.«

»Tut mir Leid«, sagte Nelli, »aber ich muss los. Und Jana habe ich vor einer halben Stunde schon gefüttert. Die wird gleich selig schlafen. Wenn Sie möchten, Frau Gaspary, bringe ich sie noch schnell ins Bett.«

Ich sah sie dankbar an. »Was würde ich ohne dich machen, Nelli?«

»Über diese Frage sollten Sie nachdenken, wenn Ihre Ausbildungsmacke mal wieder die Oberhand gewinnt!«

»Danke für das Stichwort. Wie steht es mit deiner Ausbildung?«

Anstatt einer Antwort erntete ich ein Kopfschütteln. Dann nahm sie Jana an der Hand und verließ mit ihr die Küche.

»Irgendwann wirst du Erfolg haben«, sagte Claudia, während sie die Salate auspackte und auf den Küchentisch stellte.

»Das hoffe ich für Nelli.«

Sie ließ sich mit einem Seufzer auf einem Stuhl nieder. »Und ich hoffe für dich, dass du irgendwann zur Ruhe kommst, Helen. Ich brauche dich nur anzuschauen, um zu wissen, wie es dir geht.«

Ich atmete hörbar aus. »Es gibt Momente, da bringt Jana mich zum Lachen. Für Sekunden ist das wunderschön, und ich spüre nur dieses kleine Glücksgefühl. Aber dann folgt der Absturz, dann habe ich Gregor vor Augen und …« Ich griff nach dem kleinen Anker. »Es ist wie Achterbahnfahren. Ständig habe ich das Gefühl, hinauszufallen, wenn ich mich nicht fest genug halte. Findest du das normal?«

»Ich glaube, die Normalität ist außer Kraft gesetzt, wenn ein naher Mensch stirbt. Es gibt kein richtiges oder falsches Verhalten, genauso wenig wie es richtiges oder falsches Fühlen gibt. Von einem Moment auf den anderen ändert sich dein ganzes Leben, der gemeinsame Lebensplan zerbricht in winzige Stücke, die sich nie wieder zusammenfügen lassen.«

»Es tut entsetzlich weh, Claudia. Und ich kann mir nicht vorstellen, wie es jemals besser werden soll.«

Sie beugte sich über den Tisch, nahm meine Hand in ihre und sah mich eindringlich an. »Eines Tages wirst du überrascht feststellen, dass du den Schmerz für ein paar Stunden vergessen hast. Dieser Moment wird dich erschrecken. Aber glaube mir: Den Schmerz zu vergessen bedeutet nicht, den Menschen zu vergessen.«

Meine Tränen tropften auf den Teller vor mir. Ich schob ihn zur Seite. »Gregor war …« Der Rest des Satzes ging in Schluchzen unter.

»Ich weiß, Helen«, sagte sie leise, »ich weiß, was er für dich war.« Sie kam um den Tisch herum, setzte sich neben mich und streichelte mir über den Rücken. Ihre Augen schwammen wie meine in Tränen.

Es dauerte, bis ich wieder einen klaren Satz herausbringen konnte. »Franka Thelen hat zu mir gesagt: *Eine Sekunde … ein flüchtiger Augenblick hat über Tills Leben entschieden und das Leben von allen Beteiligten von Grund auf verändert*. Solch ein flüchtiger Augenblick hat auch über Gregors Leben entschieden. Irgendetwas ist dort oben auf diesem Balkon geschehen. Von einer Sekunde auf die andere ist dort jemand zum Mörder geworden. Und ich möchte wissen, warum.«

Ich hatte an diesem Nachmittag noch ein paar Mal versucht, Joost im Institut zu erreichen, und schließlich aufgegeben. Um die Stunden nicht wartend zu Hause zu verbringen, zog ich Jana warm an und machte mit ihr einen Spaziergang zur Kanzlei. Der Regen hatte zum Glück aufgehört. Die Pfützen, die er hinterlassen hatte, bescherten Jana einen Heidenspaß. Mit ihren Gummistiefeln hüpfte sie in jede hinein und konnte sich jedes Mal aufs Neue an dem aufspritzenden Wasser erfreuen.

Als wir vor dem Haus der Kanzlei ankamen, hatte ich meine Mühe, sie von ihrem Spiel loszueisen. Ich konnte sie nur damit locken, dass sie alle Knöpfe im Aufzug und dazu noch die Klingel der Kanzlei drücken durfte.

Ruth Lorberg öffnete uns. Kaum hatte sie Jana entdeckt, strahlte sie. »Wie schön, dass Sie Ihre Tochter mitbringen!«

Jana legte in ihrem Kauderwelsch los, lief an Ruth Lorberg vorbei und stapfte entschlossen ins nächstgelegene Büro. Beachtlich schnell kletterte sie auf den Schreibtischstuhl und begann, mit ihren Fingerchen die PC-Tastatur zu bearbeiten. Gerade wollte ich sie hochnehmen, als Gregors Mitarbeiterin mir bedeutete, Jana nicht zu stören.

»Lassen Sie nur. Ich habe eben alles gespeichert, es kann also nichts passieren. Mögen Sie einen Kaffee oder einen Tee?«

»Gerne einen Tee.«

Während sie in der Küche verschwand, ging ich in Gregors Büro. Alles wirkte unverändert. Der Raum sah aus, als würde er gleich wiederkommen. Ich setzte mich an seinen Schreibtisch und legte meine Hände flach darauf. Hier hatte er so viel Zeit verbracht, und nur wenige Meter von hier war seiner Lebenszeit ein Ende gesetzt worden.

»Hier … bitte«, sagte Ruth Lorberg und stellte eine Tasse vor mich. Sie setzte sich auf den Stuhl mir gegenüber. »Meine Kollegin und ich wechseln uns jetzt übrigens ab. Es ist im Moment nicht nötig, dass wir beide jeden Tag hier sind. Außerdem müssen wir die Zeit nutzen und uns nach neuen Jobs umsehen. Ich hoffe, es ist Ihnen recht.«

»Natürlich.«

»Es gibt übrigens mehrere Interessenten für die Kanzlei. Ich stelle Ihnen die Unterlagen zusammen, sobald wir alle hier haben. Dann können Sie mit den Leuten verhandeln.«

»Da überschätzen Sie meine Fähigkeiten, Frau Lorberg. Ich habe keine Ahnung davon.«

»Dann überlassen Sie es dem Steuerberater, er hat ganz sicher Ahnung davon.«

»Gute Idee! Ich glaube, jetzt sehe ich aber besser mal nach Jana. Sie spielt nicht nur gerne an Computertastaturen herum, sie telefoniert auch liebend gerne.«

»Keine Sorge! Ich habe die Tastensperre gedrückt.«

Die Vorstellung entlockte mir ein Lächeln. »Sie denken wirklich an alles.«

»Das hat Ihr Mann auch immer zu mir gesagt«, entgegnete sie stolz. Dann wurde ihr Blick traurig. »Wir vermissen ihn beide. Er war ein guter Chef.«

»Es ist schön, dass Sie das sagen.« Ich räusperte mich und nahm einen Schluck Tee. »Frau Lorberg, Sie erinnern sich bestimmt an diese Barbara Overbeck. Sie war die Mandantin, die …«

Sie nickte. »Ich weiß.«

»Professor Kogler war Gerichtsgutachter bei einer Vaterschaftsklage, die sie angestrengt hat. Und er sagte mir, dass Gregor sie vertreten habe. Wissen Sie mehr darüber?«

Ihr zunächst zweifelnder Blick wich sehr schnell einem entschiedenen. »Wenn es so wäre, dann gäbe es eine Akte darüber. Ihr Mann hatte mit einigen Vaterschaftsangelegenheiten zu tun und jede Einzelne ist genauestens dokumentiert. Das geht ja gar nicht anders. Professor Kogler muss sich da irren – allein schon wegen des zeitlichen Aspekts. Frau Overbeck war nur zweimal bei Ihrem Mann. Eine Vaterschaftsklage … nein, ganz unmöglich!« Sie schüttelte energisch den Kopf. »Außerdem existieren keinerlei Unterlagen von dieser Mandantin. Allein das ist schon ungewöhnlich, aber ich nehme an, Ihr Mann wird seine Gründe dafür gehabt haben.«

Mein Kopf schmerzte vor Anspannung. Ich massierte mir die Schläfen. »Welche Gründe könnten das gewesen sein, Frau Lorberg?«

»Tut mir Leid, aber da fragen Sie mich zu viel. Der Fall von Frau Overbeck ist eine Ausnahme, so etwas ist vorher noch nie vorgekommen.«

17

Fühlte es sich so an, wenn man sich in einem Irrgarten verlief? Wenn man einen Weg sah, der hinter der nächsten Biegung wieder als Sackgasse endete? Wenn sich ein neuer auftat und Hoffnungen schürte? Ich lag in der Badewanne und versuchte, bei einem Entspannungsbad zur Ruhe zu kommen. Meine Nerven waren überreizt und in ständiger Alarmbereitschaft. In meinem Kopf ging alles wild durcheinander.

Wieso hatte Joost behauptet, Gregor habe Barbara Overbeck in dieser Vaterschaftssache vertreten? Wieso rief er nicht zurück? Ich rieb mir die Augen und versuchte, diese zermürbenden Gedanken loszuwerden. Inzwischen sah ich überall Gespenster und stellte die wildesten Spekulationen an. Bestand zwischen den Fällen Barbara Overbeck und Tonja Westenhagen möglicherweise eine Verbindung? Über den einen Fall hatte Gregor keine Notizen gemacht, und zu dem anderen hatte er sich heimlich Informationen beschafft. Nur, was sollte ein Mädchen, das vor drei Jahren umgekommen war, mit einer Frau zu tun haben, die eine Vaterschaftsklage anstrengte?

Ich nahm mir vor, Barbara Overbeck am nächsten Tag anzurufen und sie direkt zu fragen. Erst hatte ich erwogen, es noch an diesem Abend zu tun, aber ich war zu erschöpft, um mich auf ein solches Gespräch zu konzentrieren. Nach dem Entspannungsbad fiel ich in einen unruhigen Schlaf. Immer wieder wachte ich aus beängstigenden Träumen auf, die ich im selben Moment vergessen hatte. Was blieb, war ein ungutes Gefühl. Als ich es nicht mehr aushielt, machte ich Licht und lehnte ein Foto von Gregor gegen sein Kopfkissen. Sein Anblick half mir, irgendwann wieder einzuschlafen.

Am Morgen fühlte ich mich wie gerädert und überhaupt nicht erholt. Ich war bereits mit pochenden Kopfschmerzen aufgewacht und hatte mich in die Küche geschleppt, um Kaffee zu machen. Wenn ich an den Tag dachte, der vor mir lag, konnte ich mir nicht vorstellen, ihn durchzustehen. Er kam mir vor wie ein unüberwindlicher Berg. Meine Angst vor einer neuerlichen Depression nahm überhand. Ich lief zum Telefon und rief Mariele Nowak an.

Keine fünf Minuten später stand sie in unserer Küche und wärmte die Milch für Jana, während ich zusammengesunken auf einem Stuhl saß und den kleinen Anker umklammert hielt. Ich fühlte mich, als wäre mein Körper mit kaltem Blei gefüllt.

Nachdem meine Nachbarin Jana die Flasche ins Bett gebracht hatte, kam sie zurück und hüllte mich in eine Decke. Sie goss uns beiden einen Becher mit Kaffee ein und schmierte Käse- und Honigbrote. Mit einem wohligen Seufzer setzte sie sich schließlich zu mir an den Tisch.

»Jetzt frühstücken wir erst einmal!« Sie schnitt ihr Brot in kleine Stücke und schob sich eines in den Mund. »Mein Mann hat das immer so gemacht, warum, wusste er selbst nicht. Ich habe ihn manchmal damit aufgezogen, habe ihm gesagt, dass dahinter wahrscheinlich der

Teil von ihm stecke, der nicht erwachsen werden wolle. Und kaum war er gestorben, habe ich selbst angefangen, mein Brot in kleine Stücke zu schneiden. Hatte Ihr Mann auch solche kleinen Eigenheiten?«

Meine eiskalten Hände umschlossen den Kaffeebecher. »Er hat von Bananen immer die Enden abgeschnitten, weil er mal gelesen hatte, dass sich darin Keime verstecken könnten. Und er hat Äpfel nur gegessen, wenn sie in Stücke geschnitten waren. Das sei die sicherste Methode, nicht aus Versehen einen Wurm zu verschlucken.« Die Erinnerung daran wärmte mich von innen. »So locker Gregor sonst war, beim Essen war er richtig penibel. Deshalb hat er in Restaurants auch nie Salat gegessen. Er war der festen Überzeugung, dort würde er nur ungewaschen auf den Tisch kommen, da gründliches Salatwaschen viel zu zeitaufwändig sei. Können Sie sich vorstellen, wie schlimm es für ihn war, wenn Jana etwas Essbares auf den Boden fiel und sie es in den Mund schob, bevor er es ihr entreißen konnte? Zum Glück war er nicht dabei, als Jana in der Stadt mal aus einem Wassernapf für Hunde getrunken hat. Ich stand direkt neben ihr und schaute in ein Schaufenster. Sie ließ sich auf die Knie nieder und schlabberte selbstvergessen aus dem Napf, aus dem vorher gerade ein Hund getrunken hatte.«

»Wie haben Sie reagiert?«

»Erst konnte ich nicht fassen, was sich da vor meinen Augen abspielte, und dann musste ich lachen. Wäre mein Mann dabei gewesen, hätte er vermutlich sofort versucht, ihren Mund mit Desinfektionsmittel auszuspülen.«

Mariele Nowak hatte ihre Ellenbogen aufgestützt und

den Kopf in die Hände gelegt. Ihr Blick, der eine große innere Ruhe ausstrahlte, forschte in meinem Gesicht. »Sie werden es schaffen, Frau Gaspary, auch wenn es Ihnen im Augenblick so vorkommt, als würden Sie daran zerbrechen. Sie trauern um Ihren Mann, und das kostet Sie eine ungeheure Energie, aber Sie sind nicht krank.«

»Und wenn ich wieder krank werde?« Meine Stimme war nur noch ein Flüstern. »Was soll dann aus Jana werden?«

»Ich glaube nicht, dass Sie noch einmal krank werden. Aber sollte es dennoch so sein, würde ich mich solange um Ihre Tochter kümmern. Darauf können Sie sich felsenfest verlassen.« Sie deutete mit dem Zeigefinger auf meine Kette. »Mit diesem Anker um Ihren Hals und mit Ihrer Familie und mir als Felsen in der Nähe sind Sie in guter Obhut.«

Mariele Nowak war erst gegangen, als sie sicher war, in meinem Inneren einen stabilen Funken an Zuversicht entzündet zu haben. Einen Moment lang dachte ich darüber nach, wie es wohl ohne all die guten Geister um mich herum um mich bestellt sein würde. Allein die Vorstellung reichte, um diesen Gedanken ganz schnell wieder zu verscheuchen. Ich wollte das Terrain, das ich gerade erst zurückerobert hatte, nicht gleich wieder zerstören.

Als Jana ihren Mittagsschlaf machte, rief ich Felicitas Kluge im Polizeipräsidium an.

»Ich hätte mich heute auch noch bei Ihnen gemeldet«, sagte sie. Ihr Ton klang unerwartet verbindlich. »Es gibt …«

»Neuigkeiten?« Ich hielt die Luft an.

»Nein, Frau Gaspary, Neuigkeiten in dem Sinne gibt es keine. Ich nehme mal an, Sie haben auch schon mit Professor Kogler über die Unterstellungen seiner Frau gesprochen.«

»Ja.«

»Dann wissen Sie sicher, dass sich seine Angaben mit denen von Frau Overbeck decken. Wie es scheint, haben die beiden kein Verhältnis miteinander gehabt.«

»Kein privates, ein berufliches jedoch schon.«

»Davon hat uns Professor Kogler in Kenntnis gesetzt.« Sie sagte es mit einem seltsamen Unterton.

Ich schwieg einen Moment und ließ die Bedeutung ihrer Worte auf mich wirken. »Heißt das, Frau Overbeck hat Ihnen nichts davon gesagt?«

»Sie hat diese berufliche Verbindung mit keinem Wort erwähnt.«

»Finden Sie das nicht merkwürdig?«

»Ein wenig schon«, antwortete sie zögernd.

Ich dachte über die Fehlinformation nach, die Joost mir gegeben hatte. Wollte er damit von einer privaten Verbindung ablenken? »Und wenn die beiden nun doch ein Verhältnis haben oder hatten?«

»Dann ist das letztlich für unsere Ermittlungen irrelevant.«

»Wenn es tatsächlich ohne Bedeutung ist, warum haben Sie Professor Kogler dann überhaupt dazu befragt?«

»Um nichts außer Acht zu lassen.«

»Ich habe gestern noch einmal mit Frau Lorberg gesprochen. Sie sagte, es sei eine Ausnahme gewesen, dass Gregor über die beiden Termine mit Frau Overbeck keine Notizen verfasst habe. Wenn ich mir dazu noch vergegenwärtige, dass er sich die Presseartikel über

Tonja Westenhagen heimlich hat zuschicken lassen, dann frage ich mich, ob …«

»Ob es zwischen beiden Personen eine Verbindung gibt. Das haben wir uns natürlich auch schon gefragt, Frau Gaspary. Aber Frau Overbeck steht in keinerlei verwandtschaftlichem Verhältnis zu der Toten, die beiden sind sich, wie es scheint, nie über den Weg gelaufen, und Frau Overbeck hat, als das Mädchen zu Tode kam, nachweislich ein Seminar besucht. Sie kann also mit ihrem Tod nichts zu tun haben.«

»Vielleicht gibt es eine Verbindung, die wir alle nicht sehen. Sie hat diese Vaterschaftsklage angestrengt. Wäre es nicht möglich, dass der Vater ihres Kindes etwas mit Tonja Westenhagen zu tun hat?«

»Frau Gaspary, jetzt geht Ihre Fantasie mit Ihnen durch. Das sind so vage Vermutungen, damit …«

»Aber Frau Overbeck muss einen Grund haben, warum sie Ihnen nichts von der beruflichen Verbindung zu Joost erzählt hat«, fiel ich ihr ins Wort. »In meinen Augen ist das keine normale Reaktion. Und mein Mann muss einen Grund gehabt haben, warum er von den Gesprächen mit ihr kein Wort schriftlich festgehalten hat. Damit ist er von seinem üblichen Verhalten völlig abgewichen.« Ich atmete gegen meinen aufgeregten Puls an. »Frau Kluge … bitte … überlegen Sie mal: Kurz vor seinem Tod geschehen zwei so ungewöhnliche Dinge. Halten Sie das wirklich für einen Zufall?«

»Es könnten Zufälle sein …«

Dies ist der Anschluss von Barbara Overbeck. Bitte hinterlassen Sie Ihre Nachricht auf dem Band. Beim dritten Versuch, sie persönlich zu erreichen, sprach ich ihr meine

Telefonnummer auf den Anrufbeantworter und bat sie möglichst bald um einen Rückruf.

Dann ging ich mit Jana zum Spielplatz im Innocentiapark. Während sie unzählige Male ihre geliebte Elefantenrutsche hinuntersauste, setzte ich mich auf eine der Schaukeln und ließ meinen Gedanken freien Lauf. Ich glaubte nicht an Zufälle. Dafür glaubte ich mehr und mehr daran, dass es zwischen Barbara Overbeck und Tonja Westenhagen eine Verbindung gab. Felicitas Kluge hatte gesagt, meine Fantasie ginge mit mir durch. Aber wenn der Vater von Barbara Overbecks Kind tatsächlich etwas mit dem Tod des Mädchens zu tun hatte? Dann hatte sie ihn in der Hand, was sie gegen ihn ausspielen konnte. Ich dachte über diese Möglichkeit nach, kam jedoch zu dem Schluss, dass Gregor bei so etwas keinesfalls mitgemacht hätte. Es war zum Verzweifeln! Ich musste möglichst bald einen brauchbaren Hinweis finden, damit die Kripo ihre Ermittlungen nicht einstellte, aber die einzelnen Bruchstücke ließen sich nicht zu einem sinnvollen Ganzen verbinden.

Jana kam zu mir gelaufen, kletterte auf meinen Schoß und wollte mit mir schaukeln. Sie redete ohne Unterlass, während ich versuchte, mich auf meine Gedanken zu konzentrieren. Als ich merkte, dass ich keine Chance gegen sie hatte, nahm ich Schwung und begann kräftiger zu schaukeln.

»Du hast mal wieder gewonnen, meine Süße«, sagte ich ihr ins Ohr und drückte sie an mich.

Zehn Minuten später machten wir uns auf den Heimweg. Jana hatte dunkelrote Wangen und sah aus wie das blühende Leben.

»Dein Papa hätte seine Freude an dir!«

Sie sah aufmerksam zu mir hoch. »Papa?«

»Ja, dein Papa. Wo immer er jetzt ist – er hat dich sehr, sehr lieb.«

Sie lachte und lief übermütig ein Stück voraus. Ich eilte ihr hinterher, hob sie hoch und hielt sie ein Stück über meinen Kopf. »Und ich habe dich auch lieb!«

Mit Jana auf dem Arm ging ich auf unser Haus zu. Ich hatte Annette nicht gleich gesehen, weil sie auf den Treppenstufen sitzend von der Gartenhecke verborgen gewesen war. Jetzt erhob sie sich und sah mir ausdruckslos entgegen.

»Warte einen Moment«, sagte ich anstelle einer Begrüßung. »Ich bringe Jana nur schnell zu meiner Nachbarin.« Ich hoffte, dass Mariele Nowak zu Hause war und mir Jana abnehmen konnte. Ich wollte nicht, dass mein Kind bei dem Gespräch mit Annette dabei war.

Zum Glück war sie da. Ich brauchte gar nicht viel zu sagen. Sie breitete die Arme aus und ließ Jana hineinlaufen. Als die Tür hinter den beiden zugefallen war, straffte ich meine Schultern und ging zurück.

»Komm rein«, sagte ich kurz angebunden.

Sie folgte mir in den Flur und hängte wortlos ihren Mantel an die Garderobe. Ich tat es ihr gleich und ging dann in die Küche, wo ich Wasser in den Kocher füllte. An den Geräuschen in meinem Rücken erkannte ich, dass Annette sich einen Stuhl unter dem Küchentisch hervorzog und sich setzte. Wie in Zeitlupe drehte ich mich um und sah sie an. Ich hatte nicht vor, es ihr leicht zu machen. Es war an ihr, das Gespräch zu eröffnen, und das wusste sie.

Mit der flachen Hand strich sie über die Tischplatte. »Du hast allen Grund, sauer auf mich zu sein, Helen«, begann sie, ohne aufzusehen. »Aber … vielleicht … wenn du versuchen würdest, dich in meine Lage zu versetzen, dann …«

»Hast du mal versucht, dich in meine zu versetzen?« Ich gab mir Mühe, ruhig zu bleiben. »Mein Mann stürzt in den Tod, und du hast eine halbe Stunde zuvor noch mit ihm gesprochen, hast ihn sogar gesehen. Anstatt mir davon zu erzählen, behauptest du, eure Verabredung nicht eingehalten zu haben und stattdessen ziellos durch die Straßen gelaufen zu sein, um deinen Frust loszuwerden. Ich habe …«

»Helen, bitte …!«

»Ich habe deine Worte noch im Ohr: *Du glaubst nicht, wie oft ich mir nach Gregors Tod gewünscht habe, ich hätte meinen blöden Stolz überwunden und wäre trotz seiner wenig hilfsbereiten Haltung an jenem Abend noch bei ihm vorbeigegangen. Vielleicht wäre er dann noch am Leben.* Es hätte gereicht zu sagen, du hättest es dir anders überlegt und seiest nicht dort gewesen. Warum hast du das Ganze noch ausgeschmückt und eine so infame Lüge daraus gemacht?«

Ihr Blick huschte kurz zu mir, um gleich darauf die Flucht zu ergreifen. Sekundenlang verbarg sie ihr Gesicht in den Händen. Dann ließ sie sie sinken. »Herrgott, Helen, was hätte ich denn tun sollen? Hätte ich dir etwa die Wahrheit sagen sollen?«

»Ja!«

»Ich war zutiefst erschüttert, als Joost mich am nächsten Morgen mit der Nachricht weckte, Gregor sei tot. Zuerst konnte ich es gar nicht fassen, und dann begriff ich …«

»Was?«

»Ich hatte fürchterliche Angst, er könne sich umgebracht haben. Kannst du das nicht verstehen? Mein Gott … ich habe gedacht, ich sei zur Tür hinausgegangen und er habe sich kurz darauf vom Balkon gestürzt. Dass zwischen meinem Weggang und seinem Tod eine halbe Stunde Zeit vergangen war, habe ich erst später erfahren.«

»Erinnerst du dich an unser Gespräch? Ich meinte, wenn Gregors letzter Besucher nichts zu verbergen habe, könne er das der Polizei ja sagen. Und du hast darauf geantwortet …«

»Ich weiß, was ich geantwortet habe«, erwiderte sie scharf. »Du musst mir hier nicht jedes meiner Worte wiederholen.«

»Du hast geantwortet: *Außer, er fühlt sich schuldig*. Du hast spekuliert, die beiden könnten eine ganz grundlegende Auseinandersetzung gehabt haben, etwas, das so ans Eingemachte ging, dass Gregor darauf mit einem Kurzschluss reagiert hat. Erinnerst du dich auch daran, Annette?«

Wieder wich sie meinem Blick aus und schwieg mit zusammengepressten Lippen.

»Wie grundlegend war die Auseinandersetzung, die du mit Gregor hattest? Was ging so ans Eingemachte, dass du es für möglich gehalten hast, er könne darauf mit einem Kurzschluss reagiert haben? Sag es mir!«

Sie sprang auf und lief zur Tür. Im Türrahmen drehte sie sich zu mir um. »Das hat überhaupt keinen Sinn, was wir hier tun, Helen. Begreifst du das nicht? Dein Mann ist tot. Aber ich habe ihn nicht getötet. Hörst du? Ich war es nicht!«

»Sag es mir, ich will es wissen.«

»Wozu?«, fragte sie schwach. »Es hat keinerlei Bedeutung mehr.«

Ich setzte mich an den Tisch und sah zu ihr hoch. »Wie kannst du so etwas sagen, Annette? Wir reden hier von den letzten Stunden meines Mannes. Wie könnten sie keine Bedeutung mehr haben? Die Ungewissheit macht mich halb krank, daraus habe ich kein Geheimnis gemacht. Du als meine Freundin …«

»Mach dir nichts vor, Helen, eine Freundschaft hat es schwer unter solchen Bedingungen.«

»Unter solchen Bedingungen beweist sich eine Freundschaft erst. Und wenn dir auch nur ein winziger Funke daran gelegen ist, dann sag mir jetzt, worüber du mit Gregor gestritten hast.«

Sie sah zu Boden.

»Was kann so entsetzlich sein, dass du nicht mit mir darüber reden willst?«

»Der Ausgang, Helen! Der Ausgang ist so entsetzlich. Wäre Gregor jetzt nicht tot, dann hätten wir einfach nur einen Streit gehabt. Zugegeben … einen etwas heftigeren, aber letztlich war es nur ein Streit. Aber was auch immer ich jetzt sagen würde, du würdest jedes Wort auf die Goldwaage legen, du würdest es bewerten, und wahrscheinlich würdest du mir kein einziges davon verzeihen.«

»Dein Schweigen ist es, das ich dir nicht verzeihe!«

Sie kam zurück zum Tisch und setzte sich wieder auf ihren Stuhl. In ihrem Gesicht spiegelte sich Unsicherheit, welche Entscheidung die richtige war.

Für mich gab es nur eine – die Entscheidung für die Wahrheit. Unter Annettes Schweigen krampfte sich mein Magen zusammen. Ich presste meine Unterarme dagegen und wartete, dass sie endlich den Mund aufmachte.

»Ich denke, wir beide haben genau das gesagt, was uns auf der Seele brannte, was längst einmal hatte gesagt werden müssen. Als ich diese Frau aus dem Haus kommen sah, sind bei mir sämtliche Sicherungen durchgebrannt. Während ich ihr folgte, dachte ich mir immer wieder: Das kann er mir nicht antun, nicht Gregor, mein Freund.« Sie erzählte stockend und mit leiser Stimme. »Er hatte immer so getan, als sei er gegen Joosts Affären. Und dann lässt er eine von ihnen munter bei sich ein- und ausgehen.« Nach und nach sprach sie lauter. »Ich sah es genau vor mir: Gregor, wie er zwischen Joost und seiner Geliebten vermittelte, so wie er stets zwischen ihm und mir vermittelt hat. Nach außen hin integrer Gerechtigkeitsfanatiker, glaubte dein Mann wahrscheinlich, sich hinter verschlossenen Türen mit seinem Freund solidarisch erklären zu müssen.«

»Das hast du ihm gesagt?«, fragte ich.

»Auf den Kopf zu … natürlich, was glaubst du denn? Ich habe ihm vorgehalten, dass ich mich von ihm verraten fühle, dass er ein falsches Spiel spiele und ihm nicht zu trauen sei. Ich habe ihm gesagt, dass er mir nichts mehr vormachen könne, dass seine saubere Fassade Risse bekommen habe, durch die der Schmutz hindurchscheint.« Annette redete sich in Rage. »Ich habe ihn einen Ekel erregenden Blender genannt, dem eigentlich das Kotzen kommen müsse, wenn er in den Spiegel schaue.« Jetzt gewann ihre Wut die Oberhand. »Wolltest du das hören, Helen? Bist du jetzt zufrieden? Und glaubst du allen Ernstes, dass du nun besser schlafen kannst? Oder dass unsere Freundschaft das erträgt?« Sie schüttelte den Kopf. »Dann bist du naiver, als ich angenommen habe.«

Meine Magenschmerzen waren kaum auszuhalten. »Was hat Gregor gesagt? Hat er überhaupt etwas gesagt?«

Sie kniff die Augen zusammen und fixierte mich. »Er hat sich genau wie ich Luft gemacht.« Ihr Atem ging stoßweise. »Hat mir geraten, endlich mal zu einem gescheiten Therapeuten zu gehen und zu versuchen, meinem Verhalten auf den Grund zu gehen, um es dann zu ändern. Für den Zustand, in dem unsere Ehe sich befinde, seien immerhin zwei verantwortlich. Und ich solle verdammt noch mal aufhören, mich aus dieser Verantwortung zu stehlen. Wenn ich darunter leide, dass Joost mich betrügt, dann solle ich gefälligst meine Sachen packen und gehen. Er habe es satt, sich die nächsten Jahre immer wieder denselben Mist anzuhören, ohne dass sich auch nur ein Deut ändere. Weder du noch er seien mein Mülleimer. Es gebe Fachleute für solche Problematiken, und die solle ich endlich aufsuchen.« Sie kaute an ihrer Unterlippe. »Der allseits so geschätzte Gregor Gaspary konnte ziemlich austeilen. Wusstest du das?«

»War das alles?«, fragte ich verwundert. »Mehr ist zwischen euch nicht vorgefallen?«

Annette riss ungläubig die Augen auf. »Reicht dir das etwa nicht?«

»Wie bist du auf die Idee gekommen, er könnte sich deswegen das Leben genommen haben?«

»Weil es Menschen gibt, die gut austeilen, aber überhaupt nicht einstecken können. Ich dachte, wenn er es nicht gewöhnt ist, dass sich jemand mal kritisch mit ihm auseinander setzt, dann haben ihm meine Vorwürfe womöglich den Boden unter den Füßen weggezogen.«

»Gregor war nicht labil.«

»Das weiß ich, Helen. Aber wenn du hörst, dass sich jemand kurz nachdem du bei ihm warst umgebracht hat, dann gehen dir die verrücktesten Gedanken durch den Kopf. Dann hältst du plötzlich alles für möglich.«

Ich sah sie unverwandt an. »Ist es auch möglich, dass *du* nicht einstecken konntest und dich für seine harten Worte an ihm rächen wolltest?«

Ich hatte erwartet, dass sie bei meiner Frage überschnappen oder zumindest nach Luft schnappen würde, aber nichts davon geschah. Sie zog lediglich die Brauen hoch. »Er hat mich sehr verletzt mit dem, was er gesagt hat. Aber ich habe es ihm ausschließlich mit Worten heimgezahlt.«

»Mit Worten, die du mir hier noch nicht wiederholt hast.«

Sie nickte. »Und die ich auch nicht wiederholen werde. Sie waren zutiefst beschämend. Nicht für Gregor, sondern für mich. Und ich bereue, dass ich sie nicht für mich behalten habe.« Sie wich meinem fragenden Blick aus. »Es gibt tatsächlich Dinge, die man nicht sagen darf. Wenn sie erst einmal ausgesprochen sind, kann man sie nicht mehr zurücknehmen. Sie haben eine erschreckende Zerstörungskraft«, sagte sie rau.

Sie brauchte mir kein einziges zu wiederholen. Ich brauchte sie nur anzusehen, um sie mir vorzustellen. »Du hast über mich gesprochen … über meine Depression, die du für Schwäche hältst. Du hast Gregor vorgehalten, ich habe mich ihm und vor allem Jana gegenüber aus der Affäre gezogen, als mir der Wind endlich mal ein wenig härter um die Nase geweht sei. Als das Leben Anforderungen an mich gestellt habe, hätte ich versagt. Und damit könne er nicht umgehen. Weil seine Frau einen Therapeuten bitter nötig gehabt habe, würde er dir empfehlen, einen aufzusuchen. Er würde meine Probleme auf dich projizieren, anstatt vor seiner eigenen Haustür zu kehren. Und das einzig und allein, weil er diesen Makel nicht ertrage.« Ich zwang sie, mich anzusehen. »Kommt das dem nahe, worüber du nicht reden willst?«

»Wenn es so wäre, glaubst du allen Ernstes, ich würde dir das auf die Nase binden? Hältst du mich für völlig gefühllos und unsensibel?«

Statt einer Antwort stand ich auf, brachte das Teewasser noch einmal zum Kochen und goss es in zwei Becher. Dann aß ich ein Stück Brot, um meinen Magen zu beruhigen. Als der Tee fertig war, nahm ich die Becher mit zum Tisch. »Gregor hat weder meine Depression noch meinen Klinikaufenthalt als Makel angesehen, Annette. Er wusste, dass ich krank war, und er wollte, dass mir geholfen wird.«

»Bei dir ist immer alles glatt gelaufen«, brach es aus ihr heraus. »Gregor hat dich stets so angesehen, als gebe es nichts Wichtigeres für ihn auf der Welt. Andere Frauen haben ihn einfach nicht interessiert. Als dann Jana auf die Welt kam, wart ihr die geborene Bilderbuchfamilie. Es war alles so … so heil.«

»Und als unsere heile Welt wegen meiner Depression Risse bekam, da …«

»Nein, so etwas darfst du nicht einmal denken, Helen.« Eine Träne lief über ihre Wange. »Ich war keinen Moment lang froh darüber. Ich habe dich nur nicht verstanden. Du hattest alles, was man sich wünschen kann. Warum solltest du dem entfliehen wollen?«

Sie hatte es immer noch nicht begriffen. »Niemand entscheidet sich für eine Depression, Annette. Das ist kein selbst gewähltes Leid. Das ist eines, das über dich kommt, mit einer Macht, der du erliegst. Du erleidest unvorstellbare Qualen, und du kannst dir nicht vorstellen, dass sie je wieder enden. Und dann bekommst du zu hören, du sollest dich zusammenreißen. Du bekommst es sogar von jenen zu hören, die es eigentlich besser wissen müssten.«

»Ich bin Gynäkologin und keine Psychiaterin.« Ihre Mundwinkel versteiften sich.

»In erster Linie bist du Ärztin!« Vorsichtig trank ich von dem heißen Tee. Ich fühlte mich ausgebrannt und leer.

Sie erhob sich. »Ich glaube, wir beide brauchen in der nächsten Zeit ein wenig Abstand.«

»Eine Frage habe ich noch, bevor du gehst. Joost und Barbara Overbeck behaupten übereinstimmend, kein Verhältnis miteinander zu haben. Sie kennen sich angeblich ausschließlich beruflich. Wieso hast du angenommen, dass sie ...?«

Sie ließ mich nicht ausreden. »Du hast es genau wie ich angenommen. Es stand dir ins Gesicht geschrieben.«

»Wieso ich?«, fragte ich verwirrt.

»An dem Abend in der *Brücke*, als wir deinen Geburtstag gefeiert haben. Erinnerst du dich nicht? Da stand sie draußen vor dem Restaurant und hat sich mit Joost gestritten. Gregor ist noch hinausgegangen und ...«

»Und hat ihr seine Visitenkarte gegeben. Natürlich erinnere ich mich daran. Und diese Frau ist ...?«

»Diese Frau heißt Barbara Overbeck. Sie habe ich an dem Abend, als Gregor starb, aus dem Haus in der Isestraße kommen sehen. Sie habe ich nach Hause verfolgt. Und weder sie noch Joost haben den Mumm, ihr Verhältnis zuzugeben.«

»Das ist Barbara Overbeck?« Ich konnte es immer noch nicht fassen.

Annette redete weiter, als habe sie mich nicht gehört. »Aber Gregor war ja genauso feige. Weißt du, was für eine betrogene Ehefrau mit das Schlimmste ist? Wenn sie die Wahrheit kennt, man aber immer wieder versucht, ihr weiszumachen, sie würde sich täuschen. Gregor hat das auch versucht. Er wollte mir einreden, zwischen den beiden sei nichts. Zumindest nicht das, was ich vermutete. Als ich ihn fragte, was sich denn dann zwischen ihnen abspiele, hat er geantwortet: *Frag deinen Mann. Ich kann dir dazu nichts sagen.* So spielt der eine dem anderen den Ball zu. Keiner muss Farbe bekennen, und die betrogene Ehefrau ist die einzige Dumme in dem miesen Spiel.«

»Hast du Joost gefragt?«

»Er hat die Beziehung zu dieser Frau als rein beruflich abgetan. Aber ich glaube ihm nicht. Jemand, mit dem er beruflich zu tun hat, soll ihn abends vor einem Restaurant abfangen und einen Streit vom Zaun brechen? Das ist in all den Jahren, die wir uns kennen, noch nicht vorgekommen. Warum sollte es ausgerechnet jetzt geschehen?«

18

Annette hatte gelogen. Und sie hatte die Wahrheit gesagt. Beides tat weh. Als sie fort war, hätte ich zu Mariele Nowak hinübergehen und Jana abholen müssen, aber ich konnte nicht. Wie gelähmt blieb ich am Küchentisch sitzen, starrte ins Leere und ging in Gedanken immer wieder unser Gespräch durch.

Eine Mischung aus Selbstmitleid und verzweifelter Trauer ergriff von mir Besitz. Eine seiner letzten Stunden hatte Gregor mit diesem grässlichen Streit verbringen müssen. Was danach geschehen war, wer auch immer gekommen war, hatte ihm den Tod gebracht. Ich sah ihn vor mir … mit seinem unerschütterlichen Optimismus, mit seiner unverbrüchlichen Zuversicht. Und ich betete, dass ihm das Begreifen erspart geblieben war. Dass da nur ein großer Schreck gewesen war und dann nichts mehr. Dass es schnell gegangen war.

In Gedanken legte ich mich noch einmal zu ihm auf die Erde und nahm ihn in den Arm. Ich hielt seinen Kopf und tastete sein Gesicht mit Blicken ab. Ich nahm seinen Geruch in mich auf. Seinen Geruch, der sich mit Blut und Erde vermischt hatte.

Die Klingel zerrte mich zurück in die Gegenwart. Mit bleischweren Beinen schleppte ich mich zur Tür, um zu öffnen. Mariele Nowak trug die schlafende Jana in ihren Armen und sah mich lächelnd an. Ohne ein Wort ging sie an mir vorbei ins Kinderzimmer und legte meine Tochter auf den Wickeltisch. Vorsichtig wechselte ich ihre Windel und zog ihr einen Schlafanzug an. Sie blinzelte mich an und steckte den Daumen in den Mund. Kaum lag sie in ihrem Bettchen, schlief sie bereits wieder.

Ich lehnte die Kinderzimmertür an und ging mit meiner Nachbarin ins Wohnzimmer.

»Bleiben Sie noch einen Moment?«, fragte ich.

»Gern.«

Nachdem ich eine Flasche Rotwein und zwei Gläser geholt hatte, setzte ich mich zu ihr und schenkte uns beiden ein. »Montag sind es schon vier Wochen. Ein Teil von mir hat begriffen, dass er tot ist. Aber der andere Teil hofft immer noch, alles sei nur ein böser Traum gewesen und er werde jeden Moment zur Tür hereinkommen. Manchmal glaube ich sogar, seinen Schlüssel im Schloss zu hören. Wenn ich dann merke, dass es eine Sinnestäuschung war, dann … dann …« Meine Stimme versagte.

»Dann haben Sie das Gefühl, der Schmerz sei schlimmer als je zuvor. Und Sie haben Angst, dass es nie mehr besser werden wird. Aber es wird besser, Frau Gaspary. Irgendwann werden Sie diesen scheinbar unbezwingbaren Berg überwunden haben. Sie werden das erste Weihnachten ohne Ihren Mann überstanden haben, den ersten Hochzeitstag ohne ihn und den ersten Geburtstag. Sie werden seinen Nachlass geregelt haben und entscheiden, was mit seinen Sachen geschehen soll. Sie werden einen neuen Platz für ihn in Ihrem Leben finden und nach und nach beginnen, wieder zu leben. Sie werden begreifen, dass ihn loszulassen nicht bedeutet, ihn zu verlieren.« Sie schwenkte das Rotweinglas zwischen den Händen. »Wann immer ich ein Foto meines Mannes ansehe oder an ihn denke, spüre ich, wie präsent meine Liebe ist. Sie ist mir geblieben. Ebenso wie die Erinnerung an seine. Das ist ein gutes Gefühl.« In ihrem Lächeln hielten sich Freude und Traurigkeit die Waage. »Vor allem ist es ein Gefühl, das den Schmerz lindert.«

»Begegnet Ihr Mann Ihnen manchmal in Ihren Träumen?«

»Bisher nur ein einziges Mal. Es war zwei Wochen nach seinem Tod. Wir fuhren gemeinsam im Auto. Plötzlich bat er mich anzuhalten. Sekundenlang sah er mich an, als wolle er sich meinen Anblick einprägen. Dann sagte er: *Danke!* Ich fragte: *Wofür?* Und er antwortete: *Dass du mich bis hierhin begleitet hast.* Dann lächelte er und stieg aus.«

»Und Sie? Was haben Sie getan?«

»Ich fuhr weiter.«

Ich wischte mir die Tränen aus den Augenwinkeln. »Wie ist dieses Weiterfahren ohne ihn?«

»Es ist immer noch schwer. Aber es gibt auch Zeiten, da bin ich ganz vergnügt, hin und wieder sogar selbstvergessen. Daraus schöpfe ich Kraft.« Sie lächelte mich aufmunternd an. »Im Augenblick haben Sie bestimmt das Gefühl, Ihre Kraftquellen seien versiegt, aber das scheint nur so, da Sie ein Vielfaches an Energie verbrauchen. Im Rückblick werden Sie sich darüber wundern, was Sie alles geschafft haben. So, jetzt aber genug davon! Erzählen Sie mir lieber, wie Sie Ihren Mann kennen gelernt haben!«

Ich kuschelte mich in die Sofaecke, schlug die Beine unter und wanderte dreizehn Jahre in der Zeit zurück: *Ich war mitten im Studium, während er gerade seinen ers-*

ten Job angetreten hatte. Damals teilte er sich noch eine Wohnung mit einem Freund – Hannes hieß er …

Barbara Overbeck hatte nicht zurückgerufen. Und auch Joost hatte sich nicht gemeldet. Ihn konnte ich vielleicht am Wochenende erreichen, bei ihr würde ich es gleich an diesem Morgen versuchen. Als Nelli da war, fuhr ich zu dem Haus in der Grindelallee, in dem Joosts angebliche Geliebte wohnte. Ein paar Meter vom Hauseingang des Sechziger-Jahre-Baus entfernt fand ich einen Parkplatz. Ich stellte den Motor aus und wartete. Wenn sie tatsächlich die Frau war, die sich an meinem Geburtstag mit Joost gestritten hatte, dann würde ich sie erkennen. Immerhin hatte ich sie auch in seinem Institut wiedererkannt.

Während ich wartete, versuchte ich zum x-ten Mal, mir über die möglichen Zusammenhänge klar zu werden. Nach dem, was Annette erzählt hatte, schien jedoch alles noch verworrener zu sein. Wenn die Frau vor dem Restaurant und Gregors letzte Mandantin tatsächlich ein und dieselbe Person waren, dann war das ein weiterer Beweis dafür, dass das, was Joost behauptet hatte, nicht stimmte. Wie sollte Gregor Barbara Overbeck in der Vaterschaftssache vertreten haben, wenn er ihr erst an jenem Abend seine Visitenkarte gegeben hatte? Zumal auch Ruth Lorberg eine solche Vertretung im vorliegenden Fall für ausgeschlossen hielt.

Als sie bis kurz vor neun immer noch nicht aufgetaucht war, begann ich nervös zu werden. Was, wenn sie ein paar Tage verreist war? Dann konnte ich lange hier warten. Ich war schon kurz davor aufzugeben, als die Tür aufging und eine Frau mit einem circa ein Jahr alten

Kleinkind auf dem Arm herauskam und zu dem Auto ging, das vor meinem parkte. Kein Zweifel: Sie war es.

Blitzschnell öffnete ich meine Tür und lief zu ihr. »Frau Overbeck?«

Sie sah über die Schulter zu mir. »Ja?«

»Entschuldigen Sie diesen Überfall. Mein Name ist Helen Gaspary, ich habe Ihnen ein paar Mal auf Ihren Anrufbeantworter gesprochen.«

»Tut mir Leid, ich habe keine Zeit«, sagte sie abweisend.

»Bitte … nur einen Moment.«

»Hören Sie, es geht nicht! Um halb zehn habe ich einen Termin, vorher muss ich meinen Sohn in der Krippe abliefern.«

»Wann geht es dann?«

Sie schloss die Autotür und trat einen Schritt auf mich zu. »Es wird überhaupt nicht gehen. Ich möchte mit dieser ganzen Angelegenheit nichts mehr zu tun haben, verstehen Sie das nicht? Seit ich Ihren Mann an jenem Montag aufgesucht habe, geht bei mir die Kripo ein und aus. Und jetzt kommen Sie auch noch. Ich weiß nichts, was Ihnen weiterhelfen könnte. Also lassen Sie mich gefälligst in Ruhe.« Aus ihrem Blick sprach vordergründig unterdrückte Wut. Dahinter glaubte ich, einen Anflug von Angst zu erkennen. Aber möglicherweise täuschte ich mich auch.

»Was hatten Sie mit meinem Mann zu tun?«

»Ich habe mich von ihm beraten lassen.«

»Es existieren aber keine Notizen über Ihre beiden Termine bei ihm.«

»Nicht mein Problem!« Sie öffnete die Fahrertür. »Und jetzt muss ich los.«

»Professor Kogler behauptet, mein Mann habe Sie bei Ihrer Vaterschaftsklage unterstützt. Aber meines Erachtens ist das nicht möglich, schließlich haben Sie ihn erst während der Auseinandersetzung mit Joost Kogler vor dem Restaurant kennen gelernt. Ich habe gesehen, wie mein Mann Ihnen seine Visitenkarte gegeben hat.«

In ihrem Gesicht machten sich rote Flecken breit. »Lassen Sie mich in Ruhe mit diesem Scharlatan. Der behauptet viel, trotzdem stimmt es nicht!«

»Meinen Sie mit Scharlatan Professor Kogler?«, fragte ich überrascht. Man konnte über Joost viel sagen, aber ein Scharlatan war er ganz sicher nicht. Im Gegenteil, er war eine Kapazität auf seinem Gebiet.

»Wen sollte ich sonst meinen!« Sie setzte sich ins Auto und wollte die Tür zuschlagen.

Blitzschnell lehnte ich mich gegen die Innenseite der Autotür. »Erklären Sie mir das bitte!«

»Lassen Sie es sich von ihm erklären, ich habe keine Zeit.«

»Nein! Sie erklären es mir. Ich habe es satt, von einem zum Nächsten geschickt zu werden. Also los!«

Vor Wut schlug sie mit den flachen Händen aufs Steuer und schüttelte fluchend den Kopf. »Was glauben Sie, wer Sie sind, dass Sie mich hier festhalten können? Verschwinden Sie!«

»Ich werde nicht verschwinden, Frau Overbeck. Wenn Sie jetzt nicht den Mund aufmachen, dann komme ich wieder. Ich werde so oft wiederkommen, bis ich herausbekommen habe, worum es hier eigentlich geht.«

»Und wenn Sie das ganz einfach nichts angeht?«, schnauzte sie mich an. »Woher nehmen Sie sich das

Recht, in meinen Privatangelegenheiten herumzuschnüffeln?«

»Mein Mann ist aus dem fünften Stock in den Tod gestürzt. Und ich glaube, dass ihm jemand einen Stoß versetzt hat. Ich will wissen, wer dieser Jemand ist.«

»Ich ganz bestimmt nicht!«, schleuderte sie mir entgegen. »Es war halb sieben, als ich die Kanzlei verließ. Dafür gibt es Zeugen. Fragen Sie die Kripo, oder am besten fragen Sie die Frau von diesem Scharlatan. Die glaubt allen Ernstes, ich hätte was mit ihrem Mann. Als litte ich an Geschmacksverirrung.«

Ich hatte es auch geglaubt. »Sie haben mir immer noch nicht gesagt, warum Sie Professor Kogler für einen Scharlatan halten.«

Sie stieg wieder aus und baute sich mit vor der Brust verschränkten Armen vor mir auf. »Ich habe eine Vaterschaftsfeststellungsklage angestrengt, damit Phillips Vater endlich Unterhalt für seinen Sohn zahlt. Das Gericht hat Professor Kogler als Gutachter bestellt. Und dieser *Experte* kommt tatsächlich zu dem Ergebnis, dass Mark Simon nicht Phillips Vater sein kann. Ich dachte, ich höre nicht richtig, als das Gutachten verlesen wurde. Wissen Sie, als was ich plötzlich dastand? Als eine, die jemandem ein Kind unterschieben will, um abzukassieren. Als eine, die für sich und ihr Kind die Rosinen herauspicken will. Mark Simon ist nicht gerade unvermögend.« Sie ballte die Hände zu Fäusten. »Ich habe den Richter angefleht, mich anzuhören. Ich habe ihm vorgehalten, dass ich nie im Leben so blöd wäre, eine solche Klage anzustrengen, wenn ich genau wüsste, dass Mark Simon nicht der Vater sein könne. Und wissen Sie, was der Richter mir geantwortet hat?« Sie starrte mich böse an. »Er sagte, die

DNA-Analyse habe zweifelsfrei bewiesen, dass Mark Simon nicht der Vater sei. Bei unliebsamen Ergebnissen solcher Abstammungsuntersuchungen würde häufig unterstellt, der Gutachter habe geschlampt oder sei gar bestochen worden. Aber mein Anwalt habe das Gutachten von Professor Kogler bis ins Detail prüfen lassen und sei dabei auf keinerlei Mängel gestoßen.«

»Wie kommen Sie dann dazu, Professor Kogler einen Scharlatan zu nennen?«

»In den Wochen um den Zeugungstermin von Phillip herum habe ich nur mit einem einzigen Mann geschlafen. Und das war Mark Simon! Also muss Professor Kogler geschlampt haben. Aber eine Koryphäe wie er ist natürlich über jeden Zweifel erhaben. Irrtum ausgeschlossen. Da muss sich schon dieses zweifelhafte Subjekt, das sich bei einem One-Night-Stand von irgendeinem Kerl ein Kind andrehen lässt, irren. So ein Gutachten gilt als Beweis.«

»Geben Sie ein Gegengutachten in Auftrag.«

Sie lachte bitter. »Genau das hat Ihr Mann mir auch vorgeschlagen.«

Also darum ging es in den beiden Gesprächen, überlegte ich.

»Ein Gegengutachten … dass ich nicht lache. Wissen Sie, wie viel das kostet, wie langwierig das alles ist? Erst mal muss ich einen Detektiv beauftragen, der Mark Simon in ein Restaurant verfolgt und dort unbemerkt ein von ihm benutztes Glas mitgehen lässt. Denn Phillips Vater wird mir freiwillig keine Haar- oder Speichelprobe von sich überlassen, nicht nach diesem Gutachten, das ihm Recht zu geben scheint. Dann muss ich den DNA-Test in Auftrag geben. Da jedoch ein privat beauftragtes

Gutachten keinerlei Beweiskraft besitzt, bliebe mir nur die Hoffnung, dass sich der Richter diesem gegenteiligen Ergebnis nicht verschließt und Professor Kogler zur möglichen Ursache der Unterschiede befragt. Die Zeit, die ein solches Prozedere braucht, ist kein Problem, aber das Geld. Ich muss nämlich auch noch einen Anwalt bezahlen. Und das alles nur, weil der gute Professor Kogler so selbstherrlich und nicht bereit ist, einen Fehler einzuräumen.«

»Darüber haben Sie mit meinem Mann gesprochen?«

»Ich hatte gehofft, er hätte Einfluss auf seinen Freund und könne mir helfen. Er hat mir sogar versprochen, es zu versuchen. Aber als ich an dem Montag bei ihm war, da hat er mir nur den Namen eines Anwalts gegeben. Er sei sehr gut und werde meine Sache sicherlich zu meiner Zufriedenheit vertreten. Dabei war ein neuer Anwalt das Letzte, was ich brauchte. Und das habe ich ihm auch zu verstehen gegeben. Aber Ihr Mann hat versucht, sich aus der Affäre zu ziehen, und nur etwas von einem Interessenkonflikt gefaselt.«

»Damit hatte er Recht. Er hätte Sie niemals in einer Sache vertreten können, die seinen Freund betrifft.«

»Wozu hat er mir dann überhaupt seine Karte gegeben?«

»Vielleicht sah er darin die einzige Chance, Sie an jenem Abend zu beruhigen. Ich habe die Szene nur aus dem Restaurant beobachtet, aber Sie wirkten sehr aufgebracht.«

»Wären Sie das etwa nicht, wenn behauptet wird, Sie würden sich irren, was den Erzeuger Ihres Kindes betrifft? In dem Moment dreht sich alles in Ihrem Kopf. So ein *renommierter* Scharlatan schafft es tatsächlich, dass

Sie für ein paar Sekunden an sich zweifeln, dass Sie hin- und herrechnen und überlegen, bis Ihnen klar wird, dass kein anderer Mann der Vater Ihres Kindes sein kann. Aber wenn das Wort von Professor Kogler, einer Koryphäe auf seinem Gebiet, gegen das von Barbara Overbeck, einer kleinen, unbedeutenden Personal Trainerin, steht, wem wird dann wohl geglaubt? Da kann Phillip seinem Vater aus dem Gesicht geschnitten sein – es spielt alles keine Rolle.«

»In welcher Verfassung war mein Mann, als Sie gingen?«

»Er konnte es kaum erwarten, mich loszuwerden.«

»Er erwartete noch jemanden«, entgegnete ich in dem Versuch, ihn zu verteidigen.

Sie sah mich resigniert an. »Und dieser Jemand war eindeutig wichtiger als ich, die nur einen *Interessenkonflikt* heraufbeschwor.« Mit zusammengepressten Lippen wandte sie sich ab und setzte sich wieder ins Auto.

»Eine letzte Frage noch, Frau Overbeck. Sagt Ihnen der Name Tonja Westenhagen etwas?«

»Wer soll das sein? Vielleicht eine Leidensgenossin? Wenn ja, geben Sie ihr meine Adresse, dann können wir eine Interessengemeinschaft gründen.«

Eigentlich hatte ich nach Hause fahren wollen, um mich um Jana zu kümmern, aber ich war zu aufgewühlt. So parkte ich mein Auto am Harvestehuder Weg und lief ein Stück an der Außenalster entlang. Der starke Wind trieb mir Tränen in die Augen, aber er tat mir gut.

Ich versuchte, meine Erinnerungen zu ordnen. An dem Freitag vor seinem Tod hatten sich Gregor und Joost am Telefon gestritten. Die ganze Zeit über hatte ich angenommen, der Grund sei Joosts aktuelle Geliebte gewesen … die Frau vor dem Restaurant … Barbara Overbeck. Ich rief mir Gregors Worte noch einmal ins Gedächtnis: *Nein*, hatte er gesagt, *ich werde meinen Mund nicht halten, Joost. Das kannst du nicht von mir erwarten.* Während ich nebenan gesessen und an der Beurteilung eines Aquarells gearbeitet hatte, war Gregors Stimme vom Wohnzimmer aus zu mir herübergedrungen. *Bring das in Ordnung!* Und: *Nein, ich meine genau das, was ich gesagt habe. Und ich habe es gesagt, weil ich dein Freund bin. Ich könnte es mir auch sehr viel einfacher machen und meine Augen verschließen.*

Mit einem Mal standen diese Worte in einem völlig anderen Licht. Wenn es nicht um Joosts Geliebte gegangen war, worüber hatten die beiden sich dann gestritten? Was sollte Joost in Ordnung bringen? Und worüber hatte Gregor seinen Mund nicht halten wollen?

Mir gegenüber hatte er ihn gehalten. Ich blieb stehen und sah aufs Wasser. Warum hatte Gregor mich glauben lassen, sein Streit mit Joost drehe sich um die aktuelle Geliebte seines Freundes? Weil er Joosts Vertrauen nicht missbrauchen wollte? Wenn das allerdings der Grund war, wie konnte er ihm dann gleichzeitig androhen, sein Schweigen zu brechen?

Ich machte auf dem Absatz kehrt und lief zurück zu meinem Auto. Bevor ich losfuhr, rief ich Nelli an, um ihr zu sagen, dass ich erst in einer Stunde zurück sein würde. Zehn Minuten später stand ich Joosts Empfangsdame gegenüber und bestand darauf, mit ihrem Chef zu sprechen. Ihr ratloses Kopfschütteln und den Hinweis, dass dies zum gegenwärtigen Zeitpunkt ganz unmöglich sei, ließ ich nicht gelten. Ich versicherte ihr, dass es um

Leben und Tod gehe, und damit log ich noch nicht einmal. Sie griff zum Hörer und leitete diese Information an jemanden am anderen Ende der Leitung weiter.

Fünf Minuten später eilte Joost mit wehendem weißen Kittel auf mich zu. »Was ist passiert, Helen?«, fragte er außer Atem.

»Können wir das in deinem Büro besprechen?«

»Natürlich … komm!« Er hielt mir die Tür auf. »Ich habe leider nur zwei Minuten«, sagte er, nachdem wir uns gesetzt hatten. »Also schieß los! Was gibt es so Wichtiges?«

Ich legte meine Unterarme auf den Schreibtisch, der uns trennte, und faltete die Hände. »An dem Freitag vor seinem Tod hattest du mit Gregor einen Streit am Telefon …«

Seine eben noch gespannte Miene veränderte sich schlagartig. Er sah mich ärgerlich an. »Deswegen holst du mich aus einer Besprechung? Das hätte nun wirklich Zeit bis heute Abend gehabt.«

»Nein!«, entgegnete ich bestimmt. »Ich habe mir Gregors Worte noch einmal ins Gedächtnis gerufen. Erinnerst du dich? Er sagte: *Ich werde meinen Mund nicht halten, Joost. Das kannst du nicht von mir erwarten. Bring das in Ordnung!*«

»Helen, was soll das? Ich habe sehr viel Verständnis für deine Situation. Aber hab du bitte auch Verständnis für meine. Nebenan sitzen drei Leute, die einen Termin mit mir haben. Sie warten auf mich. Ich rede gerne mit dir über deinen Mann, aber lass uns das bitte auf heute Abend verschieben.« Er stand auf und bedeutete mir, es ihm gleichzutun.

Wie festgenagelt blieb ich sitzen. »Ich hatte ganz

selbstverständlich angenommen, diese Auseinandersetzung habe sich um dein Verhältnis gedreht, um diese Frau, mit der du vor dem Restaurant aneinander geraten bist. Aber sowohl du als auch Barbara Overbeck versichern, dass es keine Affäre zwischen euch gibt. Worum also drehte sich der Streit mit Gregor am Telefon?«

Langsam wurde er ungehalten. »Um genau das, was du vermutet hast, Helen, um eine meiner Affären. So, und nun lass mich bitte weiter arbeiten.«

»Was gab es da in Ordnung zu bringen, über das Gregor nicht länger seinen Mund halten wollte?«

»Helen, es reicht!« Er ging zur Tür und öffnete sie.

»Mir reicht es auch, Joost, glaube mir. Ich habe die Nase voll von all den Un- und Halbwahrheiten, die mir aufgetischt werden. Also antworte mir bitte, sonst wirst du mich nicht los. Was gab es da in Ordnung zu bringen?«

»Kannst du dir das nicht vorstellen?«, fragte er mit gesenkter Stimme. »In einem Dreiecksverhältnis gibt es immer etwas in Ordnung zu bringen. Und wenn es nur darum geht, die Zahl der Beteiligten zu reduzieren.« Er sah mich mitleidig und gleichzeitig wütend an. »Ich kann verstehen, dass die gegenwärtige Situation schwer für dich ist, Helen. Und ich kann dir nur noch einmal versichern, dass Annette und ich jederzeit für dich da sind, um dir zu helfen. Aber du solltest den Bogen nicht überspannen und ...«

»Und unsere Freundschaft strapazieren?«, fiel ich ihm ins Wort. »Meinst du das?«

Er legte seine Hände auf meine Schultern. »Du und Jana, ihr beide habt einen großen Verlust erlitten. Das tut mir von Herzen Leid. Aber ich möchte mir nicht länger unterstellen lassen, für diesen Verlust verantwortlich zu sein. Es ist nicht angenehm, unter einen solchen Verdacht zu geraten. So, und jetzt muss ich zurück in meine Besprechung. Ich denke, es ist alles gesagt.«

»Noch nicht ganz.« Ich hielt ihn am Arm zurück. »Als ich am Dienstagabend bei dir war, hast du behauptet, Gregor habe Barbara Overbeck bei ihrer Vaterschaftsfeststellungsklage vertreten. Aber das stimmt ganz offensichtlich nicht.«

Die Wut in Joosts Blick war nur vordergründig, dahinter schien Wachsamkeit durch. Abwartend verschränkte er die Arme vor der Brust.

»Barbara Overbeck hat Gregor erst vor dem Restaurant kennen gelernt. An seinem Todestag hatte sie ihren zweiten Termin bei ihm. Wie sie sagt, wollte sie dich über Gregor zum Eingeständnis eines Fehlers bei der DNA-Analyse bewegen.« Ich holte tief Luft. »Warum hast du mich angelogen, was Gregors Rolle in dieser Sache betrifft?«

Für einen Moment schloss er die Augen, um sich zu sammeln. Dann öffnete er sie und schüttelte gleichzeitig den Kopf. »Ganz ehrlich, Helen, du siehst Gespenster. Du kannst froh sein, dass wir befreundet sind. Jeder andere würde dich wegen solcher unausgesprochener Unterstellungen ganz entschieden in deine Schranken weisen. Ich schlage vor, du schläfst dich mal richtig aus, und dann reden wir weiter.« Er trat hinter mich und schob mich mit sehr bestimmtem Griff vor sich her durch die Tür. »Solltest du etwas zum Schlafen benötigen, gib uns Bescheid, dann bekommst du ein Rezept. Und jetzt muss ich nach nebenan. Du findest sicher alleine hinaus.« Mit einem knappen Nicken ließ er mich stehen.

Ich sah ihn hinter einer Tür verschwinden, die gleich

darauf geschlossen wurde. Mein Herz raste, während meine Gedanken sich überschlugen. Hatte mir mein Gedächtnis einen Streich gespielt? Waren mir seine Worte falsch in Erinnerung geblieben? War es möglich, dass ich wegen meines Schlafmangels die Dinge durcheinander brachte? Hatte Joost Recht – sah ich tatsächlich Gespenster?

19

An diesem Abend fand ich keine Ruhe. Wie auch immer ich es drehte und wendete – mein Gefühl sagte mir, dass Joost mir ausgewichen war. Aber warum? Hatte er etwas zu verbergen, oder hatte ihn die Enttäuschung über meine insistierenden Fragen dazu bewogen?

Annette und schließlich Joost zu verdächtigen bedeutete, eine unsichtbare Grenze zu überschreiten. Was wurde aus einer Freundschaft, wenn erst einmal Misstrauen gesät war? Würden sich die Risse, die dadurch unweigerlich entstanden, jemals wieder kitten lassen? Es gab so viele Fragen, auf die ich keine Antworten wusste.

Mit einem Seufzer ließ ich mich in den Schaukelstuhl neben Janas Bett sinken. Ich war froh, dass wenigstens sie so selig schlief, und ich wünschte ihr, dass ihr Vater sie in ihren Träumen besuchte. Mein Blick wanderte zu ihren abstehenden Ohren, und ich lächelte.

Dein Vater hatte Humor und ein sehr gesundes Selbstbewusstsein, Jana. Er wäre nie auf die Idee gekommen, seine Ohren operieren zu lassen. Im Gegenteil: Er war der Überzeugung, wegen ihrer exponierten Ausrichtung könne er die Flöhe husten hören. Außerdem würden sie ihm eine ganz besondere Note verleihen, der die Frau seines Herzens auf Dauer nicht würde widerstehen können. Das sagte er mir bei unserer zweiten Begegnung in diesem Café. Dabei griff er wie zufällig nach meiner Hand und starrte versonnen auf meinen Ehering. Mein Blick folgte seinem.

»Wann hast du begonnen, es zu bereuen?«, fragte er. »Bei Patricks erster Affäre?«

Während meine Hand nach wie vor in seiner ruhte und sich dabei sehr geborgen fühlte, schüttelte ich langsam den Kopf. »Nein, das war schon eher, obwohl ich es mir da noch nicht eingestanden habe. Vier Wochen nach unserer Hochzeit bekam ich einen ekligen Hautausschlag. Patrick schaute mich zwei Tage lang mit unverkennbarem Widerwillen an. Dann verzog er sich für die nächsten zwei Wochen ins Gästezimmer. Er meinte, mein Anblick sei einer noch jungen Ehe und vor allem der so sensiblen Erotik nicht zuträglich. Er halte es für klüger, diese Klippe elegant zu umrunden. Das sei schließlich auch in meinem Interesse.« Inzwischen konnte ich bei der Erinnerung an diese Szene schon wieder lachen.

Gregor war ganz offensichtlich nicht zum Lachen zumute. In seinen Augen funkelte es. »Nenn mir einen Grund, warum du noch bei ihm bist.«

Mir fehlte der Mut, seinem Blick standzuhalten.

»Sieh mich an, Helen!«

Wie in Zeitlupe hob ich den Kopf und entzog ihm meine Hand. »Ich schäme mich vor mir selbst. Ich weiß nicht, ob du das verstehen kannst, aber Patrick zu heiraten war eine so idiotische Idee ...«

»Da kann ich dir nur beipflichten.«

»... mit diesem Mann aufs Standesamt zu gehen ist, als würde man einer doppelten Täuschung aufsitzen. Er ist der Prototyp eines Blenders, und ich habe mir mit einer fatalen Mischung aus Naivität und Überheblichkeit etwas vorgemacht.«

»Warum hast du so lange gewartet? Warum bist du nicht eher zu mir gekommen?«

»Ich bin nicht direkt zu dir gekommen«, druckste ich herum, »ich habe nur …«

Millimeter entfernt von meiner Hand trommelten seine Finger auf den Tisch. »Bitte keine Spielchen, Helen. Mir gegenüber kannst du die Dinge ruhig beim Namen nennen.«

Ich holte tief Luft und atmete sie langsam wieder aus. »Könntest du mich bei meiner Scheidung vertreten?«

»Genau dasselbe hat Patrick mich vor zwei Tagen gefragt.«

»Oh.«

»Du wusstest nichts davon?«

»Von Scheidung reden wir schon seit zwei Wochen. Mir war nur nicht bewusst, dass er sich damit an dich wenden würde. Obwohl es ja eigentlich logisch ist, du hast schließlich auch den Ehevertrag aufgesetzt.« Ich hätte heulen können, aber ich riss mich zusammen. »Kein Problem, dann werde ich einfach …«

»Was du da gerade tust, ist ungesund«, sagte er in einem ernsten Tonfall. »Du musst mir nichts vormachen. Du verlierst nicht gleich dein Gesicht, wenn du sagst, dass du enttäuscht bist. Schließlich ist es enttäuschend, wenn man glauben muss, dass der beste Anwalt für Familienrecht weit und breit die Gegenseite vertritt. Aber ich kann dich beruhigen, ich habe es abgelehnt, ihn zu vertreten.« Sein verschmitztes Lächeln hatte die Wirkung von Sonne, die hinter einer dunklen Wolke hervorkommt.

»Hat dir schon einmal jemand gesagt, dass dein Lächeln ansteckende Qualitäten besitzt, Gregor Gaspary?«

»Nicht nur das. Angeblich soll es auch verführerisch sein.«

»Sagt wer? Die Frau deines Herzens?«

»Mit ihr ist es noch nicht so weit gediehen, dass wir uns offen über Verführung unterhalten würden.«

»Aber ihr bewegt euch in diese Richtung, oder?«

»Das will ich stark hoffen.«

Ich sah ihn überrascht an. »Hast du es denn kein bisschen eilig? Wenn man die Frau seines Herzens gefunden hat, dann will man … ich meine …« Unter seinem Blick wurde mir fast schwindelig. »Also, was ich sagen will, ist …« In diesem Augenblick wurde mir bewusst, dass ich mich in Gregor verliebt hatte. Das Blut schoss mir ins Gesicht, und ich hätte schwören können, dass sich rote Flecken auf meinen Wangen ausbreiteten. Ich legte meine Hände darüber.

»Wenn man die Frau seines Herzens gefunden hat, dann ist Geduld das Letzte, womit man sich aufhalten will«, sagte er nach einer Weile. »Ist es das, was du sagen wolltest?«

Ich nickte.

Er faltete die Hände und legte sein Kinn darauf. »Wenn nun aber Geduld der einzige Schlüssel ist, den ich besitze, um die Tür zu dieser Frau aufzuschließen? Was dann?«

»Dann solltest du dir schleunigst überlegen, ob sie wirklich die Richtige für dich ist. Du hast weit mehr zu bieten als nur Geduld. Du bist feinfühlig, du hast Humor, du hast die schönsten Ohren, die ich kenne, ich meine…«

Diesmal waren es nicht seine Hände, die mich berührten, sondern sein Blick. Von dem zärtlichen Ton in seiner Stimme ganz zu schweigen. »Helen, bist du dir im Klaren darüber, dass du mir hier gerade eine Liebeserklärung gemacht hast?«

»So etwas in der Art könnte es gewesen sein. Zumindest könnte man es so verstehen. Also, was ich eigentlich meine, ist …«

»Dass du dich in mich verliebt hast.«

»Ja.«

»Das wurde aber auch Zeit, findest du nicht?«

Isabelle traf gegen Mittag ein. Keine halbe Stunde später kam Claudia. Während die beiden zusammen kochten, brachte ich Jana ins Bett, die nach zwei Stunden auf dem Spielplatz fast schon im Stehen eingeschlafen war. Als ich in die Küche zurückkam, hörte ich gerade noch, wie Isabelle sagte, es fiele ihr immer noch schwer zu akzeptieren, dass sie Gregor nie wieder sehen würde.

Ich ging zu ihr an den Herd, legte von hinten die Arme um sie und lehnte meinen Kopf an ihren. Nachdem wir eine Weile so gestanden hatten, gab ich ihr einen Kuss auf die Wange und setzte mich zu Claudia an den Küchentisch. »Schön, dass ihr beide hier seid.«

»Jetzt fehlt nur noch Fee«, meinte Isabelle. »Hast du inzwischen etwas von ihr gehört? Ihre vier Wochen im Kloster müssten langsam mal um sein.«

»Stimmt, aber sie hat sich noch nicht gemeldet. Vielleicht hat sie ihren Aufenthalt dort verlängert. Vielleicht ist es aber auch schwierig zu telefonieren. Wer weiß? Es kann tausend Gründe geben, warum sie sich nicht meldet. Ich will mir deswegen einfach keine Sorgen machen.«

»Gut so!«, sagte Claudia. »Ich soll dir übrigens einen Gruß von Franka ausrichten.«

»Geht es ihr besser?«

»Ja. Sie hat sich zum Glück wieder gefangen, zumindest was die Sache mit Gregor betrifft. Dabei hat sie noch einmal durch ein ziemlich tiefes Tal gehen müssen. Sie wollte dir gegenüber etwas wieder gutmachen und ist zu der Mutter des toten Babys gegangen, um deren verheerende Einstellung gegenüber Gregor etwas aufzuweichen. Aber dieser Beate Elverts war es nicht möglich, auch nur ein gutes Wort über ihn gelten zu lassen. Sie scheint völlig erstarrt in ihrem Hass. Nach dem, was mir Franka über sie erzählte, frage ich mich tatsächlich, ob dieser Hass aus dem Ruder gelaufen sein könnte.«

»Das habe ich mich auch gefragt«, sagte ich, »aber meine Psychotherapeutin meinte, dass nur die wenigsten Menschen, die voller Hass und Rachegedanken sind, ernsthaft einen Mord als Lösung in Betracht ziehen.«

»Trotzdem könnte Beate Elverts zu diesen wenigen gehören. Schließlich gibt es nicht so viele Motive, einen Menschen umzubringen. Und sie hatte eindeutig ein Motiv und kein Alibi. Ich fände es falsch, sie völlig aus den Augen zu verlieren, zumal es außer ihr so gut wie keine Verdächtigen gibt.«

Ich seufzte mit einem Anflug von Resignation. »Wie die Kripo mir sagte, reicht das nicht aus, um jemandem den Prozess zu machen. Sie haben sie wohl auf Herz und Nieren geprüft, aber bis auf die Tatsache, dass sie versucht hat, ihr Treffen mit Gregor zu verschweigen, hat sie sich in keinerlei Widersprüche verstrickt.« Müde fuhr ich mir über die Augen. »Letztlich hätte auch Annette ein Motiv gehabt. Sie war an jenem Abend sehr wütend auf Gregor. Außerdem hat sie kein Alibi für den Todeszeitpunkt. Und wenn ich es weiterspinne, dann käme selbst Joost in Betracht. Er hatte einen Streit mit Gregor, und mein Gefühl sagt mir, dass er mich über die Gründe für diesen Streit belügt.«

»Aber hat Joost nicht ein Alibi?«, fragte Isabelle.

Ich nickte. »Er war mit einer Bekannten verabredet.«

»Dann gibt es nur Sackgassen?« Claudia war anzusehen, dass sie nicht bereit war, sich damit abzufinden.

»Bei denen, die ein Motiv hätten, schon.«

»Wie meinst du das?«, fragten beide wie aus einem Munde.

Ich erzählte ihnen von der Verbindung zwischen Barbara Overbeck und Joost. »An sich ist diese Geschichte nicht ungewöhnlich. Selbst die Tatsache, dass Gregor sich nichts über die beiden Gespräche mit dieser Frau notiert hat, kann ich mir mittlerweile damit erklären, dass es für ihn von Anfang an nicht in Frage kam, sie zu vertreten. Nur eines kann ich mir nicht erklären: Warum hat er mir überhaupt nichts davon erzählt? Immerhin betraf diese Sache seinen Freund, und es handelte sich nicht gerade um eine Lappalie. Und dann dieser Streit mit Joost. Irgendetwas ist seltsam daran. Vielleicht sehe ich aber wirklich inzwischen Gespenster, wie Joost mir vorgeworfen hat.«

Schweigen machte sich in der Küche breit. Jede von uns hing ihren Gedanken nach.

»Außerdem steht immer noch der Name Tonja Westenhagen im Raum«, fuhr ich nach einer Weile fort. »Wieso hat Gregor heimlich über ihren Tod recherchiert? Das ist noch so ein Puzzlestein. Und bei keinem von den einzelnen Teilen weiß ich, ob sie überhaupt zum selben Puzzle gehören.«

»Was meint die Kripo?«, fragte Claudia.

»Noch bleibt sie am Ball, aber wer weiß, wie lange noch. Wenn sich nichts Neues ergibt, werden sie den Fall bald abschließen. Und was das bedeutet, wissen wir alle.«

Isabelle sog hörbar die Luft ein. »Gregor hat sich nicht selbst das Leben genommen. Auch das wissen wir alle!«

Um kurz vor sieben kam Nelli, um Isabelle zum Konzert abzuholen. Sie sah wunderschön aus und leuchtete von innen.

»Ist das die Vorfreude?«, fragte ich.

Ihr Nicken wurde begleitet von einem seligen Lächeln.

»Weißt du, wann ich so selig lächeln werde, Nelli? Wenn ich eines Tages in eines deiner Konzerte gehen werde.«

»Träumen Sie ruhig weiter, Frau Gaspary.«

»Ohne Träumen geht es nicht«, entgegnete ich ungerührt. »Aber ein wenig Mut gehört auch dazu. Und natürlich Tatkraft, wobei Ersteres und Letzteres nicht dein Problem ist. Ich vermute, es mangelt dir an Mut.«

»Und Ihnen mangelt es an Zurückhaltung, was den Eingriff in mein Privatleben anbelangt. Ich bin erwachsen und ich kann ...«

»... selbst entscheiden, was du mit deinem Leben machst. Das musst du sogar. Aber für manche Entscheidungen braucht man einen Geburtshelfer.«

»Ist mir neu, dass Sie auf Hebamme umgesattelt haben. Ich dachte, Sie seien Kunstexpertin.«

»Bin ich immer noch. Deshalb erkenne ich Kunst, wenn ich sie sehe. Oder wenn ich sie höre.«

Isabelle kam aus dem Gästezimmer und stellte sich zwischen uns. »Wie wär's, Schwesterchen, wenn du für heute Abend deinen missionarischen Eifer schlafen schickst? Hm?«

»Wenn du deinen dafür aktivierst, soll es mir recht sein.«

Sie lachte übermütig. »Glaubst du allen Ernstes, ich will dieses zarte Band der Freundschaft, das sich gerade erst zwischen Nelli und mir entspinnt, gleich wieder zerreißen? Vergiss es!«

»Oh … apropos«, mischte Nelli sich in unsere Unterhaltung, »das habe ich ganz vergessen, Ihnen zu sagen. Gestern habe ich den alten Ohrensessel von Ihrem Mann mal wieder gründlich sauber gemacht. Und dabei habe ich unter dem Sitzkissen eine Kladde gefunden. Die muss Ihrem Mann irgendwie dahin gerutscht sein. Ich wusste nicht, wo ich sie hinlegen sollte. Da habe ich sie einfach auf seinen Schreibtisch gelegt. Ich hoffe, das war okay … wo ich Ihnen doch hoch und heilig versprochen habe, all seine Sachen wieder genau an ihren Platz zu legen.«

»Mach dir keine Gedanken, Nelli. Das ist schon in Ordnung. Und jetzt macht, dass ihr loskommt. Ich will nicht, dass ihr meinetwegen etwas von eurem Konzert versäumt.«

Nachdem sie gegangen waren, hatte ich immer noch ihr Lachen im Ohr. Es tat nicht nur mir gut, sondern auch den Wänden um mich herum. Ich war ihnen dankbar dafür.

Jana schlief, Isabelle war mit Nelli unterwegs und würde erst spät zurückkommen. Und ich … ich wollte den Teil meines Lebens wieder aufgreifen, der von Gregors Tod, so hoffte ich, unberührt geblieben war.

Ich tauchte das Arbeitszimmer in warmes Licht, entzündete eine Aromalampe und setzte mich an die Staffelei, auf der immer noch das kleine Aquarell auf seine abschließende Beurteilung wartete. An dem Freitag vor Gregors Tod hatte ich das Gutachten begonnen, vielleicht konnte ich es an diesem Abend endlich fertig stellen. Ich hatte die Geduld meines Auftraggebers ohnehin schon über Gebühr strapaziert.

Als ich es nach eineinhalb Stunden tatsächlich geschafft hatte, war ich stolz auf mich und bedachte das Gutachten mit einem erleichterten Blick. Die Sorge, ich würde es möglicherweise nicht mehr zustande bringen, war unbegründet gewesen. Ich empfand nicht nur die wieder gewonnene Sicherheit als wohltuend, sondern auch die Ablenkung von meinen Grübeleien. Beides hatte mir einen Moment der Zufriedenheit beschert.

Gerade wollte ich die Lichter im Arbeitszimmer löschen, als mein Blick auf Gregors Schreibtisch und die schwarze Kladde fiel, von der Nelli gesprochen hatte. Ich ging um den Tisch herum und schlug sie auf. Als ich seine Schrift sah, bedauerte ich sekundenlang, dass Gregor und ich uns nie Briefe geschrieben hatten. Ich ließ mich in seinem Stuhl nieder und strich mit der Hand über das Papier.

Dann nahm ich das Heft in die Hand und stellte beim Durchblättern fest, dass nur die ersten beiden Seiten beschrieben waren. Einiges hatte er wieder durchgestrichen, anderes unterstrichen. So zum Beispiel zwei Namen: Barbara Overbeck und Tonja Westenhagen. Wie elektrisiert starrte ich darauf. Es dauerte, bis ich den Rest erfasste, obwohl ich eigentlich nicht begriff, was ich da las.

Unter Barbara Overbecks Namen hatte er *Beihilfe zum versuchten Betrug* und *uneidliche Falschaussage* mit den entsprechenden Paragrafen und dem vermutlichen Strafmaß aufgelistet. Und: *berufliche Folgen vermutlich ruinös*. Unter Tonja Westenhagens Namen stand: *Das Wegschaffen von Leichenteilen ist nicht straf-*

bar, es ist lediglich eine Ordnungswidrigkeit und wird mit einer Ordnungsstrafe belegt. Entgegen der verbreiteten Meinung unerheblich!

Und noch ein Name war dort vermerkt. Mit ihm konnte ich allerdings nichts anfangen. Wer war Flora Masberg? Gregor hatte ihren Namen umkringelt und *Nötigung!* sowie das mögliche Strafmaß daneben vermerkt.

Hatten diese drei Namen etwas mit Gregors Tod zu tun? Meine Intuition antwortete spontan mit ja, mein Verstand konnte jedoch keine Verbindung zwischen den drei Frauen entdecken. Ich hatte Barbara Overbeck nach Tonja Westenhagen gefragt, und sie hatte behauptet, mit diesem Namen nichts anfangen zu können. Sie musste gelogen haben.

Fieberhaft überlegte ich, wen ich nach Flora Masberg fragen konnte. Wenn Barbara Overbeck mich schon in Bezug auf die junge Frau belogen hatte, dann würde sie es auch in diesem Fall tun. Sie anzurufen war also sinnlos. Aber vielleicht wussten Ruth Lorberg oder Kerstin Grooth-Schulte etwas.

Ich suchte ihre Privatnummern heraus und hoffte, dass wenigstens eine von beiden an diesem Samstagabend erreichbar sein würde. Kerstin Grooth-Schulte war es nicht, wie mir ihr Anrufbeantworter mitteilte, aber bei ihrer Kollegin hatte ich Glück. Sie hatte zwar Gäste zum Essen da, war aber bereit, sie für zwei Minuten sich selbst zu überlassen.

»Ich habe nur eine Frage, Frau Lorberg. Sagt Ihnen der Name Flora Masberg etwas?«

»Nein«, antwortete sie ohne Zögern, »diesen Namen habe ich noch nie gehört.«

»Wissen Sie, ob Frau Grooth-Schulte ein Handy besitzt? Und wenn ja, haben Sie die Nummer?«

»Augenblick, ich hole sie.« Wie immer war sie viel zu diskret und professionell, um sich nach dem Grund für meine Eile zu erkundigen. Stattdessen diktierte sie mir die Nummer und wünschte mir noch einen schönen Abend.

Kerstin Grooth-Schulte ging nach dem vierten Klingeln an ihr Handy. Im Hintergrund hörte ich Stimmen und Musik. Nachdem ich mich für die Störung entschuldigt hatte, fragte ich auch sie nach dem dritten Namen aus der Kladde. Ihre Antwort fiel wie die ihrer Kollegin negativ aus. Ich bedankte mich und beendete das Gespräch.

Was nun? Noch einmal las ich die beiden Seiten in der Kladde durch, allerdings ohne auf einen weiteren Hinweis zu stoßen. Vielleicht konnte ich ihn aber auch nur deshalb nicht finden, weil mir eine entscheidende Information fehlte. Ich schlug im Hamburger Telefonbuch unter M nach. Treffer! Flora Masberg war dort mit Adresse und Telefonnummer verzeichnet.

Vor Gregors Tod wären meine Skrupel, einen fremden Menschen am späten Samstagabend zu behelligen, beträchtlich gewesen. Irgendwann würden sie wieder kommen, aber jetzt war ich frei von ihnen. Hastig drückte ich die Tasten und wartete auf das Freizeichen. Nach dem zweiten Klingeln meldete sich ein Mann. Mit klopfendem Herzen entschuldigte ich mich für die späte Störung und fragte ihn nach Flora Masberg.

»Sie wohnt nicht mehr hier.«

»Wissen Sie, wie ich sie erreichen kann?«

»Keine Ahnung. Sie hat vor mir in dieser Wohnung gewohnt, ich habe lediglich ihre Nummer übernommen.«

»Seit wann ist sie weg?«

»Seit einem halben Jahr.«

»Danke.« Enttäuscht unterbrach ich die Verbindung.

Mit einem letzten Funken Hoffnung rief ich bei der Telekom an und fragte nach einem Neueintrag unter dem Namen Masberg. Fehlanzeige. Entweder wollte sie nicht gefunden werden, oder sie hatte geheiratet. Oder ... saß sie möglicherweise im Gefängnis? Ich sah wieder in die Kladde. Gregor hatte neben *Nötigung* das mögliche Strafmaß, nämlich *Freiheitsstrafe bis zu drei Jahren oder Geldstrafe*, geschrieben.

Ich lief in den Flur und suchte auf der Kommode nach der Visitenkarte von Felicitas Kluge. Obwohl ich mir keine großen Chancen ausrechnete, dass sie am Wochenende ihr Handy eingeschaltet hatte, wählte ich die Nummer. Ich war schon darauf gefasst, eine Nachricht auf ihrer Mailbox zu hinterlassen, als sie sich meldete.

»Wie gut, dass ich Sie erreiche, Frau Kluge«, sagte ich aufgeregt. »Ich weiß, dass es spät ist, aber ich muss unbedingt etwas mit Ihnen besprechen.«

»Frau Gaspary, sind Sie das?«

»Ja ... entschuldigen Sie diesen Überfall, aber ...« Ich geriet ins Stammeln. »Ich habe etwas gefunden, das ich Ihnen gerne zeigen würde.«

»Und das hat nicht Zeit bis Montag? Ich habe dieses Wochenende frei und ...«

»Bitte!«, flehte ich. »Ich werde Ihnen auch so wenig Zeit wie möglich stehlen. Sagen Sie mir einfach, wohin ich kommen soll.«

Es war still in der Leitung, sie schien nachzudenken. »Ich komme morgen früh um neun Uhr zu Ihnen, um zehn habe ich eine Verabredung. So etwas sollte jedoch die Ausnahme bleiben, Frau Gaspary. Mein Privatleben kommt ohnehin schon zu kurz.«

»Danke!«

In dieser Nacht hatte ich nur wenige Stunden geschlafen. Ich war sehr früh aufgewacht und hatte wieder und wieder die zwei Seiten in Gregors Kladde durchgelesen und versucht, Verbindungen zwischen den drei Frauen herzustellen. Was auch immer dabei herauskam, es blieb eine Konstruktion, von der ich nicht wusste, ob sie der Realität überhaupt nahe kam.

Um kurz vor sechs kam Isabelle nach Hause, lächelte mich ziemlich beschwipst durch halb geschlossene Lider an und verschwand gleich im Gästezimmer, aus dem sie erst Stunden später wieder auftauchen sollte.

Nachdem ich mit Jana gefrühstückt hatte, brachte ich sie zu Mariele Nowak, um mich voll und ganz auf den Besuch der Kripobeamtin konzentrieren zu können.

Wie versprochen, kam sie pünktlich um neun Uhr. Ich hatte uns beiden Kaffee gemacht und ihr einen von Mariele Nowaks Muffins mitgebracht.

»Ist das ein Bestechungsversuch?«, fragte sie mit einem amüsierten Lächeln.

»Eher der Versuch, Sie ein wenig zu entschädigen.«

Sie biss hinein und kaute genüsslich. »Das ist Ihnen gelungen. So, und nun erzählen Sie, was es so Wichtiges gibt.«

Ich schob die schwarze Kladde über den Tisch. »Unsere Hilfe hat dieses Heft unter dem Sitzkissen von Gregors Sessel gefunden. Lesen Sie!«

Sie wischte sich die Finger ab und schlug die Kladde auf. Beim ersten Durchgang schien sie die beiden Seiten nur zu überfliegen, dann las sie mit gerunzelter Stirn Wort für Wort. Als sie fertig war, lehnte sie sich zurück und sah mich an. In ihrer Miene wechselten sich Überraschung und Aufregung ab. »Haben Sie schon mit irgendjemandem darüber gesprochen?«, fragte sie.

»Nur mit den Mitarbeiterinnen meines Mannes. Ich habe sie nach dieser Flora Masberg gefragt, aber keine von beiden hat diesen Namen schon einmal gehört. Dann habe ich unter ihrer früheren Telefonnummer angerufen. Ihr Nachmieter sagte mir, dass sie dort vor einem halben Jahr ausgezogen ist. Einen Neueintrag gibt es jedoch leider nicht. Ich dachte, falls sie vielleicht im Gefängnis ist, könnten Sie das am ehesten herausfinden.«

Sie vertiefte sich wieder in die Kladde und blätterte die beiden Seiten vor und zurück. »Wie kommen Sie darauf, dass sie im Gefängnis sein könnte?«

»Gregor hat neben *Nötigung* das Strafmaß geschrieben. Außerdem …«

Mit einer knappen Handbewegung unterbrach sie mich. »Unter den beiden anderen Namen hat er auch das Delikt *und* das mögliche Strafmaß vermerkt. Und bei Tonja Westenhagen wissen wir mit Sicherheit, dass sie tot ist. Da sie dort, wo sie gefunden wurde, nicht gestorben ist, muss jemand ihre Leiche in den Jenisch-Park geschafft haben. Dieser Jemand würde für das *Wegschaffen von Leichenteilen* lediglich eine Ordnungsstrafe bekommen, wie Ihr Mann es ganz richtig formuliert hat.«

»Das könnte bedeuten, dass jede dieser drei Frauen ein Opfer ist und dass die Verbindung durch den Täter zustande kommt«, überlegte ich laut. »Aber als ich Barbara Overbeck vorgestern vor ihrem Haus abgefangen habe …«

»Sie haben sie abgefangen? Warum?«

»Aus verschiedenen Gründen. Zum einen wollte ich wissen, ob sie wirklich die Frau ist, mit der Joost sich am Abend meines Geburtstags vor dem Restaurant gestritten hat. Sie ist es übrigens. Außerdem hatte Professor Kogler mir gegenüber behauptet, mein Mann habe Frau Overbeck bei ihrer Vaterschaftsklage unterstützt. Das kann jedoch nicht sein, da Gregor sie erst vor dem Restaurant kennen gelernt hat. Frau Overbeck hat mir das bestätigt. Und dann …«

»Haben Sie darüber nochmals mit Professor Kogler gesprochen?«, unterbrach sie mich mit hochgezogenen Brauen.

Ich nickte. »Er meinte, ich hätte ihn missverstanden und würde Gespenster sehen.«

»Was meinen Sie? Ist es möglich, dass es sich um ein Missverständnis handelt?«

»Ich hätte schwören können, dass er es so und nicht anders zu mir gesagt hat, aber vielleicht hat mir mein Gedächtnis tatsächlich einen Streich gespielt«, antwortete ich mit einem Schulterzucken. »Was ich aber eigentlich erzählen wollte, war, dass ich Frau Overbeck nach Tonja Westenhagen gefragt habe. Und sie hat mir sehr überzeugend versichert, sie nicht zu kennen. Wenn ich mir jedoch ansehe, was Gregor da geschrieben hat, dann muss sie sie kennen. Und das wiederum bedeutet, dass sie gelogen haben muss.«

»Das ist eine der möglichen Schlussfolgerungen«, sagte sie nachdenklich und schlug gleich darauf die Kladde zu. »Ich nehme das Heft mit, Frau Gaspary, und ich halte Sie auf dem Laufenden. Außerdem muss ich darauf bestehen, dass sie mit niemandem über das, was hier drin geschrieben steht, sprechen. Nicht mit Ihrer Familie und nicht mit Ihren Freunden – ohne Ausnahme. Kann ich mich darauf verlassen?«

Angesichts ihres dringlichen Untertons sah ich sie erstaunt an. »Ich verspreche Ihnen, dass ich mit niemandem darüber reden werde, aber … haben Sie denn eine Ahnung, worum es hier eigentlich geht?«

»Noch nicht, aber eines weiß ich ganz gewiss: Ich habe den Namen Flora Masberg schon einmal gehört.«

20

Felicitas Kluge war nicht bereit gewesen, mir mehr zu sagen. Ich hatte ihr geschworen, meinen Mund zu halten, ich hatte sie angefleht, ihr Wissen mit mir zu teilen, aber sie war unnachgiebig geblieben. Und mir blieb nichts anderes übrig als zu warten.

Während ich über ihren Besuch nachdachte, wurde mir bewusst, dass sie bereits zum zweiten Mal auf ihre übliche Warnung vor allzu großen Hoffnungen verzichtet hatte. Beim Abschied hatte sie mich lediglich eindringlich angesehen und mir erneut das Versprechen abgenommen zu schweigen. Sollte das tatsächlich ein Hinweis dafür sein, dass sie endlich eine Spur sah und entschlossen war, sie zu verfolgen? Ich betete, dass nicht auch diese Spur in einer Sackgasse enden möge. Meine Intuition sagte mir, dass es keine weiteren Spuren geben würde.

Den Rest des Tages verbrachte ich in einem Wechselbad der Gefühle. Mal versank ich in einer aus meinen bisherigen Erfahrungen gespeisten Resignation, dann wieder holte ich mir Felicitas Kluges aufgeregten Gesichtsausdruck vor mein inneres Auge. Für einen Moment hatte sie mich an einen Jagdhund erinnert, der Witterung aufnimmt.

Je länger ich über alles nachdachte, desto stärker drängte sich eine Frage in den Vordergrund: War Gregors Kladde einfach nur unter das Kissen gerutscht, oder hatte er sie darunter versteckt? Angenommen, Letzteres traf zu, dann stellte sich die Frage, vor wem er diese Aufzeichnungen versteckt hatte. Vor mir? Das ergab keinen Sinn. Selbst wenn ich sie zu seinen Lebzeiten auf seinem Schreibtisch entdeckt und darin gelesen hätte, hätte ich damit nichts anzufangen gewusst. Vor Gregors Tod hatte ich keinen der drei Namen je gehört.

In der Hoffnung, möglicherweise noch einen Hinweis zu finden, ging ich durch die Wohnung und sah unter sämtliche Sofa-, Sessel- und Stuhlkissen. Außer ein paar Krümeln fand ich jedoch nichts.

Irgendwann rauschte mein Kopf so stark, dass ich beschloss, jeden weiteren Gedanken an die Kladde und die Ermittlungen der Kripo zu verdrängen. Meine Grübeleien würden nichts beschleunigen, sie erschwerten mir nur die Wartezeit. Ganz bewusst versuchte ich, auf andere Gedanken zu kommen, wobei Isabelle und Jana mir tatkräftig halfen. Nachdem meine Schwester am späten Nachmittag aufgestanden war, spielte sie eine Stunde lang so ausgelassen mit ihrer Nichte, dass ich mich mitreißen ließ. Als ich sie gegen sieben am Bahnhof absetzte, schlang sie die Arme um meinen Hals und drückte mich fest.

»Pass auf dich auf, Schwesterchen«, sagte sie und drehte sich nach hinten zu Jana. »Bald kommt deine Lieblingstante wieder. Vielleicht kannst du bis dahin meinen Namen sagen.«

»Wir werden ihn üben«, versprach ich mit einem Lächeln und winkte ihr zum Abschied.

Zurück zu Hause machte ich Jana etwas zu essen und brachte sie danach gleich ins Bett. Mit dem Klang ihrer

Spieluhr im Ohr ging ich ins Wohnzimmer und blieb dort verloren stehen. Einmal mehr wurde mir bewusst, wie groß die Lücke war, die Gregor hinterlassen hatte. Würde ich mich je daran gewöhnen, dass er nicht mehr bei uns war? Fröstelnd ging ich zum Fenster und sah hinaus.

Mein Blick wanderte zum Himmel, aber er war wolkenverhangen und gab nichts preis. Gerade wollte ich mich abwenden, als ich Joost entdeckte. Bewegungslos stand er unter der Laterne gegenüber unserem Haus und sah mich an. Dann hob er die Hand zum Gruß und ging langsam weiter. Ich sah ihm nach, wie er mit hängenden Schultern aus dem Lichtkreis der Laterne verschwand. Reichte es nicht, meinen Mann zu verlieren? Musste ich jetzt auch noch auf seinen besten Freund verzichten? Wütend wischte ich mir die Tränen fort. Wer hatte uns all das angetan? Würde er oder sie jemals dafür büßen müssen?

Ich wollte mich gerade abwenden, als ich Annette aufs Haus zukommen sah. Sekundenlang erwog ich, ihr nicht zu öffnen, aber sie hatte mich bereits entdeckt. Widerstrebend trat ich in den Flur und öffnete die Tür.

»Guten Abend, Annette«, sagte ich zurückhaltend.

»Mich hast du wohl nicht erwartet, was?« Ihrer Stimme nach zu urteilen, hatte sie getrunken. »Habe ich euch den Abend verdorben?« Irritierenderweise klangen ihre Worte eher nach Schadenfreude als nach Bedauern.

»Isa ist schon wieder fort.«

Sie lachte verächtlich. »Wie scheinheilig du sein kannst. Ich rede nicht von deiner Schwester, sondern von meinem Mann. Glaubst du, ich bin blind? Ich habe ihn gesehen, gerade eben. Er ist vor deinem Haus stehen geblieben, hat dir zugewinkt und ist dann weitergegangen. Hätte er mich nicht kommen sehen, wäre er jetzt hier bei dir. Wahrscheinlich wartet er hinter der nächsten Ecke, bis ich fort bin. Aber glaube mir, ich werde nicht gehen. Diesen Abend werde ich ihm gründlich vermasseln. Und dir auch.«

»Soll ich dir einen Kaffee machen, Annette?«

»Ich habe keinen Durst.«

»Aber du brauchst einen klaren Kopf.«

»Mein Kopf war noch nie klarer, hörst du?« In ihren Augen standen Tränen. »Er fand dich schon immer *hinreißend*, und jetzt sieht er eine Chance, dich zu …« Sie schloss die Augen und riss sie gleich darauf wieder auf. »Aber glaube mir, du bist auch nur eine von vielen.«

Ich hatte immer gewusst, dass Annette unter dem Zustand ihrer Ehe litt. Wie sehr, wurde mir erst in diesem Augenblick klar. In ihren Augen spiegelten sich Reste einer Hoffnung, die immer wieder enttäuscht worden war. Und eine Verzweiflung, gegen die sie verbissen anzukämpfen schien. »Annette«, sagte ich mit ruhiger Stimme, »hör auf damit! Nicht jede Frau hat eine Affäre mit deinem Mann. Nach Gregors Tod hat er mir seine Hilfe angeboten, mehr nicht. Mehr wird auch nie sein. In mir ist nur die Trauer um Gregor und die Hoffnung, dass sein Tod bald aufgeklärt wird. Es gibt keinen Platz für einen anderen Mann und schon gar nicht für deinen. Die Männer meiner Freundinnen sind für mich tabu.«

»Was hat er dann vor deinem Haus gemacht?«

»Das wirst du ihn fragen müssen, ich weiß es nicht.«

Mit einem Mal sackte sie in sich zusammen und saß wie ein Häufchen Elend auf dem Küchenstuhl. Die Tränen liefen ihr übers Gesicht und tropften auf ihre Hände, die kraftlos in ihrem Schoß lagen. »Was ist nur aus uns geworden, Helen?«

Für einen Moment wusste ich nicht, wen sie meinte. Sprach sie von uns oder von sich und Joost?

»Wenn mir früher jemand prophezeit hätte, dass ich einmal meinen Mann beschatten würde, hätte ich das weit von mir gewiesen. Und jetzt? Jetzt schleiche ich ihm hinterher, um herauszufinden, was von dem, das er sagt, wahr ist und was nicht. Ist das nicht erbärmlich und entwürdigend?« Sie begann zu schluchzen. »Er hat mir schon so viele Lügen aufgetischt, dass ich nicht mehr weiß, was ich glauben soll. Was kann ich nur tun?«

»Was möchtest du am liebsten tun?«, fragte ich.

Sie zog die Schultern hoch, um sie gleich darauf wieder sinken zu lassen. »Selbst das weiß ich nicht mehr. Es ist, als hätte ich mich selbst verloren. All die guten Gefühle, die ich mal hatte, sind wie weggeblasen. Dieses verdammte Misstrauen legt alles in Trümmer. Sieh nur uns beide an: Wir waren mal Freundinnen.«

»Irgendwann werden wir schauen müssen, ob sich auf dem Fundament, das einmal da war, wieder etwas aufbauen lässt.«

Sie wirkte verletzt. »Wie kannst du das so nüchtern und emotionslos sehen?«

»Manchmal hilft es, die Dinge nüchtern zu betrachten. Besonders dann, wenn man die Emotionen später vielleicht bereuen würde.«

Gegen Mitternacht war sie ruhelos aufgesprungen und gegangen. Sie war sicher längst zu Hause, als ich immer noch dasaß und über sie nachdachte. Sämtliche meiner Versuche, sie ein wenig aufzubauen, waren gescheitert.

Wieder und wieder hatte sie mir jede einzelne von Joosts Affären der vergangenen Jahre aufgezählt und betont, dass es sicher eine nicht zu unterschätzende Dunkelziffer gäbe. Unaufhörlich wühlte sie in den Wunden, die er ihr zugefügt hatte. Es fiel mir schwer, dabei zuzusehen und nichts tun zu können. Sie war es, die etwas tun und eine Entscheidung treffen musste. Das konnte ihr niemand abnehmen.

Als sie fort war, atmete ich tief durch und versuchte, mich auf mich selbst zu besinnen. Seit Gregors Tod hatte sich ein an den Nerven zehrender Tag an den anderen gereiht. Manchmal wusste ich nicht, woher ich die Kraft nahm, am nächsten Tag wieder aufzustehen. Trotzdem war diese Kraft da. Ich spürte sie.

So stand ich auch an diesem Montag wieder auf, wärmte Milch für Jana, holte sie zum Kuscheln zu mir ins Bett und stellte mir Gregor vor, wie er uns beide anlächelte. Ich griff nach dem Anker um meinen Hals und hielt ihn fest.

Als Nelli kam, hatte ich Jana gerade angezogen. Mit einem ungläubigen Blick sah sie auf das kleine Wesen, das juchzend beide Arme um ihr Bein geschlungen hatte.

»Was ist passiert, Frau Gaspary?«, fragte sie. »Irgendetwas, das ich wissen sollte?«

Angesichts der ungewöhnlichen Farbkombination, für die Jana sich an diesem Morgen entschieden hatte, musste auch ich lachen. »Sie wollte es so.«

Vorsichtig löste Nelli Janas Ärmchen von ihrem Bein und ging stirnrunzelnd einmal um sie herum. »Mag sein, dass sie damit unter den Eineinhalbjährigen Trends setzt, aber mit den Augen einer Zweiundzwanzigjährigen betrachtet, sieht es im wahrsten Sinne des Wortes geschmacklos aus.« Dann beugte sie sich zu ihr hinunter und drückte ihr einen Kuss auf die Nase. »Wie ich dich um diese Freiheit beneide. Meine Mutter hätte mich niemals so aus dem Haus gehen lassen. Da musste immer alles perfekt sein.«

Ich goss Kaffee in einen Becher und reichte ihn Nelli. »Früher wollte ich auch immer alles perfekt machen«, sagte ich. »Das kann ziemlich anstrengend sein, wenn du mich fragst. Bei manchen Menschen kann es sogar dazu führen, dass sie Wege nicht einschlagen, weil sie fürchten, sie nicht gut genug zu begehen.«

»O nein!« Nelli knallte ihren Becher auf den Tisch. »Nicht schon wieder das. Ganz ehrlich, Frau Gaspary, Sie können eine ziemliche Nervensäge sein. Ich lebe mein Leben, wie es mir passt.«

Ungerührt hielt ich ihrem wütenden Blick stand. »Im Moment lebst du in einem Anzug, der längst zu klein und zu eng für dich ist. Eigentlich müsstest du losgehen und dir einen neuen kaufen, aber aus irgendeiner Angst heraus hast du beschlossen, lieber aufzuhören zu wachsen. Du wirst es eines Tages bereuen, wenn du deine Talente hast brach liegen lassen.«

»Dann bereue ich es eben. Na und?«

»Tu dir selbst einen Gefallen: Finde heraus, wovor du Angst hast, und dann geh dagegen an.«

Sie wandte mir ostentativ den Rücken zu, ging zur Spüle und bewaffnete sich mit Lappen und Putzzeug. »Haben Sie heute irgendeinen besonderen Wunsch? Soll ich vielleicht die Fenster putzen?«

»Seit wann lässt du dir von mir sagen, was du tun sollst, hm?«

»Auch wieder wahr. Dann machen Sie mal besser, dass Sie hier rauskommen.«

»Kann ich Jana eine Stunde bei dir lassen? Ich will in die Innenstadt und ein Gutachten abliefern.«

»Kein Problem.«

Ich lieferte nicht nur das Gutachten ab, sondern nahm gleich zwei neue Aufträge mit. Auf dem Rückweg schaute ich auf einen Sprung bei Claudia in der Agentur vorbei. Am Empfang entdeckte ich Franka Thelen, die gerade einem Kurier einen Umschlag aushändigte.

»Hallo«, begrüßte ich sie.

»Frau Gaspary … wie geht's Ihnen?«

Mit einem viel sagenden Lächeln zuckte ich die Schultern. »Und Ihnen?«

»Ich bin dabei, mich zu berappeln. Gibt es etwas Neues über Ihren Mann?«

»Nein.« Und das war nicht einmal gelogen.

Sie lehnte sich gegen den Empfangstresen. »Bea hat mir erzählt, dass die Kripo sie ziemlich in die Mangel genommen hat.«

»Das ist verständlich. Frau Elverts hätte ein Motiv gehabt, meinen Mann umzubringen. Sie wissen selbst, wie sehr sie ihn hasst. Und sie hat kein Alibi für den Montagabend. Angeblich war sie zu Hause bei ihrem kleinen Sohn. Sie könnte jedoch gewartet haben, bis er schläft …«

»Das glauben Sie doch selbst nicht, Frau Gaspary. Würden Sie Ihre Tochter allein zu Hause lassen?« Sie nahm meine Antwort als gegeben. »Und Bea würde es schon gar nicht tun. Sie hat bereits ein Kind verloren. Und es gibt wohl kaum einen Jungen, auf den besser aufgepasst wird als auf Ben, ihren Erstgeborenen. Und noch eines: Sie hat Gregor gehasst, das stimmt. Aber sie hätte es nie riskiert, ins Gefängnis zu kommen. Sie wird den Gedanken nicht los, Till im Stich gelassen zu haben. Glauben Sie allen Ernstes, sie würde auch nur das kleinste Risiko eingehen, noch einmal in so eine Situation zu geraten?« Vehement schüttelte sie den Kopf. »Ich kenne sie, und ich würde meine Hand für sie ins Feuer legen.«

»Sie sind eine gute Verteidigerin. Claudia hat mir erzählt, dass Sie auch für Gregor ins Feld gezogen sind. Dafür danke ich Ihnen.«

»Es hat nur leider nichts genützt«, sagte sie betrübt. »Ich habe so sehr gehofft, etwas geraderücken zu können.«

»Wer weiß, vielleicht haben Sie das sogar. Vielleicht braucht sie diesen Hass irgendwann nicht mehr.«

In diesem Moment kam Claudia aus ihrem Büro und ging freudig auf uns zu. Sie umarmte mich und sah dann zwischen Franka Thelen und mir hin und her. »Habe ich euch unterbrochen?«

»Nein«, antworteten wir wie aus einem Munde.

Ich gab ihr zum Abschied die Hand und folgte dann Claudia in ihr Büro.

»Hast du so viel Zeit, dass wir zusammen essen gehen können?«, fragte sie.

»Geht leider nicht, ich muss gleich nach Hause. Ich wollte dir nur schnell hallo sagen.«

Sie forschte in meinem Gesicht. »Irgendetwas ist geschehen, habe ich Recht?«

»Es gibt vielleicht eine Spur, aber ich darf darüber nichts erzählen.«

»Dann frage ich auch nicht weiter, aber ich drücke die

Daumen, dass sie den- oder diejenige endlich finden. Gregor wird dadurch zwar nicht wieder lebendig, aber du kommst vielleicht zur Ruhe.«

»Die ganze Zeit über war ich der festen Überzeugung, dass ich Gewissheit haben muss, was dort oben auf dem Balkon geschehen ist. Heute Nacht ist mir jedoch der Gedanke gekommen, dass diese Gewissheit vielleicht gar nicht so erlösend ist, wie ich mir das vorstelle. Was ist, wenn ich den Grund, aus dem er hinuntergestoßen wurde, nicht nachvollziehen kann? Was ist, wenn dieser Grund ein Nichts ist im Vergleich zu Gregors Leben?«

Sie legte ihre Hand auf meine Wange und sah mich liebevoll an. »Mach dir nichts vor, Helen. Welches Motiv auch immer an jenem Abend dort oben eine Rolle gespielt hat – es wird immer ein Nichts bleiben im Vergleich zum Leben deines Mannes.«

Den gesamten Nachmittag über hatte ich versucht, Felicitas Kluge oder Kai-Uwe Andres zu erreichen. Ich hatte meine Nummer hinterlassen und um Rückruf gebeten, aber nichts geschah. Erst gegen neunzehn Uhr hörte ich endlich etwas. Die Kripobeamtin rief allerdings nur an, um mich zu vertrösten. Aus ermittlungstaktischen Gründen dürfe sie mir nichts sagen. Meinen Einwand, dass mein Versprechen nach wie vor gelte, überging sie. Sie könne mir nur so viel sagen, dass sich die Spur als viel versprechend erwiesen habe.

Mit dieser Aussage sollte ich die Nacht über zur Ruhe kommen? Unmöglich. Ich sah mich schon schlaflos von Zimmer zu Zimmer wandern, als ich zum Telefonhörer griff. Mariele Nowak war zum Glück zu Hause.

»Haben Sie heute Abend schon etwas vor?«, fragte ich.

»Nichts, was sich nicht aufschieben ließe.«

Zehn Minuten später saß sie an unserem Küchentisch und füllte mir Salat, den sie mitgebracht hatte, auf einen Teller. Dazu gab es frisches Baguette.

»Etwas beschäftigt Sie, Frau Gaspary«, begann sie, kaum dass sie den ersten Bissen hinuntergeschluckt hatte.

»Es gibt eine Spur.«

»Na endlich! Zu wem führt sie?«

»Das ist noch nicht klar.«

»Sie dürfen nichts sagen, richtig?«

»Aber ich ersticke fast daran. Es ist, als würde Ihnen jemand ein paar Puzzlesteine vor die Nase legen, von denen Sie noch nicht einmal wissen, ob es alle sind, die Sie für das Gesamtbild brauchen. Vielleicht sind sie sogar vollzählig, aber Sie erkennen die Berührungspunkte nicht. Es ist zum Verrücktwerden.«

»Früher war ich im Puzzeln mal ganz gut. Wollen Sie es auf einen Versuch ankommen lassen?«, fragte sie mit einem hintergründigen Lächeln.

»Animieren Sie mich gerade dazu, mein Versprechen zu brechen?«

»Ich glaube ja«, antwortete sie, ohne zu zögern. »Und wenn ich länger darüber nachdenke, dann bin ich mir sogar ziemlich sicher. Wenn Sie mich jetzt fragen, ob mir ein Versprechen denn nicht heilig ist, dann kann ich nur sagen: Das kommt auf den Einzelfall an.«

Ich stand auf, holte Papier und Bleistift und schrieb aus der Erinnerung die zwei Seiten aus Gregors Kladde auf.

Barbara Overbeck: Beihilfe zum versuchten Betrug und uneidliche Falschaussage. Berufliche Folgen vermutlich ruinös.

Tonja Westenhagen: Das Wegschaffen von Leichenteilen ist lediglich eine Ordnungswidrigkeit und wird mit einer Ordnungsstrafe belegt. Entgegen der verbreiteten Meinung unerheblich!

Flora Masberg: Nötigung!

Ich reichte ihr den Zettel und erklärte mit ein paar Worten, um wen es sich bei Barbara Overbeck handelte. Von Tonja Westenhagen hatte ich ihr bereits erzählt und über Flora Masberg wusste ich nichts.

Ihr Blick wanderte konzentriert über den Zettel. Schließlich sah sie auf. »Nicht einfach. Entweder war das tote Mädchen das Opfer der beiden anderen Frauen ...«

»Nach dem, was dort steht«, unterbrach ich sie, »geht es bei Tonja Westenhagen nur um das Fortschaffen einer Leiche. Da steht nichts von Mord oder Totschlag. Vielleicht war sie kein Opfer im juristischen Sinne.«

»Stimmt. Dann drücke ich es mal anders aus: Wenn nun eine der beiden anderen Frauen Tonja Westenhagens Leiche fortgeschafft hat und die andere davon wusste und dieses Wissen irgendwie ausgenutzt hat, dann ließe sich die Nötigung erklären.«

»Sie meinen, Flora Masberg ist Mitwisserin und hat Barbara Overbeck zu etwas genötigt?«

»Könnte doch sein, oder?«

Ich dachte darüber nach. »Dann muss Barbara Overbeck verdammt gut lügen können. Als ich Tonja Westenhagen erwähnte, hat sie mir sehr überzeugend versichert, sie nicht zu kennen.«

Meine Nachbarin blickte wieder auf den Zettel. »Was macht diese Barbara Overbeck eigentlich beruflich?«

»Warten Sie … sie hat es mir gesagt.« Ich schloss die Augen und versuchte, mich zu erinnern. »Jetzt hab ich es: Sie ist Personal Trainerin.«

Ihr skeptischer Blick wanderte zwischen mir und dem Zettel hin und her. »Ihr Mann hat geschrieben: *berufliche Folgen ruinös*. Was macht so eine Personal Trainerin? Sie geht zu den Leuten nach Hause und turnt mit ihnen. Was könnte sich da ruinös auswirken?« Mit den Fingern massierte sie ihre Schläfen. »*Beihilfe zum versuchten Betrug und uneidliche Falschaussage?* Dass sich ihre Kunden bei Betrug von ihr distanzieren, kann ich mir noch vorstellen. Aber eine *uneidliche Falschaussage?* Wen interessiert das in dem Metier? Selbst die Tatsache einer Vorstrafe ist da eigentlich nicht relevant.«

Die Worte irrten in meinem Kopf umher. *Falschaussage … versuchter Betrug* … woran erinnerte mich das? Ich schlug mir an die Stirn. »Warum bin ich nicht schon längst darauf gekommen? Es steht direkt vor meine Nase, und ich schalte nicht.«

Mariele Nowak beugte sich vor und sah mich gespannt an.

»Barbara Overbeck hat mir erzählt, dass sie eine Vaterschaftsfeststellungsklage laufen hat. Joost, der Freund meines Mannes, ist in diesem Verfahren als Gutachter aufgetreten. Seine Untersuchung hat ganz eindeutig ergeben, dass Frau Overbeck sich irrt, was den vermeintlichen Vater betrifft. Vielleicht beziehen sich der versuchte Betrug und die uneidliche Falschaussage auf dieses Verfahren. Vielleicht hat sie versucht, diesem Mann ein Kind unterzujubeln und Alimente einzufordern, die ihr gar nicht zustehen.« Es dauerte keine zehn Sekunden, bis ich begriff, dass das Unsinn war. »Nein«, sagte ich enttäuscht, »so kann es auch nicht gewesen sein. So blöd ist niemand. Sie musste schließlich davon ausgehen, dass ihr Wort im Vergleich zu einer DNA-Analyse keinerlei Bedeutung hat.« Ich raufte mir die Haare. »Wir drehen uns im Kreis.«

Mariele Nowak legte die Fingerspitzen aneinander und sah mich darüber hinweg konzentriert an. »Es gibt aber noch eine dritte Möglichkeit, die wir bisher gar nicht in Betracht gezogen haben.« Sie blickte wieder auf den Zettel. »Was ist, wenn alle drei Frauen Opfer ein- und desselben Täters sind? Wenn eine vierte Person im Spiel ist, deren Namen Ihr Mann aus welchen Gründen auch immer nicht notiert hat? Das würde bedeuten, dass die Delikte, die unter den Namen stehen, ausnahmslos diesen Frauen zugefügt wurden, dass keine von ihnen Täterin ist.«

»Dann wäre diese vierte Person die Verbindung zwischen den drei Frauen.« So aufregend dieser Gedanke war, so desillusionierend war der ihm folgende. »Dennoch ist es möglich, dass all das nichts mit Gregors Tod zu tun hat. Dass es sich lediglich um eine Spur handelt, die zu einem Verbrechen führt. Punkt!«

»Die Frage ist: Warum hat Ihr Mann dieses Heft vor Ihnen versteckt?«

»Ich weiß ja noch nicht einmal, ob er es wirklich versteckt hat.«

Sie sog hörbar die Luft ein. »Überlegen Sie mal: Wenn man etwas seitlich in einen Sessel steckt, dann rutscht es an dieser Seite vielleicht hinunter, aber es landet sicher nicht unter dem Sitzkissen. Dahin muss man es schon befördern. Also gehen wir mal davon aus, dass Ihr Mann es ganz bewusst dort deponiert hat. Welchen Grund könnte er dafür gehabt haben?«

»Den Unfall, bei dem Till Elverts überfahren wurde, hat er mir verheimlicht, damit ich mich nicht aufrege. Aber worüber sollte ich mich bei diesen drei Frauen aufregen? Ich habe ja bis vor kurzem noch nicht einmal etwas von ihnen gewusst. Das ergibt keinen Sinn.«

Tief in Gedanken ließ sie ihren Blick zur Decke wandern. »Und wenn Ihr Mann sich über diese Geschichte, deren Zusammenhänge wir nicht kennen, selbst so sehr aufgeregt hat, dass er sie sich aus den Augen schaffen wollte? Wenn er sie schon nicht aus der Welt schaffen konnte? Immerhin ist eine dieser drei Frauen unter bisher ungeklärten Umständen gestorben.«

Abwehrend runzelte ich die Brauen und verschränkte die Arme vor der Brust. »Das würde bedeuten, dass er nur schwer ertragen konnte, was dort schwarz auf weiß geschrieben stand.«

»Ja.«

In meinem Kopf drehte sich alles. Ich hatte das Gefühl, die Orientierung zu verlieren. Vielleicht wünschte ich mir das auch nur, weil ich vor der Richtung, in die sich meine Gedanken bewegten, zurückschreckte. Ich nahm all meinen Mut zusammen und sprach laut aus, was ich dachte. »Wenn er persönlich so betroffen war, dann bedeutet das, dass ihm eine dieser drei Frauen nahe gestanden haben muss.«

Sie nickte. »Oder aber es gibt wirklich eine vierte Person. Und sie ist diejenige, die ihm nahe gestanden hat.«

21

Vier Wochen lang hatte ich mir die Wahrheit über die Hintergründe von Gregors Tod herbeigesehnt. Und jetzt? Mit einem Mal wünschte ich mir, den Blick von dieser Wahrheit abwenden zu können – weiterzugehen, ohne ihr ins Gesicht sehen zu müssen.

Am Dienstagabend rief Annette an und erzählte mir schluchzend, dass Joost verhaftet worden sei. Bereits am Vormittag sei er ins Polizeipräsidium zitiert worden. Man habe ihn dort den ganzen Tag über verhört und danach nicht mehr gehen lassen.

»Joost sitzt in Untersuchungshaft«, sagte sie mit Angst in der Stimme. »Ich verstehe das überhaupt nicht. Er kann es nicht gewesen sein.«

»Was kann er nicht gewesen sein, Annette?« Ich schluckte und lehnte mich Halt suchend gegen die Wand hinter mir. Dann ließ ich den Gedanken zu. »Joost soll Gregor vom Balkon gestoßen haben?«

»Das vermutet jedenfalls dieser Kommissar, der mich angerufen hat. Aber er muss sich irren.« Ihr Atem ging stoßweise. »Irgendetwas ist da schief gelaufen. Bestimmt ist Joost von jemandem beschuldigt worden, der damit seinen eigenen Kopf aus der Schlinge ziehen will.«

»Hat Joost das gesagt? Hast du mit ihm gesprochen?«

»Nein. Angeblich will Joost mit niemandem sprechen.« Ihre Stimme war belegt vom vielen Weinen. »Ich habe ein paar Sachen für ihn gepackt und will gleich noch dort vorbeifahren.«

»Würdest du mich anrufen, wenn du zurück bist?«

Sie hatte es versprochen, ihr Versprechen jedoch nicht halten können, wie ich später erfuhr. Im Untersuchungsgefängnis hatte man Joosts Sachen in Empfang genommen, Annette jedoch an diesem Abend nicht mehr zu ihm gelassen. Auf dem Heimweg hatte sie im Auto einen Nervenzusammenbruch erlitten und war vom Notarzt ins Krankenhaus gebracht worden.

Mir waren die Stunden dieser Nacht sehr lang geworden. Eine jede hatte sich endlos hingezogen, während das Warten an meinen Nerven zerrte. Erst um acht Uhr morgens klingelte das Telefon. Ich ging sofort dran.

»Was hat er gesagt?«, fragte ich wie aus der Pistole geschossen.

Sekundenlang war es still in der Leitung. »Er hat es schließlich zugegeben«, hörte ich eine Stimme sagen, die nicht Annette gehörte.

»Frau Kluge …?«

»Guten Morgen, Frau Gaspary«, sagte die Beamtin. In ihrer Stimme schwang ein Ton mit, der auf gute Nachrichten schließen ließ.

Alles in mir wehrte sich gegen die Vorstellung, etwas könne gut an der Nachricht sein, dass Joost … Ja, was hatte er überhaupt getan? Ich fragte sie danach.

»Am besten kommen Sie hierher. Dann können wir gemeinsam die Vernehmungsprotokolle durchgehen. Ich habe sie gerade auf den Tisch bekommen.«

Als ich Jana bei Mariele Nowak ablieferte, nahm sie meine Hand in ihre und drückte sie. »Schlimm?«

»Sehr«, antwortete ich. Und mit Blick auf Jana: »Ich weiß nicht, wie lange es dort dauern wird.«

»Lassen Sie sich Zeit. Jana ist bei mir gut aufgehoben. Wir werden einen Kuchen backen. Dann gibt es Nervennahrung, wenn Sie zurückkommen.«

Die hätte ich bereits in diesem Moment gebrauchen können. Auf der Fahrt ins Polizeipräsidium konzentrierte ich mich bewusst auf den Verkehr und schob alles andere beiseite. Ich wollte heil ankommen. Und ich wollte endlich wissen, was an jenem Montag vor vier Wochen geschehen war.

»Um das zu verstehen«, sagte Kai-Uwe Andres, der sich mit seiner Kollegin und mir um einen Tisch gesetzt hatte, »müssen wir drei Jahre zurückgehen.«

»Zu Tonja Westenhagen?«, fragte ich.

»Nicht nur zu ihr, sondern auch zu Flora Masberg.« Er gab Felicitas Kluge ein Zeichen fortzufahren.

»Um den Zeitraum herum, der für unsere Ermittlungen entscheidend ist, hatten Professor Kogler und Flora Masberg ein Verhältnis. So wie es aussieht, hatte er damals eine Wohnung gemietet, die den Treffen mit seinen Freundinnen vorbehalten war.« Sie fuhr mit den Händen über die Unterlagen vor ihr. »An dem Abend vor Tonja Westenhagens Tod waren er und Frau Masberg auf dem Weg zu dieser Wohnung. Unterwegs nahmen sie eine Anhalterin mit.«

»Tonja Westenhagen?« Mein Magen schmerzte, und ich presste meine Unterarme dagegen.

»Ja. Der dunkle Jaguar, nach dem wir Sie gefragt haben und in den ein Zeuge das Mädchen damals hat einsteigen sehen, gehörte übrigens dem Vater von Frau Masberg. Sie haben Tonja gleich gesagt, dass …«

»Einen Moment, bitte«, unterbrach ich sie. »Erscheint Ihnen das nicht ungewöhnlich? Die beiden müssten eigentlich anderes im Sinn gehabt haben, als auf dem Weg zu dieser Wohnung eine Anhalterin mitzunehmen. Ich meine, sie waren nicht einfach ein Ehepaar auf dem Heimweg. Wie kommt es, dass sie überhaupt Augen für ein junges Mädchen am Straßenrand hatten?«

»Diese Frage stellt sich ohne Zweifel«, antwortete Kai-Uwe Andres. »Beide haben dazu ausgesagt, dass ihnen das Mädchen beinahe ins Auto gelaufen wäre. Augenscheinlich sei sie betrunken gewesen. Das wurde übrigens damals bereits von ihren Freunden bestätigt, die mit ihr zunächst auf einer privaten Party und später in der Disko gewesen waren. Laut der rechtsmedizinischen Untersuchung hatte sie zu dem Zeitpunkt, als sie mit Professor Kogler und Frau Masberg zusammentraf, einen Blutalkoholgehalt von eins Komma acht Promille. Das ist ein beachtlicher Wert für ein Mädchen, das bis dahin nur gelegentlich Erfahrungen mit Alkohol gemacht hatte.«

»Den Zustand, in dem Tonja war, haben die beiden wohl ganz richtig eingeschätzt«, fuhr Felicitas Kluge fort. »Da sich Joost Koglers Wohnung auf halbem Weg zum Zuhause des Mädchens befand, beschlossen sie, sie dieses Stück mitzunehmen und sie dann für den Rest des Weges in ein Taxi zu setzen. Als sie vor dem Haus hielten, in dem sich die Wohnung befand, wurde Tonja allerdings schlecht, und sie nahmen sie kurzerhand mit hinauf. Während Frau Masberg ihr den Weg ins Bad wies, bestellte der Professor ein Taxi. Die beiden nahmen an, das Mädchen würde sich übergeben und sie könnten es dann in das Taxi verfrachten. Aber es kam anders.« Felicitas Kluge warf einen kurzen Blick in ihre Unterlagen.

»Der Professor und seine Geliebte befanden sich – so ihre gleich lautenden Aussagen – im Wohnzimmer, als sie aus dem Bad ein dumpfes Geräusch hörten. Sie nahmen an, Tonja sei hingefallen, und liefen ins Bad. Dort fanden sie das Mädchen auf dem Boden liegend vor. Offensichtlich hatte sie es nicht mehr bis zur Toilette geschafft und sich auf dem Badezimmerboden erbrochen. Dann muss sie auf dem Erbrochenen ausgerutscht und sehr unglücklich mit dem Genick auf den Badewannenrand geknallt sein. Professor Kogler konnte nur noch ihren Tod feststellen.«

Meine Kehle fühlte sich ausgedörrt an. Ich goss Wasser in ein Glas und trank einen Schluck.

Felicitas Kluge fuhr fort: »Laut Aussage des Professors hatte er bereits Sekunden später die Schlagzeilen vor Augen, die diesem Tod unweigerlich folgen würden. So etwas ließ sich seiner Einschätzung nach nicht geheim halten. Er flehte Flora Masberg an, ihren Mund zu halten und nach Hause zu fahren. Er selbst ließ sich von dem Taxi, das unten seit fünf Minuten – eigentlich auf Tonja – wartete, zu seinem Institut bringen, wo sein Wagen stand, und fuhr dann zurück zu der Wohnung.«

Vor mein inneres Auge schob sich das Bild von Joost, zu dessen Füßen Tonja Westenhagens Leiche lag. Ich hätte dieses innere Auge gerne geschlossen, um dem Bild zu entkommen. Gleichzeitig wollte ich die Wahrheit wissen. »Er hat die Leiche in den Jenisch-Park gebracht?«, fragte ich.

»Ja«, sagte sie, »noch in derselben Nacht. Und bereits am nächsten Tag hat er die Wohnung gekündigt.«

Ich dachte an die Gedenktafel im Jenisch-Park und an

das Martyrium der Familie des Mädchens. »Haben Sie Tonjas Eltern informiert?«

Sie nickte. »Kollegen von uns sind gerade bei ihnen.«

»Was müssen sie durchgemacht haben«, überlegte ich laut. »All die Jahre nicht zu wissen, wie und warum ihre Tochter gestorben ist. Und das alles nur wegen ein paar idiotischer Schlagzeilen? Zwei Wochen später wären die längst vergessen gewesen.« Ich wusste nicht mehr, ob wir von dem Joost sprachen, den ich kannte und der Gregors Freund gewesen war.

Kai-Uwe Andres räusperte sich. »In den Augen des Professors schien damals seine Existenz ernsthaft gefährdet zu sein. Er dachte ausschließlich an den Ruf seines Instituts, der untrennbar mit seinem Namen verbunden ist, und an seine Arbeit als Gerichtsgutachter. Vielleicht hat er mit dieser Sicht der Dinge sogar nicht ganz Unrecht. Zweifellos macht es sich nicht gut, wenn man als der Professor in die Schlagzeilen gerät, der eine Siebzehnjährige auf der Straße aufliest und sie mit in seine Wohnung nimmt, wo sie dann zu Tode kommt.«

Ich dachte darüber nach. Joost würde sich damit immer überzeugend zu rechtfertigen wissen, aber entschuldigen konnte ihn diese Argumentation in meinen Augen nicht. Ich wandte mich Felicitas Kluge zu. »Am Sonntag sagten Sie, Sie hätten den Namen Flora Masberg schon einmal gehört. In welchem Zusammenhang war das?«

»Der Professor hat uns seine frühere Geliebte als Alibi für den Abend genannt, an dem Ihr Mann starb. Sie heißt seit ihrer Heirat übrigens Flora Simon. Als ich mir dieses Alibi von ihr bestätigen ließ, musste sie ihren Ausweis vorlegen. Darin ist ihr Mädchenname vermerkt.«

Der Name Simon erinnerte mich an etwas. »Simon«, sagte ich, »dieser Name … ich habe ihn schon einmal gehört.«

»Möglicherweise aus dem Mund von Frau Overbeck?« Sie legte den Kopf etwas schief und sah mich interessiert an.

Ich nickte. »Ja, das stimmt. Sie hat von einem Mark Simon erzählt.«

»Dem Vater ihres Kindes.«

»Dem *angeblichen* Vater ihres Kindes«, präzisierte ich.

Kai-Uwe Andres faltete die Hände und stützte sein Kinn darauf. »Er ist der Vater«, sagte er gedehnt.

»Aber das Gutachten …« Und dann drängte sich ein Gedanke in den Vordergrund, und mir ging endlich ein Licht auf. »Hat Joost tatsächlich geschludert?«

»Er hat es gefälscht!«, klärte Felicitas Kluge auf. »Für Flora Simon, geborene Masberg, kam ein uneheliches Kind ihres frisch Angetrauten einem Alptraum gleich. Als sie von ihrem Mann zufällig den Namen des Gutachters erfuhr, der vom Gericht mit der DNA-Analyse beauftragt worden war, sah sie ihre Chance gekommen. Sie setzte sich mit ihrem früheren Liebhaber in Verbindung und erinnerte ihn an Tonja.«

»Das heißt, sie erpresste ihn, damit er das Ergebnis der DNA-Analyse fälschte?«

»Erpresst hat sie ihn nicht. Eine Erpressung setzt immer einen Vermögensvorteil voraus. Aber sie hat ihn genötigt. Sollte bei der Untersuchung Mark Simon als Vater herauskommen, würde sie sich mit ein paar pikanten Informationen an die Presse wenden.«

Irritiert runzelte ich die Stirn. »Aber damit hätte sie sich selbst verraten.«

»Das hätte sie in Kauf genommen, wie sie sagt. Zumindest ist sie das Risiko eingegangen. Und das muss sie dem Professor sehr überzeugend vermittelt haben. Er hat sich von ihr nötigen lassen und hat die Probe von Mark Simon ausgetauscht. Im Ergebnis der DNA-Analyse war seine Vaterschaft mit Sicherheit ausgeschlossen.«

»All das hat Joost freiwillig zugegeben?«

»Zunächst nicht«, antwortete Kai-Uwe Andres. »Aber als wir in der Kladde Ihres Mannes von *uneidlicher Falschaussage* und *Beihilfe zum versuchten Betrug* lasen und das auch noch im Zusammenhang mit Barbara Overbeck, haben wir Mark Simon in unser rechtsmedizinisches Institut gebeten und die Analyse dort wiederholen lassen. Das Ergebnis besagt, dass Mark Simon der Vater von Barbara Overbecks Sohn ist.« Er ließ mir Zeit, diese Informationen zu verarbeiten, und fuhr dann fort. »Das Gutachten, das der Professor angefertigt hatte, war von Barbara Overbecks Anwalt bis ins Detail geprüft worden. Es wies keinerlei Fehler auf. Bei einem professionellen Umgang mit der Probe konnte es also zu keiner versehentlichen Vertauschung gekommen sein. Blieb die absichtliche. Und da stellte sich natürlich die Frage …«

»… warum der Professor so etwas getan haben könnte«, vollendete Felicitas Kluge seinen Satz. »Wir haben ihn dazu vernommen. Gleichzeitig wurde Flora Simon befragt. Während Professor Kogler beharrlich bei seiner Version blieb, verstrickte die Frau sich in Unstimmigkeiten und gab schließlich die Nötigung zu. Von dort zu Tonja Westenhagen war es nur noch ein kleiner Schritt. Als wir von dieser Geschichte hörten, war sofort das Motiv klar, das den Professor bewogen hatte, der Nötigung nachzugeben und die Probe zu vertauschen: Er hat damit versucht, eine andere Straftat zu vertuschen.«

Ich rieb mir über die Stirn und versuchte, den Schmerz zu vertreiben, der sich dahinter breit gemacht hatte. Aber es war zwecklos. »Haben Sie eine Kopfschmerztablette für mich?« Ich sah zwischen beiden hin und her.

Felicitas Kluge verließ den Raum und war kurz darauf zurück. »Hier … bitte.«

Nachdem ich die Tablette mit Wasser geschluckt hatte, versuchte ich, mich wieder zu konzentrieren. »Welche Straftat wollte er denn eigentlich vertuschen, Frau Kluge? Sie haben gesagt, dass das Mädchen nicht getötet wurde, sondern dass es ein Unfall war.«

»Erinnern Sie sich, was Ihr Mann in die Kladde notiert hat?«

»Jedes Wort.«

»Das Wegschaffen von Leichenteilen ist nicht strafbar, es ist lediglich eine Ordnungswidrigkeit und wird mit einer Ordnungsstrafe belegt. Entgegen der verbreiteten Meinung unerheblich!«, wiederholte sie die Worte. »Joost Kogler hing dieser verbreiteten Meinung an und glaubte, eine Straftat begangen zu haben, als er Tonjas Leiche fortschaffte und im Jenisch-Park zurückließ. Er irrte sich jedoch und beging lediglich eine Ordnungswidrigkeit.«

Ich schaute sie ungläubig an.

»Es ist tatsächlich so, auch wenn es Ihnen schwer fallen mag, das zu glauben, Frau Gaspary.«

»Halten Sie es für möglich, dass die Nötigung durch Frau Masberg, ich meine Frau Simon, wirkungslos gewesen wäre, wenn Joost die Rechtslage richtig eingeschätzt hätte?«

Beide schüttelten die Köpfe, der Beamte sprach zuerst. »Nein, er wäre vermutlich trotzdem darauf eingegangen. Bei dem, was Ihr Mann da geschrieben hat, ging es ihm um die Strafen, die die Justiz verhängt. Diejenigen der Gesellschaft hat er zumindest an dieser Stelle vernachlässigt. Nicht so der Professor.«

Nach allem, was ich bisher gehört hatte, hatte Kai-Uwe Andres mit dieser Einschätzung sicher Recht. »War Mark Simon in all das eingeweiht? Hat er mitgemacht?« Eigentlich konnte mir die Antwort auf diese Frage egal sein, aber sie half dabei, die Zeit auszudehnen. Sie schuf eine Distanz zu der eigentlichen Frage. Denn ich war mir nicht sicher, ob ich die Antwort würde ertragen können.

»Nein, er war nicht eingeweiht«, antwortete er. »Und wir glauben ihm das. Er schien zwar nicht glücklich über die Vaterschaft zu sein, aber er war sehr überzeugend bei dem Vorsatz, für das Kind aufzukommen, sollte es seines sein.«

Ich wandte mich an Felicitas Kluge. »Was hat seine Frau bewogen, diesem Kind und seiner Mutter so übel mitzuspielen? Sie haben vorhin von einem Alptraum gesprochen. Was haben Sie damit gemeint?«

»Flora Simon kann selbst keine Kinder bekommen. Ihr Mann weiß das und hat darin auch nie ein Problem gesehen, da er selbst nicht gerade erpicht darauf ist, Vater zu werden. Seine Frau war jedoch getrieben von der Angst, diese Einstellung könne sich irgendwann ändern. Das Kind einer anderen Frau hätte sie als Störenfried in ihrer Ehe empfunden. Vielleicht hatte sie auch Sorge, dass sich ihr Mann über die Annäherung zu dem Kind auch der Mutter annähern könnte. Etwas in der Art wird sicher eine Rolle gespielt haben.«

Mein Kopf hörte nicht auf zu schmerzen. »Können wir bitte eine Pause machen«, bat ich.

»Natürlich«, beeilte sich die Beamtin zu sagen. »Reicht Ihnen eine halbe Stunde?«

Ich nickte und verließ den Raum.

Jede einzelne Zelle meines Körpers schmerzte. Für einen endlos dauernden Moment konnte ich an nichts anderes denken als an diesen Schmerz. Würde ich ihn je wieder loswerden? Würde er sich in mein Gedächtnis brennen und alles andere auslöschen?

In der Toilette stützte ich mich an der Wand ab und übergab mich. Als mein Magen längst nichts mehr hergab, krampfte sich meine Kehle immer noch zusammen. Auf meinem Gesicht mischten sich Tränen mit kaltem Schweiß. Mit wackeligen Beinen ging ich zum Waschbecken und wusch beides ab.

Eine Frau kam herein und fragte, ob ich Hilfe brauchte. Ich schüttelte den Kopf. Es war nett von ihr gemeint, und ich war ihr dankbar, aber ich wusste, es gab keine Hilfe in dieser Situation. Noch ein paar Minuten und dann würde ich wieder hineingehen. Ich würde mir den Rest anhören.

Später konnte ich mich nicht mehr daran erinnern, wie ich zurück in Felicitas Kluges Büro gekommen war. Aber den Moment, als ich mich setzte, werde ich nicht vergessen. Nach einem mitfühlenden Blick auf mein kalkweißes Gesicht begann sie, von Gregor zu erzählen.

»Gehen wir zurück zu dem Abend, als Sie, Ihr Mann und die Koglers in der *Brücke* verabredet waren. Wir haben Barbara Overbeck zu der Szene vor dem Restaurant befragt. Sie hatte den Professor bereits vor seinem Institut abgefangen und versucht, ihn zur Rede zu stellen. Aber er wimmelte sie ab, setzte sich in sein Auto und fuhr zur *Brücke*. Womit er wohl nicht rechnete, war, dass sie ihm folgen würde. So kam es zu der Szene, von der uns bereits Frau Doktor Kogler berichtet hatte und die Sie beide verständlicherweise falsch interpretiert haben. Es ging dabei nicht um den Streit einer Frau mit ihrem verheirateten Liebhaber, sondern um eine Frau, die sich um die Wahrheit betrogen fühlte. Frau Overbeck war sich sicher, dass nur Mark Simon der Vater ihres Kindes sein konnte. Also musste der Professor sich geirrt haben. Sie forderte ihn auf, seinen Fehler einzugestehen. Er hingegen riet ihr, sich den Tatsachen zu stellen und ihn endlich in Ruhe zu lassen, andernfalls würde er gerichtlich gegen sie vorgehen und sie auf Verleumdung und Rufschädigung verklagen. In diesem Augenblick kam Ihr Mann hinzu. Er wusste nicht, worum es zwischen den beiden ging, aber er spürte, wie aufgebracht Barbara Overbeck war und dass sie nicht so schnell aufgeben würde. Als er versuchte, sie zu beruhigen, begann sie zu schreien. Sie würde sich nicht beruhigen, nicht solange dieses Gutachten nicht korrigiert würde. Als Ihr Mann sie fragte, um was es überhaupt gehe, hielt sie dagegen, was ihn das anginge und wer er überhaupt sei. Daraufhin stellte er sich ihr vor und gab ihr seine Visitenkarte.«

Mir war kalt, aber ich hatte noch nicht einmal die Kraft, meine Arme zu heben und sie um meinen Körper zu legen. »War das der Auslöser für alles Weitere?«, fragte ich. Meine Stimme hörte sich fremd an.

Kai-Uwe Andres nickte. »Ich denke, das war es in gewisser Weise. Ohne diese Visitenkarte wäre Barbara Overbeck nicht auf die Idee gekommen, Ihren Mann aufzusuchen. Sie rief ihn gleich am Montag an und vereinbarte einen Termin für den Mittwoch. Von ihr wissen wir, dass es Ihrem Mann widerstrebte, sich in diese Geschichte einzumischen. Joost Kogler hatte ihm auf den paar Metern ins Restaurant gesagt, Barbara Overbeck sei eine dieser uneinsichtigen Frauen, die nicht zu akzeptieren wüssten, wann sie verloren hätten. Sie sei eine von denen, die einem Mann ein Kind unterjubeln wollten und zu dumm seien, sich mit den Errungenschaften der Wissenschaft auseinander zu setzen. Die DNA-Analyse würde solchen Frauen endlich das Handwerk legen.«

»Hat mein Mann ihr das tatsächlich mit diesen Worten wiedergegeben?«, fragte ich skeptisch.

»Er hat es vorsichtiger ausgedrückt«, antwortete er. »So dass sie es sinngemäß erfassen musste. Verständlicherweise glaubte er seinem Freund mehr als dieser Frau, deshalb wollte er sie so schnell wie möglich loswerden. Frau Overbeck machte es ihm jedoch nicht gerade leicht. Sie gab sich alle Mühe, Ihren Mann von ihrer Version der Geschichte zu überzeugen und Zweifel an der Version seines Freundes zu wecken. Aber ich glaube, das gelang ihr nicht. Ihr Mann wiederholte ihr nur immer wieder seinen Rat, wenn sie denn so sehr von einem Irrtum überzeugt sei, dann solle sie eine private DNA-Analyse in Auftrag geben und das Ergebnis dem Richter vorlegen.«

»Davon hat sie mir erzählt«, sagte ich.

Felicitas Kluge sah von ihren Unterlagen auf. »Ich denke, Ihr Mann war so überzeugt von der Richtigkeit des Koglerschen Gutachtens, dass er annahm, sie würde abziehen und Ruhe geben, wenn sie von ihm nichts anderes als diesen Rat bekäme.«

Ungläubig schüttelte ich den Kopf. »Aber Gregor hat Barbara Overbeck kennen gelernt. Sie macht alles andere als einen dummen Eindruck. Wie konnte er nur auf die Idee verfallen, dass diese Frau es so weit treibt, auch noch ihn in diese Geschichte hineinzuziehen – wohl wissend, dass sie im Unrecht ist?«

»Ihr Mann wird angenommen haben, dass sie eben genau das nicht wusste. Dass sie nur glaubte, Mark Simon sei der Vater ihres Kindes, dass jedoch ganz sicher noch mindestens ein anderer Mann als Vater in Frage käme. Ihr Mann wird sich von einem Zweitgutachten Gewissheit für Barbara Overbeck erhofft haben. Und natürlich, dass sie seinen Freund fortan in Ruhe lassen würde.«

»Warum hat er ihr trotzdem versprochen, mit Joost über die Sache zu sprechen?«

»Weil sie sich nicht abwimmeln ließ.«

»Und dann hat er tatsächlich mit Joost darüber geredet?«

Sie nickte. »Aber Ihr Mann hat die Brisanz des Ganzen nicht erkannt. Das konnte er wohl auch nicht.«

»Er hat Joost vertraut«, sagte ich mehr zu mir selbst. »Wie sollte er auf die Idee kommen, dass sein bester Freund sich zu solchen Machenschaften hinreißen lassen würde?«

»Ich glaube, Ihr Mann wurde in dem Augenblick stutzig, als sein Freund angesichts des Rates, den er Barbara Overbeck gegeben hatte und von dem er ihm erzählte, überreagierte. Er beschimpfte ihn und fragte ihn, wie er dazu käme, die Frau auf solche Ideen zu bringen. Da schöpfte Ihr Mann Verdacht und hakte nach. Und das wohl so hartnäckig, dass Joost Kogler zusammenbrach und die ganze Geschichte gestand.«

»Auch das mit Tonja Westenhagen«, folgerte ich. »Deshalb hat Gregor die Recherche in Auftrag gegeben.«

»Er wollte das Ausmaß abklären«, sagte Kai-Uwe Andres.

»Oder vielleicht sollte ich besser sagen das Strafmaß, mit dem sein Freund zu rechnen haben würde. Das heißt, Ihr Mann war nicht bereit, die Geschichte unter den Teppich zu kehren. Er wollte nicht dabei zusehen, was Frau Overbeck und ihrem Kind angetan wurde. Und den Eltern von Tonja.«

Von einer Sekunde auf die andere erinnerte ich mich wieder an das Telefongespräch, das Gregor an dem Freitag vor seinem Tod mit Joost geführt hatte. *»Bring das in Ordnung!,* hat Gregor zu Joost gesagt, als die beiden miteinander telefonierten. Das war der Streit am Telefon, von dem ich Ihnen erzählt und den ich völlig falsch interpretiert habe.«

»Bei diesem Telefonat hat Ihr Mann dem Professor die Pistole auf die Brust gesetzt«, sagte Felicitas Kluge.

Für einen Moment schloss ich die Augen. Dann öffnete ich sie langsam wieder. »Und damit hat er sein eigenes Todesurteil besiegelt.«

22

An der Wand hinter Felicitas Kluge hing ein Foto von einer Schneelandschaft. Eiskristalle glitzerten in der Sonne. Mein Blick klammerte sich daran.

»Frau Gaspary?« Die Beamtin holte meine Aufmerksamkeit zurück an den Tisch. »Kann ich fortfahren oder möchten Sie …?«

»Nein, nein, fahren Sie bitte fort.«

Sie ließ mich nicht aus den Augen, als wolle sie mich rechtzeitig auffangen, wenn ich zusammenklappte. Zögernd sprach sie weiter: »Joost Kogler hat an dem Wochenende, das dem Streit zwischen ihm und seinem Freund folgte, die Hölle durchgemacht, wie er es beschreibt.« Sie versuchte, einen neutralen Ton anzuschlagen, aber es gelang ihr nicht ganz, ihren Abscheu zu verbergen. »Er habe sich immer wieder ausgemalt, was passieren würde, wenn er der Forderung seines Freundes nachgäbe. Für ihn habe außer Frage gestanden, dass es das Ende seiner Karriere und gleichzeitig das Ende seines Instituts bedeuten würde. Er würde in seinem Metier nie wieder Fuß fassen können.«

Angewidert schüttelte ich den Kopf. »Wie konnte er annehmen, damit durchzukommen? Ich meine, selbst wenn Gregor nicht eingegriffen hätte, hätte Joost damit rechnen müssen, dass Barbara Overbeck die Sache nicht auf sich beruhen lassen und ein Gegengutachten in

Auftrag geben würde. Und wie Gregor ihr sagte, würde sich kein Richter einem solchen Gutachten verschließen, selbst wenn es bei Gericht nicht anerkannt würde. Er würde zumindest veranlassen, den Ursachen für die unterschiedlichen Ergebnisse auf den Grund zu gehen. Joost bewegt sich regelmäßig auf diesem Parkett, er hätte wissen müssen, dass es Möglichkeiten gibt, sein Gutachten zu kippen.«

»Richtig«, sagte Kai-Uwe Andres. »Dessen war er sich wohl auch bewusst, aber er sah keinen anderen Weg. Er hoffte, damit durchzukommen, hatte sich aber auch ausgemalt, was geschehen würde, wenn es schief ginge. Er würde zerknirscht einen Fehler eingestehen und hinnehmen müssen, dass sein bislang untadeliger Ruf bei Gericht Risse bekäme, aber insgesamt würde er mit zwei blauen Augen davonkommen. Der Nötigung seiner ehemaligen Geliebten Flora Masberg hatte er schließlich nachgegeben. Für den dennoch erfolglosen Ausgang der Geschichte sei dann nicht mehr er verantwortlich. Insofern würde die Sache mit Tonja Westenhagen nicht herauskommen.«

»Es ging ihm die ganze Zeit nur um Ansehen und Geld«, fasste ich erschüttert zusammen. »Nur darum, wie er möglichst ungeschoren aus der Sache herauskäme.« Ich schlug die Hände vors Gesicht. Hinter meinen geschlossenen Lidern sah ich Joost die Hand ausstrecken und Gregor einen Stoß versetzen. Augenblicklich riss ich die Augen auf und sah Hilfe suchend zwischen den beiden Beamten hin und her, bis mein Blick zur Ruhe kam und sich an Felicitas Kluge wandte. »Was ist an dem Montagabend geschehen?«

Sie faltete die Hände und legte sie auf den Stapel Unterlagen. »Kurz nach zwanzig Uhr verließ Frau Doktor Kogler die Kanzlei Ihres Mannes. Sie wurde dabei vom Professor beobachtet, der auf der gegenüberliegenden Straßenseite stand. Er hatte noch Licht hinter den Fenstern der Kanzlei gesehen und focht einen inneren Kampf mit sich aus, wie er uns sagte. War es sinnvoll, seinen Freund noch einmal aufzusuchen und um sein Schweigen zu bitten? Am Telefon hatte er sich dieser Bitte strikt verweigert, aber wenn er ihn anflehte, würde er vielleicht doch noch nachgeben. Er entschied sich …«

»Joost kannte Gregor«, unterbrach ich sie, »er hätte wissen müssen, dass er nicht nachgeben würde, nicht bei so einer Sache.«

»Das hat Ihr Mann ihm wohl auch ganz schnell klargemacht. Er hat ihn aufgefordert, das Gutachten zu berichtigen und die Umstände von Tonja Westenhagens Tod aufzuklären. Wie der Professor sagt, sei sein Freund noch nicht einmal zu dem leisesten Kompromiss bereit gewesen. Er habe nur immer wieder gesagt: *Bring das in Ordnung, Joost!* Als die Unterhaltung schließlich eskalierte …« Felicitas Kluge sah mich prüfend an.

Ich schlang die Arme um den Oberkörper und drückte den Rücken fest gegen die Lehne des Stuhles. Um mich gegen das, was kommen würde, zu wappnen, hätte es jedoch eines Panzers bedurft.

»Als die Unterhaltung schließlich eskalierte«, sprach sie weiter, »forderte Ihr Mann den Professor auf zu gehen. Er ließ ihn mitten im Raum stehen und entzog sich ihm, indem er auf den Balkon ging.«

»Er ist ihm gefolgt und hat ihn hinuntergestoßen«, schloss ich fassungslos, während mir die Tränen übers Gesicht liefen. »Und dann hat er mir noch in der Nacht den trauernden Freund vorgespielt. Was wird er dafür bekommen? Fünfzehn Jahre?«

»Wenn auf Mord erkannt wird«, antwortete Kai-Uwe Andres. »Wenn er allerdings einen guten Anwalt hat, kommt er möglicherweise mit Totschlag im Affekt davon.«

»Redet er sich darauf hinaus?«, fragte ich.

Er nickte. »Er behauptet, nicht mehr Herr seiner Handlungen gewesen zu sein. In seinem Kopf seien nur noch Angst und Wut gewesen. Er sei durchgedreht und erst wieder zu sich gekommen, als er Gregor dort unten im Vorgarten habe liegen sehen. An die Tat selbst könne er sich nicht erinnern. Sie sei in seinem Kopf wie ausgelöscht. Als er begriffen habe, was geschehen war …«

»Was er getan hatte«, präzisierte ich. »Gregors Tod ist nicht einfach nur geschehen.«

»… da habe ihn nur noch ein einziger Gedanke beschäftigt, nämlich der, wie er seinen Kopf aus der Schlinge ziehen könne. Er habe sich aus dem Haus geschlichen, vorbei an zwei Männern, die sich im Vorgarten mit dem Rücken zu ihm über die Leiche seines Freundes gebeugt hätten. Wir haben rekonstruiert, dass es sich dabei um die beiden Zeugen handelte, die den Schrei und dann den Aufprall gehört hatten. Nachdem er sich ein paar Schritte vom Haus entfernt habe, sei er nur noch gerannt. Die Angst, erwischt zu werden, habe ihm im Nacken gesessen und ihn tagelang nicht losgelassen. Erst als klar war, dass sein Besuch bei Ihrem Mann unbeobachtet geblieben war, begann er, Hoffnung zu schöpfen.«

»Hoffnung«, wiederholte ich entgeistert das Wort und verschluckte mich fast daran. Ich wischte mir die Tränen aus dem Gesicht und putzte die Nase. »Wie kann er von

Hoffnung sprechen, wenn er seinen Freund auf dem Gewissen hat?« Ich ballte die Hände zu Fäusten und flüsterte: »Er hat ihn umgebracht. Und er hatte die Hoffnung davonzukommen?«

Beide sahen mich mitfühlend an. Sie ließen mir Zeit, und dafür war ich ihnen dankbar.

Ich versuchte, mich zu konzentrieren. Ein Gedanke ließ mir keine Ruhe. »Wie passt diese Trittleiter, von der die Fingerabdrücke abgewischt wurden, in Joosts Logik? Will er sich allen Ernstes auf eine Affekthandlung herausreden, obgleich sein Kopf Sekunden später allem Anschein nach wieder einwandfrei funktionierte? Er hat einen Suizid fingiert und gibt vor, kopflos gewesen zu sein? Wie passt das zusammen?«

»Diese Frage drängt sich auf«, sagte Felicitas Kluge. »Wir haben sie ihm auch gestellt. Laut seiner Aussage sei ihm schockartig bewusst geworden, was er getan habe. Von einer Sekunde auf die andere sei sein Gehirn wieder klar gewesen, und er habe nach einem Ausweg gesucht. So sei er auf die Idee mit der Trittleiter verfallen.«

»Wird er damit durchkommen?«

Die beiden tauschten beredte Blicke. »Wenn es nach uns ginge, nein«, antwortete die Beamtin.

»Und wenn er tatsächlich einen mit allen Wassern gewaschenen Anwalt findet?«, fragte ich.

»Dann gibt es immer noch den Staatsanwalt und den Richter.«

»Aber selbst wenn auf Totschlag im Affekt erkannt wird«, wandte Kai-Uwe Andres ein, »ist Professor Kogler ruiniert. Er wird im Gefängnis landen, und er wird danach nie wieder einen Fuß auf den Boden bekommen. Ihm widerfährt jetzt genau das, wovor er in den vergangenen drei Jahren Angst hatte. Bis er die Strafe antritt, die die Justiz über ihn verhängen wird, wird es noch dauern. Aber die Strafe, die das Leben ihm auferlegt, die hat er längst angetreten in dem Moment, als er Ihren Mann dort unten im Vorgarten liegen sah. Er mag in gewisser Weise skrupellos sein, trotzdem glaube ich nicht, dass dieser Mann noch einmal seines Lebens froh wird. Diese Möglichkeit ist mit Ihrem Mann gestorben.«

»In einem flüchtigen Augenblick hat sich alles geändert«, sagte ich leise.

Felicitas Kluge räusperte sich. »Wir wissen, wie schwer das ist und wie lange es dauern kann, Frau Gaspary, dennoch hoffen wir, dass Sie irgendwann Ihres Lebens wieder froh werden. Geben Sie Joost Kogler nicht die Macht, auch Ihr Leben zu zerstören.«

Nelli hatte auf mich gewartet. Sie musste am Fenster gestanden haben, denn sie riss die Wohnungstür auf, bevor ich den Schlüssel ins Schloss stecken konnte.

»Ist es vorbei?«, fragte sie mit banger Miene.

Ich nickte.

»Sie sehen völlig durchgefroren aus. Soll ich Ihnen ein heißes Bad einlaufen lassen?«

In diesem Moment war mir selbst diese Entscheidung zu viel. Ich legte meine Tasche auf die Kommode im Flur, ging ins Schlafzimmer und ließ mich aufs Bett sinken. Meine gesamte Haut kribbelte.

Nelli war mir gefolgt und beobachtete mich sekundenlang. Dann verließ sie das Zimmer, und ich hörte sie in der Küche telefonieren. Kurz darauf war sie zurück. »Ich habe Frau Behrwald-Gaspary angerufen, dass sie vorbeikommt.«

»Das geht nicht«, sagte ich schwach. »Sie muss arbeiten.«

»Sie ist der Boss, sie kann delegieren.«

Ich legte mich auf die Seite, zog die Beine an und schloss die Augen. In mir fühlte es sich leer an, und das war gut so. Mit dem Anker in der Hand schlief ich fast augenblicklich ein.

Claudia stieß einen erleichterten Seufzer aus. »Na endlich!«

Ich befeuchtete meine trockenen Lippen. »Was machst du hier?«

»Wache schieben.«

»Was bewachst du?«, fragte ich irritiert und versuchte, mich zu erinnern. Nachdem ich von der Kripo zurückgekommen war, hatte ich mich aufs Bett gelegt und war offensichtlich eingeschlafen.

»Ich bewache dich! Isa und ich haben uns in den vergangenen vierundzwanzig Stunden an deinem Bett abgelöst. Gestern bist du in einen bewusstlosen Schlaf gefallen. Du hattest Fieber, Schweißausbrüche und jede Menge wilder Träume.«

»Wo ist Jana?«

»Sie ist mit Isa auf dem Spielplatz.«

Nach und nach kehrte meine Erinnerung zurück. Eine Weile hielten wir stumme Zwiesprache, dann fragte ich: »Hast du von Joost gehört?«

Sie nickte. »Annette war hier und hat mir alles erzählt. Sie wollte nach dir sehen. Und das, obwohl sie in einem Zustand ist, in dem eher jemand nach ihr sehen müsste. Es geht ihr sehr schlecht.«

Ich schloss die Augen.

»Sie hat mich gebeten, sie anzurufen, wenn du aufwachst.«

»Warte noch damit«, bat ich sie. »Ich brauche Zeit, um das alles zu verarbeiten.« Ich schluckte. »Er war Gregors bester Freund, Claudia. Verstehst du das? Die beiden Beamten von der Kripo haben mir alles bis ins letzte Detail auseinander gesetzt. Aber etwas in mir will einfach nicht begreifen, wie das möglich war. Wie konnte er das tun?«

»Indem er klare Prioritäten gesetzt hat«, antwortete sie leise, aber bestimmt. »Er hat seine Existenz und seine Karriere allem anderen vorangestellt.«

»Aber nicht jeder, der das tut, wird zum Mörder. Bei seiner Vernehmung hat er behauptet, nicht mehr Herr seiner Handlungen gewesen zu sein. In seinem Kopf seien nur noch Angst und Wut gewesen. Er sei erst wieder zu sich gekommen, als er Gregor dort unten im Vorgarten habe liegen sehen. An die Tat selbst könne er sich nicht erinnern. Sie sei in seinem Kopf wie ausgelöscht.«

Ihr Blick war skeptisch. »Mag sein, dass das sogar stimmt, ich kann es nicht beurteilen. Mag auch sein, es mangelt mir an Vorstellungsvermögen. Aber es will mir einfach nicht gelingen, mir eine Panik vorzustellen, die groß genug ist, um meinen besten Freund umzubringen. Vielleicht … wenn mein Leben davon abhinge …« Sie schüttelte nachdenklich den Kopf. »Angeblich heißt es ja, jeder Mensch könne zum Mörder werden, wenn nur der richtige Nerv getroffen werde. Vielleicht ist es aber auch so wie bei einem Flugzeugabsturz, wo es fast nie nur eine Ursache gibt. Ich weiß es nicht.«

Ich dachte über ihre Worte nach. »Was wäre gewesen,

wenn Joost Annette vor der Kanzlei in die Arme gelaufen wäre? Oder wenn Gregor anstatt auf den Balkon zur Tür gegangen wäre, um Joost loszuwerden? Würde er dann vielleicht noch leben?«

»Das ist sehr gut möglich, Helen, aber es war nicht so.«

»Weißt du, was seltsam ist, Claudia? Dort, wo die Gefühle sein müssten, die Gregors Mörder verdient, ist ein weißer Fleck. Wie wird es sein, wenn ich erst einmal wirklich verinnerlicht habe, dass Joost es war, der meinen Mann getötet hat? Wird mein Leben dann von Hass vergiftet sein?«

Sie sah mich eindringlich an. »Nur wenn du es zulässt.«

»Die Beamten haben mir zum Abschied gesagt, ich solle Joost nicht die Macht geben, auch noch mein Leben zu zerstören. Aber ein Teil meines Lebens ist unwiderruflich zerstört. Ohne Gregor kann es nie wieder so sein wie vorher.« Ich erinnerte mich an Franka Thelens Worte über den flüchtigen Augenblick. »Es war nur ein Sekundenbruchteil, der über Gregors Leben entschieden und das Leben von allen Beteiligten verändert hat. Seitdem …« Ich hatte sagen wollen: Seitdem ist nichts mehr, wie es war. Aber das stimmte nicht ganz. Ich holte tief Luft und sah sie an. »Ich weiß nicht, was ich in den vergangenen Wochen ohne meine Familie und meine Freunde gemacht hätte. Danke!«

In ihrem Blick lag eine Ruhe, von der ich noch weit entfernt war. Sanft strich sie über meine Hand und lächelte mich an. »Was hältst du jetzt davon, aufzustehen und weiterzugehen – *Schritt für Schritt, den Blick auf das kleine Stück Weg vor dir gerichtet?*«

Vorsichtig stellte ich die Füße auf den Boden. »Gregors Ratschlag, hm?«

Sie nickte. »Er war ein kluger Mann.«

Die vergangenen zweiunddreißig Tage hatten ihre Spuren hinterlassen. Ich war körperlich und seelisch erschöpft. Die Erleichterung, dass Gregors Mörder gefasst war, empfand ich nur oberflächlich. Sie hatte nicht genügend Kraft, um gegen den Schmerz anzukommen.

Nachdem ich Jana an diesem Abend ins Bett gebracht hatte, ließ ich mich aufs Sofa sinken und hielt stumme Zwiesprache mit Gregors Foto. Später hätte ich nicht mehr sagen können, aus welchen Gedanken mich das Klingeln an der Tür in diesem Moment gerissen hatte. Die zehn Minuten, die folgen sollten, haben in meiner Erinnerung alles andere ausgelöscht.

Als ich die Tür öffnete, sah ich in Annettes Gesicht, über das sich in den letzten Tagen dunkle Schatten gelegt hatten. Ihre Lippen waren zusammengepresst. Sie starrte mich an.

»Es ist noch zu früh, Annette, ich bin noch nicht so weit«, sagte ich. »Lass uns ein anderes Mal reden.«

Ihre Hand, mit der sie mich beiseite schob, war eiskalt. Wie ein Roboter bewegte sie sich durch den Flur, schaute zuerst in die Küche und verschwand dann im Wohnzimmer.

Ich lief ihr hinterher. »Annette, ich möchte, dass du …« Weiter kam ich nicht. Wie hypnotisiert blieb ich stehen.

Kaum hatte sie Gregors Foto vom Tisch genommen, verzog sich ihr Mund zum Zerrbild eines Lächelns. Dann zerschlug sie Rahmen und Glasscheibe an der Tischkante. Ganz langsam zog sie das Foto unter den Scherben hervor. Nachdem sie es ein paar Sekunden lang betrachtet hatte, hob sie den Blick zu mir.

»Du bist schuld«, sagte sie mit rauer Stimme. »Du hast ihn mir genommen. Konntest es nicht verwinden, dass dein Mann tot ist, musstest mir auch gleich meinen nehmen. Damit ich nur nicht mehr habe als du.«

Langsam erwachte ich aus meiner Erstarrung. »Annette, lass uns …«

»Halt den Mund!«

Erst jetzt sah ich, dass sie in der anderen Hand eine große Glasscherbe hielt. Ich trat einen Schritt zurück.

»Du hast alles zerstört … alles …« Sie strich mit der Glasscherbe über das Foto. Blut tropfte von ihren Fingern darauf.

»Ich hole dir ein Pflaster«, sagte ich und lief hinaus. Auf dem Weg zum Bad schloss ich leise Janas Zimmertür ab und steckte den Schlüssel in meine Hosentasche. Während ich mit zitternden Fingern zwei Pflaster abschnitt, hörte ich Annette im Wohnzimmer reden. Verstehen konnte ich ihre Worte nicht. Ich wollte gerade zurück, als sie im Türrahmen auftauchte, immer noch Gregors Foto und die Glasscherbe in der Hand. Ihr Blick machte mir Angst. Wäre Jana nicht gewesen, wäre ich augenblicklich durch die offen stehende Haustür gerannt.

»Hier!« Ich hielt ihr die Pflaster hin.

Mit einer gezielten Bewegung schlug sie sie mir aus der Hand. Meine Angst verselbstständigte sich und ließ meinen Puls hochschnellen, ich spürte ihn im Hals. Während ich noch fieberhaft überlegte, wie ich sie überwältigen könnte, wandte sie sich ab und ging auf Janas Zimmer zu. Sie ließ Gregors Foto fallen und drückte die Klinke hinunter. Als sie merkte, dass die Tür verschlossen war, schlug sie mit der Hand dagegen und hinterließ blutige Spuren auf dem Holz.

»Annette, schau mich an!« Als sie nicht reagierte, legte ich vorsichtig meine Hand auf ihren Rücken.

Sie fuhr herum und starrte mich an.

»Komm«, sagte ich behutsam, »lass uns in die Küche gehen.« Deren Eingang lag der Haustür am nächsten. Vielleicht konnte ich ihr einen Stoß geben und hinter ihr die Tür zuschlagen.

»Du hast alles zerstört ... du ... du bist an allem schuld.« In ihrem Blick hielten sich Hass und Verwirrung die Waage. Alles andere schien aus dem Gleichgewicht geraten zu sein. Sie trat so nah an mich heran, dass ich ihren Atem auf meinem Gesicht spürte.

Angst schnürte mir die Kehle zu. Automatisch umschloss ich Gregors Anker mit meinen Fingern. Sie hatte es gesehen, griff nach der Kette und zerriss sie mit einem Ruck.

»Gib ihn mir«, befahl sie mir.

Ich schüttelte den Kopf. Als sie jedoch die Hand mit der Glasscherbe hob, hielt ich ihr den Anker hin.

Sie nahm ihn in die andere Hand und betrachtete ihn. »Warum konntest du keine Ruhe geben?«

Meine Stimme war zu einem Krächzen verkommen. »Wie denn?«, fragte ich und hörte gleich darauf Mariele Nowak.

»Hallo, Frau Doktor Kogler«, sagte sie. Ihr Ton war sanft, aber bestimmt.

Annette drehte sich zu ihr um.

»Erinnern Sie sich an mich?«

Während Annette nickte, lehnte ich mich zitternd gegen die Duschwand.

»Ihre Hand muss verbunden werden. Am besten wird es sein, ein Kollege von Ihnen sieht sich das mal an. Kommen Sie …«

»Nein … ich … ich muss …«

»Ich weiß, Frau Doktor Kogler, aber Ihre Hand ist im Augenblick wichtiger. Kommen Sie, wir gehen zusammen hinaus.«

Durch die offen stehende Haustür waren Blaulichter zu sehen.

»Draußen wartet ein Notarzt auf Sie, er wird sich um Sie kümmern.« Mariele Nowak legte einen Arm um Annettes Schulter und führte sie hinaus.

Ich starrte auf ihren Rücken und betete, dass sie sich nicht mehr umdrehen möge. Doch mein Gebet wurde nicht erhört. Kurz bevor sie durch die Tür ins Freie trat, wandte sie ihren Kopf zu mir um. Die Verwirrung in ihrem Blick war Verzweiflung gewichen, an dem Hass hatte sich nichts geändert.

Vor der Tür sprach meine Nachbarin mit zwei Polizisten und dem Notarzt, der sich sofort um Annette kümmerte. An ihnen vorbei drängte sich ein Sanitäter, der mich fragte, ob ich Hilfe benötigte. Ich schüttelte den Kopf. Hilfe hatte ich bereits von Mariele Nowak bekommen.

»Wie …?« Zu mehr Worten war ich nicht fähig, als sie zu mir zurückkam.

»Ich habe die Tür offen stehen sehen und wollte mich vergewissern, dass bei Ihnen alles in Ordnung ist. Da habe ich Frau Doktor Kogler gehört und die Angst in Ihrer Stimme. Daraufhin habe ich sofort die Polizei alarmiert.«

»Danke.« Meine Hände zitterten immer noch so stark, dass mir der Schlüssel zu Janas Zimmer aus der Hand fiel.

Meine Nachbarin erfasste mit einem Blick, zu welchem Zimmer er gehörte. Sie hob ihn auf und schloss die Tür auf. Dann zog sie mich behutsam ins Zimmer und zeigte auf die schlafende Jana. Dabei strich sie mir beruhigend über den Rücken. »Es ist vorbei, Frau Gaspary.« Sie nahm meine Hand und legte Gregors Anker hinein.

Es gab so vieles, was zu tun war, aber ich verschob das meiste auf später und kümmerte mich nur um das Nötigste. Ich verbrachte so viel Zeit wie möglich mit Jana, spielte mit ihr oder schaute ihr einfach dabei zu und ließ mich treiben. Es kam mir vor, als bewege ich mich in einem Niemandsland zwischen *nicht mehr* und *noch nicht*. Vieles war nicht mehr wie vorher, und ich war noch nicht soweit, das, was hinter mir lag, loszulassen. Ich war erschöpft, meine Schmerzen für den Moment betäubt. Aber ich spürte sie tief drinnen. Gleichzeitig spürte ich eine Kraft, die sich aus meinem Willen weiterzuleben speiste. Mit festem Griff hielt ich Gregors Anker umschlossen.

Wenn ich die Augen schloss, sah ich ihn vor mir, spürte seine Arme, die sich um mich legten, und hörte seine Stimme. Wenn ich die Augen wieder öffnete, sah ich unser Kind, das nicht nur die Form seiner Ohren von ihm geerbt hatte. Ich sah, was uns genommen worden war, aber ich sah gleichzeitig, was uns geblieben war.

In meine Gedanken hinein läutete das Telefon. »Gaspary«, meldete ich mich.

»Helen! Endlich!« Fees Erleichterung war unüberhörbar.

Ich freute mich, ihre Stimme zu hören. »Isa hat mir gesagt, dass du am Donnerstag angerufen hast. Sie hat …«

»Ja, sie hat mir alles erzählt.«

»Wo bist du jetzt?«

»Auf dem Weg nach Katmandu. Ich werde mir dort ein Zimmer suchen, das groß genug für uns drei ist. Und dann nimmst du einen Rucksack und packst das Nötigste für euch beide hinein. Damit wirst du hier reichlich ausgestattet sein. Wenn ihr hier seid, reden wir.«

Erst begriff ich nicht, wovon sie sprach. Dann überschlugen sich meine Gedanken. »Fee, ich kann nicht …«

»Natürlich kannst du, Helen. Du kümmerst dich morgen um ein Touristenvisum, einen Flug und die notwendigen Impfungen.«

»Jana ist gerade mal eineinhalb, ich kann sie nicht einfach so nach Nepal verfrachten.«

»Sie wird begeistert sein, glaube mir.«

»Sie ist noch so klein, und sie hat gerade erst ihren Vater verloren …«

»Sie wird hier nichts verlieren«, sagte sie leise. »Nimm all deinen Mut zusammen, Helen. Und dann tue es. Ich warte hier auf dich.«

Es gab weit mehr Gründe, die dagegen sprachen, als dafür. Aber es gab auch Claudia, Isabelle und Mariele Nowak, die sich dafür stark machten, dass ich besagten Rucksack packte. Und es gab Jana, deren Übermut und Tatendrang meine Bedenken schmelzen ließen. Und schließlich gab es Eliane Stern.

»Kann ich Jana das zumuten?«, fragte ich sie. »Kann

ich mir das zumuten? Was wird dort mit uns beiden geschehen?«

»Fliegen Sie nach Katmandu, und treffen Sie Ihre Freundin. Schauen Sie, wie es dort ist, ob es Ihnen und Ihrer Tochter gut tut. Abbrechen können Sie Ihre Reise jederzeit.«

Und so traf ich alle Vorbereitungen. Ich bat Ruth Lorberg und Kerstin Grooth-Schulte, sich während meiner Abwesenheit weiter um die Kanzlei zu kümmern. Nelli würde sich mit Mariele Nowak absprechen und regelmäßig nach der Wohnung sehen. Claudia hatte sich bereit erklärt, alles Administrative im Auge zu behalten. »Es wird hier nichts anbrennen«, versprachen mir alle fünf.

So blieb mir schließlich nichts zu tun, als all meinen Mut zusammenzunehmen. Ich hielt mich an Eliane Sterns Worten fest – abbrechen konnte ich die Reise jederzeit. Nun galt es jedoch, sie erst einmal anzutreten. Bis am nächsten Morgen unser Flugzeug abheben würde, blieben mir noch zehn Stunden. Schlafen konnte ich nicht, deshalb wanderte ich durch jeden Raum.

Irgendwann in dieser Nacht kam ich in Janas Zimmer an und setzte mich in den Schaukelstuhl neben mein schlafendes Kind. Während ich sie betrachtete, durchströmte mich ein warmes Gefühl. *Claudia hat gesagt, dein Papa sei ein kluger Mann gewesen. Das war er, Jana. Aber er war noch weit mehr. Er war feinfühlig, zärtlich und humorvoll. Seine Geduld war legendär. Nachdem ich allerdings endlich begriffen hatte, dass ich in ihn verliebt war, verlor er keine Zeit mehr. Ich glaube, keine Ehe ist jemals so schnell geschieden worden wie Patricks und meine.*

Ich lehnte mich zurück und schloss die Augen.

Dein Vater bestellte mich in seine Kanzlei, um mir die

Scheidungspapiere persönlich zu übergeben. Wieder saßen wir uns an seinem Schreibtisch gegenüber. Wie damals, als er mir den Ehevertrag mit Patrick zum Lesen gegeben hatte, schob er mir jetzt wieder Papiere zu und forderte mich auf, sie zu lesen.

Dieses Mal las ich sie gründlich und steckte sie dann zufrieden in meine Tasche.

»So«, sagte Gregor, »damit kommen wir gleich zum nächsten Punkt.«

Verwundert sah ich ihn an. »Was gibt es denn noch?«

»Das fragst du?« Er bemühte sich, seiner Stimme einen gelassenen Klang zu verleihen. »Es gibt viel zu tun, Helen. Immerhin werden wir beide bald heiraten.«

Seine Aufregung war wie ein Funke auf mich übergesprungen und hatte mich angesteckt. Mein Herz klopfte so stark, dass ich meinte, es in meinem ganzen Körper spüren zu können. »Du willst mich heiraten, Gregor? Warum?«

Von einer Sekunde auf die andere wurde er ruhig und lächelte. »Weil es keine bessere Lösung gibt, Helen. Deshalb!«

Danksagung

Ich danke

Sylke Batke-Anskinewitsch und Carolin Postel für ihre kompetente und geduldige Hilfestellung bei den juristischen Fragen, die in diesem Roman auftauchten.

Sebastian Heise, der mich so bereitwillig einen Blick hat werfen lassen in die aufregende Welt eines Eineinhalbjährigen.

Seiner Mutter, Tanja Heise, dass sie so gelassen reagierte, als ihr Sohn aus dem Wassernapf unseres Hundes trank.